MARTIN BOOTH

UM HOMEM MISTERIOSO

Tradução de
Marcelo Schild

EDITORA RECORD
RIO DE JANEIRO • SÃO PAULO
2010

CIP-Brasil. Catalogação na ronte
Sindicato Nacional dos Editores de Livros, RJ.

B715h
Booth, Martin, 1944-
Um homem misterioso / Martin Booth; tradução de Marcelo Schild. – Rio de Janeiro: Record, 2010.

Tradução de: A very private gentleman
ISBN 978-85-01-09052-2

1. Romance inglês. I. Schild, Marcelo. II. Título.

10-4834

CDD: 823
CDU: 821.111-3

Título original em Inglês:
A Very Private Gentleman

Copyright ©Martin Booth, 2004

Editoração eletrônica: Abreu's System

Texto revisado segundo o novo Acordo Ortográfico da Língua Portuguesa.

Todos os direitos reservados. Proibida a reprodução, no todo ou em parte, através de quaisquer meios.

Direitos exclusivos de publicação em língua portuguesa somente para o Brasil adquiridos pela
EDITORA RECORD LTDA.
Rua Argentina 171 – Rio de Janeiro, RJ – 20921-380 – Tel.: 2585-2000
que se reserva a propriedade literária desta tradução.

Impresso no Brasil

ISBN 978-85-01-09052-2

Seja um leitor preferencial Record.
Cadastre-se e receba informações sobre nossos lançamentos e nossas promoções.

Atendimento e venda direta ao leitor:
mdireto@record.com.br ou (21) 2585-2002.

Para Hugh e Karen

As pessoas começam a ver que há algo mais na composição de um belo assassinato do que um estúpido para matar e outro para ser morto... uma faca... uma bolsa... uma viela escura.

THOMAS DE QUINCEY

No alto destas montanhas, os Apeninos, a espinha dorsal da Itália, com suas vértebras de pedras incipientes às quais se prendem os tendões e a carne do mundo antigo, existe uma pequena caverna, no alto de um precipício. É muito difícil chegar lá. O caminho é estreito e cheio de pedras soltas, e na primavera, depois do degelo, torna-se uma corrente, uma calha angulosa com 200 metros de comprimento, que, cortando a superfície íngreme da rocha, recebe a água do degelo como um sulco entalhado na casca de uma seringueira canaliza a seiva.

Tem anos, diz o povo local, que a água fica escarlate com o sangue sagrado do santo que morou na caverna como eremita; ele se alimentava de liquens ou musgos, consumia as pinhas que caíam dos pinheiros que se erguiam muito acima do precipício e bebia somente a água com sabor pedregoso que se infiltrava pelo teto de sua moradia.

Eu estive lá. Não é um passeio para medrosos ou para quem sofra de vertigem. Em certas partes, a trilha não é mais larga do que uma tábua de andaime e somos obrigados a subir como um caranguejo, de costas para a rocha, olhando para o vale abaixo e para uma névoa púrpura de montanhas serrilhadas que parecem escamas nas costas de um dragão. Aquilo, dizem, é um teste de fé, uma provação a enfrentar no caminho para a salvação. Dizem que é possível ver 200 quilômetros adiante em um dia claro.

Ao longo da trilha, há pinheiros raquíticos que crescem a intervalos regulares, descendentes das árvores que vivem muito acima. Todos estão decorados com grinaldas, como que para um festival religioso, com tufos de teias de aranha pendurados como fantasmas de gaze de lampiões chineses. Dizem que tocar um deles é o mesmo que ser queimado, inculcado com o pecado original. Dizem que o veneno da teia impede a respiração e provoca um sufocamento fatal tão prontamente como se a aranha fosse do tamanho de um abutre, as pernas peludas apertadas ao redor da garganta. Lagartos verdes como esmeraldas correm sobre o chão coberto de agulhas mortas de pinheiro, plantas carnívoras da montanha e ervas dobradas pelo vento. Os répteis têm olhos de contas pretas e poderiam ser broches ou pedras preciosas não fosse pelos movimentos impulsivos e ágeis.

A caverna tem cerca de 5 metros de profundidade e é alta o bastante para que um homem de estatura mediana fique de pé. Não preciso abaixar a cabeça lá dentro. Uma parte plana entalhada em um lado da rocha servia como a dura cama de contrição do santo. Na entrada, é comum encontrar os restos de uma fogueira recente. Casais usam o lugar para encontros, um lugar espetacular para se acasalar, talvez para pedir que a bênção do santo caia sobre a fornicação. No fundo da caverna, os devotos, ou aqueles afoitos pela intervenção divina nos desastres insignificantes de suas vidas, ergueram um altar de blocos de concreto cobertos desajeitadamente com gesso. Sobre o sacrário rústico, há uma cruz empoeirada de madeira e um castiçal feito de metal barato pintado de dourado. A cera marcou a mesa de pedra do altar: ninguém se dá ao trabalho de removê-la.

A cera é vermelha. Um dia, alguém alegará que se trata da carne sagrada do santo. Tudo é possível quando há fé envolvida. O pecador procura eternamente por um sinal que prove que seja válido se retratar. Eu deveria saber: fui um pecador; e católico, ainda por cima.

Todo homem quer deixar sua marca, saber no leito de morte que o mundo mudou por causa dele, como resultado de suas ações ou filosofias. São tão arrogantes que acreditam que, quando estiverem mortos, os outros verão suas conquistas e dirão: "Veja. Ele fez tal coisa — o homem de visão, o homem que fez coisas."

Anos atrás, quando morava em uma aldeia inglesa, eu era cercado por pessoas que tentavam de formas vãs e insignificantes deixar suas assinaturas no curso do tempo. O velho coronel Cedric — um major do Departamento de Pagamentos do Exército Britânico quando foi dispensado, sem um único dia de ação em seis anos de guerra — pagou pelo quinto e sexto sinos de um repique medíocre. Um corretor de imóveis local, enriquecido com o dinheiro ganho vendendo repetidamente a aldeia, plantou uma avenida de faias na alameda que dava para sua mansão reformada, que um dia fora um celeiro decrépito onde era guardado o dízimo da fazenda; chuva cáustica, jovens da aldeia e uma sarjeta principal, cada um a seu modo, contribuíam com a simetria com a qual ele esperava que os campos da história se bifurcassem e sua memória fosse preservada. O motorista de ônibus local ficava em primeiro lugar: Brian, com a pança de cerveja e o cabelo oleoso penteado para a frente a fim de camuflar a cabeça calva. Brian era, ao mesmo tempo, conselheiro distrital, membro do conselho paroquial, curador da igreja e vice-presidente da Associação de Tocadores de Sino da igreja. O velho coronel era o outro copresidente. Como era de se esperar.

Não direi o nome da aldeia. Não seria sensato. Não fico em silêncio por medo de litígio, compreenda. Faço-o simplesmente para preservar minha privacidade. E meu passado. A privacidade — o que alguns podem chamar de discrição — tem um imenso valor para mim.

Não era possível manter a privacidade em uma aldeia. Por mais discreto que se fosse, sempre havia os que espiavam, enfiavam gravetos sob minha pedra e a reviravam para ver o que havia sob ela. Eram os que não conseguiriam deixar a menor marca na história, não influenciariam seu mundo — a aldeia, a freguesia —, por mais que tentassem. O melhor que podiam esperar era compartilhar indiretamente as medíocres realizações alheias. A ambição dessas pessoas era poder dizer: "Ele? Eu o conheci quando comprou a gleba", ou "Ela? Eu estava com ela quando aconteceu", ou "Eu vi o carro derrapar, você sabe. Ainda há um buraco na cerca viva; uma esquina perigosa: alguém deveria fazer algo a respeito". Contudo, ninguém fazia, e, caso fosse um apostador inclinado a tentar a sorte, eu apostaria que pneus ainda cantam na curva e portas são amassadas em manhãs geladas.

Naqueles dias, eu trabalhava como prateiro — consertando panelas e chaleiras, não fabricando anéis ou incrustando diamantes. Consertava chaleiras, soldava bandejas, endireitava colheres, polia ou fazia cópias de pratos de coleta da igreja. Eu circulava entre as lojas de antiguidades e os bazares montados para capturar os turistas. Não era um trabalho especializado e eu não era um homem habilidoso. O único aprendizado que eu tivera fora um curso básico de trabalho com metal escolhido ao acaso entre as oficinas oferecidas no meu colégio interno.

Uma vez ou outra, eu receptava artigos roubados. Os moradores da aldeia não tinham ideia dessa atividade nefasta e o policial local era um bronco mais determinado a prender caçadores ilegais de faisões e ladrões de maçãs do que em deter criminosos. Tal atividade fez com que fosse visto com bons olhos pelo filho do coronel, um caçador e atirador fervoroso que possuía pomares sob licença dos fabricantes de sidra, criava faisões para as próprias armas ou para a de seus camaradas. Desse modo, o lugar do policial na história foi assegurado: o coronel era o repositório dos registros locais, sendo o proprietário e, como pensava, o fazendeiro. O policial seria para sempre lembrado em casos de pequenas prisões, pois servia bem aos seus mestres.

Foi a receptação de artigos roubados que me deu a ideia de mudança, de diversificar para outras linhas de trabalho. A criminalidade acrescentava certo tempero a uma existência embrutecida em um lugar completamente tedioso. Não foi pelo dinheiro que passei a fazer isso, posso lhe garantir. Eu obtinha pouco lucro derretendo ou polindo o pouco de prata obtido em roubos a casas de campo insignificantes e em invasões a lojas de antiguidades provincianas. Eu o fazia para combater a monotonia. Também formei contatos no mundo etéreo e crepuscular dos infratores, o ambiente no qual vivo desde então.

Contudo, agora estou de volta a uma existência monótona, sem nuances, com todos os ovos em uma única cesta; mas são ovos de ouro.

Estou envelhecendo e deixei minhas marcas na história. Indiretamente, talvez. Com discrição, certamente. Aqueles que quiserem farejar os registros paroquiais da aldeia descobrirão quem pendurou aqueles dois sinos ou quem, talvez, a esta altura, tenha colocado um sinal de "devagar" na esquina congelada. Poucos sabem quais foram minhas contribuições para a história, e ninguém saberá exceto o leitor destas palavras. E já está muito bom.

Padre Benedetto bebe conhaque. Ele gosta de conhaque, prefere armanhaque, mas não é exigente demais. Como padre, mal pode se dar ao luxo: sua pequena renda particular está sujeita às oscilações do mercado de ações. A observância religiosa e a frequência nas igrejas estão em declínio na Itália, de modo que cai menos dinheiro no ofertório. Somente velhas encarquilhadas com xales cheirando a mariposas comparecem às missas do padre, além de velhos trajando boinas e casacos antiquados. Os meninos das ruas o vaiam gritando *bagarozzo* quando ele passa de sotaina a caminho da missa.

Hoje, como de costume, o padre está vestido com seu uniforme comum, as roupas pastorais de um padre católico romano: uma veste preta com um corte sem estilo e fora de moda, alguns fios do cabelo branco e curto evidentes nos ombros, uma gravata de seda preta e uma grande gola romana. O uniforme de padre tem a aparência desgrenhada e antiquada desde o momento em que deixou a mesa do alfaiate, a última linha cortada como um cordão umbilical eclesiástico que a amarrava ao carretel de tecido secular. Suas meias e sapatos são pretos, os últimos polidos pela sotaina no caminho a pé da missa de volta para casa.

Desde que a qualidade do conhaque seja boa, a bebida suave e o cálice aquecido pelo sol, padre Benedetto está satisfeito. Ele gosta de cheirar a bebida antes de dar uma bicada, como uma abelha pairando sobre uma flor, uma borboleta pausando sobre uma pétala antes de sugar o néctar.

— A única coisa boa que veio dos *francesi* — ele declara. — Todo o resto...

Ele levanta a mão com desdém e faz uma careta. Para ele não vale a pena pensar nos franceses: eles são, como gosta de dizer, vagabundos intelectuais, usurpadores da fé verdadeira — nenhum papa bom, em sua opinião, veio de Avignon — e os que mais gostam de criar confusão na Europa. Considera mais que apropriado que, em inglês, também se refiram à vadiagem como "saída à francesa" e ao odiado *preservativo* como "carta francesa". Vinho francês é efeminado demais (assim como os franceses) e queijo francês é salgado demais. Por isso, ele insinua que os franceses são excessivamente dados às indulgências dos prazeres sexuais. Não se trata de uma característica nova, recém-descoberta. Os italianos, Benedetto alega com a autoridade de quem esteve lá, sempre souberam disso ao longo da história. Quando Roma chamou a França de província da Gália, eles eram exatamente iguais. Turba de bárbaros. Apenas o conhaque deles é digno de atenção.

A casa do padre fica em um beco sinuoso que sai da Via dell'Orologio. É uma construção modesta do século XV, com a reputação de ter sido o lar do melhor dos relojoeiros que dão nome à rua. A porta da frente, de madeira pesada de carvalho escurecida pelo tempo, é cravada com pregos de ferro. Dentro não há um pátio, mas nos fundos se aconchega um jardim murado, para o qual dão outros prédios, porém, ainda assim, permanece isolado. Como fica na encosta de uma montanha, o recanto do jardim pega mais sol do que se poderia esperar. Como as construções erguidas encosta abaixo são pouco elevadas, o sol permanece mais tempo sobre o pequeno pátio.

Estamos sentados no pátio. São quatro da tarde. Dois terços do jardim estão na sombra. Estamos sob a luz preguiçosa e soporífera do sol. A garrafa de conhaque — hoje, temos armanhaque — é globular, feita de vidro verde, e tem um rótulo liso de papel bege com letras pretas. Chama-se simplesmente La Vie.

Eu gosto desse homem. É claro que se trata de um santo homem, mas não quero que isso deponha contra ele. É devoto dentro dos limites aceitáveis, um contador de histórias quando está disposto, um conversador erudito que jamais é dogmático nos argumentos ou pedante no modo pelo qual os apresenta. Tem aproximadamente a minha idade, com cabelo grisalho curto e olhos rápidos e risonhos.

Eu chegara havia poucos dias à cidade quando nos conhecemos. Vagava com aparente desinteresse, apreciando a vista, era o que parecia. Na verdade, estava era estudando a cidade, memorizando as ruas e as rotas de fuga que usaria caso houvesse necessidade. Ele veio a mim e falou comigo em inglês: eu deveria parecer mais inglês do que desejava.

— Posso ajudá-lo? — ele ofereceu.

— Só estou olhando — eu disse.

— Você é turista?

— Sou um morador novo.

— Onde fica sua residência?

Evitei o interrogatório e respondi obliquamente:

— Não por muito tempo, eu acho. Até terminar meu trabalho.

Era verdade.

— Se vai morar aqui — ele declarou —, então deve tomar uma taça de vinho comigo. Como boas-vindas.

Foi quando visitei pela primeira vez a tranquila casa no beco que dava na Via dell'Orologio. Em retrospecto, tenho quase certeza de que ele me viu como uma alma em potencial para a redenção, reclamada por Cristo, mesmo depois de apenas poucas palavras.

Desde quando todo o jardim estava iluminado pelo sol, estamos bebericando, conversando e comendo pêssegos. Conversamos sobre história. É uma de nossas discussões favoritas. Padre Benedetto acredita que a história, por referir-se ao passado, é a influência mais importante na vida de um homem. Tal opinião é o ponto defendido por ele. Ele é um padre que mora na casa de um relojoeiro morto há muito tempo. Sem a história, um padre não pode ter um emprego, pois a religião se alimenta do passado para amparar sua veracidade. Além disso, ele vive na casa de um relojoeiro morto há muito tempo.

Eu discordo. A história não tem uma influência tão grande assim. Trata-se apenas de um acontecimento que pode ou não afetar as atividades e atitudes de um homem. Antes de tudo, eu declaro, o passado é irrelevante, um emaranhado de datas, fatos e heróis, muitos dos quais eram impostores, sabichões, *blagueurs*, mercadores que buscavam o enriquecimento rápido ou homens presentes fortuitamente no momento certo na agenda do destino. Padre Benedetto, é óbvio, não pode aceitar o destino. O destino é um conceito inventado pelos homens. Deus controla a todos nós.

— As pessoas são capturadas pela história, e a história reside dentro delas como o sangue de Cristo no cálice — ele diz.

— O que é a história? Certamente, não é uma armadilha — respondo. — A história não me afeta, exceto, talvez, materialmente. Uso poliéster por causa de um evento histórico: a invenção do náilon. Dirijo um carro por causa da invenção do motor de combustão interna. Mas é errado dizer que me comporto de determinada maneira porque a história está dentro de mim e me influenciando.

— A história, afirma Nietzsche, é a reveladora de novas verdades. Cada fato, cada novo acontecimento exerce influência sobre todas as eras e todas as novas gerações de homens.

— Então o homem é um idiota!

Corto um pêssego, o suco escorrendo como plasma sobre as tábuas de madeira da mesa. Retiro o caroço e o jogo com a ponta da faca no canteiro de flores. Os caroços parecidos com pedras de nosso regalo vespertino cobrem o chão entre os cravos-de-defunto com pontas douradas.

Padre Benedetto resiste à minha jocosidade. Para ele, insultar a humanidade é reprovar Deus, em cuja imagem fomos moldados.

— Se o homem é tão imbuído de história, então parece que ele não levou muito dela a sério — continuo. — Tudo que a história nos ensinou é que somos burros demais para aprender qualquer coisa com ela. No fim das contas, o que é a história senão a verdade da realidade distorcida em mentiras convenientes para os que consideram adequada a elaboração de um registro diferente? A história é apenas a ferramenta da autoadoração do homem. — Chupo o pêssego. — Você, padre, deveria ficar envergonhado!

Sorrio, e então ele se assegura de que não estou tentando desdenhar dele. Dá de ombros e estica a mão para pegar um pêssego. Ainda restam cinco na fruteira de madeira.

Ele descasca o pêssego. Eu como o meu em silêncio.

— Como você pode morar aqui na Itália — ele pergunta quando o caroço de seu pêssego atinge a parede e cai nos cravos-de-defunto — com a história ao seu redor, cercando você, e tratá-la com tamanho desdém?

Olho ao redor do jardim particular. As cortinas na construção do outro lado do pessegueiro são como pálpebras fechadas afetadamente para o caso de verem algo constrangedor nas janelas da casa do padre Benedetto — como o padre na banheira.

— História? Ao meu redor? Existem ruínas e construções antigas, sim. Mas História? Com H maiúsculo? A História, insisto, é uma falsidade. A história real é o rotineiro, o que não é registrado. Falamos sobre a história de Roma com a eloquência da grandiosidade, mas a maioria dos romanos não sabia a respeito dela e nem queria saber. O que um escravo ou um comerciante sabia sobre Cícero, Virgílio, as Sabinas ou as mágicas de Sirmio? Nada. Para eles, a história eram fragmentos parcialmente registrados sobre cidades salvas por gansos ou Calígula devorando seu filho ainda por nascer. A história era um velho bêbado murmurando. Eles não tinham tempo para a história quando uma moeda furada valia menos a cada semana, os impostos aumentavam mês a mês, o preço da farinha deles disparou e o clima esquentou seus humores.

— Homens gostam de ser lembrados... — padre Benedetto começa.

— Para que as lendas os transformem em alguém mais grandioso — interrompo.

— Você não quer deixar sua marca, meu filho?

Ele me chama assim quando quer me irritar. Não sou filho dele, tampouco uma criança de sua igreja. Não mais.

— Talvez — admito, sorrindo. — Mas o que quer que eu faça será irrefutável. Não estará aberto a interpretações enganosas.

O copo do padre está vazio, e ele estica a mão para pegar a garrafa.

— Portanto, você vive para o futuro?

— Sim. — Sou enfático. — Vivo para o futuro.

— E o que é o futuro senão a história esperando acontecer?

As sobrancelhas dele se erguem inquisitivamente e ele pisca para meu copo.

— Não, mais não, obrigado. Preciso partir. Está tarde e tenho que terminar alguns rascunhos preliminares.

— Arte? — exclama padre Benedetto. — Isso é irrefutável. Sua assinatura em uma pintura única.

— Pode-se pôr assinatura em outras coisas além de papel — respondo. — Pode-se escrever no céu.

O padre dá uma gargalhada e despeço-me dele.

— Você deveria ir à missa — ele diz tranquilamente.

— Deus é história. Não tenho utilidade para ele. — Percebo que isso pode magoar o padre, então acrescento: — Se ele existir, tenho certeza de que não lhe posso ser útil.

— Aí é que você se engana. Nosso Senhor tem uma função para todas as pessoas.

Padre Benedetto não me conhece, apesar de pensar o contrário. Caso me conhecesse, seria muito provável que revisse seu julgamento. Mas apenas talvez — seria uma ironia suprema, digna de Deus — ele esteja certo.

— *Signor Farfalla! Signore! La posta!*

Todas as manhãs, *a signora* Prasca grita da fonte no pátio. É seu ritual. O fato de manter a rotina é um sinal de que é velha. A minha rotina, contudo, é temporária. Ainda não posso me dar ao luxo, como aqueles da minha idade, de ser capaz de estabelecer minha vida em uma série de conformidades.

— Obrigado!

Todos os dias da semana em que há correio para mim é idêntico. Ela grita em italiano, eu respondo em inglês e ela, invariavelmente, responde:

— *Sulla balaustrata! La posta! Sulla balaustrata, signore!*

Quando desço um andar para me inclinar sobre o parapeito da varanda do terceiro andar e espiar na escuridão do pátio onde o sol só bate por uma hora e meia no meio do dia no meio do ano, vejo as cartas equilibradas no pilar de pedra ao pé da balaustrada. Ela sempre as empilha com a carta maior na parte inferior da pilha e a menor no topo. Como a menor costuma ser um cartão-postal ou uma carta em envelope pequeno, é inevitavelmente a mais luminosa e cintilante na meia-luz, como uma moeda ou medalha religiosa jogada com otimismo em um poço.

Signor Farfalla, é como ela me chama. Assim como o resto da vizinhança. Luigi, dono do bar na Piazza di S. Teresa. Alfonso, do posto. Clara, a bela, e Dindina, a de aparência comum. Galeazzo, o dono da livraria. Padre Benedetto. Eles não sabem meu nome real, então me chamam de Sr. Borboleta. Eu gosto.

Para a confusão da *signora* Prasca, cartas são endereçadas a mim ou como para Sr. A. Clarke, ou Sr. A. E. Clarke ou Sr. E. Clark. São todos pseudônimos. Algumas chegam endereçadas até a M. Leclerc, outras para Sr. Giddings. Ela não faz perguntas e suas fofocas não geram conjecturas. Nenhuma suspeita é levantada, pois estamos na Itália e as pessoas cuidam da própria vida, acostumadas às intrigas bizantinas dos homens que vivem sozinhos.

Eu envio boa parte da correspondência: se estou viajando, envio um ou dois envelopes vazios para mim mesmo, ou escrevo um cartão-postal, disfarçando a caligrafia, fingindo ser de algum parente. Tenho uma sobrinha favorita fictícia que me chama de tio e assina como Pet. Envio envelopes pré-pagos para companhias de seguro de vida, agentes de viagens, corretores, revistas de negócios e outras fontes geradoras de *junk mail*: agora, sou bombardeado com lixo colorido que me informa que posso ter ganhado um carro barato, férias na Flórida ou um milhão de liras por ano por toda a vida. Para a maioria das pessoas, esse lixo não solicitado é uma praga. Para mim, dá um ar de perfeição à mentira.

Por que Sr. Borboleta? É simples. Eu as pinto. Eles pensam que é assim que ganho dinheiro, pintando retratos de borboletas.

É um disfarce muito eficiente. O campo ao redor da cidade, ainda não alterado por produtos químicos agrícolas, intocado pelas pegadas desajeitadas dos homens, é repleto de borboletas. Algumas são azuis e minúsculas: estudá-las é um deleite, pintar seus retratos me encanta. Raramente têm uma envergadura maior do que o diâmetro de uma moeda. As cores iridescentes mudam de tom, do azul de um céu brilhante de verão ao azul desbotado do amanhecer em apenas alguns milímetros. Elas são cobertas de pequenos pontos, têm bordas brancas e pretas e o contorno posterior das asas traseiras têm caudas quase microscópicas despontando como espinhos minúsculos. Pintar com sucesso uma dessas criaturas é uma grande realização, um triunfo do detalhe. E vivo em detalhes, em particularidades diminutas. Sem essa atenção apaixonada a detalhes, eu estaria morto.

Para aumentar a eficácia da minha mentira, atenuei qualquer suspeita possível explicando à *signora* Prasca que Leclerc é Clark (com ou sem um *e*) em francês e que Giddings é o nome sob o qual pinto — um pseudônimo para rabiscar sobre meus quadros.

Para favorecer essa concepção errônea, insinuei certa vez que artistas costumam usar um nome falso para proteger a privacidade: eles não podem, explico, ser eternamente incomodados pela intrusão, que destrói a concentração, desacelera a produção. E as galerias, gráficas, editores e autores determinam prazos.

Desde então, ocasionalmente me perguntam se estou trabalhando em um novo livro.

Dou de ombros e digo:

— Não, estou fazendo um estoque de desenhos. Para quando houver necessidade. Alguns vão para galerias —

digo. Dou a entender que são comprados por colecionadores de miniaturas ou entomologistas.

Um dia, recebi uma carta enviada de uma república da América do Sul. Tinha selos com borboletas tropicais pomposas, daquele tipo de selo espalhafatoso tão amado por ditadores. As cores dos insetos eram vivas demais para que parecessem reais, extravagantes demais para que fossem verossímeis e tão brilhantes quanto as fileiras de medalhas autoconcedidas que fazem parte do uniforme de todo *generalíssimo*.

— Ah! — exclamou a *signora* Prasca, com astúcia. Ela balançou a mão no ar.

Sorri com astúcia de volta para ela e pisquei um olho.

Eles pensam que desenho selos postais para repúblicas de bananas. Deixo-os com essa conveniente ilusão.

Para alguns homens, a França é o país do amor, os olhos espichados das mulheres abertos inocentemente com desejo, lábios que imploram para serem beijados com força. O campo é tranquilo — as montanhas neolíticas ondulantes da Dordonha, os escarpados Pireneus ou os pântanos alagadiços de Camargue, não importa para onde se viaje. Todos os lugares são imbuídos da aura do sol quente que amadurece as uvas. Os homens veem um vinhedo e só pensam em deitar-se ao sol com uma garrafa de Bordeaux e uma garota com gosto de uva. Para as mulheres, os homens franceses são beijadores de mãos, a brigada da leve mesura, os conversadores charmosos, os sedutores gentis. Muito diferente dos italianos, dizem. As mulheres italianas têm axilas peludas, cheiram a alho e engordam rapidamente por causa da massa: os italianos beliscam traseiros nos ônibus de Roma e metem com força demais quando fazem amor. Esses são os brados da xenofobia.

Para mim, a França é um lugar de banalidade provinciana, uma terra na qual o patriotismo só floresce para esconder a terra ensanguentada da revolução, na qual a história foi iniciada na Bastilha por uma horda de camponeses descontrolados com forcados, que decapitavam seus superiores simplesmente por serem o que são. Antes da Revolução, insistem os franceses com seu sotaque engolidor de vogais, com uma encolhida de ombros gaulesa dirigida a desarmar a contradição, havia apenas pobreza e a aristocracia. Agora... os ombros encolhem de novo e um queixo pontudo aponta a grandeza dúbia da França. A verdade é que, agora, possuem pobreza de espírito e uma aristocracia de políticos. A Itália é diferente. A Itália é romance.

Gosto daqui. O vinho é bom, o sol é quente, as pessoas aceitam seus passados e não exultam com eles. As mulheres são amantes suaves e lentas — pelo menos Clara; Dindina é mais ansiosa — e os homens gostam da boa vida. Não há pobreza para a alma. Todos são ricos de espírito. Os empregados da cidade mantêm as ruas limpas, o trânsito fluindo, os trens em curso e a água chegando às torneiras. Os *carabinieri* e a *polizia* lutam contra os criminosos, de certo modo, e a *polizia stradale* mantém a velocidade baixa na autoestrada. Impostos são recolhidos com uma parte módica de honestidade. Enquanto isso, as pessoas vivem, bebem vinho, ganham dinheiro, gastam dinheiro e deixam que o mundo gire.

A Itália é a terra do *laissez-faire*, uma anarquia bucólica dominada pelo vinho e a conivência de vários amores — pela boa comida, pelo sexo, pela liberdade, pela inconsequência, pelo radicalismo —, acima de tudo amor pela vida. O lema nacional da Itália deveria ser *senza formalità* ou *non interferenza*.

Vou contar uma história. As autoridades de Roma queriam capturar sonegadores de impostos — não como na Inglaterra, onde procuram até o mais mesquinho evasor de centavos, caçando-o até que pague o que deve. Não, queriam somente os Césares dos Enganadores do Estado, os Imperadores da Sonegação. Para capturá-los, não montaram armadilhas sórdidas em bancos, não realizaram estudos secretos de transações com ações e títulos. Enviaram uma equipe de homens para as marinas e portos da Itália, checando os registros de todos os iates com mais de 65 pés. Havia uma maravilhosa lógica mediterrânea em atividade: com menos de 65 pés, o iate era o brinquedo de um homem rico; com mais, era um superdeleite dos verdadeiramente ricos. Descobriram 107 iates cujos proprietários eram totalmente desconhecidos pelas autoridades — nenhum registro de impostos, nenhum registro de benefícios estatais e, em alguns casos, nem mesmo certidões de nascimento. Nem mesmo na Sicília. Nem mesmo na Sardenha.

Será que encontraram esses homens? Será que eles pagaram os bilhões de liras ilícitas que deviam? Quem pode dizer? É apenas um conto de fadas.

Para mim, não poderia haver lugar melhor. Eu seria capaz de ficar aqui para sempre, muito possivelmente, não descoberto, como uma tumba etrusca disfarçada de vala em um lado da Via Appia. Desde que eu não compre um iate com mais de 65 pés e o atraque em Capri. Não há chance disso agora. Além do mais, se eu quisesse um brinquedo assim, deveria tê-lo comprado há muito tempo.

* * *

Hoje, o pátio está fresco como sempre. É como uma galeria abobadada cujo telhado desabou para que o céu pudesse espiar para baixo e testemunhar os pequenos dramas que se desenrolam lá dentro.

Alguns dizem que um nobre foi morto ao lado da fonte no centro e que todos os anos, no aniversário do assassinato, a água fica cor-de-rosa. Outros me dizem que o quintal foi a cena do assassinato de um socialista nos anos de Mussolini. Não posso dizer se a água fica rosa de sangue por causa da reputação do nobre (é o que dizem) de sempre se vestir de cor-de-rosa ou porque o socialista era apenas um pouco de esquerda. Talvez um santo tenha morado lá e tenham entendido tudo errado. Isso é história.

As pedras do assoalho têm cor de couro, como se tivessem sido desgastadas depois de anos sendo esfregadas e lapidadas. A fonte, da qual escorre uma água fresca através de um colar pingente de musgo e algas, as gotas ressonando na caverna do pátio, é de mármore marcado com veios negros. É como se a construção envelhecida tivesse contraído veias varicosas em seu coração. Pois a fonte é o coração da construção. Dentro dela há a estátua de uma garota ornada com uma toga e segurando uma concha da qual a água cai, trazida até ali por um cano de 2,25 milímetros de diâmetro, feito de bronze. A garota não é esculpida em mármore, mas de alabastro. Olhando para ela me pergunto se é a água ou sua pele que esfria nosso prédio.

As portas são voltadas para a fonte, persianas feitas com tiras de madeira a observam do alto, varandas se debruçam sobre o pátio. No auge do calor, a fonte mantém o prédio úmido e fresco, o gotejamento da água incessante, fluindo ao longo de um pequeno entalhe no mármore até as lajes, desaparecendo em uma grade sob a qual brota uma fronde de samambaias aquáticas.

No inverno, com as montanhas cobertas de neve, as vielas da cidade congeladas sob nossos pés, a fonte tenta congelar. Mas não consegue. Por mais que o ar esteja parado e frio, por maior que seja o comprimento dos pingentes de gelo pendurados na concha da dama, a água continua pingando, pingando, pingando.

Ninguém liga a fonte. Não há uma bomba elétrica ou outro equipamento parecido. A água se infiltra das profundezas da terra, como se o prédio fosse construído sobre um ferimento no solo.

Além da fonte fica a pesada porta de madeira que leva até a viela, o *vialetto*. É uma passagem estreita entre os prédios com duas esquinas de ângulo reto. Um dia, foi uma trilha de jardim. Ou pelo menos é o que diz *signora* Prasca. Ela disse isso com base na avó, que afirmava que a casa fora cercada por jardins no século XVII e que a viela segue o percurso da caminhada através do caramanchão. Por isso era um *vialetto*, e não um *vicolo* ou *passaggio*. Para mim é um disparate. Os prédios ao redor são contemporâneos a este. Jamais houve jardins no antigo quarteirão, apenas pátios onde nobres e socialistas eram apunhalados nas sombras.

De um lado da fonte fica o começo da íngreme escada com degraus de pedra que sobe até o quarto andar, onde moro, um andar para cada lado do pátio quadrado. Eles estão desgastados no centro. A *signora* Prasca caminha pelos cantos, especialmente quando chove e os degraus ficam molhados. Uma calha furada derrama água no segundo andar. Ninguém a conserta. Não sou eu que o farei. Não é meu papel alterar histórias insignificantes, consertar as calhas e fazer que os degraus durem mais cem anos. Isso é o que a maioria dos ingleses faria. Não quero que pensem em mim como necessariamente inglês. Estou preocupado com questões mais importantes.

Em cada andar há uma sacada, uma varanda aberta para o pátio, o quadrado de céu, oculto para todos, exceto para seus habitantes e os respectivos deuses.

As paredes são pintadas na cor de *café-au-lait*, os remates das colunas das varandas retocados a têmpera, e já descascando. Dizem que o gesso racha todos os invernos quando a primeira neve surge nas montanhas, tão confiável quanto o mais caro dos barômetros. Todas as persianas são de madeira envernizada — faia, a julgar pela cor. Uma madeira incomum para persianas na Itália.

Gosto do prédio, fui atraído por ele assim que ouvi o gotejar da fonte e me contaram sobre os assassinatos. Era apropriado. Eu não tinha outra opção além de alugar o apartamento do quarto andar por um longo prazo, seis meses de aluguel pagos adiantados. Sempre acreditei no destino. Não existem coincidências. Meus clientes confirmarão tal opinião.

Não tenho amigos realmente íntimos: tais amigos podem ser perigosos. Eles sabem demais, envolvem-se demais com o bem-estar do outro, têm muito interesse em saber como o outro é, onde esteve, para onde está indo. São como esposas, mas sem a suspeita: ainda assim, são curiosos, e a curiosidade é algo sem o que posso viver. Não posso me dar ao luxo de correr o risco. Em vez disso, tenho conhecidos. Alguns são mais próximos que outros e lhes permito que vejam sobre as fortificações mais externas da minha existência, mas nenhum é o que se costuma chamar amigo íntimo.

Eles me conhecem: mais exatamente, sabem a meu respeito. Alguns sabem em qual quarteirão da cidade moro, mas nenhum entrou em meu ninho de falcão: a entrada em minha residência atual está reservada a um grupo muito seleto de visitantes profissionais.

Vários se aproximaram a menos de 100 metros e me encontraram indo ou vindo: cumprimentei-os com sorrisos e cortesia, sugerindo que estava na hora de parar de trabalhar. O sol está alto. Uma garrafa de vinho, talvez? Fomos para o bar — o na Piazza di S. Teresa ou o outro, na Piazza Conca d'Oro, por exemplo — e falei sobre *Polyommatus bellagus*, *P. anteros* e *P. dorylas* e o azul delicado de suas asas, sobre o escândalo mais recente do governo de Roma ou Milão, da habilidade comparável à das cabras de meu pequeno Citroën nas estradas da montanha. Chamo o carro de *il camoscio*, o que diverte a todos. Só um estrangeiro, provavelmente um inglês excêntrico, daria nome ao próprio automóvel.

Duilio é um de meus conhecidos. Ele anuncia com uma modéstia tocante que é encanador: na verdade, é um rico empresário do ramo de canos e dutos. Sua empresa constrói canos de esgoto, tubulações subterrâneas, calhas de recolhimento pluvial e, recentemente, expandiu para o ramo de barreiras para avalanches. É um homem feliz com um amor bacanalesco por bons vinhos. Sua esposa, Francesca, é uma mulher alegre e rotunda que jamais deixa de sorrir. Ela sorri enquanto dorme, Duilio diz, piscando o olho obscenamente como dica do motivo para tal.

Conhecemo-nos quando ele veio conferir a calha. Como amigo de um amigo da *signora* Prasca. Esperava-se que um de seus empregados fizesse o trabalho em um dia de folga, por dinheiro. Começamos a conversar — Duilio fala um pouco de inglês, mas seu francês é melhor — e fomos ao bar. A calha não foi consertada, mas ninguém pareceu se importar. Amizades podem ser formadas por causa de uma tarefa para um faz-tudo, mas não desfeitas por causa dela. Então, algumas semanas depois, fui convidado à casa de Duilio para experimentar seu vinho. Foi uma honra.

Duilio e Francesca têm várias casas: uma perto do mar, uma nas montanhas, um apartamento em Roma para os negócios e, talvez, para os flertes com os quais os homens italianos ocupam suas horas extraconjugais. A casa na montanha fica nos vinhedos e nos pomares de damascos a cerca de 15 quilômetros da cidade, no alto do vale. É alto demais para o cultivo de olivas, o que é uma pena: existem poucos luxos no mundo maiores do que passar uma tarde longa e preguiçosa sob a sombra tênue de uma oliveira, a luz do sol penetrando entre os galhos e as raízes das árvores, escavando seus devaneios como dedos em massa de farinha.

A casa é uma construção moderna de três andares erguida onde havia uma cisterna romana, o que era apropriado para um homem que constrói sistemas de drenagem: Duilio ri de tal ironia.

Ele afirma que está respeitando a tradição da terra, restaurando os canais de irrigação nos pomares. Também quer deixar uma marca na história.

Duilio fabrica o próprio vinho: tinto, tinto claro, as uvas de Montepulciano. A casa não tem uma adega. Basta uma garagem cavernosa, cujo fundo é tão escuro e bolorento quanto qualquer caverna, e igualmente misterioso. Atrás de uma parede que corta a brisa, atrás de prateleiras de pequenos canos e bombas sobressalentes, chaves de parafuso enormes e máquinas cortadoras de tubos, caixas de torneiras e válvulas, fica o vinho. Ele é coberto de poeira de cimento, gesso e bosta de morcego. Para alcançar uma prateleira específica, Duilio precisa subir no teto de seu Mercedes novo. Esticando o braço, ele suspira com o esforço. O homem não está bem. É o vinho.

— *Voilà!* — ele diz, alto, depois recorre ao seu limitado domínio do inglês para reverenciar o convidado. — Este é um bom vinho.

Ele está tão orgulhoso quanto um pai pelo filho ou pela filha que se casa com alguém de uma classe muito superior.

— Eu faço. — Ele dá um tapa na garrafa, como se fosse o traseiro de uma prostituta. — Ela é boa.

Ele espana o gargalo da garrafa na articulação do cotovelo, manchando a pele com a poeira cinzenta. Entre uma caixa de arruelas e um caixote de óleo para máquinas ele retira um saca-rolhas, abrindo a garrafa com uma pequena explosão parecida com o som de um projétil de alta velocidade saindo por um silenciador. Serve o vinho em duas taças na mesa e nos sentamos, esperando que a bebida aqueça sob o sol. Lagartos se arrastam rapidamente sobre a areia branca e ofuscante da entrada, esfregando-se nos cardos e na grama sob os damascos suculentos.

— *Alla salute!*

Como um verdadeiro especialista, ele bica a bebida e espalha o vinho pela boca, espremendo uma gota entre os lábios e engolindo lentamente.

— É boa — ele declara outra vez. — Não é?

Na Itália, qualquer coisa que se valha ter parece ser feminina: um bom carro, um bom vinho, um bom salame, um bom livro e uma boa mulher.

— Sim — concordo.

Se o vinho fosse uma mulher, digo, seria jovem e sensual. Seus beijos seriam de arrancar o coração. As mãos delas ressuscitariam o velho mais flácido, transformando-o num garanhão de proporções hercúleas. Garanhões estourariam de inveja. Os olhos dela implorariam por amor.

— Como sangue — Duilio diz. — Como sangue italiano. Bom vermelho.

Concordo diante da ideia sobre sangue e história. Eu deveria voltar ao trabalho. Despeço-me e, com relutância, aceito de presente uma garrafa daquele sangue de uva sem rótulo. Recebê-lo me põe em desvantagem. Um homem que aceita vinho de um conhecido corre o risco de desenvolver uma amizade, e, como digo, não quero amizades, pois elas trazem perigo.

Permita que eu lhe dê um conselho, quem quer que você seja. Não tente me encontrar.

Passei a vida toda escondido nas multidões. Mais um rosto, tão anônimo quanto um pardal, tão indistinguível de outro homem quanto uma pedrinha na praia. Posso estar de pé ao seu lado no check-in do aeroporto, no ponto de ônibus, na fila do supermercado. Posso ser o velho dormindo no chão sob a ponte da estrada de ferro de qualquer cidade europeia. Posso ser o vagabundo apoiado no bar em um pub rural inglês. Posso ser um velho bastardo e pomposo dirigindo um Roller conversível — um Corniche branco, digamos — pela *autobahn* com uma garota com um terço da minha idade ao lado, com os seios moldados sob sua camiseta e a saia bem curta no alto de suas coxas bronzeadas e intermináveis. Posso ser o cadáver numa maca em um necrotério, o desamparado sem nome, sem lar, sem uma única pessoa de luto diante da boca da cova de um indigente. Você não tem como saber.

Ignore as pistas aparentes. A Itália é um país grande, ideal para se esconder.

Mas, você pensa, Piazza di S. Teresa, onde há um bar de propriedade de um certo Luigi. *Signora* Prasca, você pensa. Duilio, o milionário dos encanamentos e Francesca, você pensa. Clara e Dindina. Um bom detetive seria capaz de localizá-los, somar dois mais um e chegar a quatro. Investigar os registros de impostos de uma certa solteirona ou viúva Prasca, os computadores da polícia por duas prostitutas chamadas Clara e Didina no mesmo bordel, as listas do Diretório de Fabricantes de Encanamentos Italianos. Procure por cada Piazza di S. Teresa que tenha um bar próximo a uma viela com duas curvas em ângulo reto chamada pretensiosamente de um *vialetto*.

Esqueça. Não desperdice seu tempo. Posso ser velho, mas não sou tolo. Se o fosse, não deveria estar velho, mas sim morto.

Os nomes foram alterados, os lugares foram trocados, as pessoas mudaram. Existem mil Piazzas di S. Teresa, 10 mil vielas sem nome e que não constam em nenhum mapa, exceto naqueles dentro das cabeças dos moradores e do *postino* local que a conhece apenas como um beco sem saída pelo qual precisa caminhar todas as manhãs, somente para retornar para a Via Ceresio e prosseguir com seu percurso.

Você não me encontrará. Não permitirei e, sem meu consentimento, você está perdido. O esquadrão antiterrorista britânico, o MI5, a CIA e o FBI, a Interpol, a KGB ou a GRU russas e o Securitate romeno, até mesmo os búlgaros, especialistas em rastrear homens — todos procuraram, mas jamais me descobriram, apesar de alguns terem chegado muito perto. Você não tem a menor chance.

O apartamento é independente. Ninguém consegue entrar nele exceto através da única porta principal; não há escadas nos fundos, nenhum prédio mais alto de onde se poderia baixar um intruso, nenhuma escada de incêndio. Caso haja necessidade, tenho um meio de fuga, mas você não saberá qual é: tal revelação seria extremamente tola de minha parte.

Na verdade, o apartamento tem três pisos, pois o prédio foi erguido na encosta da colina sobre a qual a cidade é construída. Entrando pela porta da varanda do quarto andar, você encontraria o pequeno corredor e a sala de estar principal, que é espaçosa, com 10 metros por 7. O chão já foi de lajotas vermelhas, agora ocre, do século XVII, e no centro há uma lareira erguida em um estrado de 20 centímetros sobre o qual paira uma cobertura de cobre e uma chaminé. Pode fazer frio aqui no inverno. Vários sofás modernos cercam a lareira, dos tipos feitos a partir de conjuntos comprados em armazéns de móveis. As cadeiras são de madeira com lona, como as usadas pelos diretores de cinema nos sets de filmagem. A mesa, de carvalho pesado do século XIX, tem apenas quatro cadeiras. Uma a mais que o essencial.

Ao longo de uma parede há uma fileira de janelas: como a lareira, são um acréscimo moderno. Do lado oposto ficam as prateleiras de livros.

Aprecio livros. Nenhuma sala está preparada para o trabalho sem uma fileira de livros. Eles contêm toda a experiência da humanidade condensada. Para viver plenamente, deve-se ler muito. Não pretendo encarar um leão comedor de homens nas estepes africanas, saltar de um avião no mar árabe, voar pelo espaço cósmico ou marchar com as legiões de Roma contra a Gália ou Cartago, mas os livros podem me levar a tais lugares, a tais apuros. Em um livro, Salomé pode me seduzir, posso me apaixonar por Marie Dupleissis, ter minha própria Dama das Camélias, uma Monroe particular ou uma Cleópatra exclusiva. Em um livro, posso roubar um banco, espionar o inimigo, matar um homem. Matar qualquer quantidade de homens. Não, isso não. Um homem de cada vez é o bastante para mim. Sempre foi. E nem sempre busco experiências de segunda mão.

Livros são um empecilho pois, quando me mudo, precisam ser abandonados, descartados como sacas de areia de um balão que cai, lastro de um navio adernado que enfrenta uma tempestade. Em cada novo lugar preciso recomeçar a montar uma biblioteca. Fico sempre tentado a enviar os livros para algum depósito, mas isso exigiria um endereço, um ponto fixo, e não posso me dar ao luxo de tal regalo. Olhando para estas prateleiras, contudo, considero que possam ser mais permanentes que as do passado.

Também aprecio a música, um prazer, uma fuga da realidade. Nas prateleiras, tenho um CD-player. Ao lado dele, há cerca de cinquenta discos. Na maioria, música clássica. Não sou amante de música moderna. Um pouco de jazz. Contudo, também os clássicos do gênero — a Original Dixieland Jazz Band, King Oliver, Bix Beiderbecke, o Original New Orleans Rhythm Kings e os Chicagoans de McKenzie e Condon. A música também é um excelente recurso para distorcer ou abafar outros sons.

Nas paredes do fundo da sala, tenho pinturas. Não são valiosas. Foram compradas em um mercado diante da catedral frequentado por artistas aos sábados. Algumas são distintamente modernistas, cubos, triângulos e minhocas de tinta. Outras são representações ineptas do campo nos arredores da cidade: uma igreja com um campanário mal desenhado, um moinho cercado por arbustos, um castelo empoleirado no topo de uma montanha. Há muitos castelos equilibrados em encostas na província. As pinturas são leves e alegremente primitivas, do mesmo modo que a arte feita por crianças é atraente. Elas acrescentam cor e luz.

Preciso de luz. Em um mundo escuro, a luz é essencial.

No fundo da sala fica uma pequena cozinha com um fogão a gás, uma geladeira, uma pia e superfícies de trabalho de mármore falso. No final de uma passagem estreita e escura que sai da cozinha, há um lavabo composto por uma privada e, desnecessário para minha residência, um bidê. Na parede oposta à entrada fica outra porta que dá para cinco degraus que sobem para outro corredor, do qual um dos lados é uma longa janela dividida somente por pilares. Outrora uma varanda, o local foi envidraçado pelo morador anterior.

O corredor dá para dois grandes quartos e um banheiro adequadamente instalado — uma banheira, um chuveiro, um lavatório, um armário pálido com uma pia de água quente e outro bidê supérfluo. O morador anterior, sou informado pela *signora* Prasca, era um *amante* prodigioso. Ela faz a afirmação com um sorriso de recordação agradável, como se também tivesse sido uma das conquistas dele. Quando recorda inconveniências das festas que ele promovia, de seu mau humor e dos gemidos altos de uma jovem amante saindo por uma janela aberta na noite de verão e ecoando pelo pátio, ela se refere a ele como *seduttore*. Não é possível agradar as velhas.

O primeiro quarto é mobiliado de maneira simples, com uma cama de casal, uma cômoda de pinho, uma cadeira com assento de junco e um armário. Não sou um homem desejoso de um sono luxuoso. Meu sono é leve. Faz parte do meu negócio. Um quarto cheio de tecidos de cetim, almofadas, espelhos e aromas adormece a mente de modo tão eficaz quanto a morfina. Além disso, não trago garotas bonitas aqui. A cama pode ser de casal, mas apenas me dá mais espaço. No meu negócio, às vezes é preciso espaço, até mesmo no sono. O colchão é duro, pois espuma macia e molas são outros soporíferos, e a armação não range. Não há — qual é o eufemismo atual? — corridas na horizontal realizadas nesta cama. Uma armação de cama barulhenta é o último som que muitos homens ouviram. Não quero me juntar à companhia augusta desses tolos falecidos.

O banheiro, decorado com bom gosto com azulejos brancos sobre os quais, pintados aleatoriamente pelas paredes, retratos coloridos de flores da montanha, fica entre os quartos.

Por ora, deixarei de lado o segundo quarto.

No fundo do que outrora foi uma varanda, fica outro lance de degraus de pedra tão desgastados quanto a escadaria principal. Até o prédio ser subdividido em apartamentos há cerca de vinte anos, quem entrasse pela porta da frente, com certeza, a menos que fosse um criado ou comerciante, faria a peregrinação até o topo, pois no topo da escada fica a glória que coroa a arquitetura italiana — uma *loggia* aberta octogonal.

Mobiliei o local com uma cadeira e uma mesa de ferro gastas, pintadas de branco. Mais nada. Nem mesmo uma almofada. Não há luz elétrica. Uma prateleira baixa de madeira sob a parede do parapeito acomoda um lampião a óleo.

A *signora* Prasca expressa uma decepção ocasional por eu não ter visitas para desfrutar a *loggia* e a vista panorâmica, com quem eu possa compartilhar o amanhecer e o crepúsculo, as brisas cheirosas de verão e o nascimento de uma estrela Vênus invernal e coruscante no vale abaixo.

A *loggia* é minha, mais preciosa do que qualquer convidado que pudesse pisar nela. É meu lugar absolutamente privado, mais do que o resto do apartamento. Na *loggia*, vislumbro o panorama do vale e das montanhas e penso em Ruskin e Byron, em Shelley e Walpole, em Keats e Beckford.

Se me sento no centro do espaço, sob a abóbada do telhado, não posso ser visto por baixo nem pelos prédios dos dois lados. Posso ser visto do teto ou do parapeito na fachada da igreja no alto da montanha, mas ela fica trancada à noite e as paredes são tão impenetráveis quanto as de uma penitenciária. Não há uma torre e seria preciso um homem bastante determinado para escalar o prédio.

O interior da abóbada tem a peculiar pintura de um afresco que, imagino, deve ter pelo menos trezentos anos, e retrata a vista do horizonte, os topos das montanhas e a fachada da igreja, cuja silhueta permaneceu inalterada ao longo do tempo. Acima, o céu está pintado em azul-celeste, as estrelas gravadas em ouro. Em alguns pontos, a tinta desbotou e descascou mas, de modo geral, o afresco permanece em boas condições. Não consigo reconhecer as estrelas e presumir se são produto da imaginação do artista ou se detêm algum significado simbólico que não tentei decifrar.

O tempo é curto demais para que eu explore a história. Basta-me ajudar a ajustá-la à minha humilde maneira.

Não costumo sair no meio do dia. Não se trata de ser um não expatriado por opção. "Cachorros loucos e ingleses", de Noël Coward, não se aplica a mim. Não alego ser inglês e tampouco francês, alemão, suíço, americano, canadense, sul-africano. Nada, na verdade. A *signora* Prasca (e, na verdade, todos os meus conhecidos) presume que eu seja inglês porque falo a língua e recebo correspondências em inglês. Escuto — e eles devem ouvir ocasionalmente — a BBC World Service no meu rádio portátil. Também sou moderada e inofensivamente excêntrico, pois pinto borboletas, recebo visitas muito raramente, sou um homem muito reservado. Os ingleses não saem no meio do dia. Eu não poderia ser nada além de inglês aos olhos deles. Não lhes tirarei tal ilusão.

Minha preferência por permanecer dentro de casa, o que faço quando me convém, se deve a uma série de razões.

Em primeiro lugar, é mais conveniente para mim trabalhar durante o dia. Qualquer barulho que eu faça pode ser camuflado pelo murmúrio geral da cidade. Qualquer aroma que possa emanar é perdido no ódio das fumaças dos automóveis e de comidas sendo preparadas. Para mim, é melhor trabalhar à luz do dia do que sob luzes artificiais. Preciso ver muito precisamente o que faço. A vantagem da Itália é o grande número de horas de sol todos os dias.

Em segundo lugar, as ruas são movimentadas durante o dia. As multidões, eu bem o sei, são um esconderijo superlativo — mas não somente para mim: existem os que se esconderiam de mim para me observar, refletir sobre mim, tentar avaliar o que estou fazendo.

Não gosto de multidões, a menos que me sejam de algum proveito. Para mim, uma multidão é como uma floresta tropical para um leopardo. Pode ser um hábitat muito seguro ou muito perigoso dependendo da sua atitude, posição e sentidos inatos. Para mover-me em meio às multidões, preciso estar sempre alerta, sempre cauteloso. Depois de algum tempo, um estado constante de vigilância se torna cansativo. Esse é o momento de maior perigo, quando a atenção é enfraquecida. É nesse ponto que o caçador captura o leopardo.

Em terceiro lugar, caso alguém quisesse roubar o apartamento, o mais provável é que o fizesse sob a proteção do dia.

A inacessibilidade do apartamento tornaria uma intrusão noturna no mínimo complicada e, no máximo, perigosa. Nenhum ladrão, nem mesmo um aprendiz amador e idiota, estaria preparado para escalar telhados de telhas curvas e soltas, erguer uma escada de 7 metros, jogá-la por um espaço aberto 15 metros acima do chão, subir precariamente nela, tudo isso por um par de bugigangas, um ou dois relógios de pulso e uma televisão.

Não: qualquer ladrão viria de dia, disfarçado de medidor de consumo de gás, recenseador, funcionário do departamento de saúde, inspetor de construções. Nem assim seria fácil: ele precisaria conseguir atravessar o pátio, espreitar-se sem ser visto pela astuta *signora* Prasca, que é *concierge* desde antes da guerra e conhece todos os truques, e abrir a porta do meu apartamento. Esta tem duas trancas Chubb, e a madeira tem mais de 1 polegada de espessura. Revesti o interior da porta com uma placa de aço de calibre 7.

De todo modo, o tempo do ladrão comum seria desperdiçado. Uso meu único relógio no pulso e, sem o menor desejo de vegetar diante de programas de auditório inócuos e seios de donas de casa milanesas, não tenho televisão, apenas o CD-player e o rádio portátil, os quais não são populares na Sociedade Italiana de Ladrões Veteranos.

Contudo, temo o tipo de ladrão mais inteligente. O que ele roubaria de mim não seria riqueza material. Seria conhecimento, um conhecimento que poderia ser vendido mais rapidamente do que um broche roubado ou um Rolex Oyster Perpetual. Nem todos querem um relógio roubado, mas o mundo todo quer informações.

Em quarto lugar, gosto do apartamento durante o dia. As janelas permitem a entrada da brisa, o sol se move inexoravelmente através do chão, desaparece e começa a seguir na direção das janelas opostas. As lajotas estalam com o calor e lagartos se arrastam pelos peitoris. Martinetes fazem ninhos nos beirais para piarem e pipilarem durante o dia quente, mergulhando em suas tigelas de lama como acrobatas, como se impulsionados, seguindo a trajetória de cabos invisíveis. O campo se move através de fases luminosas: as brumas do nascer do dia, a luz clara e intensa do amanhecer, a névoa do meio-dia e da tarde, a mudança arroxeada para o crepúsculo, as primeiras fagulhas de luz surgindo nas aldeias da montanha.

Tenho um lado romântico. Não nego. Com minha preocupação com coisas intricadas, minha adoração pelas exatidões, minha percepção de detalhes e minha consciência da natureza, talvez tivesse sido poeta, um dos legisladores não reconhecidos do mundo. Certamente, sou um legislador não reconhecido, mas não escrevi um único verso desde que terminei a escola. Até cheguei a ser reconhecido em diversas ocasiões, mas sob um pseudônimo.

E finalmente, quando estou no apartamento tenho total controle do meu destino. Posso ser vítima de um terremoto, pois esta área da Itália é propensa a sofrê-los. Posso ser envenenado pela fumaça que os carros soltam durante o dia. Posso ser atingido por um raio durante uma tempestade de verão — não há melhor lugar no mundo para se observar os deuses brincarem do que a *loggia* — ou algum pedaço solto de um avião pode cair em mim. São eventualidades. Ninguém pode evitar esses acontecimentos imprevisíveis.

Estou seguro dos acontecimentos previsíveis, dos riscos que podem ser avaliados, analisados e considerados, os caprichos dos homens.

Saio no começo da manhã. O *vialetto* guarda a noite durante meia hora depois do amanhecer. Na Via Ceresio, viro à esquerda e vou até a esquina com a Via de' Bardi. No lado oposto, há uma casa velha, a mais velha da cidade, segundo a *signora* Prasca. Logo abaixo da beirada do telhado há uma rachadura de 10 centímetros provocada pelo tempo, o abalo de vulcões distantes e as vibrações das carruagens na Viale Farnese. Nessa rachadura vive uma colônia de morcegos, milhares deles. De pé na esquina ao amanhecer, observo-os voltando para passar o dia e penso em D. H. Lawrence e seu *pipistrello*. Ele estava certo. Morcegos de fato não voam, mas se movem através de lampejos em parábolas neurastênicas.

Ao amanhecer, às vezes caminho pela Via Bregno, atravesso a Viale Farnese e entro no Parco della Resistenza dell' 8 Settembre. Os pinheiros e os álamos assoviam enquanto as primeiras brisas chegam do vale. Pardais saltam ao redor em busca de migalhas deixadas pelos passantes do dia anterior.

Alguns morcegos errantes capturam os últimos insetos da noite. Nos arbustos, pequenos roedores farfalham competindo pelos achados dos pardais.

Ninguém sai de casa tão cedo. Eu poderia ser um fantasma caminhando pelas ruas, cego para os vivos. Costumo ter o parque apenas para mim, e isso é o melhor de tudo, pois é seguro. Se houvesse outras pessoas ao redor, um zelador indo para o trabalho, um casal de namorados agarrados após uma noite do que a *signora* Prasca sem dúvida chamaria de *l'amore all'aperto*, um homem se exercitando como eu, sou capaz de vê-los, determinar os motivos pelos quais estão no parque comigo, avaliar a ameaça que possam me impor e reagir de acordo.

Ou então, saio à noite. É quando a cidade está viva, mas não cheia demais. Há multidões, mas há também sombras para as quais posso deslizar, arcadas e portas nas quais posso me abrigar, becos pelos quais é possível realizar uma bela fuga. Posso me misturar às multidões, desaparecer silenciosamente em meio a elas como um navio na névoa.

Essas são apenas precauções sensíveis. Fora os membros da discreta fraternidade da minha profissão, ninguém sabe que estou aqui ou, caso saibam, não sabem exatamente onde na longa perna da Itália eu ganho a vida. Ainda assim, preciso estar preparado.

Conheço esta cidade, cada rua, beco e passagem. Passei por eles, aprendi onde ficam, estudei suas curvas e esquinas, suas retas e seus ângulos de aclive ou declive. Posso caminhar rapidamente do portão oeste até o portão leste em 15 minutos, sem me desviar uma única vez mais de 8 metros de uma linha reta desenhada entre os prédios. Duvido que haja algum camarada morador que possa fazer o mesmo.

Quanto a deixar a cidade, posso sair dela ao volante no pico do horário de maior movimento, até mesmo no meio da temporada turística, em menos de três minutos de onde guardo meu Citroën. Em sete, posso atravessar o pedágio, bilhete colocado convenientemente no cinzeiro, e pegar a autoestrada. Em 15, posso estar no meio das montanhas.

Permita-me contar sobre a vista da *loggia*. A *signora* Prasca está certa quando me repreende por não desfrutar dela com outras pessoas, de modo que a compartilharei com você. É uma pena que você não possa estar realmente aqui comigo. Eu não poderia permitir isso, sem conhecê-lo. Você precisa entender que, de todo modo, posso estar mentindo. Não falsificando a verdade. A verdade é um absoluto inelutável. Estou apenas a adaptando.

Da *loggia*, tenho uma visão panorâmica sobre os telhados do vale e as montanhas do sul-sudeste até o leste-nordeste. Também vejo sobre os telhados da cidade até a igreja e uma longa fileira de árvores ao longo da Viale Nizza.

Os telhados são todos cobertos de telhas curvas, as chaminés curtas com coberturas feitas de telhas parecidas com telhados em miniatura. Antenas de televisão colocadas em varas de alumínio são a única concessão à modernidade. Remova-as e a vista pode ser como aquela pintada ao redor da beirada da abóbada. Os telhados descem em degraus conforme a colina segue rumo à encosta que cai para o rio e a linha férrea mais abaixo.

Mais além fica o vale, correndo do sudeste para o noroeste por cerca de 30 quilômetros. Dos dois lados se erguem montanhas de até 1.050 metros de altitude, com sopés entre a parte plana do vale e os picos que, apesar da altitude e das escarpas, não são dominantes e permanecem mais como sentinelas amigáveis do que vigias. No inverno, a neve chega a apenas 100 metros do solo do vale. A distância, vale abaixo, existem outras montanhas que se erguem na planície. Assim como as montanhas, têm árvores nos locais em que não há rochas, a inclinação não é íngreme demais e a neve geralmente é temporária. Do outro lado do vale, há aldeias. Nas montanhas, pequenas comunidades se penduram em platôs. A vida é agrícola, rigorosa, mas rica em satisfação.

Na cidade, há indústrias: eletrônicos, indústrias de serviços, laboratórios farmacêuticos — tudo de alta tecnologia e baixa poluição. A força de trabalho vive em subúrbios anônimos ao norte, comunidades estéreis em casas bem-cuidadas cercadas por pinheiros marcados pelos tratores das companhias de construção, ou em blocos de condomínios de poucos andares. Esses são os lares dos que não desejam fazer história.

Felizmente, não posso ver essas concepções maculadas, como padre Benedetto se refere a elas, as construções estéreis e efeminadas, os enclaves pretensiosos da *borghesia Italiana*. O que consigo ver, com meu par de binóculos compactos de bolso da Yashica, são cinco mil anos de história dispostos diante de mim tal como uma tapeçaria sobre a parede de uma catedral, uma toalha de altar para o deus do tempo cobrindo o mundo.

Em uma serra, despontando das montanhas como um esporão de rocha de um galo, há um castelo. Hoje está em ruínas, restando somente as muralhas externas, que cercam um espaço de 3 hectares de alojamentos e estábulos decrépitos, armazéns e os aposentos dos nobres. Existe uma única entrada, lacrada com uma pesada grade de ferro e segura por três correntes de titânio e cadeados super-resistentes. As correntes carregam os sinais de limas, usadas inutilmente: no chão, há os restos de várias limas, partidas pelo mau humor ou pelo mau uso. Alguém, mais inteligente que os limeiros, tentou aumentar o espaço entre duas barras com um macaco hidráulico. Foi bem-sucedido — apenas em parte.

Exceto para mim, aparentemente, o castelo permanece tão impenetrável quanto nos tempos das Cruzadas. Descobri uma entrada, minha mente sendo parecida com as dos construtores de fortalezas, uma mente acostumada aos espasmos do intrigante, a diversidade da necessidade e a exigência onipresente de um esconderijo, de uma corda para fora da janela ou de uma escada apoiada na parede.

Não longe do castelo, ficam as ruínas de um monastério, o Convento di Vallingegno. É um lugar fantasmagórico. Como no castelo, as paredes permanecem firmes. As construções internas, no entanto, estão em melhores condições. Nem todos os telhados desabaram. Dizem que os espíritos são ativos aqui. Bruxas locais, pois ainda existem muitas nesta parte da Itália, pilham as tumbas dos monges. O monastério foi o local de realização de cerimônias de magia negra conduzidas pela hierarquia da Gestapo local em 1942. Dizem que um oficial superior da Gestapo está enterrado aqui. As bruxas procuraram com zelo por tal prêmio, mas até agora não obtiveram resultado.

Ao redor das ruínas existem pequenas aldeias — San Doménico, Lettomanopello, San Martino, Castiglione, Capo d'Acqua, Fossa. Lugares minúsculos, semiabandonados pelos habitantes que partiram para a Austrália, os Estados Unidos ou a Venezuela, fugindo da peste, da seca, do desemprego ou da miséria agrícola montanhesca desgastante das décadas de 1920 e de 1930.

Conheço todos esses lugares. E outros, ainda mais distantes, através das montanhas, ao longo de trilhas usadas somente pelos cabritos monteses, ou pelos pastores, ou o javali selvagem ou os estúpidos esquiadores *cross-country* assim que caem as primeiras nevascas fortes.

O vale é história. As montanhas são história. Não consigo ver da *loggia*, pois a linha de álamos no Parco della Resistenza dell' 8 Settembre bloqueia a visão, mas há uma ponte sobre o rio, 17 quilômetros de distância, que está enterrada sob a vegetação rasteira, emaranhados de arbustos espinhosos e vitalbas. Há cinquenta anos a estrada não a utiliza. Uma ponte para automóveis serve como desvio para ela 20 metros rio abaixo.

Enfiando a perna através da cobertura de arbustos, pisei no arco de pedras arredondadas. Eu sei, pois li a história local, que Oto e Conrado IV, Carlos I de Anjou e tanto Henrique III quanto Eduardo I da Inglaterra a cruzaram, sem falar nos papas — o diplomata Inocêncio III, o astuto cruzado Gregório X, o mentiroso Bonifácio VIII e o crédulo milagreiro Celestino V. Todos eram homens da história, homens de destino, homens que queriam deixar suas marcas no tempo.

Sendo um romântico — não um poeta, mas ainda assim um legislador: não se esqueça disso —, imagino o tropel de cascos sobre as pedras arredondadas, os brasões se enrolando nas lanças, o tinir dos estribos e o clangor das armaduras, o som áspero da cota de ferro e o ranger do couro. Vejo, refletido no rio, o brilho do aço da espada e a exuberância das cores das sedas e bandeiras.

História: o castelo e o monastério, as aldeias, a ponte, as estradas, as igrejas e os campos. Gosto disso, dessa história corriqueira das coisas cotidianas.

* * *

Hoje está um calor impiedoso na serra. Esforcei-me para subir a trilha pedregosa durante quase vinte minutos. A encosta é triste: tomilho selvagem, sálvia, arbustos baixos e cardos, de cujos caules se penduram lesmas com listras pretas e brancas, as conchas lacradas pelo muco endureci-do contra o calor do sol, exibidas como pérolas nos caules, como bolhas de seiva que escorreram e foram assadas ao longo do dia.

As pedras são soltas e grandes, tão ofuscantemente bran-cas quanto esmalte branco, e a trilha é irregular. Se o cami-nho fosse menos pedregoso, eu poderia ter dirigido até aqui, mas não posso correr o risco de um coletor de óleo perfu-rado ou um eixo rachado. Preciso de mobilidade confiável.

No final da trilha, que se estreita seguindo de um lado para o outro montanha acima, ficam as ruínas de uma torre e de uma pequena igreja, pouco maior do que uma capela, certa vez confinadas às paredes de um pequeno forte, mas um forte de enorme importância, pois dele se pode ver a extremidade sul do vale, onde a terra começa a descer acen-tuadamente para a planície. Daqui, a trilha sinuosa pelo vale cada vez mais estreito pode ser observada por 10 quilôme-tros. A estrada é pouco usada agora: existe uma autoestrada novinha ao leste. Mas foi aqui que os cruzados atravessaram, e a torre e a igreja pertenceram aos primeiros banqueiros do mundo, os cavaleiros templários.

Chego ao topo e encontro uma rocha conveniente sobre a qual posso me sentar ao lado da torre demolida. O sol é impie-doso. Tiro minha garrafa d'água da mochila e bebo avidamen-te. A água está morna, tem um sabor tépido e cheira a plástico.

Admiro aqueles cavaleiros. Eles assumiram o controle da história. Lutaram. Mudaram o destino. Mataram. Mantiveram segredos. Eram homens reticentes e, como todos os homens discretos, fizeram muitos inimigos por causa de sua reserva, seu fetiche absorvente pela privacidade. Como eu fiz. A torre na qual me apoio era deles. Daqui, o destino era controlado.

O grande destino. Não as pequenas alterações na linha do tempo. As grandes viradas, os estalos no chicote do tempo que se enrolam, estalam e geram um trovão. Aquelas que doem.

Aqueles não foram homens que construíram igrejas para que fossem lembrados por elas, se não por Deus, então ao menos pelos companheiros. Não foram homens que construíram torres pelas quais o futuro os pudesse admirar. Na verdade, pouca gente nas redondezas do vale ou descendo a estrada que pavimentaram até a planície sabe a respeito do trabalho deles. Suas igrejas são, na maioria, insignificantes e austeras, e suas torres, montes de lixo. Eles mudaram não a forma da paisagem, e sim a forma de sua própria e da minha existência. Da sua, também.

Sou da mesma laia deles. Ao meu modo tranquilo, também desempenho um papel no grande palco do tempo. Não ergo torres, não fundo monumentos e, ainda assim, por causa de mim e de minhas ações, o molde da história é configurado. Não o tipo de história à qual se refere o padre Benedetto, a formação e o rompimento de grandes tratados, a criação de alianças, os casamentos consanguíneos exaltados entre príncipes e pessoas que apenas se pareçam levemente com o resto da humanidade, mas do tipo que altera o ar que respiramos, a água na qual nos banhamos, o solo sobre o qual passamos nossas curtas vidas, que afeta nosso modo de pensar.

É melhor mudar o modo como um homem percebe o mundo do que mudar o mundo que ele percebe. Pense nisso.

Descansado, de fôlego recobrado e com o coração batendo menos forte por causa dos esforços da subida, volto-me para a razão do meu passeio para fora da cidade. Razões: são duas.

A primeira é realizada rapidamente. Leva apenas poucos minutos. Com os binóculos, cubro a encosta do oeste até o vale estreito. Há árvores, carvalhos e castanheiras, freixo da montanha. Não há uma trilha discernível cruzando o solo do vale onde a vila mais próxima se encolhe como um grupo de viajantes se abrigando de uma tempestade que se aproxima. E, de fato, as casas são viajantes, os viajantes do tempo, e a tempestade, o tempo é a tempestade. Conheço a aldeia, nenhuma casa com menos de 100 anos e duas erguidas no século XII. Uma é a padaria da aldeia, como sempre foi, e a outra é uma lastimável oficina de automóveis.

Por conhecer a topografia dessas montanhas, posso dizer que a serra, no topo da floresta, esconde mais além uma campina alpina.

Não se podem comprar mapas na Itália tão detalhados como os que os ingleses vendem a três por dois em todas as livrarias e lojas de postos de gasolina. Mapas da Ordenance Survey não estão disponíveis na Itália. Somente as autoridades os mantêm, os militares ou companhias de água, a *polizia*, os governos provincianos: a Itália enfrentou guerras demais, bandidos demais, políticos demais para correr o risco de que tal informação se espalhe. Mapas que mostram contornos, trilhas nas montanhas, aldeias montanhesas decrépitas e desabitadas, estradas fora de uso não estão publicamente disponíveis. Um mapa de 1:50.000 da região seria de imenso valor para mim: por um de 1:25.000, eu estaria disposto a pagar 750 mil liras. Contudo, não ouso procurá-lo. Estou certo de que haveria um mapa para meu pedido, mas quem o pede é conhecido. Em vez disso, preciso recorrer à minha experiência nas montanhas, e meu conhecimento me diz que há uma campina alpina do outro lado, perfeita para necessidades futuras.

Faço algumas anotações, decido dirigir até a montanha e observar a terra enquanto o dia permanece nublado. Nos dias de sol, a janela de um carro pode refletir a luz como um heliógrafo nas montanhas. Da *loggia*, vi o reflexo de um veículo a 27 quilômetros de distância.

Feito isso, sigo para a tarefa seguinte, um retrato da *Papilio machaon*, a borboleta de cauda-de-andorinha.

Quem nunca viu tal criatura é mais pobre pela exclusão de tamanha beleza de suas vidas. Ela é, para descrever a edição de 1889 de Kirby, uma borboleta grande e achatada, com asas dianteiras triangulares e amplas asas posteriores dentadas. As asas são amarelas como o enxofre, as asas dianteiras são pretas na base e têm veios pretos. Também possuem pontos pretos nas costas e uma ampla faixa subabdominal preta salpicada de amarelo. As asas posteriores são amplamente pretas, salpicadas de azul, antes da margem posterior, e a marca em forma de olhos é vermelha, contornada na frente por preto e azul-cobalto. Todas as asas possuem meias-luas amarelas antes das margens posteriores. Sua envergadura pode alcançar entre 7 e 10 centímetros, desloca-se com beleza e elegância, as asas batendo rapidamente. Basta dizer que é extraordinário.

Uma brisa quente sobe entre a torre em ruínas e a pequena igreja, vinda do solo do vale, dos campos de cevada e lentilha, da plantação de açafrão, dos vinhedos e dos pomares. Sopra apenas aqui e é usada pelas borboletas como autoestrada para atravessar a serra de uma parte do vale para a seguinte, sobrevoando sobre ela como as aves de rapina voam sobre as correntes termais. Coloco minha armadilha na terra, um frasco de remédio com mel e vinho misturados com um pouco da minha própria urina. Ela molha o solo de pedra, deixando uma mancha escura e úmida.

Arte é apenas uma questão de observação. O romancista examina a vida e a recria como uma narrativa; o pintor investiga a vida e a imita com cores; o escultor reflete sobre a vida e a imortaliza no mármore eterno, ou pelo menos é o que pensa; o músico escuta a vida e a toca no violino; o ator simula a realidade. Não sou um artista verdadeiro, de nenhuma dessas classes. Sou apenas um observador, alguém que fica sobre as asas do mundo para testemunhar o desenrolar da ação. A cadeira do instigador sempre foi meu lugar: sussurro as palavras, a direção de palco, e a trama se desenrola.

Quantos livros vi sendo queimados, quantas pinturas desbotaram e ficaram sujas, quantas esculturas foram destruídas por armas, lascadas pelo gelo ou partidas pelo fogo? Quantos milhões de notas ouvi vagando pelo ar para se dissiparem como a fumaça de um cigarro abandonado?

Não preciso esperar muito. Por sorte, a primeira a chegar é uma *P. machaon*. A borboleta pousa no ponto úmido na terra. Ela sentiu o cheiro da armadilha. Uma de suas marcas de olhos está faltando. Um corte rasgou a asa. O corte tem o formato exato em forma de V do bico de um pássaro. A borboleta desenrola a probóscide como uma mola de relógio diminuindo a tensão. Ela a abaixa até o solo e procura a área mais úmida. Então, ela suga.

Observo. Aquela bela criatura está bebendo uma parte de mim. O que eu descarto, ela desfruta. Imagino que minha urina seja salgada, o mel doce demais e o vinho tenha cheiro forte. Não demora muito até que meia dúzia de *P. machaon* estejam bebericando minha droga acompanhadas por outras espécies pelas quais, hoje, não tenho interesse. A primeira cauda-de-andorinha, a da asa rasgada, está satisfeita e descansa sob a sombra tênue de um cardo, abrindo e fechando as asas. Está bêbada com meu sal e o vinho. Não durará muito tempo. Em vinte minutos estará recuperada para voar para baixo ao longo da encosta, em busca de flores, mais saudáveis porém menos maravilhosas.

Não entendo como o homem é capaz de matar tamanha beleza. Não pode haver nenhuma alegria, certamente, em capturar tal obra-prima da evolução, sufocá-la com clorofórmio ou espremendo seu tórax até que esteja morta, prendendo-a a um quadro de cortiça até que o rigor mortis esteja avançado e depois a alfinetando, congelada pela morte, em uma caixa com tampa de vidro, coberta por um pano para impedir que a luz desbote as cores. Para mim, isso é o auge da insanidade frívola.

Nada pode ser obtido matando-se uma borboleta. Matar um homem é outra questão.

A *piazza* na aldeia de Mopolino é triangular, oito árvores enfileiradas fazendo sombra na extremidade oeste, troncos machucados e maltratados por estacionamentos descuidados, as raízes que saem do chão manchadas de urina de cachorro e fertilizadas por guimbas de cigarro. Brotam em canteiros de cascalho sujo e são cercadas por marcos de meio-fio que não lhes oferecem nenhuma proteção. Os meio-fios não são marcas de orientação, e sim meras inconveniências para os motoristas italianos.

Na esquina leste da *piazza* fica o correio da aldeia, um lugar minúsculo, não maior que uma pequena loja que cheira a lona, tabaco velho, papel barato e cola. O balcão é pelo menos tão velho quanto o chefe, que, eu diria, não deve ter menos de 65 anos. A superfície de madeira é muito bem polida pela cera e as mangas dos paletós, mas também está rachada, as rachaduras preenchidas pelo acúmulo de anos de poeira. O rosto do chefe dos correios é igualmente polido e rachado.

A vantagem da *piazza* é que tem dois bares, um em cada lado. Isso é muito útil para mim, pois posso sentar em um deles e ficar de olho não apenas na *piazza*, mas também no outro bar.

É baixa a probabilidade de haver um observador bebendo no mesmo bar que eu. Ele sentiria a necessidade de mudar de lugar caso eu fosse entrar, ou então sentar em uma das mesas do lado de fora. Fazer isso o tornaria visível. Ele preferiria estar no outro lado da *piazza*, observando-me a distância.

Demorei um bom tempo até achar o correio certo.

Na cidade em que vivo, o correio principal é grande demais, movimentado demais, público demais. Sempre há uma turba entrando sem parar e a companhia telefônica logo ao lado, muita gente esperando para fazer uma ligação em um quiosque, enviar uma carta, um telegrama, encontrar um amigo. Elas leem jornais, conversam ou ficam de pé observando a multidão. Alguns caminham com impaciência de um lado para o outro. São a cobertura perfeita para um observador clandestino.

Não existe um bar à vista. Caso houvesse algum aqui, ele traria muitas riquezas ao proprietário, e fico surpreso que nenhum empreendedor astuto tenha reconhecido o potencial. Ele também ofereceria a mim um ponto de vista perfeito do qual eu poderia inspecionar a multidão e avaliar qualquer potencial ameaça. Contudo, é inconcebível que eu possa ficar inteiramente seguro em um lugar com tal aglomeração de observadores. O que necessitava assim que me mudei para esta região era de um ponto do qual pudesse me aproximar cautelosamente, como um tigre retornando para pegar a caça, consciente de que pode haver um caçador em um *machan* que espera pacientemente nas árvores.

Portanto, quando dirijo para Mopolino, sempre estaciono meu pequeno Citroën 2CV ao lado da última árvore da fileira, caminhando para o bar na esquerda da *piazza*. Sento-me sempre à mesma mesa, peço a mesma bebida — um espresso e um copo de água gelada. O proprietário, que não chega a ser tão velho quanto o chefe dos correios, já me conhece a essa altura e sou aceito como um visitante regular, mesmo que taciturno.

Nem sempre vou nos mesmos dias da semana, tampouco costumo chegar no mesmo horário: uma agenda tão rígida seria um convite para problemas.

Durante algum tempo, bebo aos poucos o café e observo o ritmo vagaroso da vida na aldeia se desenrolar. Um fazendeiro chega em uma carroça puxada por um pôneï atarracado. A carroça é feita com o chassis de uma picape Fiat, com tábuas de um cabriolé muitas décadas mais velho. Elas são cobertas por complicados entalhes em feitio de folhas, uma verdadeira obra de arte estética assim como a carroça em si era uma obra de engenho e criatividade. As rodas foram adaptadas de uma pesada carruagem e têm pneus Pirelli carecas, semicheios. Uma série de adolescentes barulhentos entram a toda na *piazza* em pequenas mobiletes, motores e vozes ecoando momentaneamente nas paredes. Um homem rico em uma Mercedes sedã dirige até o correio e deixa o veículo no meio da via enquanto resolve seus negócios: ele não dá a mínima para o fato de estar atrasando a entrega diária de carne para o açougue. Há também duas garotas muito bonitas tomando café no outro bar, a gargalhada delas leve mas simultaneamente séria com as preocupações da juventude.

Espero até uma hora. Se não houver nada que me alarme, vou elegantemente até o correio.

— *Buon giorno* — digo.

O chefe dos correios grunhe uma resposta, projetando o queixo para a frente. É o modo dele de me perguntar o que desejo, apesar de saber muito bem. É sempre a mesma coisa. Não compro selos e raramente envio uma carta.

— *Il fermo posta?* — pergunto.

Ele se volta para uma prateleira com buracos atrás de uma saca de correspondência pendurada em uma estrutura de metal parecida com uma muleta. Será que quando a coleta do dia é concluída, ele pega a estrutura emprestada para chegar em casa?

De um dos buracos na prateleira, ele puxa um punhado de envelopes de posta-restante presos por um elástico. Alguns estão ali há semanas, até meses. São relíquias de casos de amor azedados, crimes insignificantes abandonados ou executados há muito tempo, acordos negados e turistas que já deixaram seus incansáveis itinerários para trás. São um triste comentário sobre o caráter ineficaz, inconstante e insensível da natureza humana.

Habilmente, como um caixa de banco contando um gordo maço de notas, ele folheia a correspondência. No final, ele para e repete o processo até encontrar minha carta. Sempre tem uma carta. Ele a retira com dedos magros e desgastados e a joga sobre o balcão com um grunhido incompreensível. Já me conhece bem a essa altura, de modo que não pede mais alguma identificação. Coloco cem liras trocadas sobre o balcão como forma de pagamento ou cortesia. Com os dedos ossudos, ele recolhe as moedas do balcão para a palma da mão.

Ao sair do correio, não vou direto para meu pequeno carro. Primeiro, caminho pela aldeia. As ruas são tão plácidas, tão frescas à sombra, as pedras arredondadas lisas e duras sob os pés, as janelas fechadas contra o calor do dia. Ao lado de algumas portas, cães estão deitado de bruços, afetados demais pelo calor para se darem ao trabalho de rosnar para um estranho; ou talvez também já me conheçam a esta altura. Gatos se escondem suspeitamente nas sombras escuras sob degraus ou lintéis, olhos alertas brilhantes e astutos como os das crianças batedoras de carteiras em Nápoles.

Uma porta sempre tem uma velha sentada na entrada. Está bordando, os dedos retorcidos como as raízes das árvores na *piazza* mas ainda ágeis, movendo os carretéis sobre a moldura com uma destreza adquirida com a prática pela qual tenho muita admiração. Fica sentada à sombra, mas as mãos e a renda ficam sob a luz brilhante do sol, a pele das articulações dos dedos morenas como couro.

Sempre que passo por ela, sorrio. Muitas vezes paro para apreciar o artesanato.

O cumprimento dela, a despeito do horário, é "*Buona sera, signore*", dita em um guincho agudo parecido com o miado de um gato.

De início cheguei a pensar que era cega, já que para ela sempre era noite, mas logo percebi que era porque seus olhos veem tudo na penumbra, permanentemente ofuscados pelo sol nos traços brancos da renda.

Aponto para a renda e comento:

— *Molto bello, il merletto.*

O comentário sempre desperta um grande sorriso desdentado e a mesma resposta através de um ronco porcino de escárnio cômico.

— *Merletto. Si! I lacci. No!*

É assim que ela se refere ao nosso primeiro encontro, quando, procurando pela palavra certa, presumi que *laccio* fosse renda. Mas era cadarço de sapatos.

Hoje, enquanto caminho, abro minha carta, leio-a e memorizo o conteúdo. Também vejo se há alguém me seguindo. Antes de retornar ao automóvel, levanto-me e corro os olhos pela *piazza*, parando para amarrar meu sapato. Nesse intervalo, dou uma olhada nos veículos na *piazza*. Sei que a maioria pertence aos locais. Os que não reconheço, estudo momentaneamente, gravando suas características. Assim, posso me assegurar de que ninguém me siga de volta para a cidade.

Satisfeito por estar seguro — ou, ao menos, preparado —, vou embora. Também tomo uma série de outras precauções, mas você não deve saber quais são. Não posso me dar ao luxo de revelar todos os detalhes. Não seria prudente.

No caminho de volta para a cidade — uma distância de cerca de 35 quilômetros —, fico atento para me certificar de que não estou sendo seguido e, aos poucos, picoto a carta em pedacinhos minúsculos de confete e jogo-a, uma pitada por vez, pela janela.

O segundo quarto no meu apartamento é um estúdio. É bem grande, quase grande demais, pois prefiro trabalhar em ambientes fechados. Tal preferência não é boa para minha saúde, não com o tipo de trabalho que faço, mas me acostumei e tiro vantagem de quartos pequenos.

Em Marselha, eu precisava trabalhar no que um dia fora uma adega. Não havia nenhuma ventilação, a não ser por uma grade no alto da parede e uma espécie de duto em um canto. Não havia luz natural, o que era terrível. Passei semanas ali forçando a vista, fazendo apenas um trabalho. Os resultados foram magníficos, possivelmente o melhor trabalho que já fiz, mas arruinou minha visão e consumiu meus pulmões. Durante meses, sofri de bronquite e dores de garganta e fui obrigado a usar óculos escuros, aos poucos reduzindo a densidade das lentes até que pudesse encarar novamente a luz do dia sem proteção. Foi um inferno. Pensei que seria o meu fim. Mas não foi.

Em Hong Kong, aluguei um apartamento de dois quartos em Kwun Tong, uma área industrial próxima do aeroporto de Kai Tak. A poluição era atroz. Caía sobre o distrito como camadas de folhas se acumulando em um lago. No nível do solo havia restos de carne, restos de comida, tiras de amarras de palha de andaimes, recipientes de fast-food de isopor, sapatos de plástico descartados, papel, imundície. Do nível do primeiro andar — no prédio no qual aluguei minha oficina temporária era chamado ironicamente de mezanino — até o terceiro ou quarto, o ar fedia a diesel e fumaça de gasolina. Dali para cima, o cheiro era predominantemente de tetracloreto de carbono sobreposto, dependendo da direção da brisa sufocante, por açúcar queimado, esgoto, plástico derretido, tintas têxteis e frituras. Os andares abaixo do meu eram ocupados alternadamente por uma tinturaria, um fabricante de brinquedos, uma cozinha de bolinhos de peixe, um doceiro, um laboratório dental que fazia dentes postiços, uma companhia de armações de plástico para óculos e um processador de lavagem de roupa a seco. O esgoto vinha de um cano de 30 centímetros, corroidíssimo, que vazava no quinto andar.

Eu odiava o lugar. A ventilação no meu apartamento, um entre uma dúzia de "residências" nos andares superiores, cujos ocupantes estavam todos envolvidos, como eu, em algum processo industrial, era adequada mas, ao remover os gases nocivos produzidos pelos meus processos, eu simplesmente importava os outros. Abaixo, no meio da rua, corria o sistema de metrô, apoiado em píeres de concreto como os do metrô de Nova York, só que muito mais moderno e, o que é de se surpreender, imaculadamente limpo.

O lugar também era indescritivelmente barulhento: os trens passavam a intervalos de três minutos, caminhões, carros, máquinas, gritos humanos, buzinas de carros, martelando, batendo, arranhando e silvando. A cada poucos minutos, durante quase todo o dia, um avião a jato rugia a todo momento.

Fiquei lá cinco semanas. Trabalhei incessantemente. O trabalho foi executado com rapidez porque eu queria ir embora. A entrega deveria ser feita em Manila. Depois, tirei um bom descanso em Fiji, deitado à sombra como um pirata aposentado, levando a vida a esbanjar meus saques.

Em Londres, aluguei uma garagem sob o arco de um viaduto da estrada de ferro ao sul do Tâmisa. Era um local cavernoso — cavernoso era uma palavra que estava na moda naquela época —, mas me foi útil. Eu podia trabalhar com a porta aberta, à luz do dia. Os outros arcos eram usados como armazéns, uma mecânica de automóveis, uma loja de conserto de televisores e uma fábrica de recarga de extintores de incêndio. Ninguém se intrometia nos negócios alheios. Todos bebíamos no bar mais próximo na hora do almoço, comendo ovos escoceses e arenque em conserva com pães de casca dura e bebendo cerveja Bass. Havia uma camaradagem naquela fileira de arcos com a passagem suja e enlameada, os tijolos imundos e a argamassa empoeirada, a cerca de elos de corrente enferrujados e o rumor reconfortante dos trens de passageiros acima de nossas cabeças, indo para Charing Cross ou Waterloo.

Os outros pensavam que eu fazia quadros de bicicletas personalizados. Comprei uma bicicleta de corrida para estimular a ilusão. Quando parti, foi por pouco. Os tiras estavam a poucas horas de distância, com suas sirenes e atiradores à paisana. Um dos mecânicos da oficina era informante. Foi ele quem contou que eu roubava chumbo: ele sentia o cheiro quando eu derretia e moldava o metal. Era uma acusação ridícula. O homem estava me julgando pelos próprios padrões, um grande erro.

Voltei dois anos depois. A passagem enlameada se tornara uma calçada com belos postes de ferro pintados com a coroa do conselho. Os arcos haviam se transformado em um restaurante da moda, um estúdio fotográfico e um salão de cabeleireiros unissex. Também encontrei o mecânico morando em uma quadra tranquila, com uma fileira de árvores, que dava na Old Kent Road. Segundo os tabloides, ele e a esposa por direito cometeram suicídio. Um pacto de amantes, sugeriram os artigos. Ajeitei tudo para que parecesse justamente isso.

Foi a única vez que retornei. Marselha, Hong Kong... jamais retornei. Atenas, Tucson, Livingstone, Fort Lauderdale, Adelaide, Nova Jersey, Madri... nunca mais as vi.

De todas as oficinas que tive, no entanto, o segundo quarto aqui, no meu refúgio italiano, é de longe a melhor. É ventilada. Mesmo com as persianas fechadas, há uma brisa contínua e passageira que atravessa o lugar. A luz do dia entra pela porta ou pelas frestas das persianas o bastante para que eu dispense as luminárias, a menos que esteja realizando um dos trabalhos mais detalhados. Qualquer aroma pernicioso que eu possa gerar ocasionalmente, como parte deste ou daquele estágio em um processo ou outro, é levado pela brisa e substituído por ar fresco. Do lado de fora, é logo dissolvido no céu. O chão de pedra é forte e absorve boa parte do som.

O quarto não tem nenhuma mobília propriamente dita. No centro se encontra uma grande bancada de trabalho. Ao lado dela, há uma pilha de prateleiras de metal nas quais guardo ferramentas. Contra a parede, à direita da janela, há um pequeno torno mecânico do tipo usado por joalheiros. Ele está montado sobre pernas de ferro que ficam sobre dois blocos de madeira entre os quais há uma camada espremida de borracha sólida do tipo usado em armações para motores de carros. Atarrachada à parede, ao lado do torno, fica a caixa de som; do outro lado do quarto, há mais uma. Instalei uma pia de cozinha de aço no quarto e uma torneira de água fria, conectada aos canos de água e de escoamento do banheiro ao lado. Tenho um banco no qual me sento e um quadrado de carpete sob ele. Ao lado da bancada há um aquecedor elétrico. À esquerda da porta, há uma mesa de desenho de arquiteto e outro banco. É tudo.

O torno era incômodo. A *signora* Prasca percebeu a bancada. Artistas usam esse tipo de mesa, pensou. Além do mais, assegurei-me de que ela visse o cavalete e a mesa de desenho chegarem ao mesmo tempo. E as luminárias. Portanto, a bancada foi disfarçada como parte das necessidades de um artista. Mas a arte das miniaturas não necessita de um torno, o qual mantive desmontado na van alugada na qual eu viera dirigindo de Roma, estacionada no largo Bradano. Pouco a pouco, ao longo de quatro dias, levei-o para o apartamento. A base do torno era pesada demais para que eu a conseguisse levantar. Obtive a ajuda de um dos mecânicos de Alfonso de sua oficina na Piazza della Vanga. Ele achava que estava carregando uma prensa: afinal de contas, artistas imprimem seus trabalhos. Ele mesmo disse isso. A *signora* Prasca estava fazendo compras no mercado a essa hora.

Caso a bancada faça muito barulho, ligo o som em volume alto. Os alto-falantes estão conectados ao CD-player na sala de estar. Se o metal tende a ranger no torno, toco uma de três peças: *Tocata e fuga em ré menor*, de Bach, a *Sinfonia número 1* de Mahler — "Titan", o segundo movimento —, e, mais apropriadamente, pois aprecio toques de ironia, a *Sinfonia número 4* de Mendelssohn em lá maior, a "Italiana". Talvez, para completar a ironia, eu devesse acrescentar ao meu pequeno repertório de música de cobertura os cinco minutos finais da *Abertura 1812* de Tchaikóvski (opus 49). Os tiros de canhão seriam um acompanhamento adequado para o torno.

Imbert. Era um homem calado, recordo. Antonio Imbert. Você não terá ouvido a respeito dele a menos que seja um especialista em assuntos da América Central ou um funcionário idoso da CIA. Tampouco saberá sobre seus parceiros, seus companheiros do crime, quem conspirou com ele. Eram homens importantes em seu mundo, em sua história: Díaz era general de brigada, Guerrero, assessor presidencial, tanto Tejeda quanto Pastoriza eram engenheiros (eu nunca soube de quê). Havia também Pimentel, Vásquez e Cedeno. E Imbert.

Do esquadrão de assassinos, só conheci Imbert e o vi em uma única ocasião, durante cerca de vinte minutos, bebendo um coquetel num hotel em South Miami Beach. Foi um encontro muito conveniente. O hotel era um lugar decadente que tivera seus tempos de glória na época da venda ilegal de álcool. Gângsteres disparando pistolas. Era uma construção art déco, cheia de quinas arredondadas e linhas curvas como uma limunise americana antiquada, um Dodge, por exemplo, ou um Buick, um carro de *O grande Gatsby*. Diziam que Al Capone passara as férias ali certa vez: Lucky Luciano também. Pedi, recordo, um manhattan, enquanto Antonio tomou uma tequila, saboreando-a com sal e limão.

Relataram que ele foi o único a escapar do subsequente fuzilamento de disparos que perseguiu homens como ele, do mesmo modo que vespas furiosas perseguem quem chuta o vespeiro. Eram todos chutadores de vespeiros. O vespeiro deles era a República Dominicana e as vespas, os seguidores do generalíssimo Rafael Leonidas Trujillo.

Ele desapareceu — Antonio, quero dizer; Trujillo apenas morreu. Eu jamais soube para onde foi, mas tenho uma leve suspeita de que foi primeiro para o Panamá. Como combinado, em 30 de julho, dois meses após o dia do evento, recebi um extrato bancário tirado no First National City Bank, enviado para mim de Colón.

Tudo se deu há muito tempo, no final de fevereiro de 1981, quando nos conhecemos. O assassinato de Trujillo foi em maio daquele ano.

Foi um assassinato tradicional. Al Capone teria ficado mais que satisfeito com ele. Havia todas as marcas registradas de um assassinato de gângsteres, o mesmo tipo de planejamento, o mesmo tipo de execução. Não sou inclinado ao absurdo delirante: não é uma piada desajeitada, e sim uma afirmação manifesta de um fato irredimível. Tal conceito é raro atualmente: os grandes assassinatos não existem mais, foi-se a era eloquente e decadente do navio de cruzeiro, do barco voador e das viúvas ricas e macabras de casacos de vison e cosméticos espessos. Agora, é apenas a bomba e o ataque veloz, a saraivada de balas, a mina terrestre controlada a rádio, as explosões aleatórias de violência descontrolada. Não restou nenhuma arte, nenhum orgulho pelo trabalho, nenhuma diligência, nenhuma ponderação fria e amadurecida. Nenhuma ousadia verdadeira.

Trujillo era um homem de hábitos. Visitava a mãe muito idosa todas as noites em San Cristóbal, a 32 quilômetros de Ciudad Trujillo. Eles, Antonio e os comparsas, fecharam a estrada com dois carros. Um terceiro veio por trás. À medida que o veículo do generalíssimo reduzia a velocidade, os homens no carro abriram fogo. Da beira da estrada, os outros descarregaram suas metralhadoras. Ou pelo menos assim disseram. O generalíssimo disparou de volta com seu revólver pessoal. Seu motorista retribuiu os tiros com duas submetralhadoras mantidas no carro. O motorista sobreviveu. Os atacantes não estavam mirando para o assento da frente. Disparavam diretamente para a parte de trás do carro, para a janela abaixada, para o fogo dos disparos solitários da arma do alvo.

Quando derrubaram o alvo, não bastou vê-lo morto. Eles saíram do esconderijo, chutando o corpo, atacando-o com coronhadas, pulverizando o braço esquerdo. Jogaram o corpo no bagageiro de um dos carros que bloqueavam a estrada e partiram para abandoná-lo, na escuridão, com um último olhar para o rosto ferido e contorcido do ditador.

O que fizeram foi errado: não o assassinato, pois a morte sempre pode ser justificada. O errado foi a mutilação. Eles deveriam ter ficado satisfeitos com o fim do inimigo. Não é uma questão de estética ou moral, ou conveniência política ou humanidade. É apenas desperdício de tempo.

Os mortos não sentem nada. Para eles, está acabado. Para os assassinos, não há nada a se ganhar espancando um cadáver. Não consigo ver prazer em tais ações, nenhuma autojustificativa, apesar de aceitar que devam existir. Elas desumanizam os assassinos e eles se rebaixam através de tais ações. Afinal de contas, o ato de matar eficientemente, com exatidão e rapidez, é uma ação tão humana que bestializá-la é reduzi-la à mera carnalidade.

Sim, suponho que eu aprecie o raciocínio deles, o ódio que fervilhava dentro dos homens em relação a Trujillo, pelo que ele fizera, pelo aquilo a que se opunham.

Pelo menos deixaram o motorista, ferido e inconsciente. Não o espancaram nem o mataram. Ele era apenas um espectador do desenrolar da trama da história.

Isso também foi um erro. Jamais deixe um observador envolvido. Eles devem se tornar parte da história que testemunham. É direito deles, e o que merecem. Privá-los é privar a história de outra vítima.

Se você dissesse a um europeu que era um tabu urinar em uma paineira — que, fazendo isso, libertaria o demônio que vive no tronco e ele escaparia, subiria pelo fluxo de urina e entraria nos órgãos genitais, deixando a pessoa infértil —, você seria ridicularizado. A palavra tabu não é levada em consideração no Velho Mundo. Trata-se da matéria-prima de tribos primitivas, de caçadores de cabeças e caras pintadas.

Contudo, para todo homem supostamente civilizado, a morte é um tabu. Tememos a morte, temos horror a ela, questionamo-nos supersticiosamente a seu respeito. Nossas religiões nos avisam quanto a ela, do enxofre e das chamas, de demônios com caudas vermelhas armados com tridentes, ansiosos para nos capturar e nos jogar no abismo. A meu ver, não existe nenhum espírito do mal na paineira, tampouco inferno. A morte é apenas parte de um processo, inescapável e irrevogável. Vivemos e morremos. Quando nascemos, essas são as únicas certezas, o que não se pode impedir. A única variável real é o momento do evento da morte.

É tão sem sentido temer a morte quanto seria temer a vida. Apresentam-nos os fatos de ambas e devemos aceitá-los. Não existe uma rejeição faustiana disponível. Tudo que podemos fazer é tentar adiar ou acelerar a aproximação da morte. Os homens se esforçam para adiá-la. Fazem isso por instinto, pois a vida, aparentemente, é preferível à morte.

Admito que também procuro adiar a chegada da escuridão. Não sei por quê. Não há nada que possa fazer a respeito. Ela chegará, e a questão se resume a saber como a chegada pode ser controlada.

Amanhã, a morte estará a meu alcance. A garrafa de codeína está na prateleira no banheiro, à espera. Existe um trem para o sul vindo de Milão todos os dias, exceto aos domingos, quando não para na estação: ali, bastaria um passo à frente para pôr fim a tudo. As montanhas também têm encostas altas como o céu, e sempre há a arma, o jeito rápido e eficiente de morrer.

Posso estar errando a citação — nunca fui bom com as línguas clássicas —, mas acredito que tenha sido Simônides quem escreveu: "Alguém está feliz porque eu, Teodoro, estou morto; e alguma outra pessoa ficará feliz quando este alguém também morrer, pois temos, todos nós, uma dívida atrasada com a morte."

Certamente, haverá os que comemorarão meu faleci-mento, caso venham a saber a respeito, para quem o ditado de Carlos IX da França soará muito verdadeiro: "Nada cheira tão bem quanto o corpo de um inimigo morto." É igualmente certo que haverá algumas pessoas de luto ao lado de minha sepultura. Se eu morresse hoje, é bem possível que a *signora* Prasca chorasse, Clara e Dindina também. Padre Benedetto murmuraria algumas palavras, ficaria entristecido por não ter ouvido minha última confissão. Na verdade, caso valori-ze minha amizade tanto quanto penso, ele poderá fingir ter ouvido um suave último suspiro de contrição ou ter captado um mero piscar de um olho em resposta à última e grande pergunta. Não haveria nada disso, é claro. Qualquer contor-ção da carne seria provocada pela agonia dos nervos, a carne descarregando sua eletricidade, os músculos relaxando e ini-ciando sua delicada decomposição até o pó.

Não posso dizer que nome poderia ser dito em minha elegia ou gravado na minha lápide no cemitério. "A. E. Clar-ke", talvez. Eu preferiria "il Signor Farfalla". Devo aceitar que, quando a morte se erguer diante de mim, a questão da minha identidade também se levantará. Não importa o que aconte-ça, a lápide não mostrará meu nome verdadeiro. Serei eter-namente um erro administrativo nos negócios do cemitério.

Não tenho medo da morte e tampouco de morrer. Não levo tais coisas em consideração quando estou preocupado. Apenas aceito que ela chegará, na hora que lhe couber. Com-partilho da opinião de Epicuro. A morte, propositalmente o mal mais aterrorizante, não é nada para mim. Enquanto eu estiver vivo, ela não existe, pois não está aqui, ainda não ocorreu, tampouco é tangível ou previsível. Quando ela che-gar, não será nada. Apenas sugere que deixarei de existir.

Portanto, é de pouca importância, pois os vivos não a têm e os mortos, por não existirem mais, da mesma forma nada sabem a respeito. A morte nada mais é do que uma porta de vaivém entre ser e deixar de ser. Não é um evento da vida. Não é experimentada como parte da vida. É uma entidade própria. Enquanto eu viver, ela não terá existência.

Como me importo pouco com a morte, faz sentido que eu não me importe em criá-la para os outros. Não sou um assassino. Jamais matei um homem puxando um gatilho e recebendo um pagamento. Será que você teria pensado isso? Se assim o fez, então estava errado.

Meu trabalho é o embrulho para presente da morte. Sou o vendedor da morte, o árbitro capaz de trazer a morte para a existência tão facilmente quanto um mágico de parque de diversões tira uma pomba de um lenço de pano. Não causo a morte. Apenas providencio sua entrega. Sou o marcador de reservas da morte, o mensageiro da morte. Sou o guia no caminho rumo à escuridão. Sou aquele com o dedo no interruptor.

Eu de fato encorajo assassinatos. É a melhor das mortes. A morte deve ser nobre, eficiente, definitiva, exata, específica. Sua beleza está na própria fatalidade. É a última pincelada na tela da vida, o último borrão de cor que completa o quadro, que lhe atribui a perfeição. A vida é feia com suas incertezas, suas imprevisibilidades abomináveis. Uma pessoa pode falir e virar mendigo, perder o amor e o respeito, ser odiado e abatido pela vida. A morte não faz nada disso.

A morte deveria ser organizada, tão precisa quanto o corte de um cirurgião. A vida é um objeto sem corte. A morte é um bisturi, afiado como a luz e usado somente uma vez, para depois ser jogado fora por ter perdido o fio.

Não suporto aqueles que distribuem a morte aos quinhões em um relaxamento desgrenhado, os caçadores de raposas ou veados, por exemplo. Para aquelas almas cruéis e vazias, a morte não é o domínio da beleza, apesar de pretenderem que seja, mas uma jornada interminável da barbárie à obscenidade, até uma morte com degradação. Para eles, a morte é divertida. Eles deveriam desejar que eles próprios morressem rapidamente, evitassem a cena do leito de morte e a agonia do câncer, a lenta deterioração da carne e do espírito: desejariam morrer como que fulminados por um raio, em um minuto plenamente consciente do sol cortando com seus raios através de nuvens carregadas de tempestade e, no seguinte, sumir. Contudo, querem que a morte seja concedida do modo mais lento possível, extorquir a própria guinada do destino, a própria dose de angústia.

Não sou como eles, homens obscenos em uniformes de caça da cor de sangue arterial. Observe: eles temem até mesmo chamar os próprios paletós de escarlate, cinabre ou vermelho sangue. Dizem que são rosa.

A sala de jantar na casa de padre Benedetto é tão sóbria quanto um escritório de advogado. Nenhuma pintura nas paredes, salvo por uma a óleo, em moldura folheada a ouro, da Virgem Maria segurando o bebê Cristo com os braços quase esticados. É como se o menino Jesus não fosse cria dela: talvez ele tivesse o mesmo cheiro de todos os bebês, de uma fralda suja ou do fedor nauseante de leite azedo. As paredes são cobertas de painéis de madeira escura manchada por séculos de polimento, fumaça da lareira aristocrática e de cigarros descansados sobre ela, além de fuligem de lampiões de parafina. Sobre o guarda-louças ficam dois lampiões desse tipo, funis de vidro transparente despontando de orbes crestadas sobre as quais estão gravadas de modo peculiar cenas da vida de Nosso Senhor.

A sala é ocupada principalmente pela mesa de jantar, um gigantesco móvel de carvalho, negro como ébano e com mais de 10 centímetros de espessura, com seis pernas entalhadas como os pilares acanalados de uma catedral grotesca. Vinhedos férteis as escalam como demônios maliciosos.

A melhor louça do padre é uma antiguidade, de porcelana delicada, com as bordas em castanho e ouro, grandes pratos de jantar e belos potes para dedos que tiniam com o movimento de uma unha e pratos de sopa sólidos e travessas ovais para peixes. Cada prato servido conteria uma refeição inteira para uma família de quatro camponeses. Nos pratos de legumes e na sopeira caberiam o bastante para alimentar um pequeno vilarejo nas montanhas. No centro de cada peça há uma crista, um brasão cercado por três pássaros dourados, cada um com a cabeça inclinada para trás e o bico aberto, cantando.

Padre Benedetto vem de uma família rica. Seu pai era comerciante em Gênova, a mãe era uma beldade reconhecida da época, cortejada por muitos e famosa pelos flertes, mas cautelosa: como todas as mulheres inteligentes da época, guardou a virgindade até que a pudesse trocar pelo casamento com um homem rico. Jamais descobri qual era o tipo de negócio do pai do padre. Ele sugeriu produtos químicos, o que poderia ser um eufemismo para armamentos, mas ouvi rumores de que fez fortuna depois da guerra através da extração e exportação ilegal de antiguidades pilhadas pelos camponeses das tumbas etruscas. Ele morreu antes que pudesse desfrutar plenamente de suas riquezas, e os oito filhos — padre Benedetto destaca prontamente que o pai era um bom católico — herdaram o que o governo lhes deixou depois dos impostos.

Agora, a riqueza e a opulência da juventude de padre Benedetto se dissolveram em uma decadência desgrenhada e empoeirada, como as empunhaduras de seus paramentos sacerdotais.

Quando me sentei pela primeira vez à mesa do padre, admirei a louça.

— O timbre é da família de meu pai — ele explicou. — Os pássaros são de Guazzo.

— Guazzo — perguntei?

— Seu *Compendium maleficarum* — ele respondeu, como se eu tivesse obrigação de saber a respeito. — Minha família era de cruzados. Há muito tempo, você sabe — ele acrescentou, para o caso de eu pensar que se tratava de um chamado recente, uma cruzada contemporânea. — Eles lutaram pela morte e pela absolvição de seus pecados. Guazzo escreveu em seu livro sobre as maravilhas do Oriente, dos pássaros cantantes dourados pertencentes ao imperador Leão. Minha família teve um deles certa vez, é o que dizem...

Ele falou com uma tristeza repentina e profunda.

Nessa noite, estamos jantando juntos, apenas nós dois. Padre Benedetto tem uma senhora que cuida da casa, uma velha da cidade. Ela não mora na casa dele e, todas as quartas-feiras, a menos que seja dia de festividade católica, o padre lhe dá a tarde e a noite de folga. É quando cozinha a própria refeição.

Para ele, cozinhar é uma arte. Ele desfruta do processo, saboreia a complexidade de transformar a carne crua em cozida, farinha em pão, grãos duros do solo em legumes suculentos. Ele passa a tarde toda preparando a refeição, murmurando árias operísticas para si mesmo na cozinha de pé-direito alto, com panelas de cobre manchado e utensílios antiquados e desnecessários mais parecidos com instrumentos de tortura do que com ferramentas culinárias.

Sempre chego uma hora adiantado e converso com Benedetto enquanto ele se ocupa com seu passatempo.

— Você só faz isso porque é uma feitiçaria que você mesmo pode perdoar — digo a ele. — É o mais perto que pode chegar de práticas alquímicas sem pôr sua alma em risco.

— Se ao menos a alquimia fosse possível — ele reflete.

— Se fosse, eu transformaria estas panelas de cobre em ouro e as venderia para dar o dinheiro aos pobres.

— Não guardaria um pouco para si próprio?

— Não — ele responde enfaticamente. — Mas eu daria um pouco para Nosso Senhor para sua glorificação. Uma nova veste para o cardeal, um presente para nosso padre sagrado em Roma...

Ele mexe nas panelas sobre o fogão aquecido a lenha. O padre desperta o fogo com um atiçador de cobre. As panelas fervilham sobre as chapas quentes.

— Cozinhar é bom. Sublimo meu desejo por sexo aqui. Em vez de acariciar uma mulher, moldando-a em um objeto de desejo, transformo a comida em...

— Objetos de desejo?

— Justamente!

O padre serve outro copo de vinho e me entrega. Ele tem o próprio copo, do qual beberica enquanto trabalha em meio a surtos de murmúrios.

Depois de algum tempo, seguimos para a mesa. Sento-me em um lado, ele no outro. Ele murmura graças em latim, dizendo as palavras tão rapidamente que elas formam um longo encantamento, como estivesse apressado para começar, o que pode muito bem ser o caso, pois não quer que o prato principal estrague.

As sopas dele sempre são servidas frias. Hoje, temos sopa de cenoura e trevo azedo, que é ao mesmo tempo doce e ácida e estimula o paladar. Não falamos durante a entrada, como de hábito. Assim que a tigela dele fica vazia, ele me convida a servir-me mais da sopeira. Ele se apressa para a cozinha, murmurando outra vez.

A concha com a qual a sopa é servida é feita de prata e tem, imagino, 300 anos. Décadas de polimento fervoroso praticamente apagaram a crista ornamental e os três pássaros. As marcas dos esforços são invisíveis. Os talheres do local vêm de conjuntos distintos: os pratos são de prata, as colheres de sopa são folheadas a prata e as facas de aço de Sheffield com lâminas serrilhadas e cabos arredondados de marfim têm a cor dos dentes de um cadáver.

— *Ecco!* — ele exclama, retornando com uma travessa de prata sobre a qual há duas carcaças carnudas de aves domésticas cobertas de molho e soltando fumaça contra seu rosto.

— O que é isso?

— *Fagiano*... faisão selvagem assado com laranja. Os pássaros vieram da Úmbria. Um amigo...

Ele põe cuidadosamente a travessa na mesa e parte às pressas para voltar equilibrando três travessas nos braços como um garçom experiente: uma contém rabanete banhado em manteiga com alho, outra *mange-tout* de ervilhas e a terceira botões fritos de cogumelos misturados com tiras de trufas. Ele derrama vinho branco em nossos copos e serve cada um de nós com um pássaro inteiro.

— O molho é feito com suco de laranja, pele, alho, castanhas, Marsala e *brodo di pollo*. Como se diz isso em inglês?

— Com as mãos em súplica, ele levanta o olhar para o teto alto procurando pela tradução: Deus lhe fornece uma. — Caldo de galinha, de ossos.

Sirvo-me de legumes e comemos. A carne é doce porém com gosto de caça; o rabanete, macio e delicioso. O vinho é seco mas suave e a garrafa não tem rótulo. Ele deve tê-lo comprado por aqui mesmo, de um conhecido com alguns hectares de vinhedos nas laterais do vale.

— Isso é um pecado — declaro, apontando a comida com o garfo. — Decadente. Hedonista. Deveríamos estar vivendo há mil anos para comer dessa forma.

Ele concorda com a cabeça mas não responde.

— Pelo menos — continuo — temos mesa para isso. Servida com um repasto digno de um papa.

— O padre sagrado come melhor do que isso — padre Benedetto declara, enxaguando a boca com o vinho. — E esta é a mesa certa. Dizem que um dia pertenceu a Aldebert.

Ele interpreta corretamente meu silêncio como ignorância e prossegue, repousando o garfo e a faca:

— Aldebert era um anticristo. Francês. — Ele dá de ombros, como que para sugerir tal inevitabilidade. — Era um bispo francês que abandonou sua diocese e pregava para camponeses perto de Soissons. São Bonifácio, o inglês, teve muitos problemas com ele. Aldebert praticava a pobreza apostólica, era capaz de curar os enfermos e alegava ter nascido de uma virgem. Ele nasceu de cesariana. Em um sínodo no ano de 744 de Nosso Senhor, foi excomungado. Contudo, continuou a pregar e jamais foi preso.

— O que aconteceu com ele?

— Morreu — padre Benedetto diz com determinação.

— Quem sabe como? — Ele volta a pegar o garfo e a faca. —

Os franceses nunca foram bons católicos. Pense nesse cisma recente, esse... — ele procura outra vez por uma tradução divina, mas dessa vez não recebe auxílio — *buffone* que quer manter as tradições antigas. Ele é francês. Gera muitos problemas para o padre sagrado.

— Mas você não adora a história, meu amigo? — intervenho. — Tal tradição não é a essência da vida, o sangue da continuidade da Igreja? Você não deu graças em latim antes de comermos?

Ele enfia o garfo no peito do faisão como se a ave fosse um padre francês de fé duvidosa e não responde. Apenas faz uma careta.

Depois de mais algumas garfadas, pergunto:

— Como pode jantar na mesa do anticristo? E ele não era francês...?

Ele sorri e se desculpa.

— Ele era bispo quando era dono da mesa. Além disso, não era o anticristo. É o que penso. Era um homem de Deus. Curava os enfermos. Até hoje existe a Igreja Católica Carismática. Eu não... — Ele levanta o garfo, cheio de carne. — Mas ela existe. Com frequência, jesuítas.

Não consigo saber se ele é a favor da Sociedade ou contra ela.

Terminamos a carne e o ajudo a tirar a mesa. Ele traz nozes e conhaque. Sentamo-nos de novo à mesa.

— Você nunca quis ser outra coisa além de padre? — pergunto.

— Não.

Ele abre uma amêndoa com o par de quebra-nozes folheado a prata.

— Nem médico, professor ou alguma outra coisa que pudesse fazer dentro da Igreja?

— Não. E quanto a você, *signor* Farfalla?

Ele quase dá um sorriso malicioso. Ele deve saber que recebo correspondências em nome de Clarke, Clark, Leclerc e Giddings. Ele certamente perguntou à *signora* Prasca e ela, sendo uma boa mulher temerosa a Deus, deve ter dito tudo a ele, pois ele é seu padre e ela uma senhora idosa com uma fé devota nesse tipo de homem. Não professo essa verdade inquestionável.

— Você nunca quis ser algo diferente de artista? — ele indaga.

— Não pensei na possibilidade.

— Você deveria. Tenho certeza de que possui outros talentos, que não envolvam pincel, papel, água-tinta e lápis. Talvez você também devesse fazer outra coisa. Você tem as mãos de um artesão, e não as de um artista.

Não demonstro meu constrangimento. Ele está trilhando próximo demais do meu caminho.

— Talvez você também devesse fazer outras coisas. Coisas belas... Coisas que lhe tragam mais riqueza do que pequenos desenhos de insetos. Isso não pode transformá-lo em um homem rico.

— Não, não pode.

— Talvez você já seja rico? — ele sugere.

— Tão rico quanto você, amigo.

O sorriso dele é leve.

— Sou muito rico. Tenho Deus em minha caixa-forte.

— Então, não sou tão influente quanto você — concordo. — Pois esse é um item valioso que não tenho.

Dou uma bicada no meu conhaque.

— Você poderia... — ele começa, mas depois para. Ele sabe que não vale a pena converter alguém com o faisão e o conhaque.

— O que você sugere que eu faça ou realize?

— Joias finas. Você deveria ser ourives. Fazer muito dinheiro. Com sua habilidade para desenhar... Talvez devesse fazer cédulas.

Ele olha astutamente para mim. Imagino que, caso a treliça fosse removida da parede do confessionário, seria assim que ele veria os pecadores que o procuram em busca de libertação e penitência. Anos de experiência lhe forneceram a capacidade de ver através da dissimulação.

— Isso sim seria realmente pecaminoso — digo, tentando dar alguma leveza à investigação sutil dele. — Mais ainda do que comer uma refeição voluptuosa na mesa de um anticristo.

Sinto que ele sabe que algo não está certo. Sabe que tenho dinheiro. Sabe que não tenho como sobreviver por conta dos retratos de borboletas cauda-de-andorinha. Preciso ser cuidadoso.

— Não sou jovem. Tenho economias. De trabalhos anteriores.

— E qual era seu trabalho?

Ele é bastante direto ao fazer a pergunta. Não há subterfúgio no homem, mas ainda assim não acho que devo confiar nele. Ele por certo não me trairia, mas ainda é melhor que não saiba, que não tenha a menor ideia.

— Uma coisa ou outra. Tive uma alfaiataria durante algum tempo...

Minto. Ele é enganado, pois aparentemente cedi a ele.

— Eu sabia! — Ele é triunfante em sua habilidosa peça de detecção. — Você tem mãos de um mestre artesão com agulhas. Talvez devesse voltar a fazer isso. Há muita prosperidade no desenho de roupas.

Ele abre um grande sorriso e levanta o conhaque em um brinde silencioso, ou em nome da minha proficiência como alfaiate ou na dele como detetive. Não sei qual das duas e retribuo o brinde.

Quando parto, desejo-lhe boa-noite, desço através das sombras pelo beco que dá na Via dell' Orologi e reflito sobre nossa conversa. Gosto bastante do padre, mas preciso mantê-lo a distância. Ele não deve descobrir a verdade.

Existem quase tantos santos na Itália quanto igrejas dedicadas a eles. No local de nascimento do Venerável, no local onde ele ou ela realizou seus milagres, em seu lar monástico ou caverna de eremita, local de morte ou martírio, há uma igreja. Algumas são edificações grandiosas com campanários altos, fachadas imponentes e pátios quadrangulares espaçosos com lajes à sua frente: outras são, como muitas casas religiosas, as choupanas mais vis. Contudo, até mesmo a mais rústica tem ao menos uma *piazza*.

Se você descer o *vialetto*, virar à esquerda na Vila Ceresio e depois novamente à esquerda na Via de' Bardi, chegará aos pés de uma longa escadaria de mármore. Os degraus têm apenas 1 ou 2 metros de largura na base, mas, na metade da subida da colina, ficam mais largos até alcançar talvez 15 metros de largura na *piazza*, no topo. Os degraus são alisados pelo desgaste do tempo e dos passos dos peregrinos. Hoje, contudo, apenas consumidores se esforçam para subir ou descer os degraus, amantes abraçados pela cintura, turistas com câmeras e filmadoras de vídeo. Tufos esparsos de grama crescem entre as pedras e o lixo corre por cima deles. Nos últimos tempos, nas madrugadas, a escadaria passou a ser frequentada por viciados. Recentemente, em diversas ocasiões vi agulhas hipodérmicas apoiadas nas paredes laterais.

O mármore é de qualidade inferior, escolhido pela durabilidade, não pela cor. Seus veios são manchas escuras e fuliginosas como os antebraços dos viciados.

O tráfego passa rapidamente no alto da escadaria. A calçada é muito larga ali, e vários artistas de rua e vendedores se reúnem naquele ponto na temporada de turismo. Há um flautista. Seu ponto fica sob um guarda-sol amarrado a um sinal de "proibido estacionar" no qual um motorista frustrado escreveu com spray um irrisório *non sempre.*

O flautista é um jovem com ar de tuberculoso, de pele macilenta e olhos vazios. Suspeito de que faça parte do pessoal da madrugada, os que se aplicam e fumam heroína, os perdidos do século XX, a vítima moderna da lepra ou da peste. Ele não carrega um sino. Em vez disso, tem uma flauta suja e rachada.

Apesar da condição do instrumento, ele toca a música mais bela. Sua especialidade é o barroco. Ele adaptou várias peças para a flauta e as toca com um distanciamento ao mesmo tempo tocante e patético. Ele se agacha sob o guarda-sol, um travesseiro sujo sob as coxas, e seus dedos correm ao longo da flauta com uma fluidez rápida que não se esperaria que fosse capaz de demonstrar. Jamais parece ficar sem ar e faz apenas um curto intervalo entre as músicas para dar um gole em uma garrafa de vinho barato e de qualidade inferior. Almoça em um bar próximo, quando tem um bom faturamento pela manhã, comendo pão com algumas enchovas e bebendo Cerasuolo diluído em água mineral.

Às vezes, ouço o flautista à noite, a música vagando sobre os telhados até a *loggia,* competindo com o coral crepuscular das cigarras. Fico sentado em silêncio, o lampião brilhando na prateleira sob o parapeito, e penso nele como parte de meu ofício, de minha profissão. Sou aquele que traz o infinito, o portador da eternidade, e ele é meu menestrel, meu Blondel tocando para mim no alto da minha torre da morte.

Outro artista trabalha com marionetes. Durante o dia, fica de pé atrás de um palco acortinado com tecidos listrados, como uma barraca vitoriana de apresentação das marionetes Punch e Judy. As marionetes do dia se movem com o puxar de linhas. Elas dançam e dão pinotes, um palhaço de rosto vermelho executa acrobacias habilidosas sem enrolar os fios e recita rimas infantis ou lendas locais com vozes agudas e esganiçadas. Crianças das escolas locais, filhos de turistas e velhos formam a plateia. Riem juntos, os infantes jovens e velhos, e jogam trocados ou fichas telefônicas em uma pequena jarra de alumínio colocada ao lado da barraca. De vez em quando, o pé do marionetista aparece sob o tecido e, com os dedos, puxa a jarra. Ouve-se o chacoalhar de moedas e a jarra, quase vazia, reaparece. Como com todos os artistas de rua ao redor do mundo, a jarra jamais é vista totalmente isenta de generosidade. Dinheiro atrai mais dinheiro, como se os centavos na jarra fossem um investimento e a plateia fornecesse os lucros.

À noite, o marionetista muda a apresentação. As marionetes de linhas são dobradas e guardadas em uma mala, e ele pega fantoches. Estes não são as figuras ridículas das apresentações diurnas, os palhaços e policiais, os professores e dragões, velhinhas e feiticeiros. Agora são monges e soldados, damas elegantes e cavalheiros desocupados. As histórias contadas por eles não giram em torno de lendas, mas de sexo. Os personagens não falam mais em vozes estridentes e agora parecem mulheres e homens modernos reais. Cada história envolve uma sedução, e pelo menos um fantoche tem um pau exagerado, preenchido, sem dúvida, pelo dedo mínimo do marionetista, com o qual levanta as saias de uma das damas da narrativa. Por motivos óbvios, como o marionetista não tem articulações duplas e a barraca é estreita, os fantoches fodem de pé.

Homens locais assistem às histórias com humor. Amantes ficam diante da barraca e riem, para depois sumirem no Parco della Resistenza dell' 8 Settembre para tentar o método por conta própria. Os turistas, em geral puxando os filhos, assistem durante algum tempo, sem compreender uma palavra sequer da história, e afastam-se às pressas quando o sexo começa. Os turistas franceses são o único grupo que não arrasta os filhos para longe quando a pornografia tem início. Reparei que os casais em lua de mel são os que ficam mais tempo assistindo.

Dos vendedores nos degraus, meu favorito é o desdentado e velho Roberto, que sempre usa um par de calças pretas manchadas, um colete cinza imundo, uma camisa sem gola, e fuma sem parar tabaco escuro. Ele também tem uma unha no polegar com 3 centímetros de comprimento. É a única parte limpa de sua anatomia. Roberto vende melancias.

Só compro melancias com ele. É conveniente, já que a carreta fica comparativamente próxima de meu apartamento: o caminho de lá é um declive e uma melancia pode pesar mais de 10 quilos. Ele também abre uma melancia para que o cliente possa avaliar a qualidade dos produtos. Quando uma melancia é escolhida, ele a testa para conferir se está madura e sólida, perfurando uma tatuagem na casca com sua longa unha. Ele escuta o eco. Até hoje, nunca comprei frutas verdes ou passadas com ele.

A igreja no lado oposto da *piazza* onde ficam o marionetista, o flautista moribundo e o vendedor de melancias é dedicada a São Silvestre. Não sei qual Silvestre tem sua memória consagrada nessa edificação. Os moradores da cidade dizem que se trata de Silvestre I, o papa romano que ascendeu ao Trono de Cristo em 314 e sobre quem pouco se sabe ou se supõe, salvo que, ao tentar deixar sua marca na árvore da história, alegou que o imperador Constantino lhe havia concedido, assim como aos seus sucessores na sé de Roma, primazia sobre toda a Itália. Foi um ato perspicaz para um homem destinado a ser um dos primeiros santos que não foram mártires. Contudo, poderia muito bem ser Silvestre Gozzolini, advogado do século XII que virou padre, criticou seu bispo por levar uma vida de liberdade excessiva, adotou voluntariamente o confinamento solitário, saiu para fundar um monastério perto de Fabriano e teve uma dúzia de monastérios batizados em sua homenagem quando morreu, um intérprete rigoroso das leis de Bento. Até hoje os silvestrinos são uma congregação beneditina: Gozzolini, portanto, foi ainda mais astuto que seu homônimo. Hoje, os monastérios estão, na maioria, reduzidos a ruínas, e há uma rua próxima batizada em homenagem a seus seguidores. Contudo, repito, existem muitos outros Silvestres, homens que viveram e morreram em aldeias minúsculas, descobriram um fosso ou curaram uma vaca doente e foram considerados instrumentos do Espírito Santo.

Seja quem for o homenageado, a construção é impressionante. Tem uma fachada quadrada, do tipo que costuma ser encontrado nestas montanhas, com uma janela redonda sobre a porta principal e séries de colunas que se erguem contra a cantaria. Dentro, a caverna da igreja é tão fria quanto o interior das melancias de Roberto.

O chão da nave é coberto de azulejos pretos e brancos de mármore, cuja intenção, sem dúvida, é imitar um tapete do século XV sem conceder aos adoradores o toque real do tecido sob os sapatos ou os pés descalços. Muito da religião é uma oferta do falso, da representação em vez da realidade.

O teto é uma vasta monstruosidade de madeira entalhada ornamentalmente, pintada toda de dourado e entremeada por pinturas a óleo retratando os acontecimentos na vida do santo. É tão florido e enfeitado sem nenhum gosto, como os entornos de uma tela de cinema do pré-guerra ou o arco de proscênio de um auditório de música. Lâmpadas bem posicionadas iluminam essa extravagância rococó e os turistas inclinam os pescoços, emitindo *ohhs* e *ahhs* diante da visão aterradora, como se fosse uma apresentação estática de fogos de artifício, ou uma representação da própria entrada do paraíso.

A sepultura do santo não fica mais isolada. Encontra-se em um corredor lateral para que todo o mundo a veja, como um órgão de parque de diversões. Pilares acanalados, mármore preto salpicado de dourado e tecidos bordados envolvem uma caixa de vidro vazia na qual o cadáver pode ser visto. É algo encarquilhado, o rosto reconstituído em cera, mas com as mãos à vista, parecendo madeira flutuante marcada pela maré. O torso parece ter implodido sob o robe enrolado ao seu redor. Os pés são ornamentados por um par de sapatos elaborados do tipo que se costuma ver pendurado nos dedos dos pés das putas nas janelas dos bordéis de Amsterdã. Tanta glória, tudo por um homem que foi esperto o bastante para se assegurar de que não seria esquecido: tanta história armazenada em uma edificação, em um monumento funerário grotesco, em um par de sandálias de rameira.

Mas o que o homem conquistou, quem quer que tenha sido? Nada. Um dia no calendário (31 de dezembro ou 26 de novembro, ou alguma outra data dependendo da identidade do rosto de cera e do torso afundado) e um parágrafo em uma hagiografia que ninguém lê. Algumas velhas gordas em vestidos pretos e xales sóbrios flutuam como corvos de carniça em torno do altar, acendendo velas talvez por alguma intercessão em seu favor, ou pedindo punição para uma filha por ter fugido com um ator, para um filho que tenha casado com alguém de classe inferior, para um marido por se divertir com os fantoches assanhados da *piazza*.

A história não é nada, a menos que a gente a possa moldar ativamente. Poucos homens recebem tal oportunidade. Oppenheimer teve sorte. Inventou a bomba atômica. Cristo teve sorte. Inventou uma religião. Maomé também teve muita sorte. Inventou outra religião. Karl Marx foi sortudo. Inventou uma antirreligião.

Repare nisto: todos que mudam a história o fazem destruindo seus iguais. Hiroshima e Nagasaki, as Cruzadas e a espoliação de milhões de primitivos em nome de Cristo. Pizarro massacrou os incas, missionários corromperam os índios da Amazônia e os negros da África Central. Durante a rebelião taiping na China, morreram mais pessoas do que nas duas guerras mundiais somadas: o líder dos taipings pensava que era uma nova encarnação de Cristo. O comunismo matou milhões em purificações, pela fome, em conflitos étnicos.

Para alterar a história, é preciso matar outros homens. Ou fazer com que sejam mortos. Não sou nenhum Hitler, nenhum Stálin, nenhum Churchill, nenhum Johnson ou Nixon, nenhum Mao Tsé-Tung. Não sou nenhum Cristo, nenhum Maomé. Ainda assim, sou o homem oculto que torna as mudanças possíveis, fornece os meios para os fins. Eu também altero a história.

A loja de vinho pertence a um anão idoso que serve atrás do balcão de pé em duas caixas de madeira pregadas uma sobre a outra. Ele não faz nada além de receber o pedido e anotá-lo em um papel fino, aceitar pagamentos ou anotar a transação em um livro de registros para acertá-la no final do mês e depois gritar para os recessos escuros da loja, de onde surge um homem com quase 2 metros de altura que lê a anotação do pedido e desaparece, retornando oportunamente com as garrafas em caixas sobre um carrinho de mão. Ele não sorri e o anão é sarcástico a cada movimento que faz: as caixas de madeira estão rachadas, as garrafas fazem barulho, o vinho está sendo sacudido, a roda do carrinho range. Pergunto-me todas as vezes que visito o lugar quanto tempo levará até que o cara alto, que deve passar a vida agachado nas adegas, assassine o anão, que passa a vida tentando alcançar a gaveta da máquina registradora que fica na altura de sua cabeça.

Ontem, fui à loja comprar uma dúzia de garrafas de Frascati e uma variedade de outros vinhos. Dirigi até lá, pelas estreitas ruas medievais, buzinando com frequência e girando o volante para evitar degraus salientes, pedestres teimosos e os retrovisores nas portas dos carros estacionados ilegalmente, o Citroën balançando de um lado para o outro. Depois de chegar à loja, não precisei esperar muito. Não havia outros clientes e o homem alto das adegas estava atrás do anão, repondo o estoque nas prateleiras até o teto.

Fiz meu pedido, o anão gritou para o assistente como se ele estivesse 100 metros abaixo do solo, e o vinho, em duas caixas, chegou rapidamente. O assistente empurrou o carrinho até meu carro e carregou as caixas no porta-malas. Dei-lhe 200 liras de gorjeta. Como de costume, ele não sorriu. Suspeito que tenha esquecido de como se faz; mas pude ver em seus olhos que estava satisfeito. Não são muitos os clientes que lhe dão gorjetas.

Foi naquele momento, quando fechei o porta-malas, girei a maçaneta e me virei para porta do motorista, que o senti. Um habitante das sombras.

Não fiquei excessivamente alarmado, o que pode ser uma surpresa para você. A verdade é que eu o esperava. Receberei um visitante em breve, e meus visitantes costumam enviar um batedor antes para espionar o terreno, a aparência do homem, a minha.

Prudentemente, pois não o queria assustar, observei a rua. Ele estava a quatro carros de distância, encostado em um Fiat 500 diante de uma pequena farmácia, a mão direita no capô. Estava inclinado como se conversasse com o ocupante. Olhou para cima duas vezes, observando ao longo da rua em ambas as direções. É uma reação natural dos cidadãos da cidade: de pé em uma rua tão estreita, as pessoas ficam de olho nos carros que se aproximam sobre as pedras do pavimento.

Acomodei-me no assento do motorista, fingindo procurar a chave da ignição. Enquanto interpretava minha pequena cena, estudei-o pelo retrovisor.

Tinha 30 e poucos anos, cabelo castanho e um bom bronzeado; de altura mediana e esguio, pouco musculoso, estava mais para atleta. Usava óculos escuros, calça jeans de marca e desbotada, muito cuidadosamente passada com um vinco marcado, uma camisa azul-clara aberta no pescoço e caros sapatos de camurça de búfalo. Foram os sapatos que o entregaram e confirmaram minha suspeita: na Itália, ninguém usa camurça no verão.

Observei-o por talvez vinte segundos, reparando em cada detalhe, depois dei partida no Citroën e me afastei. Mal deixei a vaga e ele começou a caminhar na minha direção. Não foi difícil para ele, pois eu precisava dirigir devagar na rua estreita. Ele poderia ter me alcançado facilmente, mas preferiu manter distância. No final da rua, o semáforo mudou e a rua ficou repentinamente movimentada, a marcha dos veículos invariavelmente lenta.

Uma van veio na minha direção. O motorista gesticulou atrás do para-brisa, sinalizando para que eu lhe desse passagem. Encostei o Citroën em um portal e parei. Era bastante natural que eu olhasse para trás: eu queria me assegurar de que haveria espaço para que a van passasse. O habitante das sombras se pusera entre dois carros. Olhava na minha direção, para a van que se desviava do para-choque traseiro do meu veículo.

Por sorte, não havia tráfego enfileirado atrás da van. Recuei rapidamente do portal e dirigi com habilidade pela rua. No retrovisor da porta, vi o homem despontar entre os carros, mas a van parara com o retrovisor da porta enroscado no de um Peugeot 309 azul com placa de Roma e um pequeno disco amarelo na janela traseira, o logotipo de uma locadora de automóveis. O espelho se soltou. Um grupo de curiosos já se formava para a discussão. Assim que o sinal abriu, virei para a direita e sumi.

Em algum lugar, há sempre alguém aguardando nas sombras, vivendo ali, matando tempo pacientemente, aguardando a ordem para agir, escondido como uma doença esperando para arruinar os músculos ou envenenar o sangue. Aceito isso sem dúvida, assim como o padre aceita a presença de um pecador em sua congregação, o professor, a de um patife em sua aula ou o general, a de um covarde em seu exército. É um fato da vida que vivo, e minha tarefa é manter um olhar vigilante, evitar um confronto, escapar daquela vaga presença de um homem.

Certa vez, em Washington, D.C., precisei escapar de um habitante das sombras. Não é necessário que você saiba por que eu estava em Washington. Basta dizer que era para guardar o cenário para o qual fornecia uma das ferramentas dos contrarregras. Eu era um novato na época, mas por sorte ele não era um especialista completo: o habitante das sombras realmente bem-sucedido é aquele que seria capaz de se esconder entre os espinhos de um cacto solitário no deserto.

No coração de Washington, uma das cidades mais belas dos Estados Unidos — se você ignorar os subúrbios negros habitados pela indispensável classe trabalhadora que mantém funcionando a metrópole na qual o homem branco vive —, fica o Mall. É um parque verde de grama e árvores com pouco mais de 500 metros de largura e 1 quilômetro de comprimento, entrecruzado por ruas e cercado por avenidas. No lado leste, em seu grandioso e arrogante outeiro, fica o Capitólio dos Estados Unidos: é como um bolo de casamento deixado sobre a mesa enquanto o faxineiro limpava a chaminé. No outro lado, Lincoln reluz em sua caixa branca de mármore, sério como um juiz e olhando para a corrupção da nação por cuja união lutou em vão. Na metade do caminho entre os dois, fica a agulha fálica do monumento de Washington. Ao norte, recuada atrás da Elipse, fica a Casa

Branca, em torno da qual a segurança é forte: um número grande demais de presidentes fez prematuramente suas caminhadas através do Potomac, subindo até o Cemitério Nacional de Arlington.

Os turistas nem sempre são o que parecem. Vi pelo menos uma dúzia, a 50 metros da mansão presidencial, armados com fogo, como os americanos dizem. Duas eram mulheres. Elas se misturam com as pessoas e observam e escutam enquanto tomam sorvetes ou comem pipoca, bebem Cocas ou Pepsis no calor do verão. Esses, igualmente, não são os especialistas, mas sim os trabalhadores das fileiras de meu mundo, os dispensáveis, as buchas de canhão.

Foi ali que começou, no Museu Nacional de História Natural. Eu caminhava pelos salões, olhando com curiosidade para os esqueletos de dinossauros, quando senti a presença de um habitante das sombras. Não o vi, mas sabia que estava por perto. Procurei-o nos reflexos nas vitrines e ao redor dos grupos de crianças e turistas. Não consegui encontrá-lo.

Não foi uma fantasia de minha parte. Eu era, como disse, um novato, mas já estava sintonizado com meus sétimo e oitavo sentidos. O nono e o décimo vieram anos depois.

Fui para a área da loja do museu e protelei para fazer algumas compras. Nada valioso; um cristal de pirita colado em um ímã, um peixe fossilizado do Arizona, alguns cartões-postais e uma bandeira americana de náilon com uma pequena etiqueta que dizia "Made in Taiwan".

Comprar algo, até mesmo um bagel ou um cachorro-quente em uma carrocinha na calçada, fornece um bom abrigo de onde podemos observar. O perseguidor pensa que o alvo está ocupado com dinheiro ou na conversa com o vendedor. Para aqueles com prática, a compra e a observação podem ser combinadas de modo que nenhuma olhada ao redor seja percebida.

Ele estava ali. Em algum lugar. Eu ainda não conseguia vê-lo. Poderia ser o homem com a camisa de gola aberta e calça formal com uma câmera pendurada no pescoço. Poderia ser o jovem marido com a esposa gorducha. Quem sabe o professor com sua turma ou o velho acompanhando um grupo de idosos de Oklahoma. Poderia ser o homem gordo usando o crachá de sua companhia de turismo invertido em seu casaco azul-marinho: poderia ser um sinal para um compatriota habitante da escuridão. Talvez fosse o guia do grupo. Poderia até mesmo ser o turista japonês. Eu simplesmente não conseguia descobrir.

Deixei o museu, virei à direita na Madison Drive, parando por um instante em uma van que vendia cookies quentes. Eu não o conseguia discernir entre os passantes e tampouco entre os que saíam do museu, contudo a realidade de sua presença permanecia dentro de mim. Comprei dois cookies em uma sacola de papel encerado, passei a pé pelo Museu Nacional da História Americana e atravessei a 14th Street.

Havia muita gente vagando na minha direção pelas calçadas, sobre o terreno gramado do parque. Em um local aberto, no amplo espaço do Mall, eu tinha melhores chances de identificar o habitante das sombras.

Dirigi-me ao Monumento a Washington. Alguns garotos com cerca de 10 anos, liberados momentaneamente dos rigores do grupo escolar, brincavam na grama, jogando softball, agarrando a bola com luvas de couro de vaca. Eu ouvia o baque do couro a alguma distância.

Aproximando-me do monumento, parei de repente e me virei. Outras pessoas faziam o mesmo, para observar a vista admirável ao longo do centro do Mall, na direção do Capitólio.

Não vi ninguém se encolher, nem mesmo a distância, nem mesmo por um instante. Mas agora eu sabia quem ele era. Era um homem com a esposa e uma filha, entre 30 e 35 anos, 1,80 metro, 80 quilos, de constituição esguia. Seu cabelo era escuro e ele usava um casaco de couro de gamo e calça marrom, uma camisa azul-clara e gravata com o nó afrouxado. A esposa tinha cabelo castanho-avermelhado e estava muito bonita em um vestido florido e carregando uma bolsa de couro pendurada no ombro. A filha do casal era uma menina com cerca de 8 anos, incongruentemente loura. Ela segurava a mão da mulher, e foi isso que os desmascarou. Não consegui definir com precisão o que havia de errado, que indícios sutis me diziam que não eram uma família. A mão da garota simplesmente não se encaixava na da mulher. De algum modo a criança não andava com a familiaridade de uma filha com a mãe.

Quando os vi, dei-me conta de que estavam na loja do museu. Ali, no aglomerado de visitantes, a falta de naturalidade no relacionamento entre mãe e filha não fora discernível. Agora, ao ar livre, era óbvia. Eu precisava escapar daquelas pessoas.

O homem, raciocinei, é quem me seguiria se eu partisse rapidamente. Ele parecia em forma e atlético. Eu não teria muita chance sobre a grama aberta. A mulher e a criança não me seguiriam: a primeira poderia contatar outros agentes em campo para me interceptar. A criança seria uma inconveniência sem importância.

Fingi não os ter percebido e segui na direção do monumento. Logo na margem da sombra, parei e me sentei **na** grama para comer os cookies, que agora estavam mornos. A pseudofamília continuou na minha direção. Não perceberam que eu os descobrira.

Chegando consideravelmente perto de mim, a mulher pegou um lenço de papel na bolsa. Tive certeza de que ouvira o clique diminuto de um obturador piscando, mas não tinha importância. Eu estava preparado, o rosto parcialmente coberto pelas mãos e por um grande pedaço de cookie.

O homem apontou para o topo do obelisco.

— Isto, querida Charlene — ele disse no que reconheci como uma voz ligeiramente alta demais —, foi construído pelo povo dos Estados Unidos em homenagem ao grande George Washington. Ele foi o primeiro presidente do nosso país.

A menina levantou a cabeça e olhou para o alto, cachinhos louros balançando.

— Meu pescoço está doendo — ela reclamou. — Por que fizeram isso tão alto?

Depois de algum tempo, afastaram-se enquanto informavam à criança tudo sobre Washington e o monumento. A maioria dos turistas caminhava ao redor do obelisco: queriam ver o Memorial de Lincoln refletido no lago retangular preparado para tal efeito. Minha pequena família, no entanto, não fazia isso. Era a confirmação final de que eu precisava.

Casualmente, parti na direção de onde viera, contra o fluxo de pedestres. A maioria, achei, seguia um roteiro a pé pela cidade que exigia uma caminhada para ver Lincoln depois de parar diante da agulha de Washington. Minha família me seguiu com diligência. Contornei a Casa Branca e a praça Lafayette e peguei a Connecticut Avenue. Eu estava hospedado num hotel depois do Dupont Circle e presumi que soubessem disso: deveriam achar que eu estava indo para lá.

Parei em um cruzamento de pedestres, esperando o sinal abrir. Eles pararam a alguma distância e o homem fingiu reamarrar o sapato da menina. Era uma farsa: eu percebera que as sandálias brancas da criança estavam afiveladas. A mãe se ocupava com a bolsa pendurada no ombro. Imaginei que pudesse ter um walkie-talkie na bolsa e estar informando a minha posição.

A luz mudou. Um táxi descia a rua. Fiz sinal e entrei rapidamente.

— Patterson Street — ordenei.

O táxi balançou em um retorno ilegal e seguiu para o leste, descendo a K Street.

Olhei para trás. O walkie-talkie estava fora da bolsa. O homem olhava ao redor procurando freneticamente por outro táxi, a mão direita dentro do paletó. A menina estava de pé ao lado de um hidrante, com ar perplexo.

Na praça Mount Vernon, dei outra direção ao motorista, para sua irritação. Ele desceu a 9th Street e passou por cima do canal de Washington e do Potomac, rumo ao aeroporto. Em vinte minutos eu estava no primeiro voo que deixou a cidade. Não importava para onde.

Há sempre aqueles homens que vivem nas sombras. Eu os conheço pois sou um deles. Nós somos parceiros na irmandade do sigilo.

Ontem, meu visitante me procurou. Não lhe darei um nome. Seria tolice, o auge da indiscrição na minha profissão. Além disso, nem eu mesmo sei. Tudo que tenho é Boyd, pois era como o bilhete estava assinado.

Aquela pessoa tem altura mediana, é bastante magro mas bem-constituído de uma maneira esguia, com cabelo castanho-pardacento que poderia ter sido pintado. Gosto disso: uma pessoa que compreende que pode confiar em você dentro dos parâmetros estabelecidos de um relacionamento. Alguém que fala tranquilamente, diz poucas palavras, veste-se de forma conservadora em um terno bem-cortado.

Encontramo-nos não no apartamento, mas perto da fonte, na Piazza del Duomo. A pessoa estava de pé, como combinamos, ao lado da barraca de queijos, usando óculos escuros e lendo a edição do dia de *Il Messagero* com a primeira página dobrada pela metade.

Era o sinal de reconhecimento combinado. Eu precisava fazer o meu. Fui até a barraca de queijos.

— *Un po' di formaggio* — pedi.

— *Quale?* — a velha respondeu. — *Pecorino, parmigiano?*

— *Questo* — respondi, apontando. — *Gorgonzola. E un po' di pecorino.*

Gorgonzola, depois pecorino: era a fórmula, outra deixa no jogo do reconhecimento.

Durante todo o tempo, fui observado. Paguei com uma nota de 5 euros. A página do jornal caiu no chão. Eu a peguei.

— *Grazie.*

Quando a palavra foi dita, vi a cabeça inclinar-se para um lado. Um sorriso. Vi linhas se formando nos cantos dos olhos, olhos de um jovem.

— *Prego* — respondi, acrescentando —, não há de quê.

O jornal foi dobrado, peguei o troco e recuei alguns passos em meio às barracas do mercado até a gelateria transformada em bar, fora da qual havia algumas mesas e cadeiras na calçada. Meu contato sentou-se atrás de um guarda-sol da Martini. Sentei-me do lado oposto da mesa, que balançava irregularmente na calçada.

— Está calor.

Os óculos escuros foram retirados do rosto e colocados na mesa. Os olhos eram de um castanho profundo, mas lentes de contato podem tingir a íris, e pensei que aquelas deviam ser coloridas.

O garçom saiu, abriu uma toalha sobre a mesa e esvaziou o cinzeiro de metal em um bueiro.

— *Buon giorno. Desidera?*

Ele falou com uma voz cansada. Era quase meio-dia e o sol estava quente.

Não pedi nada. Era a última proteção contra falhas, a última confirmação. Meu visitante disse:

— *Due spremute di limone. E due gelati alla fragola. Per favore.*

De novo houve um sorriso, e vi a pele em torno dos olhos formar linhas. O garçom concordou com a cabeça. Percebi que o sorriso do meu visitante era desonesto, ardiloso: havia algo penetrante nele, intensamente perspicaz. Era como a expressão trabalhada e falsa de subserviência que se vê nos olhos de um cão esperto que acaba de roubar o açougue.

Nada falamos até as bebidas e o sorvete chegarem.

— Está quente. Meu carro não tem ar-condicionado. Pedi um que tivesse, mas...

As palavras se perderam. Com dedos magros e artísticos, como os de um músico, ele retirou o canudo de plástico da bebida e deu um pequeno gole.

— Qual é o seu carro? — perguntei, mas não obtive resposta. Em vez disso, os olhos castanhos se moveram rapidamente pela multidão do mercado, de um passante para outro.

— Você mora longe daqui?

A voz era contida, mais adequada a um *tête-à-tête* num compartimento privativo em um restaurante aconchegante do que para uma conversa numa mesa barulhenta de café de rua.

— Não. Cinco minutos a pé, no máximo.

— Ótimo! Já peguei sol demais por hoje.

Tomamos os sorvetes e bebemos as bebidas. Não voltamos a falar até a hora de ir embora. O garçom trouxe a conta.

— Permita-me — ofereci, esticando a mão para pegar a nota.

— Não. É por minha conta.

Que expressão mais inglesa, pensei: britânico, sem dúvida.

— Tem certeza?

— Absoluta.

Era como se fôssemos dois amigos duelando com camaradagem por causa de uma conta num restaurante londrino. Colegas de trabalho. Em parte, trata-se disso, pois estamos fazendo negócios.

— Você vai embora. Eu pego o troco e o sigo.

Chegamos ao *vialetto*. Durante todo o tempo, meu visitante permaneceu a pelo menos 30 metros de distância.

— Muito agradável — foi o comentário quando entramos na garganta fresca do pátio, a fonte gotejando delicadamente no silêncio. — Você encontrou um lugar muito agradável. Gosto de fontes. Elas acrescentam tanta... tanta paz a um lugar.

— Gosto dela — eu disse.

Talvez tenha sido naquele momento, talvez, pela primeira vez, que senti uma afinidade especial pela pequena cidade, o vale e as montanhas, experimentei a paz profunda e me perguntei se, quando tudo estivesse terminado, dessa vez eu deveria ficar, esticar meus dias de ócio aqui, sem me mudar para outra moradia e subterfúgio temporários.

Subimos a escada e entramos no meu apartamento, meu visitante sentando-se em uma das cadeiras de lona.

— Posso pedir um copo d'água? Está terrivelmente quente.

Terrivelmente: outra expressão inglesa.

— Tenho cerveja gelada. Ou vinho. Capezzana Bianco. É semidoce.

— Uma taça de vinho. Por favor.

Entrei na cozinha e abri a geladeira. As garrafas de cerveja fizeram barulho ao se chocar uma contra a outra na prateleira da porta. Ouvi um movimento na cadeira quando a estrutura de madeira rangeu. Eu sabia o que estava acontecendo: meu quarto estava sendo inspecionado, à procura do que aquele tipo de pessoa procuraria em um lugar estranho, algo que lhe ofereça uma nova garantia, segurança.

Servi o vinho em uma taça alta, um copo de vidro com cerveja para mim, e levei as bebidas em uma bandeja de madeira cor de oliva. Entreguei a taça de vinho e observei meu visitante bebericar.

— Muito melhor. — O sorriso se formou parcialmente. — Deveríamos ter combinado pedir vinho no bar, e não limonada.

Sentei-me em outra cadeira, pus a bandeja no chão e ergui minha cerveja.

— Saúde — eu disse.

— Não tenho muito tempo.

— É verdade. — Dei um gole na cerveja e coloquei o copo de volta sobre a bandeja. — Quais são exatamente suas necessidades?

Os olhos se moveram na direção das janelas.

— Você tem uma bela vista daqui.

Concordei com a cabeça.

— É indevassável. Isso é muito importante.

— Sim — respondi, desnecessariamente.

— O alcance será de cerca de 75 metros. Certamente, não mais que 90. Possivelmente, muito mais próximo. Não terei mais que cinco segundos. Possivelmente sete, no máximo.

— Quantos... — fiz uma pausa. Ninguém nunca sabe como elaborar a frase. Já tive essa conversa muitas vezes ao longo das três últimas décadas e ainda não atingi a perfeição — ... alvos?

— Apenas um.

— Algo mais?

— Uma frequência de tiros rápida. Capacidade razoavelmente grande na câmara. De preferência, Parabellum 9 milímetros.

A taça de vinho girou nos dedos artísticos. Observei enquanto o reflexo das janelas girou contra o amarelo suave do vinho.

— E deve ser leve. Razoavelmente pequena. Compacta. Desmontável em partes.

— Qual tamanho? De bolso?

— Maior seria aceitável. Uma bolsa pequena. Uma maleta, digamos. Ou uma bolsa de cosméticos de mulher.

— Raios X? Camuflagem... rádio de pilha, fita cassete câmera? Entre latas, aerossóis, coisas do gênero?

— Não é necessário.

— Barulho?

— Precisa de silenciador. Por segurança.

A taça de vinho tiniu quando a base tocou o chão e o visitante se levantou para partir.

— Você pode fazer?

Concordei novamente.

— Com toda a certeza.

— Quanto tempo?

— Um mês. Para um teste. Depois, digamos, cerca de uma semana para os retoques finais.

— Hoje é dia 6. Precisarei de um teste no dia 30. Depois, quatro dias para a entrega.

— Eu não entrego, não atualmente — destaquei. Eu já tinha dito isso na minha carta.

— Para a retirada, então. Quanto?

— Cem mil. Trinta agora, 20 no teste e 50 na finalização.

— Dólares?

— É claro.

Agora, o sorriso foi menos cauteloso. Havia um toque de alívio nele, um indício de satisfação do tipo que se vê no rosto de qualquer pessoa que consegue o que deseja.

— Precisarei de uma mira telescópica. E de uma maleta.

— É claro. — Agora eu sorri. — Prepararei também...

Não falei o resto. Uma caneta não tem utilidade sem tinta, uma travessa sem comida, um livro sem palavras ou uma arma sem munição.

— Excelente, senhor... Sr. Borboleta.

O envelope de papel manilha caiu pesadamente na cadeira.

— O primeiro pagamento.

As notas, a julgar pela espessura, deviam ser de 100.

— Até o final do mês, então.

Levantei-me.

— Por favor, não se levante. Eu saio sozinho.

Não é bom ser um homem metódico. Desprezo os homens que controlam as vidas por meio de agendas, que administram a existência com a eficiência da rede ferroviária nacional alemã. Não pode haver nada mais deplorável do que um homem capaz de declamar, sem hesitar, que às 13h15 de terça-feira estará sentado na oitava mesa ao lado direito da porta na *pizzeria* na Via Coisa e Tal, uma taça de Scansano ao lado do prato e uma *pizza ai fungi* diante dele.

Tal homem é pueril, jamais conseguiu escapar da segurança da ordem paternal, a sequência insistente mas segura do horário escolar. O que durante muitos anos foi matemática ou geografia, agora é a *pizzeria* ou o barbeiro, a pausa para um café no escritório ou a reunião de vendas matinal.

Parece obscuro para mim como alguém consegue decidir a própria vida. Eu não poderia fazer isso. Escapei de tal rotina como receptor de quinquilharias roubadas e entrando na minha vida atual.

Quando morava naquela aldeia inglesa, assombrado pela Sra. Ruffords, que morava no outro lado da rua, a quem eu chamava secretamente de Notícias Diárias, pois era uma fofoqueira inveterada, uma futriqueira comunitária resistente, a única pessoa que tinha o maior graveto para cutucar sob minha pedra de solidão, meu dia era tão compartimentalizado quanto o de um professor de escola. Eu acordava às 6 horas, fazia café, esvaziava o acúmulo de detritos do queimador de coque, fazia torradas e observava o leiteiro entregar o leite. Às 7h30, eu entrava na oficina e iniciava as tarefas do dia, escritas na noite anterior em um pedaço de papel pregado sobre o final da bancada. Ligava o rádio, o volume baixo. Eu não escutava nada. Era apenas um ruído para quebrar o tédio.

Exatamente ao meio-dia, quando os pios do tempo anunciavam o fim da manhã, eu largava as ferramentas, fazia uma xícara de sopa e a tomava na mesa na apertada sala de estar de minha pequena casa, olhando para um jardim pequeno e sem graça sobre o qual as estações do ano pareciam exercer pouca influência.

Às 13 horas retornava à bancada de trabalho. Não recomeçava o trabalho imediatamente. O trabalho da manhã desalinhara a superfície. Passava meia hora organizando as ferramentas. As serras ficavam penduradas em ganchos sobre a bancada, os cinzéis e as goivas ao longo do peitoril da janela, os martelos em uma prateleira no final da bancada: era irrelevante que tudo aquilo retornara à desordem original em trinta minutos, e que de todo modo eu soubesse onde cada coisa estava. Eu estava servindo à rotina, e não à lógica do trabalho.

Às 18 horas, parava o trabalho, escutando as notícias na televisão enquanto preparava minha refeição noturna. Até aquilo era rotina. Eu comia filé na maioria das noites, ou costeleta de cordeiro para variar. Bastava grelhar a carne. Eu me forçava a cozinhar um legume diferente toda noite, minha concessão à originalidade.

Nas manhãs de sábado, ia ao supermercado. Nas tardes de quarta-feira, ia à feira de antiguidades e circulava entre os comerciantes, comprando e vendendo, aceitando comissões para reparos.

Agora, luto metodicamente contra a rotina. Não apenas para afastar o tédio, mas também, admito, como ato de proteção. Não apenas a proteção da qual um homem no meu ramo de trabalho precisa estar constantemente consciente, o estranho na esquina, o homem que lê jornal sob um poste de luz, o homem que troca de trens na mesma estação, mas também a proteção da mente. Eu enlouqueceria se tivesse que seguir as horas com a observância religiosa de um oportunista.

Assim, jamais vou ao bar todas as segundas-feiras, ou para almoçar todos os dias, e sou cliente de vários. Ninguém pode dizer que é terça-feira porque eu estou na Piazza Conca D'Oro, no Bar Conca D'Oro, na mesa ao lado do balcão.

Deixe-me falar sobre o bar. Fica no canto da *piazza*, que é pavimentada com aquelas pedras quadradas tão amadas pelos calceteiros, formando padrões, padrões de conchas nesta *piazza*, obviamente. Há duas ilhas na *piazza*: uma tem uma fonte, a outra, três árvores. A fonte não funciona e não tem água. Estudantes da universidade a utilizam como bicicletário. Onde deveria haver a música da água há um emaranhado de quadros de bicicletas, guidões e pedais. O proprietário do bar arrumou mesas sob as árvores, monopolizando o espaço público em prol de sua margem de lucro e, alega, do bem dos moradores. Se não tivesse colocado as mesas ali, o local ficaria repleto de Fiats e motocicletas, todos vazando óleo e estragando o ar com fumaça. Na verdade, poucos veículos passam pela *piazza*, que é um dos pontos mais remotos da cidade.

O interior do bar é indistinguível do de qualquer outro na Itália. Cada pub inglês é, a seu modo, único. Podem ter jukeboxes ou máquinas caça-níqueis em comum, mas as semelhanças terminam aqui. Os bares não são assim: todos têm uma cortina de plástico na entrada, uma vitrine para que a luz entre, cadeiras de plástico ou de madeira em torno de mesas bambas, um bar e uma máquina de cappuccino sibilante, prateleiras de garrafas velhas e empoeiradas contendo bebidas obscuras e copos de vidro lascados e arranhados nos lados por terem sido lavados milhares de vezes. Com frequência, um rádio escondido em uma prateleira alta murmura música pop e, no bar, uma daquelas máquinas de apostas na qual se coloca uma moeda e recebe-se uma conta colorida de madeira em cujo centro foi feito um furo, o qual contém um pedaço de papel com uma bandeira nacional impressa. Consiga a bandeira certa e ganhe um relógio de pulso digital de plástico que não vale praticamente nada.

Sou conhecido no Bar Conca d'Oro como um cliente não muito fiel. Às vezes, sento-me nas mesas na *piazza*, e noutras, no bar. Costumo tomar um cappuccino ou um espresso. Quando está frio, peço chocolate quente. Caso esteja no começo do dia, peço um brioche para o desjejum.

Os outros clientes que frequentam o lugar são escravos dos horários, clientes fiéis. Conheço todos pelo nome. Lembro-me de nomes. É parte importante do processo de proteção.

É um grupo alegre: Visconti é fotógrafo com um estúdio minúsculo que fica próximo, na Via S. Lucio, Armando é sapateiro, Emilio (a quem todos chamam de Milo, pois morou em Chicago, onde foi batizado assim) trabalha num quiosque de conserto de relógios na Piazza del Duomo, Giuseppe é varredor de rua, Gherardo tem um táxi. São homens de pouco futuro, mas com uma visão grandiosa e feliz.

Quando entro, todos levantam a cabeça. Posso ser um estranho, com o qual possa valer a pena conversar, ou sobre o qual possam falar. Todos dizem:

— *Ciao! Come stai? Signor Farfalla.* — É um coro.

— *Ciao!* — respondo. — *Bene!*

Meu italiano é fraco. Conversamos em um esperanto espúrio criado por nós mesmos, a língua mudando conforme muda o humor, à medida que bebemos *grappa* ou abrimos garrafas de vinho.

Eles perguntam sobre minha caça às borboletas. Não me veem há uma ou duas semanas, talvez mais tempo, desde o feriado de São Bernadino de Siena: Gherardo lembra-se de que foi naquele dia porque foi quando o amortecedor traseiro do táxi quebrou a caminho da casa de sua mãe.

Digo que a caça às borboletas vai bem, que as pinturas estão progredindo. Digo que tenho uma exposição marcada em uma galeria em Munique. Os colecionadores alemães estão começando a se interessar pela vida selvagem europeia. Milo, sugiro, deveria começar a pintar retratos de javalis selvagens, e não atirar ilegalmente neles nas montanhas para fazer salame. O melhor para ele era se tornar verde. A Europa está se tornando verde, digo.

Eles riem. Milo já é "verde", dizem, ainda não amadureceu. É um dos americanismos favoritos dele, o qual dispara como insulto a qualquer um que questione seu conhecimento. *Un pivello.* Pelas costas de Milo e sem nenhuma maldade, chamam-no de *il nuovo immigrato*, apesar de ele ter voltado para casa há mais de vinte anos e ter perdido boa parte do domínio do inglês e da fala do americano.

Contudo, trata-se de uma digressão. Em pouco tempo, estão discutindo a revolução verde. Eles estão tentando salvar o mundo, estes cinco homens da classe trabalhadora em um bar no meio da Itália, do meio do século XVII.

Não há uma única construção na Piazza Conca d'Oro com data posterior a 1650. As varandas de ferro, as janelas com persianas viram mais da história do que qualquer professor. Acredita-se que a fonte tenha sido construída por um primo dos Borgia. Dizem que o porão de um prédio do outro lado da praça serviu de abrigo aos templários no século XIII. Agora, é uma loja de vinho abobadada alugada pelo dono do bar. Seguindo por um pequeno beco sem saída, o Vicolo dei Silvestrini é uma capela incorporada ao porão de uma casa: dizem que certa vez São Silvestre rezou ali. Saindo da varanda sobre o açougue de carne de porco que fica atrás da fonte está o lugar onde um famoso salteador foi enforcado, pego em flagrante delito por um nobre cuja esposa quicava sobre a barriga do salteador na cama do próprio nobre. Não se chegou a um acordo quanto a quem foi o perpetrador amoroso, tampouco quanto à época do linchamento. Essa é uma das histórias noturnas representadas pelo marionetista.

Juntos, eles chegam a uma decisão unânime. Para salvar o mundo, todos os carros devem ser movidos à água. Visconti alega que existe um processo através do qual a água pode ser separada em seus componentes, hidrogênio e oxigênio, com a utilização de energia solar. Os dois gases são misturados na cabeça do cilindro e são inflamados por uma centelha elétrica, do mesmo modo que uma vela elétrica em um motor movido a gasolina. O hidrogênio explode. Todos sabem disso. A bomba de hidrogênio. As mãos dele criam um cogumelo de destruição sobre a mesa. A explosão empurra o pistão para baixo. E — ele ri ironicamente diante da simplicidade da química — o que acontece quando a gente explode hidrogênio com oxigênio? Obtém-se água. Não há necessidade de reabastecimento de combustível. O cano de descarga colhe a água quente e a leva de volta ao tanque de combustível. Tudo de que se precisa é luz solar para carregar as baterias.

Gherardo está muito satisfeito. Seu táxi rodará para sempre. Giuseppe fica em dúvida. Ele vê uma falha na lógica. Diz que tem muito tempo para pensar enquanto varre as ruas: varrer ruas é, sugere, a ocupação ideal para um filósofo, pois não é necessário pensar em nada, exceto em como evitar ser atropelado por trás por um motorista romano.

— *Cosi!* Problema... o quê? — Visconti pergunta em nossa língua espúria. Suas mãos balançam no ar com as palmas viradas para cima. Seus ombros encolhem em desafio.

Se a ideia é tão boa, Giuseppe sugere, por que ainda não foi implementada? O buraco na camada de ozônio já está grande. A fumaça de combustível ainda sufoca as pessoas em Roma.

Visconti olha para cada um de nós em busca de apoio por sua indignação diante da ignorância de Giuseppe. Todos parecemos desanimados. É assim.

Caso o processo se tornasse público agora, Visconti declara, as empresas petrolíferas iriam à falência. Eles compraram o processo há anos e o estão guardando para proteger os lucros.

Agora, os outros dão de ombros. Eles acreditam nisso. A Itália é uma terra de corrupção em grandes negócios. A conversa passa para as fortunas de Milão.

Termino meu cappuccino e vou embora. Eles acenam em despedida. Voltarão a me ver, dizem. Boa sorte na caça às borboletas.

* * *

Bem no final do beco sem saída formado pela metade sul da Via Lampedusa há um bordel. Não é um lugar grandioso. Não há cortinas castanho-avermelhadas de veludo nem sofás de pelúcia, tampouco uma luz vermelha. No andar inferior há um cabeleireiro. Sobre o salão, há um prostíbulo de três andares.

De vez em quando vou lá: não tenho vergonha disso. É meu jeito. No meu mundo, não é possível se dar ao luxo de ter uma esposa ou uma companheira fixa. Elas seriam inconvenientes, e esposas podem se voltar contra você. Pelo menos as amantes o fazem raramente.

Há quatro putas que trabalham em tempo integral na Via Lampedusa.

Maria é a mais velha, com cerca de 40 anos. Ela administra o estabelecimento, mas não é a proprietária. O dono é um ítalo-americano que vive na Sardenha. Ou na Sicília. Ou na Córsega. Seu paradeiro exato é desconhecido e desperta rumores. Alguns dizem que é do governo, o que não surpreenderia ninguém. Sua parte no negócio é paga por meio de crédito direto em um banco em Madri. Maria envia o dinheiro a cada duas semanas. Ela não trabalha muito, limitando-se a três clientes específicos, homens com aproximadamente a mesma idade que, tudo indica, a visitam há anos.

Elena tem cerca de 28 anos. Tem cabelos ruivos cor de cobre e a fisionomia de uma modelo pré-rafaelita. Jamais fica diretamente sob a luz do sol e só deixa o prédio para fazer compras ou visitar o cirurgião na Via Adriano, quando o sol está baixo o bastante para criar sombras pelo menos até a metade de cada rua. É a mais alta das prostitutas, com cerca de 1,80 metro.

Marine e Rachele têm 25 anos. A primeira é morena; a outra, loura de tons escuros. Ambas fazem o máximo de atendimentos por dia, disputando entre si todos os clientes ocasionais. A intenção delas — pois estou convencido de que são amantes lésbicas — é acumular meio milhão de euros e abrir uma loja de vestidos em Milão. Ambas têm os sonhos que mantêm todas as putas ao redor do mundo: que um dia poderão dormir uma noite inteira sem interrupções na própria cama e serão pessoas respeitáveis da sociedade, mesmo que afastadas. Como com o empregador delas, rumores se espalham sobre as duas: foram modelos em Milão, despedidas de uma agência de primeira classe por terem marcado os seios de outra garota com uma lima de unhas; são as filhas ilegítimas de um cardeal do Vaticano; eram professoras de escola que acabaram sendo demitidas por seduzir garotos adolescentes, ou garotas, dependendo da fonte. A verdade, eu acho, é que são garotas do campo dispostas a ganhar dinheiro da melhor maneira possível, da maneira que sabem melhor.

Além das quatro que trabalham em tempo integral, há várias que trabalham parte do dia: estudantes da universidade ou da escola de línguas necessitadas de mais recursos; garotas que sustentam o vício em heroína, as quais são comidas somente pelos trabalhadores mais ignorantes ou turistas burros; e adolescentes do campo com rostos jovens que vêm à cidade nas tardes de sábado para fazer algumas compras nas butiques no Corso, sentam-se com os amigos no bar e pagam o dia de passeio tirando as roupas novas na presença de jovens rapazes da cidade.

Minhas favoritas são ambas estudantes. Clara tem 21 anos; Dindina, 19.

A família de Clara vive em Brescia. Seu pai é contador; a mãe, caixa de banco. Ela tem dois irmãos mais novos, ambos na escola. Estuda inglês e tira partido de nossos encontros, pois tem a oportunidade de testar comigo sua habilidade com a língua. E, de fato, o nível dela melhorou consideravelmente desde que nos conhecemos. É uma garota bonita com quase 1,70 metro, cabelos castanho-avermelhados, olhos castanho-escuros e pernas longas e bronzeadas. Suas costas e ombros são esguios, as nádegas pequenas mas arredondadas. Seus seios não são nada de especial e ela não costuma usar sutiã. Ela tem um ar sofisticado, pois vem do norte.

Dindina é o oposto exato de Clara. Tem pouco mais de 1,60 metro, é arrogante, tem os cabelos e os olhos negros como os de um mouro, com seios duros e uma barriga firme e lisa. Suas pernas parecem mais longas do que o resto do corpo. Gherardo diz que ela é uma daquelas garotas cuja cintura começa nas axilas. Dindina não é nem tão bonita nem tão esperta quanto Clara. Estuda sociologia. Diz que Clara é uma esnobe do norte. Clara diz que Dindina é uma caipira do sul. A família dela é dona de uma pequena fazenda e de alguns hectares de azeitonas entre Bari e Matera.

Elas não trabalham todas as noites. Assim como eu, não respeitam horários.

Caso uma das duas esteja lá, posso ficar. Se não, tomo uma cerveja com Maria e vou embora. Não tenho interesse pelas outras.

Às vezes as duas estão presentes, e fico com ambas.

Entenda, não sou um jovem. Não direi minha idade exata: aceite que o fogo ainda não apagou mas exige um pouco de esforço para aquecer a água. Como a maldita caldeira de coque que eu tinha na casinha na Inglaterra.

Quando fazemos a três, pode ser divertido. Escolho o maior quarto da casa, no andar superior, que dá para a rua. No quarto há uma cama de dossel com 2 metros, uma penteadeira, um espelho de corpo inteiro e várias cadeiras Windsor. Despimos uns aos outros lentamente. Clara não deixa que Dindina a dispa, então eu o faço. Dindina não é tão fresca. Talvez Clara seja esnobe: talvez tenha ciúmes dos seios maiores de Dindina. As duas tiram minha roupa.

— Você está engordando — Clara sempre comenta.

Eu nego.

Não tenho vergonha do meu corpo. Ao longo dos anos, por necessidade, mantive-me em boa forma. Quando viajo, sempre fico em hotéis que ofereçam sauna e academia para os hóspedes. Em Miami, fiquei em um quarto com academia na própria suíte. Se não houver tais instalações, fujo. Caçar borboletas é um bom exercício nas montanhas.

— Você come massa demais. Devia se casar e ter uma mulher que o pusesse de dieta. Talvez — detecto uma certa melancolia — uma jovem garota que cuide de você. Talvez a Itália seja ruim para você. Você devia se mudar para onde não exista massa e onde o vinho seja caro.

Dindina não fala. Prefere ir direto ao assunto. Deitamos na cama, com a janela aberta e a luz do poste penetrando entre as persianas fechadas. Clara fala primeiro, mas Dindina já está ocupada, acariciando minha barriga ou enrolando os dedos nos pelos do meu peito. Ela beija meus mamilos, sugando-os e mordiscando como um camundongo com um biscoito.

Clara me beija na boca. Ela beija com muito delicadeza, mesmo no auge da paixão. Sua língua não entra à força em minha boca, como a de Dindina, e sim sedutoramente. Mal a percebo até quando toca a minha.

Dindina sobe em mim primeiro. Deita sobre mim e transfere as mordiscadas do meu peito para os lóbulos das orelhas. Clara toca as nádegas de Dindina, deslizando os dedos entre as coxas e acariciando minha perna além da de Dindina. Acho estranho o fato de Clara não deixar Dindina despi-la, porém toca nela e permite que Dindina retribua.

Não posso me dar ao luxo de ser emotivo, não com meu estilo de vida. Quando há emoções envolvidas, os riscos começam a aumentar. A emoção desperta o pensamento e o pensamento incita enganos, dúvidas e ambiguidades. Passei muitas horas controlando a emoção e, agora, sou recompensado. Não me permito atingir o clímax com Dindina. Ela sabe disso e não se sente traída. Ela tem seu orgasmo e escorrega de cima de mim enquanto Clara toma seu lugar.

Com Clara é diferente. Com Clara eu me solto.

Isso, admito prontamente, é uma autoindulgência, uma das minhas pouquíssimas.

Depois, deitamos para recuperar o fôlego e então cabriolamos mais um pouco, com menos urgência. Às 22 horas, ou perto disso — não fico de olho no relógio —, vestimo-nos e as levo a uma *pizzaria* no final da Via Roviano. Precisamos comprar duas garrafas de vinho: Clara bebe Chiaretto di Cellatica porque vem do norte, de sua Lombardia nativa, e Dindina pede Colatamburo, porque vem de Bari. Tomo uma taça de cada. Dindina come sua pizza napolitana como faz amor, metodicamente, sem desperdiçar tempo com palavras. É uma garota de atitudes. Clara pede pizza margherita e fala muito. Em inglês. Não fala nada importante, mas, depois do sexo, ninguém quer discutir as principais questões do dia.

Depois do jantar, pago as garotas. Elas são bastante francas quanto a receberem o dinheiro antes de deixarmos a *pizzaria.* Quando partimos, Dindina me beija como beijaria um tio.

— *Buona sera* — sussurra levemente, perto do meu ouvido.

Sorrio e retribuo o beijo como um tio faria.

Clara também me beija, mas como uma amante. Põe os braços em torno do meu pescoço e me abraça, seus lábios nos meus. Tem sabor de orégano, alho e vinho tinto doce. Penso no sangue engarrafado de Duillio sempre que nos beijamos na Via Roviano.

Clara sempre toca em dois assuntos nos momentos finais da noite. O primeiro é o que pretende fazer com o dinheiro. É como se precisasse justificar a trepada de alguma forma material.

— Vou comprar um livro, *An Unofficial Rose*, de Iris Murdoch.

Ou ela pode declarar:

— Vou comprar uma caneta-tinteiro nova. Uma Par-ker.

Ela divide algumas palavras nas sílabas que as compõem quando lhe são pouco familiares ou quando fica em dúvida. Às vezes, quase acanhadamente, ela diz:

— Agora posso pagar o aluguel.

A segunda sempre é uma tentativa de descobrir onde moro.

— Leve-me para sua casa. Podemos fazer um pouco mais. Sem Dindina. De graça! Só por amor. — Outro pretexto é: — Você não deveria morar sozinho. Precisa que sua cama esteja quente como carne. — Essa é uma extensão do estratagema boa mulher/coma menos massa.

Sempre recuso, educada mas enfaticamente. Às vezes ela me acusa de já ter uma esposa, uma bruxa que dorme de calça comprida. Nego e ela sabe que digo a verdade.

Apesar de não ser uma prostituta profissional, ela tem o instinto. Possivelmente, todas as mulheres têm. Não tenho como saber.

Por segurança, apesar de morar para o leste, a apenas poucas ruas do bordel, caminho para o norte. Clara segue rumo ao oeste para sua casa perto dos alojamentos. Só dou meia-volta quando sei que ela foi embora. Só uma vez ela tentou me seguir, e despistá-la foi extremamente simples.

Vi minhas anotações: 90 metros. É uma distância longa para alguns, mas para um projétil é um breve instante no qual se reestrutura a história. Contudo, quanto do passado já foi alterado por um momento tão transitório. Quanto tempo o projétil de 6,5 milímetros levou para traçar o percurso do topo da Biblioteca da Faculdade do Texas até o pescoço de John F. Kennedy? Quanto tempo o outro tiro levou para atravessar seu crânio? Ocorrências infinitesimalmente curtas durante as quais o mundo estremeceu, a existência do homem foi ameaçada e o templo da política alterado para sempre.

Muitas vezes, quando me sento na *loggia* com a luz caindo como os últimos raios da própria vida, penso no segundo homem, aquele sob as árvores no gramado em Dealey Plaza, o fantasma da morte do espírito assassino de Oswald. Ele deve ter disparado. Todos os relatórios indicam isso. Acredita-se que não atingiu, mas quem sabe o fez, e Oswald tenha sido um otário e péssimo atirador. Quem sabe? Alguém.

A arma precisa ser leve, razoavelmente pequena, de montagem fácil e dividida em partes. Precisa ter um longo alcance para o que precisa fazer e com uma frequência de tiros rápida. Cinco segundos indicam a possibilidade de um alvo em movimento rápido. E precisa ter um silenciador.

Penso no problema durante um dia inteiro, empoleirado no banquinho diante da mesa de desenho, sentando mais tarde na *loggia* quando o sol se põe. Não é uma tarefa fácil. Não em três semanas.

Por fim, decido-me por uma Socimi 821 adaptada. Ela tem um silenciador, mas posso precisar descartá-lo. Será necessário fazer outro. Meu cliente não é daqueles que disparam a esmo e depois conferem se acertaram ou erraram o alvo, e sim alguém que, como eu, vive de acordo com as circunstâncias. O que explica a necessidade de uma mira telescópica.

A Socimi é de fabricação italiana, produzida pela Società Costruzioni Industriali Milano. É uma arma nova, à venda desde 1983 e baseada no projeto da submetralhadora israelense Uzi, a queridinha dos sequestradores, dos esquadrões assassinos rústicos, do assassino de passageiros em moto. Tem o mesmo formato de um cabo telescópico, os mesmos mecanismos de segurança e o cartucho na coronha. O receptor, que é retangular, o encaixe do cano e a empunhadura da pistola são feitas de uma liga leve, e não de metal para armas ou de aço. Pode-se acoplar a ela uma mira a laser. O cano é curto, feito de fato sem a intenção de fornecer uma mira perfeita, nada ideal para um alvo distante. A arma tem apenas 400 milímetros de comprimento, com a haste dobrada, e pesa apenas 2,45 quilos. O tambor tem seis compartimentos e é adequado para destros, 200 milímetros de comprimento. O cartucho armazena 32 projéteis, Parabellum 9 milímetros. A frequência de disparos é de 600 rotações por minuto e a velocidade da boca da arma é de 380 metros por segundo. O silenciador, contudo reduz a velocidade significativamente, um problema que preciso resolver.

Só vejo uma forma de contornar o obstáculo. O cano precisa ser alongado, mas, em vez de colocar um silenciador que reduz a velocidade, devo encontrar um supressor adequado, como o usado pelos americanos na Ingram Modelo 10. Este abafa o som do disparo mas não tenta silenciar o estampido do projétil. Assim, a velocidade na boca não é prejudicada. O estampido da bala pode ser ouvido, mas fica difícil rastrear a direção de onde foi feito o disparo.

Gostaria de oferecer ao meu cliente o mais perto de cinco segundos inteiros de poder de fogo que conseguir, o que exige um cartucho ampliado. Dez tiros por segundo equivalem a um cartucho de cinquenta projéteis. Esse tamanho deve ser adequado: sessenta poderia tornar o cartucho grande demais, afetar o equilíbrio da arma.

O cano mais longo exigirá uma boa quantidade de Tocata e Fuga em Ré menor de Bach. O resto deve ser bastante fácil.

Na minha experiência de trabalho, já tive de construir uma arma completa a partir do zero. Comprar o metal, fundi-lo e moldá-lo, torneá-lo, casquilhar e raiar o cano, projetar o mecanismo. Foi um desses trabalhos que me deixaram suando e fedendo atrás de um lugar muito distante do aeroporto de Kai Tak. Não apenas precisei montar a arma, como tive de disfarçá-la como uma maleta.

Foi um trabalho de mestre, apesar de ser eu próprio quem diz isso. A base era a coronha, a estrutura superior, o cano. O cartucho ficava na lateral e abria com o que pareciam ser as dobradiças da maleta. O mecanismo era montado em uma tranca de combinação de números falsa no centro da parte frontal, que passou por várias checagens alfandegárias. Eu mesmo a levei até Manila. A arma foi usada três vezes, todas com sucesso. Cada vez em um país diferente. Acho que agora está no museu do FBI ou algo parecido. Obviamente, isso foi nos dias que antecederam as inspeções rigorosas a raios X nos aeroportos. Os sequestradores tornaram minha vida consideravelmente mais difícil.

Para tal objetivo, estou surpreso que meu cliente não se incomode com o risco. É óbvio que a arma será usada no continente. Na Europa ou outro lugar de fácil acesso sem uma viagem aérea.

Sentado no banquinho de trabalho, dobrando cuidadosamente a folha de aço para o cartucho extralongo, me pergunto quem será o alvo. Tais pensamentos preenchem os longos minutos nos quais as mãos estão ocupadas mas não precisam do cérebro.

O alvo mais provável, penso, é Arafat ou Sharon. Caso um deles seja o alvo, meu cliente deve estar trabalhando para algum governo. Preparei até agora armas para agentes autônomos dos americanos, franceses e ingleses. Tomo cuidado para não trabalhar com integrantes assalariados das equipes dos governos.

Se Kaddafi não for o contrato, provavelmente se trata de algum chefe de Estado na Europa, até mesmo um chefe de Estado em visita. A primeira-ministra inglesa seria uma provável candidata: em muitas partes, e nem todas estrangeiras nem de perto antibritânicas, ela é odiada o suficiente para ser um alvo. Haveria comemorações silenciosas em muitas ruas caso isso acontecesse. O líder alemão também é outra possibilidade. Assim como todo o seu gabinete. Andreas Baader pode estar morto, mas seus ideais continuam vivos.

Encontrei Baader uma única vez. Foi apresentado a mim por um bretão, Iain MacLeod, em Stuttgart, no inverno de 1971. Era um homem tranquilo, muito bonito, ao estilo dos revolucionários populares. Tinha sobrancelhas espessas e cerradas e um bigode aparado. Usava o cabelo curto. Parecia um Che Guevara alemão. Seus olhos brilhavam com o fogo da convicção vista em monges e mercenários, o brilho da certeza ideológica, a conflagração interna da certeza de que o caminho seguido é correto.

Muitos daqueles para quem trabalho possuem o mesmo ardor na alma. Ele os consome. É a droga deles, seu sexo, o próprio ar que respiram. Não é possível envená-los, atirar neles, explodi-los, afogá-los ou lançá-los de um despenhadeiro. Mesmo quando seus corpos são consignados à terra, as cinzas de sua carne se espalham no vento, o incêndio florestal continua vivo. O homem pode morrer, mas os ideais, não. Não se pode esmagar uma ideia.

Sou um bom construtor de armas. Um dos melhores do mundo. Em meu mundo, é claro. Não me refiro a mim mesmo como um armeiro: fica parecendo um trabalho artesanal. Não sou um artesão. Sou um artista. Desenho uma arma com tanto cuidado com a forma e atenção aos detalhes quanto um carpinteiro que faz um móvel bonito. Nenhum pintor sente mais orgulho de uma pintura do que eu de uma arma.

Desenvolvi tal capacidade por mero acaso. Jamais procurei trabalhar com armas, não previa a carreira de armeiro. Comecei fazendo um favor a um dos outros pequenos criminosos que viviam na aldeia, aquele centro de tudo que é banal no mundo. Ele era um dos poucos que falavam comigo para outra coisa além de matar tempo ou falar do clima. Talvez soubesse, ou sentisse naturalmente, que havia mais a meu respeito do que consertar bules de prata. Em meu mundo, sente-se uma alma gêmea com uma capacidade quase instintiva.

O nome dele era Fer. Tinha cerca de 60 anos. Jamais descobri a origem de seu nome: talvez se chamasse Fergus, ou Ferguson. O nome podia ser Farquarson, até onde sei, nascido de mãe solteira e condenado à vida de camponês. Morava em uma van Bedford decrépita em um pomar a 1,5 quilômetro da aldeia: os pneus estavam apodrecidos, grama e teias cresciam sobre os painéis, faltavam o radiador e o capô, assim como metade do motor. Onde deveria ficar a caixa de marchas, crescia um forte pé de freixo. A essa altura, a tampa enferrujada do bagageiro já deve ter rachado.

Fer era o larápio da vizinhança: criava furões na cabine da van e morava na parte traseira com uma cadela preta e ladra chamada Molly. No inverno, era uma fonte guarnecida de faisões, coelhos e, ocasionalmente, lebres ou carne de veado. No verão, abastecia de pombos os restaurantes chineses das cidades próximas. Também conseguia fornecer trutas no verão e, se as águas do rio corressem bem, salmão no outono. Quando a estação não era apropriada, trabalhava como lenhador, cortando ou serrando árvores e aceitando lenha como pagamento, vendendo-a em sacas em um ancoradouro ao lado da estrada principal. Ele tinha um machado com o qual se poderia fazer a barba; era capaz de usar sozinho uma serra de dois homens; tinha um olho de camponês para boas oportunidades e uma escopeta.

A arma era uma 12 com dois canos. Não era uma Purdey ou uma Churchill, nada grandioso, nada de caixa de madeira de teca entalhada em cobre com uma tranca com filigranas e compartimentos de veludo. Era apenas uma arma que funcionava. Fer mantinha a escopeta em perfeitas condições, lubrificando-a e polindo-a com devoção. Ele dedicava mais atenção a ela do que à cadela Molly, aos furões, à van ou a si próprio. Contudo, mesmo aqueles que amamos adoecem. A placa-guia do conector partiu em uma noite de outono e ele me procurou.

A desculpa era de que a arma estava velha e não havia mais partes sobressalentes disponíveis, mas que, fora isso, a arma estava boa e ele não tinha condições de substituí-la. A verdade é que não era licenciada e provavelmente tinha um histórico duvidoso. Fer não poderia correr o risco de levá-la a um comerciante de armas.

Concordei, sob o mais rigoroso sigilo, em consertar o defeito. A parte quebrada foi duplicada com facilidade. Ele me ofereceu dinheiro, mas sugeri que me pagasse com um ou dois faisões.

Em minha pequena oficina, desmontei a escopeta. Fiquei como uma criança que recebe um motor mecânico para dissecar. O encaixe das peças, a ordem primorosa de metal sobre metal, a reação em cadeia do músculo do dedo até a carga explosiva me fascinou e cativou. Realizei o conserto em uma noite. Fer me pagou com peixes e caça suficientes para três meses, sempre me visitando após o anoitecer e sempre me chamando de "senhor".

Um ano depois, um conhecido me pediu a mesma coisa. A arma dele era parecida com a de Fer, só que a parte quebrada era o pino de disparo esquerdo, e os canos tinham sido encurtados, serrados a 30 centímetros da culatra.

Em um ofício como o meu, não existem aulas noturnas de educação para adultos na escola secundária local. Não se trata de argila e cerâmica, tampouco de tecer tapetes. É a coreografia do aço cortado. É trabalho autodidata.

Pense em uma arma. A maioria das pessoas pensa nela somente como um dispositivo explosivo. Há um estampido, algo ou alguém cai morto. Eles sabem que há uma bala que atravessa o ar. Sabem que o que resta é uma cápsula feita de cobre, compensado ou plástico, vazia e fumegante. Sabem que há um gatilho que faz isso. Ou então veem a arma como os caçadores de cabeças na selva: a vara de fogo que fala com a voz dos deuses, a vara do trovão, a lança-que-ninguém-arremessa, o tubo do relâmpago. Pensam que puxar o gatilho é a única coisa necessária. Aperte o gatilho e o alvo é atingido. Assistem a programas demais de gângsteres, acreditam em tudo que veem nos filmes, nos quais nenhum policial ou caubói jamais erra um tiro, onde as balas voam em linha reta e de verdade, de acordo com o roteiro.

A vida e a morte não são roteirizadas.

Uma arma é um lindo objeto. O gatilho não apenas estala ao ser movido para trás e o cartucho estoura. A arma funciona a partir de uma série de alavancas, molas e encaixes que se movem com a precisão de um relógio suíço. Cada uma precisa ser trabalhada para altos níveis de resistência, cortada e moldada com a mesma precisão exigida de um neurocirurgião ao operar um cérebro. Cada uma precisa se relacionar precisamente com a outra. Os menores desvios, o mais ínfimo centésimo de milímetro, e o mecanismo não obedecerá à ordem das outras partes e a arma engasgará.

Apenas uma única vez uma de minhas armas engasgou. Já faz algum tempo, cerca de vinte anos, na verdade. A arma era um rifle, não baseado no projeto de outra pessoa, mas sim em um projeto só meu. Eu a construí inteiramente, até casquilhar e raiar o cano. Eu era tolo, arrogante o bastante para pensar que seria capaz de melhorar um projeto comprovadamente eficiente durante meio século de guerras, atentados, assassinatos, revoltas e desordem civil.

Ela seria utilizada contra um dos poucos alvos não políticos para os quais forneci arma e um dos poucos sobre o qual soube de antemão.

Na verdade, o alvo era político, por assim dizer: o motivo é que não era. O alvo era um multimilionário americano proprietário de diversas empresas internacionais — laboratórios farmacêuticos, jornais e redes de televisão, uma cadeia de hotéis internacionais, uma ou duas companhias aéreas. Também era conhecido como um filantropo importante, que estabelecia clínicas de recuperação para viciados em drogas em cidades americanas sobrecarregadas e com poucos recursos financeiros. Não direi a você o nome dele. Ele permanece vivo por minha culpa, apesar de não saber disso.

Eu estava em Long Island na época e me pediram que telefonasse para um número em Nova Jersey, orientado por um advogado americano, um advogado de Manhattan a serviço da Máfia, para quem eu trabalhara ocasionalmente no passado. A carta de apresentação dele foi breve. Lembro-me bem dela: *Prezado Joe*, ela começava: ele sempre me chamava de Joe — eu era joão-ninguém para ele. Era melhor daquela maneira. *Por favor, dê um telefonema para um jovem inexperiente? Ele só tem 18 anos, mas não é otário. Não o julgue até ter ouvido toda a sua história. Compreendo que você possa não gostar do trabalho, mas, como um favor para mim, pensará a respeito? O dinheiro está garantido. Está comigo para que eu lhe entregue. Larry.*

O nome dele, é claro, não era Lawrence, ou Larry, nem nada do gênero. Aquilo, também, era melhor.

Um pedido de Larry era tão bom quanto uma Ordem Real da rainha da Inglaterra. Ele tinha um poder que eu não podia recusar. Portanto, telefonei para o garoto e escutei o que ele tinha a dizer como uma gentileza ao meu amigo advogado e com receios acerca do trabalho.

O garoto queria que o pai fosse morto. Não era apenas a intenção dele, também era o desejo manifesto da mãe. O milionário, fui informado, era tão bom em namorar quanto em administrar corporações multinacionais. Suas conquistas sexuais, às quais o garoto me disse que o pai se referia quando entre os camaradas como "venda de ativos", eram muitas e variadas. Enquanto despia traseiros, por assim dizer, ele contraíra sífilis e transmitira a doença para a esposa.

O motivo era compreensível, mas eu ainda relutava em aceitar tal encomenda, até mesmo para meu amigo. Não queria me tornar conhecido somente como assistente de um assassino. Não se pode ganhar nada com isso.

O garoto, que sem dúvida herdara um pouco da perspicácia do pai, percebeu minha relutância, mesmo ao telefone.

— Você não quer fazer isso — ele disse.

Ele falava com um sotaque muito chique de Boston. Imaginei que seria estudante da Faculdade de Administração de Harvard: ele tinha a voz apropriada.

— Não é minha linha de trabalho habitual — concordei.

— Larry disse que você assumiria tal posição. Mas existe algo mais. Enviarei a você. Você pode me telefonar de volta.

Em uma hora recebi um envelope entregue por um portador. Dentro, havia vários documentos, fotocópias de memorandos do governo dos Estados Unidos, todos marcados como secretos e relacionados à América Latina. Havia também três fotografias. Uma mostrava o alvo com um líder rebelde conhecido por suas ideologias genocidas, outra o apresentava com um conhecido barão da cocaína e a terceira era uma foto muito comprometedora do alvo fazendo sexo com uma garota muito bonita ao lado de uma piscina. Voltei a ligar para o número.

— As clínicas são financiadas pela droga —, o rapaz me informou secamente. — E a garota foi quem passou para minha mãe a...

Ele ficou em silêncio e a linha zunia. Olhei para as fotografias sobre a mesa ao lado do telefone. Imaginei que ouvia o garoto soluçando baixinho e senti uma pena enorme dele.

— Você tem alguém em mente...? — comecei.

— Larry tem — ele respondeu, com certo constrangimento na voz.

— Entendo. E o que exatamente você quer de mim?

— A arma — ele disse.

Como foi estranho ouvir uma voz de Boston falar como um bandido no cinema.

— Posso fazer isso. Mas preciso conhecer o homem que executará o trabalho. Preciso saber quais são as exigências.

— Um rifle de cano longo com encaixe para mira telescópica... Você não precisa fornecê-la... automático.

— Um homem bom só precisa de uma bala — observei.

— Queremos que a garota também seja eliminada.

Concordei com a cabeça. Era a natureza humana.

— Muito bem — concordei. — Telefonarei para Larry e lhe direi que aceito. Ele precisará me contatar para recolher a encomenda e efetuar o pagamento. Mas entenda o seguinte: não estou fazendo isso porque desejo ajudar você ou sua mãe. Não trabalho por simples motivos de vingança ou desforra mesquinhas. Minha opinião é a de que sua mãe, antes de mais nada, deveria ter sido mais inteligente na escolha do marido.

— Compreendo — ele disse. — Larry disse que essa seria sua atitude.

— Larry, sem dúvida — prossegui —, também disse que, se você me enviasse o envelope, o conteúdo fecharia o negócio.

— Sim. Ele disse — ele admitiu, e desligou.

Fiz a arma. Era impossível de ser rastreada. Nada de números, nenhuma padronização, nenhuma parte produzida em massa ou comprada. Testei-a. Funcionou bem. Disparei 12 tiros com ela em seis segundos, precisamente a frequência de disparos necessária.

Contudo, no dia, ela engasgou. Não posso responder pelo mau funcionamento mas aceito, pois sou um profissional, que a responsabilidade foi toda minha.

O alvo não foi morto. Foi ferido, um tiro no ombro e outro no fígado. O assassino deveria ter tentado acertar dois tiros na cabeça. O problema era que a piscina estava próxima e o alvo rolou para dentro dela depois do primeiro tiro. O segundo, que o atingiu do lado do corpo, foi desviado pela água. O terceiro e último atingiu o chão de concreto ao redor da piscina e ricocheteou. A garota foi morta na hora. O assassino, incapaz de se defender, foi morto pelos guarda-costas. Não tinha uma arma de reserva, o que foi uma tolice.

Larry ficou irritado, mas ainda assim fui pago. Ele não achava que o engasgo da arma fosse minha culpa. Presumiu que o assassino fizera algo com a arma, deixara-a cair ou fizera algum ajuste. Mas eu sei a verdade. Fiz o trabalho às pressas, meu coração não estava concentrado nele e fui pouco cuidadoso. O fracasso foi culpa minha, sem dúvida. Sempre o lamentei.

O sebo de Galeazzo cheira a poeira e a biscoitos ressecados. É um lugar pequeno e movimentado. Os livros ficam empilhados no chão e sobre mesas. Há prateleiras repletas de livros. Volumes extras ficam deitados sobre os que estão de pé. As tábuas de madeira do chão rangem sob os pés. Se as vigas do porão abaixo não fossem construídas de blocos espessos de castanheiro, com 40 centímetros quadrados, a loja teria desabado há tempos. O primeiro andar também tem enormes pilhas de livros, o estoque. Galeazzo mora em um apartamento de dois andares em cima da livraria.

É um homem com a minha idade, aproximadamente, de cabelo grisalho e encurvado, como um legítimo livreiro. É viúvo e brinca dizendo que a esposa morreu esmagada sob uma prateleira que desabou. A verdade — Giuseppe disse a mim: ele viu em um jornal que o vento soprava na rua — é menos interessante e igualmente esquisita. Ela estava visitando parentes em Sulmona quando houve um tremor de terra. Uma varanda no terceiro andar de um prédio desabou e uma motocicleta estacionada ali caiu sobre a mulher enquanto ela corria para o meio da rua em busca de segurança. Morreu na hora. Foi uma morte boa, limpa e correta, como deve ser.

O interessante é que o estoque da livraria não se restringe a livros em italiano. Quase todas as línguas europeias estão representadas nas prateleiras de Galeazzo, e em quantidades razoáveis. A própria loja é igualmente notável: os italianos não se orgulham de possuírem bens de segunda mão. No interior da Itália, observe os prédios decrépitos, as ruínas de estruturas que poderiam ser casas sólidas, até mesmo de qualidade superior, caso fossem renovadas. Em vez disso, bem perto se pode ver a estrutura de concreto de uma casa moderna sendo construída. Se os italianos preferem casas novas às antigas, não há como comprarem livros velhos.

Contudo, Galeazzo ganha a vida razoavelmente. Ele envia catálogos trimestrais para professores em sua mala direta, recebe pedidos por correio aos quais atende enviando as encomendas. Ele me diz que tem clientes até na Inglaterra, na Alemanha, na Holanda e nos Estados Unidos. Os americanos só querem livros sobre seu país de origem. Aqui, obviamente, estão em busca de suas raízes italianas. Os ingleses pedem livros sobre a Itália escritos em inglês. Os professores procuram folclore, livros religiosos medievais e tomos sobre arquitetura regional.

Com seu bom domínio do inglês, Galeazzo e eu nos entendemos bem. Certos dias, sentamo-nos no bar Conca d'Oro e conversamos sobre livros. Ele fica de olho em volumes sobre borboletas e me vendeu diversas edições valiosas ilustradas por artistas muito superiores a mim. Várias são edições do século XIX com primorosas gravuras de aço tingidas à mão.

— Por que mora na Itália?

Essa pergunta aparece com frequência em sua língua. Não costumo responder verbalmente, apenas dou de ombros à italiana e faço uma careta.

— Você deveria morar na... — todas as vezes ele faz uma pausa para avaliar um novo país, algum que ainda não tenha sido mencionado — ... Indonésia. Lá tem muitas florestas, muitos répteis estranhos. Muitas borboletas. Por que você pinta borboletas italianas? Todo mundo conhece as borboletas italianas.

— Não conhecem — protesto. — Por exemplo, o gênero *Charaxes... Charaxes jasius*. Praticamente desconhecida em toda a Europa, era vista com frequência no passado nas costas do Mediterrâneo e na Itália, onde quer que cresçam morangos. Até a *Danaidæ* foi descoberta na Itália. Reconheço que foi há cem anos, mas pode ser que eu encontre outra. A monarca. A rara *Danaus chrysippus*.

— Criaturas pequenas. Você deveria ir para Java. — Ele pronuncia Yarvah, parece um festival judaico. — Existem borboletas grandes como pássaros.

— Moro na Itália — confidencio a ele — porque o vinho é barato, as mulheres, lindas e o aluguel, baixo. Na minha idade, essas coisas são importantes. Não tenho pensão.

Ele serve mais vinho, Lacrima di Gallipoli. Meu copo balança desequilibradamente sobre uma edição da Everyman da *Viagem do Beagle*, de Darwin, a qual Galeazzo leu e conhece intimamente: seu copo balança sobre uma edição do diário de Ciano, também em inglês. Ele afirma ter sido batizado em homenagem ao conde Ciano, mas acredito que se trate de um disparate romântico. Ele compra o vinho em suas jornadas para comprar livros em Apulia. Em algum lugar no calcanhar da Itália, ele conhece uma biblioteca, a qual pode saquear ocasionalmente. Tento descobrir esse suprimento aparentemente interminável de edições cosmopolitas, o que me proporciona a oportunidade de desviar a conversa do tema das borboletas, das quais só tenho conhecimento bastante para enganar o ouvinte casual. Ponha-me em um quarto com até mesmo um lepidopterista amador e ele descobrirá meu disfarce em minutos.

— Onde você consegue seus livros? — pergunto pela enésima vez. — Você nunca deixa de me impressionar com sua variedade.

Ele sorri, cheio de segredos, e bate na têmpora com uma caneta esferográfica de plástico. O som me parece com o de Roberto testando uma melancia.

— Você gostaria de saber! Mas o homem que possui a mina de diamantes conta aos amigos onde ela fica? É claro que não. — Ele bebe o vinho. A base da taça fez um círculo na capa do diário. — No sul. Muito ao sul. Nas montanhas de lá. Uma velha senhora, velha como a sogra de Matusalém e igualmente feia. Ela não tem nada. Poucos hectares de pessegueiros e algumas oliveiras, apenas o bastante para fazer o próprio azeite. O azeite dela é turvo, e também um pouco arenoso. Ela me deu um pouco certa vez; imprestável para saladas, bom apenas para conservas. Os pêssegos são descascados por lagartas: se ao menos você estudasse mariposas! Ela não tem colheita, só livros.

— Quantos hectares de livros?

— Não seja tolo! Beba seu vinho.

Obedeço.

— Os livros dela não são medidos em hectares, mas em quilômetros.

— Então, quantos ela possui?

— Ninguém sabe dizer. Ainda preciso andar por todas as prateleiras.

Há algumas semanas, em parte para suavizar qualquer boato local e fortalecer minhas credenciais artísticas, dei a Galeazzo uma de minhas pinturas de uma *P. machaon*.

Como imaginei que fosse fazer, ele a emoldurou e a deixa pendurada com destaque sobre a caixa registradora, onde todos a podem ver. Isso serve bem ao meu propósito. Sou o *signor* Farfalla.

A *signora* Prasca anda muito preocupada. Ela me diz isso quando retorno. Eu disse que viajaria por dois dias e fiquei quatro. Ela ficou muito aflita pensando que o *signor* Farfalla pudesse ter enfrentado um acidente na autoestrada, sido roubado em Roma, para onde eu lhe dissera que iria, ou tivesse ficado preso nas terríveis tempestades enquanto dirigia pelas montanhas. Ela se agita ao meu redor enquanto entro no pátio e começo a subir a escada com minha caixa de madeira. Nas mãos, segura os quatro dias de correio acumulado. Entre as correspondências, um cartão-postal de Pet, que enviei há três dias de Florença.

Acalmo seus temores. Foi tudo bem em Roma, asseguro-lhe. As tempestades não alcançaram a capital. A autoestrada não ficou inundada. Só turistas são assaltados. Não digo a ela que fiquei tão longe de Roma quanto a escada que estou subindo.

Não tente adivinhar onde estive. Não lhe interessa saber e não darei pistas. Basta dizer que peguei uma Socimi 821, uma boa mira telescópica alemã com lentes Zeiss e uma variedade de outras coisas por menos de 8 mil dólares. A mira também era um modelo próprio para pouca iluminação. Só por garantia. A margem de lucro nesse trabalho será boa.

A tarefa que devo executar não é tão difícil quanto imaginei inicialmente. Haverá pouca invenção, menos Bach. Fui extremamente sortudo em conseguir um cano. Não é necessário saber os detalhes. Nenhum inventor ou artesão divulga seus segredos.

Quando o trabalho for concluído, posso lhe vender a informação. Se quiser entrar no negócio. Quando eu partir, haverá muito poucos para manter a arte viva. Conheço só dois... como posso dizer?... negociantes de armas especialistas autônomos. Um deles pode muito bem estar morto agora. Não tenho notícia dele há muitos anos.

Talvez tenha se aposentado. Como eu farei, depois desse trabalho final.

É uma pena, na verdade. Eu esperava que meu projeto final fosse muito mais difícil do que está se revelando. Outro rifle em uma maleta, talvez uma pistola de dardos em uma máquina de escrever. Hoje em dia, o xis da questão é miniaturização: laptops, relógios digitais, PDAs, marca-passos, telefones celulares do tamanho de um maço de cigarro. A evolução precisará começar a encolher e a afinar nossos dedos.

Uma pistola em um guarda-chuva seria um desafio. Obviamente, já foi feita. Os búlgaros usaram uma contra um dissidente, Georgi Markov, em Londres, em 1978. Um projétil de 1,52 milímetro foi disparado por gás comprimido na cintura do alvo. O projétil era uma obra-prima da microengenharia muito antes de o superchip ser cortado a laser de uma lasca de silício da espessura de um fio de cabelo humano, ou quaisquer outras dimensões prodigiosas envolvidas. Era esférico e moldado a partir de uma liga de platina e irídio. Dois buracos de 35 milímetros perfurados no projétil levavam a um minúsculo reservatório central cheio de ricina, um veneno obtido da mamona e não dominado pelos fabricantes de antídotos. Duas semanas antes, os búlgaros usaram a mesma arma sem sucesso contra outro alvo supostamente indesejável, um certo Vladímir Kostov, em Paris. Ele sobreviveu.

O conceito da arma era brilhante: disfarce perfeito, projétil impressionante, a própria simplicidade. Dois segundos e tudo estava terminado. Dois segundos para mudar o mundo e dar cabo do alvo. A tristeza aqui era que o veneno agia lentamente. Markov levou três dias para morrer. Não é uma morte bonita, é uma morte de caçador de raposas.

A bala é o melhor método.

Há algumas modificações a serem feitas na Socimi. O cano mais longo precisará ser encaixado. Não é muito difícil, trata-se apenas de tornear e serrilhar. O cano se encaixa com simplicidade com uma porca de parafuso e possibilitará desmontagem e montagem rápidas. Precisarei ajustar o conector, só um pouquinho, para deixar o gatilho mais leve. Meu cliente, eu acho, tem o dedo leve, apesar da mão forte.

O cabo precisará ser completamente transformado. O atual é curto demais. É ideal para uma arma de spray, mas não para uma arma precisa com uma mira telescópica sobre ela. Terei de fazer outro. Preciso rosquear a boca para o silenciador, o que levará algum tempo. É preciso virar o rosqueador com muito cuidado e devagar.

O cano que consegui já está raiado: seis raias. Não disparei com ele e precisarei deixá-lo descansar, por assim dizer. É uma questão técnica. Não pretendo sobrecarregar você com os jargões da fabricação de armas. Apenas esteja certo de que o trabalho será feito de acordo com as exigências mais elevadas, respeitando as especificações mais precisas, no melhor padrão que se pode encontrar no mundo.

Sou um artista. É uma pena que minha arte seja usada uma única vez, como uma caixa de espuma de um hambúrguer do McDonald's, mas isso é o que cabe aos artistas nos dias de hoje. Estamos desaparecendo rapidamente no mundo do descartável. Talvez seja por isso que nós, especialistas, tenhamos tendência a procurar uns aos outros — o motivo pelo qual costumo procurar o que preciso com Alfonso, o motivo por que o procuro agora.

A garagem de Alfonso fica na Piazza della Vagna. É um espaço cavernoso sob a casa de um negociante do século XVII. Onde ele conserta Alfa Romeos, Fiats e Lancias, um dia eram armazenadas sedas da China, cravos de Zanzibar, tâmaras secas do Egito, gemas da Índia e ouro de onde quer que houvesse ouro pelo qual se poderia roubar, negociar ou matar. Agora, o lugar fede a óleo de embreagem, as prateleiras cheias de ferramentas, caixas de porcas, parafusos e peças sobressalentes, a maioria de segunda mão, recuperada de acidentes atendidos com o reboque. As luzes são tiras de neon horripilantes. No canto, como um altar caseiro, pisca a máquina computadorizada de ajustes. O *blip* no osciloscópio ziguezagueia como se registrasse o último suspiro de um motor moribundo. Ela me faz lembrar de doenças.

Alfonso diz que seu negócio é um hospital. Carros chegam doentes e saem saudáveis. Ele não fala sobre um Mercedes avariado. Para ele, o veículo foi "ferido" em uma batalha contra uma Regata. "Ferido" soa nobre. A Regata, por outro lado, está apenas "machucada". Ele desdenha dos Fiats, dizendo que são barris de ferrugem. Há algumas semanas, disse-me que viu um Lamborghini "morto" na autoestrada ao sul de Florença. Perto, havia um caminhão articulado Scania "levemente ferido". Alfonso é o Christiaan Barnard da BMW, o Fleming da Fiat. Para ele, uma chave de soquete é um bisturi, um par de alicates e um macaco, delicados instrumentos de cirurgia.

— *Ciao*, Alfonso! — cumprimento-o. Ele olha de lado para mim por baixo do capô de um Lancia.

— Ela é preguiçosa — ele declara, e bate com a mão contra o interior do arco do volante. — Esta velha romana — ele acena com a cabeça na direção da placa do carro — não pode mais subir montanhas. Está na hora de receber sangue novo.

Para Alfonso, sangue é óleo, comida é combustível, plasma é óleo hidráulico, uma mão de tinta é um vestido ou um terno elegante. Enchedor ou base são invariavelmente calcinhas ou sutiãs, dependendo da posição do reparo.

Preciso de algumas peças de ferro. Aço, de preferência. Alfonso guarda entulhos em todo canto. Não existe nada que não possa ser reciclado por ele. Uma vez, ouvi dizer, ele soldou os queimadores de um antigo forno a gás no chão de um Fiat *baby* que havia corroído. O proprietário não percebeu nenhuma diferença e o carro seguiu gaguejando pelo vale durante anos até que os freios falharam em uma curva. Dizem que o carro era um caso perdido, mas os queimadores nem mesmo amassaram.

Ele acena a mão na direção geral das prateleiras. O gesto significa pegue o que quiser, fique à vontade, minha oficina é sua oficina, o que são alguns pedaços de aço entre amigos.

Atrás de uma panela de óleo com um buraco denteado, descubro vários cortes de aço: encontro três rodas de engrenagem com os dentes corroídos. Levantei o maior.

— *Bene?* — pergunto.

— *Si! Si! Va bene!*

— *Quant'è?*

Ele rosna para mim e sorri.

— *Niente!*

Nada. Somos amigos. Uma roda de engrenagem sem dentes é inútil para ele. Para quê a quero, ele pergunta. Para aparar uma porta, respondo. Ele diz que a peça é pesada e deverá servir bem.

Amarro-a em uma folha de jornal oleoso e a levo para casa. A *signora* Prasca está no telefone. Ouço-a tagarelando como um papagaio.

Em meu apartamento, ponho Bach bem alto. Depois, desligo. Toco minha aquisição mais recente, a *Abertura 1812* de Tchaikóvski. Enquanto a artilharia francesa afugenta os russos, destruo a roda em cinco partes com uma marreta de 2 quilos.

Sou o portador de telegramas da morte, o mensageiro da morte que entrega a mensagem com um beijo. Nessa área em que atuo, tudo que faço flui descompromissadamente em direção a um instante diminuto, um destino final de perfeição. Quantos artistas podem afirmar isso?

O pintor termina a pintura e dá um passo para trás. Ela está pronta, a encomenda foi atendida. A pintura vai para o moldureiro e, dele, para o proprietário. Meses depois, o artista a vê pendurada na casa do patrono e percebe um erro minúsculo. A abelha pousada na flor tem apenas uma antena. Talvez uma folha do carvalho esteja com a forma errada. A perfeição é imperfeita.

Vejamos um escritor: durante meses se esforça com uma história, até que ele a conclui e a envia ao editor. A história é editada, reescrita, revisada, diagramada, a prova é lida, corrigida e impressa. Um ano depois, está nas livrarias. Os críticos a elogiaram. Os leitores estão comprando. O escritor folheia seu exemplar de cortesia. A entrada de cascalho da casa de Malibu do herói no capítulo 2 foi misteriosamente asfaltada quando chega ao capítulo 37. O todo está falho.

Comigo, no entanto, isso não acontece. Com exceção daquela única vez. Em algum momento meus empreendimentos terão sucesso. A cadeia de eventos que começa com a destruição de uma roda de marcha de aço culminará em dois segundos de ação. O dedo apertará, o gatilho irá se mover, o conector mudará de lugar, o cão recuará, a alavanca moverá, a trava abrirá, a explosão ocorrerá e o projétil voará até o coração ou a cabeça e a premonição estará completa. Tudo acontece de acordo com um projeto lógico, preordenado e impecável.

Essa é a coreografia, e eu sou o mestre dançarino desse balé rumo à eternidade. Sou o realizador, a causa, o primeiro e o último passo, o produtor e o diretor.

Em colaboração com meu cliente, sou o maior empresário da terra, o Barnum das balas, o Andrew Lloyd Weber dos assassinatos, o D'Oyly Carte da morte. Juntos, escolhemos o método e eu o torno possível. Escrevo o libreto, componho a trilha. Meu cliente escolhe o teatro, mas sou eu que preparo o palco. Sou os refletores e o pano de fundo, sou o diretor. Meu cliente é metade do elenco. Você pode imaginar quem é o outro ator nesse drama.

Meu cliente é minha marionete. Não sou diferente do titereiro que fica diante da Igreja de São Silvestre. Eu entretenho. Talvez faça o maior espetáculo da terra. Mas minha marionete não tem um pênis bem desenvolvido que fica ereto. Ela tem uma Socimi 821 adaptada e um cartucho de 9 milímetros especiais.

O que gosto tanto nessa peça, na tragicomédia do destino, é que tenho o que dizer a respeito do método, do lugar, do momento. Quantas pessoas podem afirmar inequivocamente quando morrerão, onde e como? Só o suicida pode saber, mas não pode ter certeza, não certeza absoluta, de que alguém não aparecerá e cortará a corda, ou o removerá da água, ou bombeará os comprimidos para fora de seu estômago ou desligará o gás e abrirá todas as janelas. Deixar a vida entrar novamente. Quantos sabem — estão certos — a data e o local onde outra pessoa morrerá, baterá as botas? O assassino sabe. É isso que o transforma em Deus.

O assassino comum não sabe. Ele é um amador. Age por impulso ou pânico. Não avalia suas ações, não vê a autoridade que detém por direito quase divino. Ele tropeça e se pergunta posteriormente, quando as algemas se fecham em seus pulsos ou o megafone exige que saia com as mãos para o alto, o que foi tudo aquilo.

O assassino sabe.

Eu também.

Esse é o milagre absoluto, assombroso, de tudo isso.

A banca de jornal ao lado do quiosque de Milo na Piazza del Duomo às vezes oferece jornais e revistas estrangeiros no verão, na temporada turística. Hoje, ele tem a *Time*, a *Newsweek* e o *Daily Telegraph* inglês, assim como o *International Herald Tribune* e o *New York Times* do último domingo. A capa da *Time* retrata um revolucionário de identidade indeterminada vestindo o uniforme internacional de terrorista, constituído de um colete à prova de balas e capacete balaclava com lenço palestino enrolado no pescoço, de pé diante de uma pilha de pneus pegando fogo e brandindo o que é claramente, para meu olho experiente, um rifle automático chinês tipo 68.

Estudo o desenho sob a sombra do toldo da banca de jornal. É um rifle interessante. Não manejo um desses há muitos anos. Parece com o Simonov SKS russo, mas o cano é mais longo e o regulador de gás é diferente. A trava é parecida com a do AK-47, mas o cartucho é diferente. Para usar cartuchos de AK-47 nesse rifle, é preciso limar a trava: precisei fazer isso uma vez. Lembro-me das estatísticas: uma arma relativamente pesada, 4 quilos quando carregada, um cartucho de 15 projéteis — trinta, quando se acopla a versão do AK-47 —, velocidade cíclica de 750 disparos por minuto, velocidade na boca de 730 metros por segundo. Dispara um projétil de 7,62 milímetros, uma bala redonda soviética M43, 25 gramas de peso de carga, peso da bala de 122 gramas. A manchete sobre o retrato, que é uma fotografia de meia altura, diz: "Homens de Violência: o inimigo entre nós."

Folheio as páginas. A ideia do artigo é que devemos erradicar as forças da brutalidade, esses criminosos da morte rápida e da bomba montada dentro de rádio. Não há lugar no mundo para os padres da arma de fogo, os missionários da dor.

Ponho a revista de volta no lugar. Não tenho tempo para proselitismo. A vida é curta demais para ser gasta na leitura de mensagens de assessores presidenciais em bunkers políticos, pregando a paz por trás do cano de uma arma legal.

Homens de violência. Não existe essa categoria exclusiva. Todos são terroristas. Todos carregam uma arma no coração. A maioria não a dispara simplesmente porque não tem uma causa pela qual lutar. Por carência de base lógica, ou de coragem, somos todos assassinos.

A propensão do homem para causar terror é ilimitada. Os ingleses e, mesmo aqui no coração da civilização, os italianos caçam raposas e jogam os filhotes vivos aos cães só pelo prazer de ver sangue, ouvir dor, sentir as emoções da agonia pulsarem nas próprias veias; os suecos caçam lobos; os americanos evisceram cascavéis vivas. A violência é uma característica inerente da espécie *Homo*. Eu deveria saber. Sou um homem.

Não há diferença entre uma Simonov falsificada no punho de um terrorista, minha Socimi híbrida na maleta de um jovem e um fuzil M16 nas mãos de um fuzileiro naval americano.

As pessoas aceitam a violência. Na televisão, homens morrem por causa da arma, pelo punho da retidão, como se todos os produtores de filmes fossem um dedo na mão de seu Deus. Morte por violência é lugar-comum. Ninguém forma um círculo para ver, na sarjeta, o bêbado que morreu de tanto beber, o velho morto de câncer na ala terminal do asilo para idosos. Alguns parentes choram, cacarejam a esmo como galinhas agradecidas, satisfeitas que o falecido não tenha sofrido muito. Uma morte digna: é o que querem para ele, o que querem para si próprios. Mas veja os motoristas curiosos que torcem os pescoços olhando para um engavetamento na estrada, as hordas de observadores que se reúnem ao lado de um acidente ferroviário, juntando-se para ver onde o avião caiu, onde os infelizes morreram.

E a crueldade da lei: as pessoas aceitam a violência como se ela fosse legitimada pela autoridade, aceitam-na como forma de aplicar a justiça. Certas pessoas, certas classes de pessoas, os crioulos, os italianos, os *kafirs*, os chinas e o lixo, podem sofrer violência por direito, não importa quem a governe, quem a aplique. Sempre foi assim. Sempre será.

Faço parte de tal classe, aquela dos que podem ser metralhados em nome da paz. Sou a recompensa. Assim como meu visitante, a quem reencontrarei dentro de poucos dias.

Violência é um monopólio do Estado, como os correios e a receita federal. Compramos violência com os impostos, vivemos sob a proteção dela.

Ou pelo menos a maioria. Eu pago impostos. Ninguém me conhece. Não tenho iates compridos e estilosos ancorados nas melhores marinas.

Vivo de acordo com as regras de Malcolm X: sou pacífico, sou cortês, obedeço à lei, respeito todo mundo. Mas, se alguém puser as mãos em mim, eu o mando para o cemitério.

Devo estender-me um pouco mais a respeito pois, do contrário, você me chamará de mentiroso. A lei à qual obedeço é a da justiça natural. A paz que abraço é a da tranquilidade.

Enquanto fico sentado no segundo quarto, o CD tocando baixinho, digamos, Pachelbel, e trabalho nos conectores, moldando-os a partir da roda de aço destruída, penso em assassinatos e penso em veneno, o modo de matar do covarde, e penso na Itália, o lar do envenenamento.

Foram os romanos que aprimoraram a proeza do envenenador e a Igreja católica que a aperfeiçoou. Lívia, esposa do imperador Augusto, era uma especialista: drogou e enterrou metade da família. Na Roma antiga, havia uma sociedade de envenenadores, mas os verdadeiros especialistas eram os papas e os cardeais.

Provocar a morte com uma arma é nobre. Provocar com veneno, não: é degradação. O envenenamento é carregado de degradação, das maquinações de uma alma maligna e impiedosa. Um verdadeiro assassinato é impessoal, mas o assassino exerce papel ativo no processo. Envenenamento envolve ódio e inveja, de modo que é, portanto, pessoal, mas o criminoso só faz aplicar a droga e fugir, não participa do encontro com a morte.

Sempre achei muito irônico o fato de ter sido o Vaticano a fazer uso de tantas toxinas e venenos.

O primeiro papa a ser assassinado, João VIII, foi eliminado com veneno no ano de 882: morto por seus seguidores, mas eram aprendizes no jogo e no fim precisaram usar uma clava para matá-lo. Dessa maneira, não foram envenenadores verdadeiros, pois tiveram uma participação ativa, mesmo que relutante, na questão.

Uma década depois, Formoso foi envenenado; depois, no pior ato de brutalidade já cometido por um assassino, seu sucessor, Estêvão VII, fez com que o corpo fosse exumado, excomungado, esquartejado e arrastado pelas ruas de Roma antes de ser jogado no Tibre como um saco de lixo doméstico, um balde de fezes noturnas. Tire as próprias conclusões: envenenadores são motivados pelo ódio; assassinos, pela justiça; e uma causa, pela maré da história.

A questão não termina por aqui. João X foi envenenado pela filha da amante: João XIV, Bento VI, Clemente II e Silvestre II foram eliminados de modo similar. Bento XI comeu figos açucarados, mas o açúcar estava adulterado com vidro moído. Paulo II comeu melancias envenenadas.

Alexandre VI bebeu vinho envenenado com arsênico branco, cujo alvo era seu inimigo. Como a justiça é adorável! A carne dele ficou negra, a língua escureceu como a de Satã e inchou até preencher toda a boca. Gases foram expelidos por todos os orifícios e, dizem, precisaram pular sobre sua barriga para comprimi-lo no sarcófago.

Como tais exibições devem ter sido asquerosas. Todas comprometidas por ódio e avareza. Nenhum assassino verdadeiro se comportaria de tal maneira. Mortes desse tipo exibem o ponto mais baixo do potencial humano. Meu negócio não é esse.

Nos preparativos para minha excursão à montanha, providenciei um piquenique para mim: uma garrafa de Frascati, resfriada na geladeira e empacotada com gelo dentro de uma caixa térmica de isopor do tipo usado pelos comerciantes de vinho para despachar seus produtos; um filão de pão rústico; 50 gramas de *pecorino*; 100 gramas de *prosciutto*; um potinho com azeitonas pretas; duas laranjas e uma garrafa térmica com café forte e doce. Enfiei tudo em uma grande mochila com meus binóculos de bolso, caderno de desenho, lápis de cera e uma lente de aumento. Em uma segunda mochila carrego o resto do equipamento.

A *signora* Prasca me perguntou, quando eu estava de saída, se eu estava indo pintar mais borboletas: respondi que não. Tratava-se de uma expedição para as montanhas mais altas para desenhar as flores nas quais as borboletas se alimentam. Informei-lhe que uma galeria em Luxemburgo encomendara uma série de borboletas sobre flores. Os insetos propriamente ditos eu já conhecia. As flores, não.

— *Sta' attento!* — foram as últimas palavras que ela disse, gritando enquanto eu fechava a porta do pátio.

Tenho toda a intenção, querida *signora* Prasca, de tomar cuidado em todos os momentos de vigília. Muito cuidado. Sempre tomei. É por isso que ainda estou aqui.

Ela tem visões nas quais me arrasto nas beiradas de precipícios, inclinando-me de modo bastante precário para focalizar minha lente em alguma erva obscura pendurada na pedra, ou saltando de uma rocha para a outra, como um cabrito montês, no pé do que no inverno é uma mortal geleira branca, a concepção das avalanches cujos estrondos podem ser ouvidos ocasionalmente numa noite de fevereiro. Se estivéssemos no inverno, ela ficaria com medo de que eu me perdesse nos campos nevados ou fosse morto e devorado por lobos ou pelas matilhas de cães ferozes que predam cavalos soltos e os rebanhos do pastor errante.

A estrada sobe a escarpa do vale, cortando desfiladeiros íngremes e estreitos e fazendo curvas através de encostas praticamente verticais. Passa por assentamentos humildes, as casas diminuídas pela enormidade das montanhas, as igrejas tombando em um declínio lento e senatorial por falta de congregações. Aqui no alto, as árvores são escassas: algumas poucas nogueiras atrofiadas e, em locais protegidos, bosques de carvalho e castanheiras.

Depois de uma hora de subida contínua, o Citroën — como *il camoscio*, o cabrito montês, seu homônimo — conquista o cume da passagem, onde a estrada fica plana, no Piano di Campo Staffi. O platô é um local rico em campos de alfafa, trigo e cevada. Búfalos pastam ali e fornecem o suprimento diário de *mozarella* fresca da cidade, transportada montanha abaixo pela estrada em uma frota de vans e caminhonetes chacoalhantes, algumas antigas o bastante para terem prestado serviço na era de Mussolini.

Alguns quilômetros depois da passagem fica a aldeia de Terranera, Terra Negra. Decido parar ali, no bar, e tomar um café. Não é um dia ensolarado e estou no alto das montanhas, mas ainda assim sinto calor e preciso de descanso.

— *Sì?*

A mulher atrás do balcão é jovem, talvez 20 anos. Tem lábios grossos e seios grandes. Seus olhos são escuros, emburrados com o tédio da vida na aldeia. Sou acometido pelo pensamento fugaz de que não demorará muito para se juntar às garotas de Maria no final da Via Lampedusa.

— *Un caffè lungo.*

Não quero nada forte. Ela se vira para servir o café em uma xícara pequena e espessa que chacoalha no pires. Uso uma colher para pegar o açúcar de um pote ao lado do caixa.

— *Fare caldo* — digo, enquanto pago à jovem.

Ela concorda com a cabeça sem demonstrar interesse.

Há um balcão de sorvetes nos fundos do bar. Termino o café e olho para ele. Uma das delícias da Itália são os sorvetes.

— *E un gelato, per favore.*

Ela anda preguiçosamente até o balcão e para atrás dele, levantando a tampa de acrílico.

— *Abbiamo cioccolata, caffè, fragola, limone, pistacchio...*

— *Limone e cioccolata.*

Ela põe as bolas de sorvete em uma casquinha e eu pago o sorvete. Os preços estão escritos a giz em um quadro-negro de criança pendurado em ganchos no teto com uma linha de enfardamento de plástico laranja.

De pé na entrada, lambendo o sorvete, o limão ácido e o chocolate enjoativo, examino os campos através dos prédios. A terra é realmente preta onde foi revirada pelo arado. Alguns chamam o lugar de planície dos Campos da Inquisição. A terra negra é, insinuam, o resultado de carne humana derretida. Se um corpo foi queimado lentamente, fica carbonizado para depois derreter como borracha. Já vi isso acontecer.

De volta à estrada, dirijo por dez minutos e depois pego uma trilha para a esquerda. Paro o Citroën depois de seguir por 100 metros e saio do carro, deixando a porta do motorista aberta. De pé ao lado do carro, mijo nos arbustos. Não preciso me aliviar, pois o café ainda não percorreu o caminho por dentro de mim. Não sou tão velho. Estou apenas conferindo que ninguém tenha visto o carro sair da estrada. Não há vivalma à vista, pelo menos até onde consigo ver a terra negra e a grama marrom oscilante.

A trilha não é usada por um veículo há muito tempo. Paro outra vez quando fico entre as árvores e estudo as folhas de grama que crescem na lombada no centro da trilha: não há óleo, nenhuma sujeira deixada sobre ela pela barriga de algum carro. Há fezes de ovelhas em alguns lugares, mas até isso é velho. O esterco das vacas foi dissecado em manchas de pó mastigado por insetos.

Ajustando o hodômetro para zero, sigo dirigindo, o Citroën quicando em seus amortecedores suaves como um barco de brinquedo em um lago agitado. Só paro depois de contar 10 quilômetros. Ao longo dos penúltimos 3 ou 4 quilômetros, a trilha não passa de uma clareira alongada que cruza a floresta, descendo cerca de 200 metros de altitude. O Citroën deixa marcas de pneus na grama, a qual ainda é verde aqui, sob as árvores, mas a vegetação voltará à posição original em algumas horas e ocultará minha presença.

Afinal, depois de passar por um decrépito casebre de pastor, virando em um canto ao lado de uma pilha de rochas e descendo um declive através do final da floresta, chego ao local que esperava encontrar, uma campina alpina com cerca de 1 quilômetro de comprimento e 400 metros de largura no centro. Na extremidade oposta há um pequeno lago, as margens cobertas de juncos. À direita há uma serra coberta por uma floresta densa, atrás da qual despontam montanhas cinzentas e íngremes, com uma altitude de cerca de 700 metros. À esquerda há outra serra, sobre a qual fica a *pagliara* destruída que eu também esperara encontrar.

Paglia: palha. Muitas aldeias das montanhas têm uma *pagliara*, um segundo assentamento ainda mais elevado nas montanhas para o qual os habitantes costumavam migrar para pastorear no verão. Hoje, esses lugares estão abandonados, as trilhas cobertas de mato, as construções sem telhados, as janelas desprovidas de persianas e as chaminés, de fumaça. De vez em quando, esquiadores *cross-country* podem encontrar esses lugares, mas raramente param.

Depois de trancar minhas mochilas no bagageiro do carro, caminho entre as pradarias e sigo para o assentamento em ruínas. O sol sai, mas agora não importa. Ninguém pode ver o reflexo de um para-brisa aqui.

A grama é alta, as árvores fornecem sombras profundas. Em todo canto há uma profusão de flores selvagens das pradarias. Jamais vi lugar tão bonito, tão completamente imaculado: amarelos e malvas delicadas, brancos ofuscantes, carmesins rascantes e brilhantes, azuis únicos. É como se um deus artístico tivesse espalhado tinta colorida sobre o campo, balançado seu pincel encharcado sobre a suave esmeralda do vale. O solo é firme, mas há água aqui e tudo floresce. O ar murmura com o som de insetos, abelhas tateiam o trevo de haste longa da montanha. Pequenas borboletas de espécies que não reconheço fogem voando quando meus pés as perturbam.

Com botinas para me proteger de víboras, começo a subir lentamente na direção das casas. Não posso começar meu trabalho até estar certo de que ninguém virá aqui. Possivelmente existe um caminho mais fácil para este vale a partir do sudeste e as casas talvez sejam frequentadas por amantes em busca de um lugar romântico e remoto.

Passo rapidamente de uma ruína para a outra. Nenhum sinal de perturbações recentes. Nenhuma marca de fuligem nas paredes, nenhum círculo de fogueira, nada de latas ou garrafas vazias, nenhum preservativo pendurado nos arbustos. Ao lado da última construção, inspeciono o vale com os binóculos. Não há sinal de atividade humana recente.

Seguro de que compartilho esse lugar apenas com os insetos, pássaros e javalis selvagens — pois há marcas de cascos em um riacho enlameado que leva ao lago —, retorno ao Citroën e dirijo até o vale, balançando sobre pedras escondidas na grama. Viro o carro de frente para o caminho de onde vim e o estaciono sob a sombra de um castanheiro baixo mas largo, carregado de castanhas em formação, perto de onde saí entre as árvores. Retiro as mochilas.

São necessários aproximadamente 150 segundos para montar a Socimi híbrida. Coloco-a no assento do motorista e desenrolo o pedaço de flanela, no qual tenho quarenta projéteis. Pressiono dez para dentro do cartucho, encaixando-o na base da coronha. Encaixo a base do cabo no meu ombro, pondo o olho no tubo de borracha da mira telescópica. Inspeciono o lago com cuidado.

Minha mão não é mais tão firme quanto antes. Estou envelhecendo. Meus músculos estão acostumados demais a se mover ou, se estiverem imóveis, a relaxar. Ficar parado e tenso não é mais algo que eu domine totalmente.

Depois de me certificar que estou à sombra do castanheiro, repouso a arma no teto do carro e miro em um aglomerado de juncos no lado oposto do lago. Com muita delicadeza, prendo a respiração e aperto o gatilho como se este fosse um dos seios insignificantes porém macios de Clara.

Há um curto som *put-put-put*. Pela mira, vejo a água encrespar-se num ângulo de um relógio marcando 4 horas em relação ao aglomerado de juncos, e talvez a 4 metros de distância.

Retiro da mochila uma chave de parafuso de relojoeiro com cabo de aço e ajusto a mira. Carrego mais dez projéteis no cartucho. *Put-put-put.* Os juncos são cortados e as balas atingem a margem logo atrás. Vejo a lama espirrar levemente. Faço outro ajuste e recarrego. *Put-put-put.* O aglomerado de juncos é obliterado pelos tiros. Penas flutuam com a brisa. Talvez houvesse um ninho de pássaro aquático ali, agora deserto pois está no final do verão e a estação de reprodução terminou, os filhotes voaram.

Satisfeito, desmonto a Socimi, recolocando-a na mochila, a qual tranco no bagageiro. Ainda há algumas modificações a fazer, alguns ajustes a serem considerados. O silenciador deve ser um pouco mais eficiente e o conector precisa ser mais raiado. O gatilho ainda exige um pouco de pressão demais. Contudo, de modo geral, fico satisfeito comigo mesmo. Estico um lençol sobre a grama, sirvo o piquenique, abro o Frascati, como e bebo. Terminada a refeição, recolho os cartuchos usados, coloco-os no bolso, desço a pradaria, desenho em cores mais de duas dúzias de flores diferentes. A *signora* Prasca precisará ver provas da excursão.

Ao lado do lago, jogo casualmente na água os cartuchos usados, um a um. Quando o último atinge a superfície, um peixe grande emerge atrás de seu brilho acobreado.

Clara me deu um presente. Não é nada grandioso, um alfinete de gravata feito de metal comum coberto com ouro falso. Tem cerca de 4 centímetros de comprimento com um prendedor de mola na parte de trás com pequeninos dentes serrilhados. No centro da barra cor de ouro há um brasão de esmalte. É o da cidade, contendo os traços da serra de Visconti. Os Visconti, de acordo com uma nota impressa na caixa de presente, mal impressa em inglês, francês, alemão e italiano, um dia foram donos da cidade e de quase todo o campo ao redor. Isso o transforma num presente perfeito para mim, apesar de Clara não poder saber: os Visconti eram, no passado, mestres das artes do assassinato, grão-vizires do jogo de matar. Para eles, era um estilo de vida. Ou de morte.

A maneira como ela me deu a lembrança foi, para dizer o mínimo, furtiva, mas não sei dizer se por timidez ou medo do sarcasmo de Dindina. Clara a colocou no bolso do meu paletó ou quando ele estava nas costas da cadeira em nosso quarto na Via Lampedusa ou quando estávamos na *pizzeria*. Não a encontrei até depois de Dindina nos deixar, dando-me o habitual beijinho na bochecha em público.

— Olhe no seu bolso — Clara instruiu-me.

Procurei no bolso interno do paletó. Era uma ação natural para mim. Jamais ponho nada no externo por medo de batedores de carteiras. Clara riu com desdém.

— Não no bolso de dentro. No de fora.

Apalpei o paletó e senti a caixa.

— O que é isso?

Eu estava genuinamente surpreso. Jamais, sob circunstâncias normais, eu me deixaria tão vulnerável. Não é nada colocar secretamente 85 gramas de Semtex e um daqueles detonadores minúsculos em um casaco. Conheci duas pessoas que foram ao encontro do Criador de tal maneira: mais uma habilidade atribuída aos búlgaros. Ou seriam romenos? Talvez albaneses. Todos os balcânicos são parecidos no fim das contas, bastardos perversos com instinto para enganar nascido de séculos de invasões, uniões consanguíneas e táticas de sobrevivência.

Tirei a caixa e a observei. Se Clara não fosse minha amante e não estivesse de pé perto de mim, se parecesse pronta para sair correndo, eu deveria ter jogado a caixa o mais longe possível e me arremessado nas pedras da rua. Ou talvez jogasse a caixa nela, aos seus pés. Refletindo, provavelmente é o que eu teria feito. Sobrevivência e retaliação não são atributos exclusivos do povo dos Bálcãs.

— *Dono. Regalo.* Um... pre-sente. Para você.

Ela sorria para mim, a luz de um poste na rua lançando belas sombras através de seu rosto e iluminando a clivagem entre seus seios. Também percebi que estava corada.

— Isso não é necessário.

— Não. É claro. Não é necessário. Mas é de mim. Para você. Por que não a abre?

Abri a tampa da caixa, a qual se movia com uma pequena mola. A explicação histórica flutuou até o chão. Meu coração parou por um instante, todos os meus nervos tensos. Ela se curvou e pegou o papel.

O alfinete de gravata brilhava sob a luz do poste. Movimentei-o de um lado para o outro para fazê-lo brilhar.

— É só uma coisinha sem valor.

Ela deve ter praticado as palavras, pois as pronunciou com perfeição, sem dividi-las em sílabas.

— É muito gentil de sua parte, Clara. — Sorri. — Mas não deveria gastar seu dinheiro. Você precisa dele.

— Sim. Mas também...

Inclinei-me para a frente e a beijei como Dindina me beijara. Clara pôs a mão na minha nuca e virou o rosto de encontro ao meu, pressionando os lábios contra os meus. Segurou-me por um longo instante, sem mover os lábios, sem os abrir para deixar a língua entrar em minha boca.

— Muito obrigado — eu disse quando ela me largou.

— Por quê?

— Pelo alfinete de gravata e pelo beijo tão intenso.

— Os dois são porque amo você, muito.

Não respondi. Não havia nada que pudesse dizer. Ela olhou nos meus olhos por alguns segundos e percebi que estava implorando do fundo de sua alma que eu retribuísse seu amor, dissesse que a emoção era mútua, maravilhosa, criasse uma ligação. Mas eu não podia. Não seria justo com ela.

Ela se virou, não ofendida, mas um pouco triste, e afastou-se.

— Clara — chamei-a, delicadamente.

Ela parou e olhou para trás. Levantei a caixa.

— Vou guardar com carinho — eu disse, e era verdade.

Ela sorriu e respondeu:

— Verei você novamente. Logo. Amanhã?

— Depois de amanhã. Preciso trabalhar amanhã.

— *Bene!* Depois de amanhã! — ela exclamou, e foi embora com passos leves.

Clara me ama. Isso não é uma falácia, mas uma dura verdade. Ela não me ama como Dindina, pelo prazer, pela experiência e pelo dinheiro no bolso, mas pelo que sou, ou o que pensa que eu sou. E é aqui que a falácia começa.

O amor dela é uma complicação. Na verdade, não posso permiti-lo, não o posso pôr em risco. Não quero deixá-la triste, tampouco quero me enganar. Contudo, preciso admitir a mim mesmo que tenho sentimentos por ela: se não amor, certamente um carinho. O alfinete de gravata barato aumentou o sentimento, essa fraqueza perigosa entrando em mim e me preocupando.

Observei-a partir e percorri o caminho de casa com uma sensação de angústia.

Todos precisam de um refúgio, seja de uma esposa ou de um trabalho monótono, uma situação censurável ou um inimigo perigoso. Não é preciso ser nada demais. Na verdade, de modo geral, é melhor que não seja. O coelho, quando assustado, muitas vezes para imóvel antes de saltar para a coelheira. Pode ser um erro, mas também pode salvá-lo. Uma moita de capim pode ser tão vantajosa quanto um túnel bem escavado. O caçador espera que o coelho vá para baixo da terra. Se ele permanecer na superfície, pode continuar despercebido, pois sua presença acima da terra não é esperada. O poloneses têm um jogo de cartas chamado, acho que me lembro, *gapin*. Significa alguém que olha mas não vê. O coelho é um jogador de *gapin* por excelência.

Em busca justamente de tal moita, descobri ontem uma igreja não muito longe da cidade, na qual se encontra uma das obras de arte mais impressionantes que tive o privilégio de ver.

Não há nada no mundo que me force a compartilhar o conhecimento com você. Posso ser um coelho no fim das contas e ter uma boa mão. Talvez eu deva fazer como *Charaxes jasius* faz: agachar-me e fechar as asas, ser uma folha morta, ser discreta. Então eu estaria, ao menos, vivendo de acordo com meu nome.

A igreja não é maior do que uma cocheira inglesa do século XVIII. Fica ao lado de um celeiro, do qual é separada por uma travessa pouco mais larga que meu Citröen, sem dúvida estreita demais para, digamos, um Alfa Romeo *carabinieri*. Mesmo no Citroën, precisei dobrar o retrovisor da porta para espremer o veículo através dela.

Fui ao lugar porque uma casa de fazenda ao lado da igreja estava à venda. Uma placa retorcida pelo sol estava pregada à parede, com *Vedesi* escrito toscamente sobre ela em têmpera cor-de-rosa. A tinta escorrera como o sangue dos estigmas de Cristo, secando no calor feroz do sol antes que pudesse atingir a base da placa.

Bati na porta e não obtive resposta. As janelas estavam com as persianas fechadas como se a casa tivesse cerrado os olhos com força contra o sol ofuscante. O dia estava quente como um forno. Grama e ervas cresciam contra a parede. Contornei a casa até os fundos. Havia um pátio coberto de palha pavimentado com pedras quadradas e um celeiro quase decrépito. Pelo cheiro, o gado se abrigava ali. Uma galinha ranzinza arranhava os detritos de um fardo de palha furado no qual havia três tridentes enfiados. Quando me aproximei, a ave cacarejou seu veemente incômodo com minha intrusão e voou desajeitadamente para as vigas.

A porta dos fundos estava entreaberta. Bati outra vez. Nenhuma resposta. Com cuidado, abri mais a porta.

Não que eu estivesse com medo ou suspeitando de algo. Não dissera a ninguém para onde estava indo: eu poderia estar na Piazza del Duomo comprando queijo. Contudo, ninguém sabe quando o fim vai chegar, quando outra pessoa, de mãos dadas com o destino ou com a coronha de uma Beretta 84, decide que o momento chegou.

Com muita frequência, quando me levanto de manhã para me vestir e começar a trabalhar, deixo minha mente calcular as probabilidades. Não as de sobreviver um dia, uma semana, um mês: são intervalos longos demais para estimar. Penso nas maneiras como posso morrer. Uma bomba sempre é possível, mas só se um cliente decidisse que eu precisava ser eliminado, por poder identificá-lo, falar sob tortura ou efeito de sódio pentotal: existe um código de honra no meu mundo, mas muitos não confiam nele. Calculo a probabilidade contra uma bomba em, digamos, vinte para um. Um tiro é muito mais provável. Em geral, três para um. Pode haver outras apostas quanto a isso, para aumentar a lucratividade. Vejamos uma bala de rifle ou de metralhadora. Grandes chances de ser uma 5,45 milímetros. Meu anjo perseguidor, pois penso assim em relação ao meu assassino, pode ser búlgaro, mas eles preferem o mecanismo de disparo do guarda-chuva, como já comentei. As chances são menores para um 5,56 por 45 milímetros: isso cobre as americanas, a M16 e o rifle de combate Armalite. Eu ofereceria seis para um. Probabilidades iguais para um projétil 7,62 milímetros da Otan. No que diz respeito a armas de mão, não há aposta. Se for para ser uma bala, a 9 milímetros Parabellum é a mais provável, a defensora de tratados e acertadora de contas antigas. Chances de que eu morra por alguma doença, acidente de carro, a menos que o veículo tenha sido sabotado, ou de uma overdose autoadministrada de drogas são pequenas. Morte por tédio sempre é uma possibilidade, mas não quantificável, portanto não está aberta a apostas.

A casa da fazenda estava desocupada, pelo menos por seres humanos. A sala de visitas transformada em cozinha abrigava um fogão de ferro moldado, a porta retorcida pela ferrugem, uma cadeira sem assento e uma mesa instável usada recentemente como cepo para decepar as primas da galinha ranzinza. No andar inferior, mais dois quartos, vazios a não ser por poeira e gesso caído. A escadaria estava apodrecida. Subi com cuidado, perto da parede. Cada degrau rangia de modo ameaçador, até doloroso. No andar superior havia três quartos. Um deles tinha uma armação de cama, as molas retorcidas e emaranhadas. Noutro, um gato acabara de nascer. A mãe estava ausente, mas o filhote cego miou de modo comovente quando sentiu meu pé sobre o chão. Do terceiro quarto havia uma vista para o vale, o Citroën e um velho estudando os adesivos de seguro e licença no para-brisas.

Apoiando-me na parede, tentando não colocar o peso inteiro do corpo em cada degrau agonizante por mais que uma fração de segundo, desci a escada e saí para o pátio. O velho estava ali, de pé. Não parecia hostil. Ele presumiu que não haveria nada que um homem que dirige um Citroën 2CV com sete meses de uso pudesse querer roubar.

— *Buon giorno* — eu disse.

Ele abanou a cabeça e balbuciou. Para ele, talvez, não fosse um bom dia.

Apontei primeiro para a casa e depois para mim e disse:

— *Vendesi!*

Ele fez uma careta, balançando de novo a cabeça. O som de um carro na estrada abaixo, subindo com esforço a montanha em segunda, chamou a atenção do velho, que se afastou a passo lento sem dizer uma só palavra para mim. Ou era surdo, ou não gostava de estranhos, ou desconfiava de estrangeiros, ou pensava que qualquer um que quisesse comprar a casa seria louco e, portanto, abaixo de qualquer crítica e indigno de conversa.

Não sei o que me atraiu para a igreja. Talvez a galinha bicando o chão tenha chamado minha atenção, alguma comunicação transmitida entre nós em um nível bestial de telepatia, cujo reconhecimento foi esquecido pelo homem civilizado. Mais provavelmente, era um dia quente e o sagrado é fresco. Colocando a mão na antiga maçaneta, entrei.

Um dia, como já disse, fui católico. Foi há muito tempo. A religião não tem mais utilidade para mim. Quanto mais velhos ficamos, mais devotos ou céticos acabamos por nos tornar. Meus pais eram devotos além da conta. Minha mãe ficou com os joelhos em carne viva de tanto esfregar os ladrilhos da igreja depois que uma tubulação de água estourou e inundou o lugar. Meu pai pagou para que fossem encerados e impermeabilizados com verniz. Era uma garantia contra danos futuros por alagamentos, e não para poupar minha mãe de horas de agonia. Meu pai, recordo, ficou muito enraivecido quando o homem da Sociedade de Seguros Eclesiásticos se referiu à tubulação estourada como um Ato de Deus.

Até os 8 anos, estudei em um colégio de freiras. Havia sete garotos no estabelecimento As freiras nos deram uma boa formação e nos doutrinaram em um padrão superior, mais superior, mais odioso do que nossos pais ou o padre McConnel poderiam desejar. Os outros seis se curvaram à dominação daquelas virgens com almas murchas e carne leitosa. Eu não. Eu via as freiras como morcegos com rostos brancos. A madre superiora, uma irlandesa atarracada e dotada com o temperamento ágil da devoção, parecia um cadáver em uma mortalha, só que móvel. Nos meus sonhos, as bruxas usavam meandros, e não chapéus pontudos.

Aos 8 anos, fui enviado para uma escola preparatória católica. Lá, os irmãos da comunidade vizinha nos davam aulas. Não eram tão espiritualmente murchos quanto suas irmãs religiosas. Em vez disso, de alguma forma se tornaram brutalizados pela oração e a solidão. Batiam em nós pelos erros de conduta mais desprezíveis. Batiam com varas nas palmas das nossas mãos, sempre à esquerda, até mesmo em alunos canhotos, nas nádegas nuas e na parte carnuda e delicada atrás das coxas. Davam tapas nas orelhas e esbofeteavam nossas cabeças. Eram obscenos.

Contudo, com eles aprendi muita coisa valiosa para mim: o uso da geometria para calcular a trajetória e o alcance; inglês; geografia, para conhecer o mundo e seus esconderijos; história, para que eu a possa conhecer e moldar e ocupar o assento traseiro em seu cortejo; trabalho com metal; ódio.

Quando eu tinha 13 anos, fui mandado para uma escola pública católica do município. Não direi qual. Você poderia me rastrear a partir de lá. Eu era academicamente competente, sobretudo em matemática e ciências. Nunca fui muito bom em línguas. Nunca era espancado como os outros porque era discreto, como dizem. Não beijava os pés dos professores. Eu apenas mantinha a cabeça bem atrás das barricadas.

A escola pública ensina a gente a se esconder na multidão. Eu prosseguia os estudos, praticava os esportes exigidos com prazer suficiente e espírito de equipe para avançar sem finalizar a jogada. Nunca fui o artilheiro, mas sempre o camarada útil na direita que passava a bola no momento certo para o centroavante, para o que chutaria. Na Força Combinada de Cadetes da escola, contudo, eu tinha a melhor pontaria. Ensinaram-me a montar uma arma Bren quando eu tinha 14 anos. E ensinaram-me a rezar sem pensar. As duas habilidades me serviram bem.

O catolicismo — todas as perversões da cristandade — não é uma fé por amor. É uma fé por medo. Obedeça, seja bom, ande na linha, e o paraíso é seu, o primeiro prêmio na loteria da eternidade. Desobedeça, reaja, corte a linha da vida, e a danação infinita é o prêmio de consolação. O dogma é: ame o único deus e você estará seguro. Deixe de amá-lo e ele não o resgatará, não até que você se arraste, peça perdão e o bajule diante do altar. Que tipo de religião exige tal indignidade? Como você pode ver, a idade me torna desdenhoso.

Não estava fresco no interior da pequena igreja. Estava frio. Não havia janelas, a não ser alguns feixes estreitos da luz do sol, parecidos com seteiras de arqueiros. Demorou um pouco até que minha visão se acostumasse com a escuridão. Deixei a porta aberta para poder enxergar. Quando me habituei ao crepúsculo ao meio-dia, fiquei impressionado com o que vi ao meu redor.

Cada centímetro quadrado do interior era pintado. Os afrescos começavam nas pedras do chão e subiam até as vigas do telhado. Acima do altar simples — uma mesa decorada com uma toalha branca manchada de mofo —, o teto era abobadado e inteiramente decorado em azul-real com estrelas douradas e uma lua límpida e pálida.

As pinturas eram da era pré-Brunelleschi, sem noção de perspectiva. Eram visualmente bidimensionais, mas havia uma terceira dimensão mágica a respeito delas. Numa parede havia uma pintura de 5 metros de largura da Última Ceia. Todos na mesa tinham auréolas, mas a de Cristo era de um amarelo pálido e irradiava raios dourados. As dos outros eram meros círculos desenhados com uma linha vermelha grosseira e coloridas de preto, marrom-claro ou azul. Sobre a mesa havia um filão de pão como um grande pão de forma quente em forma de cruz e alguns objetos bastante parecidos com alho-poró. Deviam estar esperando a comida chegar ou já tinham terminado e estavam prestes a ir embora. Havia algumas peças de louça de barro, duas jarras de vinho, várias tigelas e um cálice. O único objeto cortante era uma faca parecida com um cutelo de açougueiro.

Todos os participantes da refeição eram parecidos. Homens com barbas, homens com auréolas, homens com olhos vidrados e cabelos longos. Um deles era ruivo, e não tinha auréola. Obviamente. Ao pé da mesa havia um cão deitado, dormindo com o focinho sobre as patas. A refeição provavelmente havia terminado, pois o cão parecia bem alimentado e satisfeito.

A mesma parede ostentava vários retratos de cavaleiros templários montados em cavalos malhados, carregando escudos brancos e cruzes vermelhas: um era São Jorge, ou seu arquétipo, matando um dragão com aparência quase oriental. O artista era razoavelmente competente com figuras e cavalos, mas as árvores pareciam mais cogumelos de múltiplas hastes do gênero *Amanita*. Muito possivelmente, a intenção era representar aqueles cogumelos venenosos, o cogumelo mágico, a planta do soma, aquela que traz os sonhos dos deuses.

Do outro lado da pequena nave, Adão e Eva eram condenados ao exílio por terem feito aquilo no Jardim do Éden. Perto da pintura, os três reis magos se ajoelhavam diante da Virgem e do menino Jesus, o qual esticava a mão para pegar o ouro. Muito apropriado, pensei: desde então, os católicos vivem atrás de dinheiro.

Ignorei as outras cenas das vidas de Cristo e dos santos, que me deixavam incomodado. Tanto tempo e esforço gastos para decorar aquela capela desconhecida no meio das montanhas, para registrar uma história que, em sua maioria, é composta de disparates triviais.

Virei-me para ir embora. Foi quando o horror me atingiu, o horror da história, da religião, da política, da manipulação do povo, das vidas contorcidas até a aquiescência incondicional, até se curvarem diante do status quo.

A parede na qual ficava a porta era inteiramente decorada com o inferno. Caixões abertos no chão com os mortos putrefatos se levantando de sua deliciosa degradação. Prostitutas de seios nus e com o sexo plenamente exposto em tons rosados estavam deitadas de costas, pernas abertas para serem penetradas por uma falange de demônios vermelhos. Palavras vomitadas saíam em uma bolha da boca de uma prostituta, como as de um personagem moderno de revistas em quadrinhos.

Não consigo ler textos em latim estilizado mas imagino que, caso fossem traduzidas por um acadêmico moderno, as palavras diriam "aqui vem o demônio da sífilis".

Outros satãs, com tridentes iguais aos que vi no celeiro lá fora, espetavam os pecadores para dentro de um fosso de fogo. Chamas escarlate e cor de jasmim tremulavam ao redor de suas nádegas. Um caldeirão de enxofre, contendo uma infusão feita pelo próprio diabo, derramava o líquido sobre eles como xarope. Um monstro gigantesco, o próprio mestre Belzebu, estava perto do teto, perto do paraíso. Era de um tom preto acinzentado e tinha olhos vermelhos iguais aos faróis de neblina de carros caros. Tinha pés de fênix, cabeça de grifo e mãos de homem. Uma mulher nua se pendurava em sua cauda, cuja ponta penetrava sua vagina. Ela gritava de dor. Ou de prazer. Não consegui decifrar.

Saí rapidamente, de volta para a luz do dia. A porta bateu atrás de mim. Olhei para cima e o sol ardeu sobre meu corpo.

Ao sair da fantasia da pequena igreja para a realidade do dia, eu parecia ter atravessado o inferno. No entanto, ao ligar o Citroën, com o motor tiquetaqueando, ocorreu-me que eu não passara pelo inferno, mas sim entrara nele. Pois o que é o inferno senão o mundo moderno, desmoronando e dissolvendo, poluído por pecados contra as pessoas e a mãe terra, pervertido pelos caprichos de políticos e azedado pelos encantamentos dos hipócritas?

Parti dirigindo com pressa. Minha coluna coçava, como se os demônios estivessem no meu encalço — como se o habitante das sombras estivesse nas redondezas.

Na estrada, passei pelo velho, que estava de pé ao lado de um sedã azul com o retrovisor do motorista entortado e refletindo o sol. Para minha surpresa, ele acenou para mim quando passei: talvez estivesse apontando para mim, contando aos amigos dentro do carro sobre o estrangeiro tolo que estava pensando em comprar a antiga casa da fazenda.

Mais tarde, na solidão do meu apartamento, me lembrei de Dante.

Lasciate ogni speranza voi ch'entrate.

Com consideráveis atenção e calma, decidi remover o encaixe da mira telescópica, colocando-o um pouco mais à frente. O tubo de borracha para o olho estava um pouquinho recuado demais. Eu poderia ter alterado o comprimento do cabo, mas teria desequilibrado a arma.

O equilíbrio é de importância vital. A arma não será usada em uma plataforma estável, uma posição segura. Será disparada do teto de um prédio, de um batente aberto apenas poucos centímetros, de sob um arbusto, em uma árvore, da traseira de uma van parada, de um lugar precário. O atirador precisa ter confiança absoluta na arma para que toda a concentração possa ser direcionada ao alvo e a permanecer imperceptível.

Realinhar o encaixe da mira não é difícil, mas é trabalho meticuloso. Deve-se trabalhar com um nível mínimo de tolerância.

Noite adentro, fiquei trabalhando nisso, de vez em quando pesava a arma, posicionando-a sobre uma régua apoiada em um lápis que eu determinara ser o centro de equilíbrio. Por fim, lá pelas onze da noite, terminei. Meus olhos ardiam por causa da luz da luminária da minha mesa de trabalho. Meus dedos estavam doloridos. Minha cabeça doía sem parar.

Largo a arma, apago as luzes, pego uma cerveja na geladeira e subo para a *loggia*.

A cidade ainda murmura, mas ligeiramente. O antigo quarteirão ao meu redor é silencioso, com a paz sendo quebrada de vez em quando pelo eco de algum veículo nos cânions das vias estreitas ou alguma voz gritando na Via Ceresio.

Sento-me à mesa e dou um gole na cerveja. Apesar de ser tarde, as pedras ainda estão quentes. O céu não tem lua, as estrelas são perfurações de luz no cetim da noite. As montanhas são os véus de viúvas vestidas de preto olhando para um caixão aberto, as aldeias, o brilho das velas fúnebres em seus olhos.

Se as velhas viúvas estão olhando para dentro de um caixão, então eu sou o cadáver. Todos somos. Todos somos os mortos. Estamos quites com a vida e ela está quite conosco. O jogo acabou, o longo truque finalmente acabou. Estamos sendo liquidados.

Certamente, logo serei liquidado. O visitante retornará, a Socimi será entregue, o trabalho estará concluído.

E depois?

Este é meu último trabalho. Depois da Socimi, nada. Estou ficando velho demais.

O vale é tão bonito à noite. Belo como a morte.

Efisio é o proprietário e administra a Cantina R., na Piazza di S. Rufina. Tem cerca de 70 anos e é chamado pelos locais de O Chefe. A cantina, no jargão coloquial das ruas, também é A Chefe. Não *il Chefe*. Ele deixou sua cidade na juventude, viajando para os Estados Unidos na enxurrada de imigrantes que fugiam da pobreza e da ruína. Em Nova York, dizem, roubou um banco com dois cúmplices e abriu uma cantina em Little Italy. A cantina se tornou um bar e, depois, um local onde se vendiam bebidas alcoólicas ilegalmente. Efisio prosperou. Entrou para uma Família. Eles prosperaram. Então, já velho, vendeu tudo, deixou a Família e retornou às raízes para fazer o que sabia fazer melhor: dirigir uma cantina.

A Cantina R. existia antes de ser comprada por Efisio. Nunca rendeu muito dinheiro. Ficava longe demais da Piazza del Duomo e do mercado, longe demais da Porta Roma, onde os carreteiros, hoje caminhoneiros de longa distância, se reuniam. Aos poucos, no entanto, sua reputação cresceu. O balcão do bar é feito de uma peça sólida de carvalho com 7 metros de comprimento e quase 1 metro de largura, 30 centímetros de espessura. Os vinhos são os melhores da cidade. A variedade de cervejas é a mais abrangente. As mesas são as mais limpas e feitas de madeira, e não de metal ou plástico. O piso brilha como o de um monastério medieval. A iluminação é suave e as janelas têm vidro fosco. De fora, ninguém pode ver quem está bebendo lá dentro. A Chefe é, portanto, um ponto ideal para homens que se esquivam das esposas, empregados que se esquivam dos patrões, assistentes de lojas que se esquivam dos gerentes. Mulheres podem entrar — aqui não é a Inglaterra, com suas reservas para homens —, mas poucas o fazem a menos que em grupo. Não há jukebox, nenhuma máquina de apostas que dê relógios baratos de brinde, nenhuma máquina caça-níqueis. Não há mesas de sinuca, alvos para dardos, tábuas para jogos com moedas ou pinos de boliche. É um lugar sério, para beber e conversar.

Jamais entro sozinho. Não conheço os clientes assíduos. Às vezes, Galeazzo me leva para almoçar lá. Levamos nossas próprias fatias de presunto de Parma e de pão, deixando-as em um quadrado de papel desengordurante sobre uma das mesas. Então compramos uma garrafa de Barolo. A bebida é forte para o meio do dia, e precisamos dormir depois, mas é bom estar onde só haja conversa.

A clientela da cantina é formada por todo tipo de gente. Giuseppe entra ocasionalmente, quando encontra algum dinheiro num bueiro. A Chefe não é barata. Maria frequenta o lugar, uma das poucas mulheres que entram sozinhas. Ela é logo absorvida por um grupo de pessoas que conversam. Lembre-se de que os passantes não conseguem ver dentro da cantina. Maridos estão seguros aqui.

O motivo pelo qual nunca entro sozinho é que Efisio é perspicaz. É o que os americanos chamam de macaco velho. Ele é astuto da maneira como todos os donos de bares ao redor do mundo são receptivos à condição humana. Observam tudo. Os prestes a falir, os pequenos pecadores, os sem fé e infiéis, os tementes e os com a coragem do uísque: todos passam por suas portas, inclinam-se nos balcões e pressionam os lábios contra os copos. Um cliente com um amigo não é examinado com tanto cuidado, não se conversa com ele, não pode ser cutucado e explorado como um lago drenado pela polícia atrás de um corpo que, acreditam, tenha se afogado na lama.

Preciso ser ainda mais cuidadoso com pessoas como Efisio. Como qualquer padre em qualquer confessionário — e o que é um bar senão um confessionário informal, sem a janela de treliça, a meia-cortina e as vozes abafadas —, o barman é um confessor. Contudo, enquanto o padre em geral não abre a boca sobre o que ouve, o barman não está preso a juramentos de silêncio. O padre vende a informação por aves-marias. Deus compra. O barman vende o conhecimento por dinheiro. A polícia compra.

É uma vergonha. Eu gostaria de conversar com Efisio. Ele é um homem que existiu na periferia de meu mundo. Tenho certeza de que já matou; certamente planejou a morte de outros. Não poderia estar onde está, ser quem é, sem tal passado. Acredito que seria bom conversar sobre as experiências dele, compará-las com as minhas. Profissionais como nós gostam de conversar sobre o trabalho de vez em quando. Contudo, assim que soubesse a meu respeito ou até mesmo captasse algum indício do meu passado, ele iria correndo telefonar para os *carabinieri*, para a *polizia*. Se fosse de fato inteligente, passaria por cima dos locais e iria diretamente a Roma, para a Interpol, para a embaixada americana e o FBI, onde tenho certeza que ainda deve ter contatos. E durante algum tempo seria festejado pela imprensa popular, entrevistado pela RAI Uno, se tornaria temporariamente mais do que um imigrante dono de bar que retornou do exílio em Nova York.

Teria deixado sua marca na história.

Contudo, como uma mancha de sangue na areia quente, a marca logo desbotaria e desapareceria, entrando para o reino das lendas, o que não lhe faria nenhum bem de verdade, mas ajudaria a manter o bar funcionando. A clientela aumentaria com os curiosos que perguntariam em qual parte do bar eu me apoiava, em qual copo bebera, qual era meu vinho preferido. Eles comeriam o copo com os olhos, ficariam no mesmo metro do balcão, pediriam a mesma garrafa. A Chefe se transformaria num altar, uma sepultura do anti-herói.

Eu não gostaria de proporcionar tamanha sorte a Efisio e tampouco de tal maneira, a um custo tão alto para mim.

Não me surpreenderia, caso seguisse tal curso de ação, expondo assim meu peito à Beretta 84 (9 por 17 milímetros, exclusivas da *polizia* e dos *carabinieri*: chances muito baixas, pois não sou tolo a esse ponto), que daqui a dois séculos, como dirá a lenda, no ponto onde caí, o sangue escorresse anualmente entre as pedras no aniversário da minha morte. Os italianos adoram fazer altares.

Caminho aqui todas as quartas-feiras pela manhã.

Padre Benedetto fala com muita segurança. Por ser um homem do seu deus, ele não tem nenhuma dúvida sequer quanto ao próprio destino. Continuará a caminhar aqui, no Parco Della Resistenza dell' 8 Settembre, todas as quartas-feiras, até a eternidade. Caso isso não aconteça, ele virá aqui até que seu deus o chame para a outra vida. Para ele não interessa o que ocorrerá primeiro.

Os pinheiros e os álamos estão em silêncio. Amanheceu faz apenas meia hora e o sol ainda não subiu, mas o dia está claro. O ar permanece gélido pela escuridão e não há aquecimento dos céus para criar nem mesmo o mais tênue vento zéfiro no vale. Os pardais já estão saltitando em sua busca interminável por parceiros e migalhas.

Espiei o padre de certa distância, reconheci sua sotaina tremulando enquanto caminhava, como se ele ainda estivesse vestido com as dobras da noite. Não houve necessidade de pisar na bainha e conferir quem era o caminhante matutino.

Assim que me viu, ele levantou a mão meio de cumprimento meio de boas-vindas, meio de bênção, como se estivesse cobrindo todas as possibilidades. Eu poderia ser um demônio da escuridão vagando entre as árvores, em busca de meu buraco para o submundo.

— *Buon giorno!* — ele gritou quando ainda estava a 20 metros de distância. — Então você também caminha no parque antes de o sol despertar.

Cumprimento-o e passamos a caminhar lentamente juntos. Ele anda com as mãos atrás das costas. Prefiro manter as minhas nos bolsos, haja ou não algo neles. É um hábito.

— É um horário tranquilo — explico —, e gosto da paz. Não há praticamente nenhum tráfego nas ruas, as pessoas ainda estão na cama, o ar não está maculado pela fumaça dos automóveis e os pássaros estão cantando.

Como que por alguma deixa subconsciente, um pássaro começa a trinar suavemente nos galhos dos álamos.

— Caminho aqui para meditar — diz padre Benedetto. — Uma vez por semana. Às quartas-feiras, o mais longe que se pode estar do sabá durante a semana. Faço sempre o mesmo percurso. As árvores são como via Sacra: ao lado de certas árvores, agradeço a Deus por certos favores que ele tenha me concedido ou por certas graças que concedeu a mim e a todos os homens.

"Por exemplo, aqui, ao lado deste pinheiro, paro e agradeço a ele pelo nascer do sol. Mas não desta vez. Na próxima volta. Você vê — ele aponta para o leste, onde o horizonte enrubesce —, o sol ainda não nasceu."

— Você quer dizer — respondo, em provocação — que só reza quando o sol já nasceu. Isso sugere uma dúvida em sua mente. Talvez ele não lhe conceda o sol hoje.

— Conceder a mim? — O padre finge estar chocado. — Ele o concede para nós. E não nos desapontará.

— Estou certo disso — concordo, e sorrio.

Ele sabe que é uma provocação bem-humorada.

Por um breve instante, ele para e abaixa a cabeça.

— E este circuito? — pergunto enquanto procedemos ao longo do caminho, nossos pés triturando o cascalho.

— Neste circuito, eu lhe agradeço pelas muitas amizades que possuo e peço que cuide dos meus amigos que estejam com problemas.

— Eu só caminho aqui pela paz do lugar — comento. — Trabalhei muitas horas à noite e isso é um relaxamento. É preciso se concentrar em muitos pormenores.

— Asas de borboletas. Exigem muita concentração. — Ele concorda enquanto fala mas também me dá um olhar de soslaio, que não consigo interpretar.

Seguimos andando. Em um cipreste, ele curva a cabeça mais uma vez, mas não faço perguntas depois da oração e ele não fornece a informação.

— Todos os homens estão em busca de paz — diz padre Benedetto enquanto dobramos uma esquina no caminho e começamos uma leve subida em meio aos arbustos floridos. — Você caminha aqui ao amanhecer, alguns caminham aqui no frio do anoitecer para espantar as preocupações, alguns vêm à noite e se abraçam com força. — Ele abana a mão na direção dos arbustos onde os casais de namorados se deitam. — Pergunto-me quantos filhos bastardos terão sido feitos aqui. — Há uma tristeza terrível em sua voz.

— Encontro minha paz nas montanhas — comento quando deixamos os arbustos.

— É mesmo? — o padre pergunta. — Então talvez você fique aqui e se instale.

— Como sabe que posso pensar em partir?

— Os que procuram a paz só raramente a encontram. Estão sempre seguindo em frente, procurando em outro lugar. E — ele acrescenta com perspicácia — costumam ser pecadores.

— Todos os homens são pecadores.

— É verdade. Mas alguns são mais pecadores que outros. E os que procuram a paz têm muitos pecados no passado.

— Encontrei minha paz — digo.

Obviamente é mentira. Jamais a encontrei. Na verdade, jamais a procurei de verdade. Não até agora.

Sempre houve um elemento de excitação na minha vida, gerado não somente pela arte que escolhi, não somente por aqueles que me procuram, os que vivem nas sombras, mas também pelo meu próprio desejo de continuar viajando. A vida é uma longa jornada e não sou daqueles que saltam na metade do caminho. Sempre quis seguir em frente, dobrar a próxima esquina, ver a próxima vista e entrar nela.

Contudo, talvez eu gostasse de ficar. Este vale, com seus castelos e aldeias, suas florestas alertas com porcos selvagens e os pastos nas montanhas vivos com borboletas revoando. Há uma tranquilidade aqui que não se pode encontrar em nenhum lugar.

Quem sabe está na hora de desacelerar a excitação, de ir com calma enquanto meus anos passam e minha intrusão na terra fica mais curta.

Ainda me vejo como um jovem. Eu admito que meu corpo envelheça, que as células se encolham e o cérebro morra em um ritmo acelerado, mas tenho alma e ideais de um homem jovem. Ainda quero continuar a dar minha contribuição para moldar o mundo.

— Eu diria que você não encontrou sua paz. — É padre Benedetto, invadindo meus pensamentos. — Ainda está em busca dela, ainda a deseja. Deseja muito intensamente, com muita seriedade. Mas você ainda não terminou e...

Ele faz uma pausa enquanto contornamos outro marco em seu percurso de orações, curvando a cabeça e murmurando brevemente para si mesmo, para seu deus.

— E então? — pergunto quando ele retoma o passo.

— Perdoe-me. Este é o padre dentro de mim falando. E o amigo. Mas você pecou muito, *signor* Farfalla. Talvez ainda peque...

— Tenho uma amante — admito. — Ela é jovem o bastante para ser minha filha, bonita o bastante para ser minha nora, caso eu tivesse um filho. Fazemos amor duas vezes por semana, muitas vezes com outra garota presente. Nós três. Um *ménage à trois*...

Padre Benedetto bufa ao ouvir isso: é mais uma expressão francesa para algo imoral.

—... mas não considero isso um pecado — continuo.

— Em nosso mundo moderno — ele responde curtamente —, há padres que compartilham de seu ponto de vista. Contudo — e seu tom de voz se suaviza novamente para a melodia do confessionário — não me refiro aos pecados da carnalidade. Penso nos pecados mais extremos...

— Os pecados não são todos iguais? — pergunto, tentando conduzir a conversa; mas ele não cede.

— Não estamos discutindo teologia, meu amigo, e sim você.

O caminho chega a um amplo gramado. No centro, vários corvos disputam um pouco de comida. Quando nos aproximamos, batem as asas e voam, um deles com os restos de uma ratazana morta no bico.

— Você gosta desta cidade, deste vale. Gostaria de ficar aqui, de finalmente encontrar sua paz. Mas não pode. Há algo em você que não pode ignorar. Alguma força externa. Algum inimigo.

Ele é muito mais esperto do que eu havia imaginado. Eu deveria me lembrar das lições aprendidas na escola: padres católicos não apenas têm deus ao lado deles como têm o dom de abrir a caixa da alma sem nem mesmo tocar na tampa.

— Que trabalho você faz, amigo? — ele pergunta diretamente. — Você pinta borboletas, sim. E é um artista muito bom. Mas isso não pode lhe proporcionar tanto dinheiro. É verdade que se pode viver como um príncipe nestas montanhas com uma renda tão baixa quanto 20 mil dólares americanos por ano, mas você tem mais que isso. Você não brande seu dinheiro no ar, tem um carro barato e um aluguel que não é alto, mas sinto que é um homem rico. Como pode ser?

Fico em silêncio. Não sei o que ou o quanto devo dizer ao padre. Conheço-o bem, mas não o bastante para falar de minha vida com ele. Não conheço ninguém tão bem assim.

— Você é um fugitivo, como dizem?

Não o temo como temeria outras pessoas. Não posso explicar o motivo. É um fato. De alguma forma ele é confiável, mas ainda assim permaneço extremamente cauteloso.

Sinto que existe uma necessidade de contar algo a ele, de satisfazer mesmo que apenas temporariamente sua curiosidade, sua sondagem da minha vida. Posso contar-lhe uma série de inverdades: não mentiras, pois essas são descobertas muito prontamente. Preciso dissimular com muito cuidado, construir uma plausibilidade na minha mentira que ele aceitará apesar da percepção de padre e da experiência com confissões mentirosas.

— Todos os homens fogem de alguma coisa.

Ele ri tranquilamente.

— Você está correto. Todos os homens ficam de olho em pelo menos algumas sombras, mas você observa todas.

Confunda-o, penso. Ele anda me estudando.

— Então pequei profundamente — admito, minha voz um pouco mais alta do que eu gostaria. Reduzo o volume.

— E posso ainda estar pecando profundamente. Não há um só homem na terra que não peque diariamente, nem mesmo em grande escala. Mas meus pecados, caso o sejam de fato, são pelo bem da humanidade, e não...

Não devo falar mais nada. Sei que, se permitir que minhas cortinas se abram, o padre não apenas olhará para dentro da minha janela como balançará a perna sobre o peitoril e saltará para dentro de mim, dando uma boa olhada ao redor.

— Até que você abandone seus pecados, até que confesse e se arrependa, como poderá parar de fugir?

Ele está certo. Não concordo quanto a me arrepender de meus pecados, mas reconheço que devo abandonar meu estilo de vida para encontrar aquela paz ilusória, seja ela o que for.

— Você quer me contar?

— Por qual motivo?

— Pelo seu próprio bem. Você sabe qual é sua razão. Talvez eu possa rezar por você?

— Não — respondo. — Posso lhe dizer meu motivo, mas você não rezará por mim. Não quero que cometa perjúrio diante de seu deus. Ele pode punir você destruindo os estoques mundiais de armanhaque.

Tento não levar a conversa a sério, mas ele continua sem permitir que eu a conduza. Ele é tão persistente quanto um mosquito faminto, zunindo no ar, aproximando-se, desviando do tapa e circulando para outro ataque. É tão persistente quanto um padre católico romano que vê um pecador verdadeiro, autêntico, cem por cento folheado a ouro, para salvar.

— Então? — ele pergunta.

— Então, tenho pouco a dizer, pouco a contar. Vivo em um mundo secreto e gosto que seja assim. Você está correto, padre: não sou pobre. Não sou um artista pobre. Contudo, sou um artista. Faço coisas. — Fico em dúvida e pergunto-me o que dizer. — Objetos de arte.

— Dinheiro falsificado?

— Por que diz isso?

— Você trabalha com metal. Alfonso, o médico de carros, dá aço a você.

— Você parece saber muito sobre mim.

— Não. Sei pouco. Só sei o que faz na cidade. Não é fácil esconder coisas cotidianas das pessoas. Elas não falam. A não ser para mim. Sou o padre deles e confiam em mim.

— E eu também deveria?

— É claro.

Ele para outra vez, abaixa a cabeça, murmura uma oração e recomeça a andar. O sol nasceu e o ar já começa a esquentar. Há um leve murmúrio de carros nas estradas. Os pardais disputam comida na grama, com menos energia. Sabem que o calor está chegando.

— Agora, vamos dar uma volta sem parar — declara padre Benedetto. — Esta é para meu estado físico, e não para Nosso Senhor.

— Espero que sua última oração não tenha sido para mim.

— E, caso tenha sido, o que você poderia fazer para agir sobre isso? — Ele sorri.

— Nada.

Decido lhe dar algo para saciar sua curiosidade, sufocar por enquanto as perguntas e questões. Isso é contra minha natureza, contra a regra de silêncio que respeitei toda a vida, meu juramento de silêncio quase monástico, mas considero necessário pôr fim às conjecturas, cobrir com uma cortina seu presente interesse em meus assuntos.

Pode ser um erro e posso viver, ou morrer, para me arrepender dele, mas ei-lo. Sobrevivi a erros no passado. E do mesmo modo que meus instintos podem me informar da presença de um habitante das sombras, também me dizem agora que padre Benedetto é um homem de palavra em quem posso confiar, até onde eu estiver preparado.

Não voltamos a falar até chegar aos arbustos.

— Eu lhe direi o seguinte — faço uma tentativa. — Sou o que alguns considerariam um criminoso. Talvez até um criminoso internacional. Existo em arquivos policiais e de governos em mais de trinta países, devo dizer. Não roubo bancos, imprimo cédulas, invado computadores nem vendo explosivos a terroristas e tampouco a governos para que possam derrubar aviões de passageiros. Não sou espião, nenhum James Bond: tenho somente uma bela garota na minha vida. — Sorrio para o padre, mas ele está de cenho franzido. — Não roubo tesouros artísticos e tampouco vendo heroína e cocaína. Eu não...

— *Basta!* Chega!

Ele levanta a mão e, por um momento, penso que irá me abençoar, fazer o sinal da cruz sobre mim como se eu fosse algum demônio que ele fosse exorcizar. Fico em silêncio.

— Não diga mais nada. Eu sei qual é seu trabalho.

— Alguns diriam que é o trabalho de Deus.

Ele concorda e diz:

— Sim, algumas pessoas diriam isso. Mas...

Chegamos aos portões do Parco della Resistenza dell' 8 Settembre. O tráfego agora está bastante movimentado, as sombras dos veículos interrompidas bruscamente e alongadas pelos postes dos sinais no cruzamento.

— O que você faz agora? — pergunto a ele.

Ele olha para seu relógio barato de aço.

— Vou para a igreja. E você?

— Vou trabalhar. Pintar borboletas.

Apertamos as mãos como padre e paroquiano fazem quando se encontram ou se despedem em público. Ele parte ladeira acima na direção da Igreja de São Silvestre e eu sigo meu caminho através das ruas estreitas na direção da minha casa.

Enquanto caminho, temo ter falado demais para ele. Duvido um pouco, mas é verdade que ele pode ter descoberto minha atividade real. Se for o caso, preciso ficar muito atento a ele e a quem dele se aproximar.

Já falei a você a respeito do Convento di Vallingegno, um lugar fantasmagórico no qual espíritos vagam e feiticeiros locais saqueiam as sepulturas monásticas, onde supostamente há um necromante nazista enterrado. É um lugar misterioso e maligno, mas também muito bonito. Há uma placidez que muitos lugares sagrados perderam. Nenhum turista circula pelos claustros decrépitos, nenhum casal de amantes se acasala no jardim.

Esta parte da Itália, apesar de todas as antenas de televisão e linhas telefônicas, dos teleféricos para esquiadores, das autoestradas e da proliferação de *supermercati* nos arredores de todas as cidades, ainda vive na Idade Média. Nas páginas amarelas há uma seção, admito que pequena, para bruxas, feiticeiros e mágicos. Esse povo sábio pode remover verrugas, abortar gestações indesejadas sem cirurgia, gim ou remédios, curam membros quebrados sem talas, restauram a fertilidade e a virgindade, exorcizam espectros e lançam encantamentos habilidosos sobre maridos pérfidos, esposas desgarradas, amantes e filhas soltas demais.

Não tenho o menor interesse nessas tolices. Minha vida é bem definida. Não há bordas desgastadas nas quais a realidade é envolvida pelo mito. Não sou mais um católico romano.

Contudo, o Convento di Vallingengo exerce uma atração sobre mim. Desfruto da quietude de seu interior, da atemporalidade das ruínas, da proximidade da sepultura. A inacessibilidade do monastério também me agrada: posso ter certeza quase absoluta de que não serei perturbado ali, pois qualquer um que visse minha presença manteria distância, temendo que eu fosse alguma autoridade. Ou um feiticeiro. Só os que levam vidas clandestinas vão até ali.

Na parede destruída da capela, há uma iguaria que gosto de caçar quando surge a oportunidade: mel silvestre.

Experimentei-o pela primeira vez na África. O final da década de 1960 e a de 1970 foi um período turbulento para o continente negro: eclodiram guerras, políticos mesquinhos lutaram pelo poder nos anos pós-coloniais. Era a hora de se ganhar dinheiro, os anos de cão das guerras. Recebi o pagamento mais alto de todos por um trabalho para — bem, deixe estar: ele ainda vive e também desejo permanecer vivo. Basta dizer que recebi 15 mil dólares em dinheiro e o que acabei descobrindo ser mais de 40 mil em diamantes brutos e esmeraldas simplesmente para remover e substituir o cano de um rifle. E por destruir o original.

Não me disseram por que, mas pude imaginar quando me entregaram a arma. Era uma peça única, com um cabo fabulosamente ornamentado, todo com filigranas de prata, revestimento de ouro e marfim. O rifle precisava permanecer às vistas do povo. Fora utilizado em um atentado, raciocinei, contra a vida de Idi Amin Dada, louco e comedor de bebês, sedutor de ovelhas e sargento-ajudante transformado em general de divisão: jamais acredite nas afirmações bombásticas de jornalistas e criadores de manchetes determinados a aumentar a circulação de seu jornal. O rifle seria conferido cuidadosamente pelos camaradas dele. A raia do cano de um rifle é tão identificável quanto uma impressão digital. Se você não puder mudar a impressão, mude o dedo.

Estava hibernando em um intervalo no trabalho na propriedade do hotel Norfolk, em Nairóbi. Um homem negro de aparência comum me entregou a arma. O serviço de quarto entregava a comida. Trabalhei durante nove horas. O aspecto final tinha de ser bom, como se não tivessem alterado o rifle e o cano novo fosse o original. Não foi difícil. Até desgastei o metal para que os arranhões ficassem iguais.

O mesmo homem me levou de jipe para o mato além das montanhas Ngong. Disparei o rifle, conferi que as marcas nas balas não eram iguais às originais e mostrei isso para meu companheiro. Ele fez que sim com a cabeça. Era um homem taciturno, silencioso e austero, mas sabia o que era necessário. Depois, apoiamos o cano removido em algumas rochas, lacrando a abertura com uma rolha de borracha. Derramei ácido hidroclorídrico na boca do cano e esperei 15 minutos. Quando retiramos o ácido, a raia ficara praticamente invisível. Repetimos o processo. Satisfeito, meu companheiro apoiou o cano contra uma rocha e passou com o veículo sobre ele. Então, como os negros fazem quando querem ter certeza absoluta de que nem mesmo o próprio fetiche pode fazer nada em termos de vingança, enfiou o cano amassado em um buraco de tamanduá.

Fiquei apenas 61 horas no Quênia. O trabalho foi realizado por pouco menos de mil dólares para cada hora da permanência. Naquele tempo era muito dinheiro. Todas as minhas despesas, incluindo passagens aéreas, também foram pagas sem atrasos.

E provei mel silvestre.

Enquanto aguardávamos até que o ácido corroesse o cano do rifle, meu companheiro — eu nunca soube seu nome: ele dizia que se chamava Kamau, o que para Nairóbi é o mesmo que Dai Evans em Newport — inclinou a cabeça para um lado.

— Ouça! — ele exclamou.

Escutei. Eu não sabia o que deveria estar ouvindo: um graveto quebrando, talvez, um motor a diesel, uma alavanca sendo puxada?

— Está ouvindo? — ele murmurou.

— O quê? — sussurrei.

Eu estava ficando alarmado. Morrer é uma coisa: encarei tal inevitabilidade durante toda a vida. Quase toda. Mas não queria acabar nas mãos de terroristas africanos. Eles têm uma queda por decepar pedaços das vítimas antes de finalmente cortarem a garganta ou pressionar uma Kaláchnikov na nuca e disparar uma curta saraivada de tiros — curta porque a munição sempre foi valiosa para tais forças de guerrilha. Apesar de que eu não teria nenhuma utilidade no futuro para nenhuma das protuberâncias das quais eu me separaria, eu gostaria de não me afastar delas enquanto ainda estivesse consciente.

— Indicador do mel. É um pássaro que indica o caminho até o mel. Ele gosta das abelhas bebês mas não consegue quebrar a colmeia. Um homem precisa fazer isso para ele. Ou um texugo.

Foi o comunicado mais longo transmitido por meu companheiro.

Quando o cano amassado e corroído do rifle estava enterrado em segurança na toca de tamanduá, embrenhamo-nos no mato seguindo um piado particular, "uitpurr, uitpurr, uitpurr". O pássaro, quando o alcançamos, era aproximadamente do tamanho de um sabiá inglês, de um amarelo cor de couro, com um toque amarelado nas asas.

— Qual é o nome do pássaro? — perguntei, esperando ouvir uma palavra em swahili.

— Victor — respondeu o africano. — Ouça. Ele chama o próprio nome, agora que estamos perto da colmeia.

E, sem dúvida, o canto agora era um curto "victor, victor", intercalado por um som parecido com o de um homem sacudindo uma caixa de fósforos.

A colmeia estava em uma árvore mirrada, a quase 3 metros do solo. O africano tirou do bolso um isqueiro Ronson a gás e, aumentando a chama, incendiou a parte inferior da colmeia. Ela queimou sem chamas. Depois, a fumaça começou a subir. As abelhas começaram a formar um enxame. Fiquei bem distante. Trabalhar com aço é uma coisa, mexer com abelhas é bem diferente.

Depois de alguns minutos, o africano jogou vários punhados de terra sobre a colmeia e derrubou-a no chão com uma vara. Ele a pegou, sacudiu-a com violência, arrancou um pedaço e afastou-se prontamente. As abelhas voavam em uma nuvem ao redor da árvore e dos restos da colmeia no chão. Quando meu companheiro chegou de volta ao meu lado, as abelhas estavam se dispersando.

— Enfie o dedo.

Ele enfiou o indicador no favo e o mexeu um pouco. Depois, tirou o dedo e o chupou tal como uma criança faria com um pirulito. Fiz o mesmo.

O mel era doce, espesso e turvo. Tinha gosto de arbustos queimados e da terra da estepe. Enfiei o dedo outra vez. Era tão bom, um sabor tão original. Olhei sobre meu ombro. O pássaro estava destruindo os restos da colmeia sob a árvore, alheio às abelhas que se reagrupavam, enfiando repetidamente o bico no favo.

Enquanto seguimos de carro pela estrada acidentada e cheia de rochas, o africano e eu continuávamos a saborear o mel enfiando os dedos no favo. Duas horas depois, eu estava em um voo da BOAC para — bem, para fora do Quênia, afinal de contas.

Portanto, de tempos em tempos, vou ao Convento di Vallingegno. Enfrento corajosamente os esconderijos das bruxas e os fantasmas da Gestapo. Também enfrento uma subida pelas paredes até uma janela no primeiro andar. Uma vez lá, a entrada é simples: as janelas não têm caixilho, jamais conheceram madeira ou vidro. Atravessá-las é entrar no século XIV.

Depois de atravessar a janela, encontro-me em uma câmara ao lado da qual corre uma sacada ao longo de toda a extensão deste lado do monastério. A vista é estupenda — 25 quilômetros vale abaixo, acompanhando o caminho que os cavaleiros templários trilhavam carregando ouro e fama. E história — da qual boa parte foi perdida.

A escada para baixo é de pedra, velha e sólida. O silêncio só é quebrado pela brisa. Embaixo, há uma capela. É para onde as bruxas vêm. O altar é feito de blocos soltos de pedra colados por uma fraca argamassa de cal misturada com fragmentos de ossos humanos. Encontrei o osso de um dedo despontando em uma rachadura na minha primeira visita.

Atrás do altar fica um afresco alto, pintado sobre o gesso. O clima, a sucessão do frio do inverno e do calor do verão ao longo dos séculos, não conseguiu derrubá-lo. Pode ser um milagre. Quem sabe?

O afresco retrata Maria Madalena de pé entre uma fileira de ciprestes à sua esquerda e palmeiras à direita. A perspectiva é distorcida. Em vez de diminuir com a distância, estreita-se no primeiro plano. Na parte superior, está Deus. Trata-se de um velho com uma coroa sobre a cabeça. Seus braços estão erguidos em bênção. Dos fundos da capela, sob a meia-luz, o afresco parece a cabeça de um bode. É por isso que as bruxas vêm aqui, por que a Gestapo veio, por que o jardim do monastério, tomado por enormes cardos e roseiras bravas, é um labirinto de escavações.

Não há uma única sepultura intocada no lugar. Um pequeno quarto no sótão, no qual me aventurei uma vez, espremendo-me através de uma estreita fenda, está cheio de ossos: os ossos dos monges mortos pela peste, de velhice, de compaixão, de doença ou nas mãos da inquisição. Ossos de pernas, de braços, costelas, vértebras, coxas, dedos, dedos dos pés, algumas mandíbulas e dentes — mas nenhum crânio: o quarto não tem crânio. Eles foram roubados pelos mágicos.

Não estou aqui para roubar dos mortos. Apenas dos vivos. O mel silvestre.

A argamassa nas paredes desmoronou e as rochas estão caídas umas sobre as outras como um despenhadeiro vertical banguela. Observo as abelhas entrando em três ou quatro cavidades. A mais baixa é alcançável. Atravesso o arbusto, espinhos agarrando meus jeans como tentáculos de mortos. Na entrada da colmeia há uma estalactite lisa e amarela de cera de abelha.

Sou ignorado pelas abelhas. Elas não sabem o que as aguarda. Cubro a cera com pólvora, enfio um pouco nos buracos ao redor da entrada da colmeia. Recuo um passo e acendo a colmeia com um fósforo. Ela sibila e espirra líquidos como fogos de artifício molhados. Formam-se nuvens de fumaça densa azulada. As abelhas deixam depressa a colmeia, furiosas, confusas, surpresas. Rapidamente, como um inimigo aproveitando uma vantagem, arranco uma ou duas pedras da parede. Outras se soltam e rolam. Dentro da cavidade encontro a cunha do favo. Eu a puxo. Ela se solta da pedra e parte-se ao meio. Enfio-a em uma sacola plástica e me retiro.

No Citroën, transfiro o favo para uma jarra grande. Mais tarde, sem revelar a fonte do mel, presenteio uma pequena porção à *signora* Prasca. Ela acha que a cera das abelhas vai curar seu reumatismo.

Todo meio-dia, por uma hora ou duas, os moradores da cidade desfilam pelo Corso Federico II. As colunatas ficam repletas de consumidores olhando vitrines, turistas tomando café e comendo bolos, velhas vendendo jornais, garotas que trabalham em escritórios andando de mãos dadas e conversando como pássaros canoros, velhos discutindo política, jovens discutindo sexo e rock, casais discutindo por nada.

No centro do Corso, fechado para todo tráfego exceto para ônibus e táxis, os quais são poucos nesse horário, homens caminham de braços dados, às vezes de mãos dadas. Esta não é uma cidade de bichas, um antro de veados, uma mina de ouro para o charlatão com um tratamento para a Aids feito de sementes de damasco amassadas com quinino. É a Itália na qual homens ficam de mãos dadas enquanto conversam sobre as esposas, amantes, sucessos nos negócios e os fracassos do governo.

Ocasionalmente, gosto de me sentar em um dos pequenos cafés sob as colunatas, um cappuccino e uma *pasta* na mesa, um jornal na mão, e observo o mundo girar. Este é a exibição dos números de aquecimento, os pequenos artistas no palco da vida, as pessoas para quem o agora é tudo, para quem um bom vinho é como uma mulher. Penso em Duilio. Eles não têm um papel a interpretar além do de preparar a atmosfera. São o coro, a cena de multidão, são os criados, mordomos e soldados que executam suas ações ao lado dos bastidores. Enquanto isso, no meio do palco, os atores principais desenrolam a história. Suponho que eu seja um deles. Um dos menos importantes. Tenho poucas falas a recitar, poucas ações a realizar. São detalhes, mas alteram o curso do drama. Muito em breve, por exemplo, meu visitante retornará. O quarto ato deve estar terminando. O quinto ato começará em breve.

Clara caminha pelo Corso. Está com uma garota que nunca vi. Uma estudante, pela aparência, com pernas longas, cabelo longo, mangas compridas na blusa, a qual se abre quando um ônibus passa por elas. Estão de mãos dadas. A garota carrega uma pasta de documentos de pele de bezerro preta sob o braço. Clara agarra três ou quatro livros, amarrados por uma tira de couro. Poderia ser uma estudante a caminho da escola. Olhando para ela, ninguém pensaria que trepa para cursar a universidade, ainda por cima com um velho que passa suas horas modificando clandestinamente uma Socimi 821.

Ela me vê, faz que sim com a cabeça para a amiga e elas atravessam a multidão que transita pela avenida.

— Minha amiga, Anna — ela diz. — Este é meu amigo, *signor* Farfalla.

Não mais de mãos dadas, a garota oferece a mão para mim. Eu meio que levanto, dobro o jornal e aceito o cumprimento.

— Como vai?

— Estou muito bem, obrigado.

Anna fala inglês. Devo ser uma aula de inglês improvisada, uma sessão de conversação com um item original. Não me incomodo. Um homem tomando café com duas garotas é menos visível do que um homem tomando café sozinho, lendo um jornal sem muita atenção.

— Vocês tomam um café comigo? — convido-as. — *Prego*. Indico as cadeiras vazias.

— Seria muito bom — diz Clara.

Ela move a cadeira para sentar-se mais perto de mim. Sob a mesa, pressiona o joelho contra o meu. Anna também aproxima a cadeira de mim, mas para tirá-la do sol. Não há competição aqui.

— Anna também está aprendendo inglês — Clara diz.

— Você já foi à Inglaterra? — indago.

— Não. Nunca fui à Inglaterra — ela responde. — Fui apenas à França, e ainda assim somente para Mônaco. Mas meu pai tem um carro Rover e eu tenho um casaco Burberry.

Ela é rica, essa tal de Anna. Transmite uma sensação de bem-estar. Usa um relógio de pulso Hermes com pulseira de aço e seções interligadas em forma de H folheadas a ouro. No dedo mínimo da mão esquerda, usa um anel de ouro com um rubi, que combina com seu batom. Ela não transa pelo dinheiro, apenas pela diversão.

O garçom se aproxima. Minha xícara está vazia.

— *Due cappuccini e un caffè corretto* — peço. Não quero vinho, mas a *grappa* me reanimaria.

Ele pega a xícara vazia e desaparece no interior do café.

— Veja! — Clara exclama. — O livro que eu tenho. Eu disse a você.

Ela vira a pilha de livros sobre a mesa e bate com o dedo no volume superior: é a edição da Penguin de *Rosa Bravia*, de Iris Murdoch.

— Muito bom — respondo. — Você lerá muitas coisas boas. Isso é excelente.

Fico genuinamente satisfeito: é bom vê-la usando seu dinheiro — meu dinheiro — positivamente, e não se injetando nos becos à noite ou esbanjando com música barulhenta. Ela percebe meu prazer e seu sorriso é caloroso, quase amoroso.

— De onde você é? — pergunto a Anna.

Ela fica perplexa.

— Lamento...

É a hora de fazer o papel de professor.

— *Dove abita?* — Ajudo-a.

— Ah, sim! — Ela sorri e seus dentes são retos e brancos: até sua boca se parece com dinheiro. — Moro na Via dell' Argilla. Perto de Clara.

Por um instante, penso no que mais eu poderia ensinar a esta garota caso surgisse a oportunidade. Mas ela não surgirá e, olhando de uma para a outra, acredito que Clara seja a mais bonita das duas. Garotas ricas são um tormento na cama: Larry me disse certa vez. Ele sabia. Um de seus clientes foi morto por uma.

— Entendo. Mas de onde você vem? De onde é sua família?

— Minha casa? Minha casa é em Milão — ela responde, como se respondesse a uma pergunta feita por uma voz desconexa em uma fita de curso de idiomas.

Os cafés são servidos e Anna insiste em pagar. Ela tira uma carteira de couro de crocodilo da pasta de documentos e paga com uma nota de valor alto. Conversamos sobre coisas sem importância durante 15 minutos: o clima — ela presume que eu seja inglês e, portanto, deseje que seja um tópico da conversa —, a cidade e o que acho dela, a utilidade de se aprender inglês. Descubro que o pai dela é um milionário comerciante de couro em Milão, um homem do mundo da moda e das mulheres. Anna diz que deseja ser modelo em Londres: é por isso que está aqui, em uma universidade que não vale nada, estudando a língua.

Finalmente, elas levantam e partem. Clara pisca o olho para mim.

— Talvez possamos tomar um drinque juntos em breve — ela sugere. — Estou livre — ela consulta a agenda ocupada de sua vida — na segunda-feira.

— Sim. Acho que seria bom. Eu vejo você na segunda-feira.

Eu também me levanto.

— Foi muito agradável conhecê-la, Anna. *Arrivederci!*

— *Arrivederci, signor Farfalla* — Anna diz.

Há um brilho inconfundível no olhar dela. Clara deve ter lhe contado.

Está quente hoje, o ar balsâmico como o de uma ilha tropical, a brisa com a temperatura do sangue. Choveu de manhã: depois do meio-dia, as nuvens foram levadas pelo vento sobre as montanhas e o sol brilhou em um céu livre de impurezas. Aqui, isso não significa a poluição de óleo diesel de Roma, a sujeira das fábricas de Turim e Milão, a poeira de concreto de Nápoles. A chuva da montanha limpou a atmosfera do pólen de um milhão de flores, limpou a poeira levantada pelas carroças vagarosas puxadas por cavalos e tratores preguiçosos que aram superficialmente o solo pedregoso, neutralizou a energia estática do calor forte para substituí-la pelas centelhas penetrantes de calor imaculado.

Quando a chuva chegou, caiu com uma intensidade mediterrânea. Aqui, a chuva é um homem italiano que não beija mãos e corteja como um francês, ou inclina-se discretamente como um inglês, mantendo o sexo a distância, ou tem o descaramento de um marinheiro americano de licença em terra. Aqui, a chuva é passional. Não cai em camadas como a chuva tropical e tampouco pinga desanimadamente como uma reclamação inglesa, fungando como um homem com o nariz entupido. Despenca em lanças, varas de ferro de água cinzenta que atingem a terra e marcam o solo, espalham-se como estrelas molhadas nas pedras secas do pavimento das ruas e as pedras do piso da Piazza del Duomo. A terra, longe de sucumbir ao ataque, se regojiza com ele. Depois de uma breve chuva, é possível ouvir a terra estalar e estourar enquanto suga sua bebida.

Em minutos, folhas que estavam penduradas desmazeladamente na névoa do ar estão eretas, suas mãos verdes esticadas, suplicando por mais.

Depois da chuva, há alegria no mundo. Compartilho dela. Tanta coisa está podre, degenerada, fadada à destruição. A chuva parece uma bênção, como se alguma lei da natureza tivesse decidido que chegou a hora de um batismo para a realidade.

Sento-me na *loggia*. O lampião a óleo permanece apagado. Não preciso de luz, como você entenderá. Sobre a mesa, há uma garrafa de Moscato Rosa. Uma garrafa e um copo alto e fino. Em uma casa inglesa, uma mulher guardaria nele uma única flor com a haste. Ao lado dela há um pequeno pote de cerâmica e três grossas fatias de pão com manteiga salgada. Para mais tarde.

Um cão começa a gritar, em algum lugar fora da cidade, perdido nos vinhedos que se aproximam dos fragmentos da muralha do século XIV que permanecem de pé. É um som lamentoso, rico em melancolia canina. Outro cão, mais distante, aceita a proposta de uma conversa e um berra para o outro como homens gritando através de um vale. Um terceiro, no jardim de um dos prédios vizinhos ao meu, se junta ao coro noturno com um latido rouco e áspero que ecoa e parece menos o de um cão e mais o de um bêbado agressivo lutando para ganhar uma discussão de importância intelectual em algum bar.

Existe algo de atemporal nos latidos, como se os cães fossem aparições de todos os cachorros que já latiram, brigaram e roubaram no vale, guardado fazendas, insultado ursos nas florestas e uivado diante da constância da lua.

De algum lugar na noite chega o perfume de flores de laranjeira. Alguém está cultivando uma árvore num vaso em uma bancada ou varanda. Ela está florescendo tardiamente e não produzirá frutos: uma colheita de laranjas não é a intenção. A ideia da árvore é proporcionar o perfume depois de uma tempestade de verão.

As tempestades não foram embora. Bem longe, sobre as montanhas, relâmpagos piscam a cada minuto, mas estão longe, perdidos no mundo elevado dos picos e dos vales, dos despenhadeiros rochosos onde ainda vivem ursos. Ou é o que dizem. Ainda levará muitas horas até que a tempestade chegue sobre a cidade. Quando isso acontecer, estarei dormindo e alheio ao seu clamor.

O vinho é exclusivo. As uvas vêm do campo nos arredores de Trieste. O vinho vem de Bolzano, onde a uva foi introduzida antes da guerra. As uvas são vermelhas como cerejas e têm perfume de rosas, um vinho do deserto tão doce quanto caldo de cana. Prefiro este rosé a todos os outros: Lagarina é muito rascante, Cerasuolo, seco e forte demais para uma bebida antes de dormir depois de tal chuva, Vesuvio Rosato comum demais — Lacrima Christi, é como o chamam, as Lágrimas de Cristo. Galeazzo declara que é um nome apropriado: Cristo bebeu o vinho na Última Ceia, ele sugeriu, e o vinho trouxe lágrimas aos olhos dele. Cristo pelo jeito era italiano, um conhecedor de bons vinhos que conhecia um vinho ruim quando tocava seus lábios.

O pequeno pote foi um presente de Galeazzo. Ele disse que um artista deveria apreciar o conteúdo, especialmente um que estudasse borboletas e tivesse vagado nos últimos tempos pelas montanhas pintando flores.

O conteúdo é uma geleia feita de pétalas de rosas.

Não existem palavras para descrever o sabor dessa conserva divina. Ela é a essência de um jardim com plantas grandes demais no mais profundo dos verões abafados, destilada em seus sumos primais, adocicada com néctar e misturada com ambrosia. Espalhá-la sobre o pão puro e mordê-lo é uma purificação de todos os perfumes da natureza, de todas as essências e humores que evocaram todos os versos de poesia pastoral desde Virgílio.

Bem. Aqui estou, sozinho, na penumbra da noite italiana, bebendo vinho rosado e comendo pétalas de rosa. O mundo é bom. O tempo parou. A lua está escondida pela tempestade distante. As ruas estão tranquilas mesmo não sendo ainda uma da manhã, até os viciados já foram embora, enrolados em seus quebra-cabeças de sonhos falaciosos, o chão molhado demais no Parco della Resistenza dell' 8 Settembre para os amantes. As estrelas não se movem mais.

Contudo, ao redor da *loggia*, minha torre principesca, muito acima dos esforços dos homens, minhas próprias estrelas se movem. Elas piscam como meteoros se desfazendo na estratosfera. São pequenos clarões parecidos. São fogos-fátuos. Se eu fosse um homem supersticioso, diria que são as almas daqueles a quem ajudei a alcançar a eternidade e, para poucos afortunados, a imortalidade entre os homens, ou todas as balas que já fiz, que já foram disparadas, retornando para me assombrar.

São vaga-lumes, aqui no centro da cidade, acima dos telhados, das fileiras de telhas curvas e dos abismos dos jardins e das ruas antigas e estreitas. Ainda assim, essas chamas animadas, essas minúsculas fosforescências, não pousam. Ignoram as flores.

Pego o vinho e dou uma bebericada. É tão doce. Penso no mel pego no Convento de Vallingegno. Recosto-me na cadeira a fim de olhar para as montanhas. Os picos a sudeste formam silhuetas repentinas e breves contra as nuvens escuras reviradas pelos relâmpagos. A tempestade se aproxima.

Na cidade, um relógio badala uma vez. Isso basta para me lembrar que o tempo segue inevitavelmente em frente.

O copo fica vazio. Encho-o novamente. Agora, a garrafa está vazia. Aperto a rolha larga na abertura do pote de geleia de pétalas de rosas. Basta por hoje. Devo guardar um pouco. Pretendo levar o restante da conserva para Clara e Dindina, para que a comam antes de irmos para a cama. Augusto, Nero, Calígula: eles, tenho certeza, teriam imposto tal sabor a suas mulheres antes de as possuir. Tal geleia não pode ser uma invenção da modernidade. É deliciosa demais.

Mais uma vez, reclino-me na cadeira e, por acaso, olho para a abóbada sobre a *loggia*. O horizonte pintado que vejo agora está, no afresco, acima da *loggia,* também ameaçado por uma tempestade. O céu de anil está pontilhado por estrelas douradas. Mas agora elas se movem. Os meteoros deixaram os céus e estão brincando no meu teto. Movem-se em padrões loucos.

Os vaga-lumes sabem que a tempestade se aproxima. Eles não têm tempo para flores. Precisam se abrigar antes que as gotas grandes comecem a esmurrá-los contra o chão, derrubem-nos de seus frágeis abrigos sob folhas curvadas, levem-nos em uma enxurrada do abrigo embaixo das pedras.

Eles disparam e piscam. Depois, gradualmente, como se um general no exército dos vaga-lumes tivesse dado a ordem, emitido notas para sua infantaria entre minhas estrelas, eles param e piscam. Fora da *loggia*, nas montanhas, as luzes escassas da aldeia alta também piscam na noite quente. Sobre as montanhas, a eletricidade da tempestade compete com as outras luzes.

Fico sentado, o vinho terminado, até as primeiras gotas gordas de chuva atingirem o parapeito. Agora os trovões estão altos, os raios, espessos e cruéis. Seria tolice ficar aqui, o homem no lugar mais alto da cidade. Desço, dispo-me lentamente e deito sob o lençol na minha cama enquanto a chuva tamborila e a tempestade balança sobre a cidade e sobre o vale como uma esposa raivosa, abandonada pelo marido corno e em busca do amante traiçoeiro.

Quando caio no sono, sem me preocupar com a tempestade, pois o destino fará o que quiser, três pensamentos permanecem: o primeiro é que preciso aprontar a arma nos próximos dois dias, e o segundo é que espero que os vaga-lumes estejam seguros na proteção de seu céu particular. O terceiro é menos um pensamento do que uma realização: este é um lugar agradável e maravilhoso e eu gostaria de me instalar aqui.

Ele está de volta. O habitante das sombras, o homem na rua em frente à loja de vinho. Há uma hora, enquanto me aproximava do Citroën, ele estava sentado em uma mesa do lado de fora de um bar. Tinha à sua frente uma taça de *grappa*, mais nada. Preenchia as palavras cruzadas em uma cópia do *Daily Telegraph* inglês, explorando as dicas, mas percebi que as usava apenas como disfarce, para matar ainda mais tempo sem ser perturbado pelo garçom.

Eu o vi, felizmente, antes que ele me visse. Dei um passo para o lado e entrei em um açougue. Dentro, havia uma fila de mulheres que aguardavam atendimento. Entrei no final da fila, obtendo tempo suficiente para estudar o homem através dos cortes de carne e tripas, de sobras e articulações. Duas senhoras entraram e pararam atrás de mim. Dei um passo para o lado.

— *Prego* — eu disse, oferecendo meu lugar com um gesto. Elas sorriram para mim, uma delas tão desdentada quanto um cachorro velho, e arrastaram-se para a minha frente.

Agradeci a minha sorte por ter estacionado o carro bem afastado da casa, a cerca de dez minutos de caminhada da *vialetto*.

Ele estava vestido informalmente, não como turista, mas não como um local, tampouco. Usava calça escura, bastante chique mas não de corte italiano. Sua camisa era aberta no pescoço e tinha listras azuis desbotadas. Ele usava óculos escuros — o sol da manhã brilhava —, mas não chapéu. No bolso de seu paletó marrom usava um lenço azul-claro.

Este, pensei, é um homem com alguma classe, com alguma formação, mesmo que não obtida nas melhores escolas. Não é um especialista completo na arte de se esconder, mas tampouco um total amador. Estava se esforçando para fazer seu trabalho.

Perguntei-me se não estaria ali para me seguir, mas sim para me avisar. Deixei de lado o raciocínio. Se fosse o caso, seria mais visível, mais arrogante em sua ameaça. Sua postura não era ostensiva, mas sim secreta.

Ele não pode ser um aliado de meu visitante. Se fosse, não precisaria vigiar o carro. Saberia onde fica meu apartamento e o vigiaria, ficaria perto do final da *vialetto*, tornaria sua presença óbvia. Talvez até jogasse uma ou duas partidas comigo.

Certa vez, em Nova York, um cliente pôs alguém para me seguir. Ele sabia que eu sabia que ele estava lá. Certa manhã, cumprimentou-me tocando na aba do boné. Em outra, do lado de fora da Grand Central, caminhou diretamente até mim e pediu fogo para sua cigarrilha. Sorriu quando respondi que não fumo, como ele bem sabia. Fingiu um ar intrigado e foi embora. No dia seguinte, ficou de pé ao meu lado no metrô indo para *uptown*. A última vez que o vi, matava tempo ao lado de um telefone público no saguão de embarques em um dos terminais no Aeroporto Kennedy. Eu despachara a bagagem para o voo e estava na fila para entrar na sala de embarque.

— Tenha um bom voo — ele disse quando nos cruzamos.

— E você, um bom dia — respondi.

Ambos sorrimos e ele se afastou. Deixei a fila e o segui. Ele deixou o terminal, atravessou uma passarela até um estacionamento e abriu a porta de um Lincoln Continental. O alarme soou momentaneamente até que ele digitasse o código para desativá-lo. Ele ligou o motor e partiu. Observei-o partir sob as sombras atrás de uma van Dodge marrom. Em um para-choques do carro havia um discreto adesivo escrito "Transporte Solidário da Máfia". Aquele deve ter sido o único carro em Nova York a ter transformado a piada em realidade.

O habitante das sombras se moveu enquanto eu o observava. Descruzou as pernas, voltou a cruzá-las e levantou os olhos do jornal, como se procurasse inspiração na rua. Ao que parece, as palavras cruzadas eram difíceis demais para ele. Ele balançava a caneta sobre o jornal, mas não fazia nenhuma tentativa de escrever. Por um momento seu olhar se fixou no açougue, mas tive certeza de que não tinha me visto, e nem teria como. Havia um toldo sobre a vitrine e a sombra o teria impedido de ver dentro do açougue.

Caso ele não esteja com meu visitante — e estou certo de que não está —, então deve ser uma ameaça real. Não pode fazer parte da brigada internacional de habitantes das sombras, do bando da CIA e da quadrilha do FBI, do clube MI5 e da gangue da antiga KGB. Eles são muito mais habilidosos e, a seu próprio modo, muito mais óbvios. Não pode ser um policial estrangeiro. Estes circulam em pares, como freiras, e ele está sozinho. Disso também estou bastante certo. Não pode ser italiano. Não se parece com um, não se comporta como tal, não se veste como um italiano.

Portanto, quem diabos será ele?

C omo na ocasião anterior, preparei um piquenique: duas garrafas de Asprinio gelado, cujo buquê é um pouco parecido com o do Moscato, mas é *frizzante*; um filão de pão feito aqui mesmo, um disco redondo de massa assada; *pecorino* não é para todos os gostos, porque é muito forte, então separei dois pedaços de *mozzarella*; 150 gramas de *prosciutto*; 100 gramas de presunto de parma; uma grande jarra de azeitonas verdes sem caroços; como antes, uma garrafa térmica de café forte e adoçado. Para isso, não usei uma mochila e sim uma cesta de piquenique feita de palha. Poderíamos passar por personagens de *Uma janela para o amor*, meu visitante e eu.

A mochila continha a Socimi desmontada embrulhada em pedaços quadrados de tecido de algodão.

Não nos encontramos na Piazza del Duomo, tampouco no meu apartamento. Em vez disso, marcamos um encontro em uma estação ferroviária rural em uma parada depois da cidade, vale abaixo, e não muito longe da estrada que sobe pelas montanhas até nosso destino.

A estação era pouco mais do que uma parada, uma plataforma com a extensão de somente dois ou três vagões ao longo de uma única linha férrea com uma estação de dois ambientes. A cada lado da linha férrea, o vale estreito subia de modo muito íngreme, coberto por uma floresta decídua. Subindo 200 metros a encosta oposta à estação, fica empoleirada uma aldeia de casas de pedras amareladas que abaixavam os narizes na direção das construções de bloco de concreto da estação.

A casa da estação estava trancada. A estrada, que só chega até a estação, diante da qual termina em um círculo de asfalto do qual brotam ervas de suas rachaduras, estava escorregadia com pedras cinzentas soltas arrastadas da encosta pelas tempestades. De vez em quando trechos lisos e úmidos cruzavam a estrada, onde a encosta ainda chorava. Um rio rápido e acidentado acompanhava a ferrovia, engrossado pela chuva e acumulando detritos de galhos e grama sob uma ponte de aço.

O sol batia forte sobre o Citroën. Tirei as presilhas e recolhi o teto de lona. O sol estava quente no meu pescoço e coloquei o chapéu-panamá que mantenho no banco traseiro. Ingleses expatriados da minha idade usam chapéus-panamá. Pintores também usam, até mesmo os que pintam borboletas.

O trem chegou no horário, um comboio local de três vagões que chacoalhava na curva nos trilhos vale acima, a fumaça de diesel formando uma coluna que saía do escapamento como penas do elmo de um cavaleiro. Na verdade, os trilhos corriam ao longo do vale que vira os templários marcharem para lutar por Deus e por ouro, que no fim eram a mesma coisa. As árvores pareciam encolher-se com a intrusão da locomotiva.

Não havia mais do que uma dúzia de passageiros a bordo. Ninguém saltou na parada, só meu visitante.

Apertamos as mãos. O trem arrotou um som parecido com o de uma buzina e a locomotiva a diesel começou a fazer barulho. Lentamente, as rodas giraram, ganhando velocidade. O trem chacoalhou sobre as vigas da ponte e logo sumiu de vista, seguindo pelos trilhos e fazendo uma curva na floresta. As árvores abafaram repentinamente o som do trem.

— Sr. Borboleta. Que bom revê-lo.

O aperto de mão era tão firme quanto eu recordava. Eu podia ver a mim mesmo refletido nos óculos escuros, as mesmas lentes que haviam me estudado na barraca de queijo no mercado, me examinara do alto de *Il Messaggero*.

— Fez boa viagem? — perguntei. — Os trens italianos não são meu meio de transporte favorito. Fechados demais.

— É verdade. Mas a viagem foi bastante agradável. De... Bem, mais para trás na ferrovia, as vistas são espetaculares. Você escolheu uma região muito bela para se recolher.

A última palavra foi dita com tal ironia que ambos sorrimos.

— As pessoas não se recolhem — respondi. — Elas apenas desaparecem.

Ela sorriu e retirou os óculos de sol, colocando-os em um bolso na mochila esportiva azul-marinho que carregava.

Sim, meu visitante é uma mulher. Está perto do fim, agora. Posso contar a você. Quando você puder agir, já teremos partido.

Talvez você esteja surpreso. Antes, eu teria ficado completamente chocado. Chocado e muito preocupado. Mas o mundo mudou desde que ingressei nessa profissão. As mulheres assumiram seu lugar no mundo — gerentes de bancos, pilotos de aviões, juízas de tribunais superiores, mandachuvas do cinema, presidentes de corporações multinacionais, primeiros-ministros... Não vejo motivo para excluí-las de nosso negócio. É uma atividade muito seletiva, ideal para o manipulador, para o cauteloso e intuitivo. Não há uma única mulher sob o sol que não tenha todas essas qualificações. A única coisa necessária será uma pequena alteração no computador do *Dicionário Oxford de Inglês*, ou do *Webster*: *assassino, ver também assassina.* Talvez as menos femininas exijam ser conhecidas como *pessoas que matam.*

Possivelmente, é preciso uma assassina para matar outra mulher.

Não pense que estou sendo chauvinista. Não estou. Não tenho tempo para as intrigas da classificação dos sexos da humanidade. É uma questão de se escolher a pessoa certa. Ou o cavalo certo para a corrida.

— Eu trouxe um lanchinho — ela disse. Abri a porta traseira do carro e ela deslizou a mochila esportiva sobre o estofamento, empurrando-a de encontro à cesta de palha. — Vejo que fez o mesmo.

— Não há razão para não misturar negócios com prazer. Está um lindo dia e iremos... Bem, você verá.

Entramos no carro, abrimos as janelas e deixamos a estação, o Citroën balançando enquanto atravessava a ponte pavimentada com pedras, as paredes ecoando a gagueira do motor.

— Vai ser difícil uma fuga rápida nisto aqui — ela comentou, olhando para o interior esparso. — Pensei que você tivesse pelo menos um Audi.

— Pintores de borboletas não são homens ricos. Não do tipo ostensivo.

Ela concordou e disse:

— Acho que um 2CV é um disfarce tão bom quanto qualquer outro.

— Para o lugar aonde vamos, nenhum Audi passaria.

— Fica longe?

— Um pouco. Cinquenta minutos, talvez. No alto das montanhas.

Abanei a mão sobre a cabeça. Ela levantou os olhos para a serra íngreme que se erguia diante de nós.

— Lá no alto?

— Sim, mas precisamos pegar o caminho mais longo. Não existem estradas que levem diretamente até lá.

Ela se recostou, fechando os olhos. Vi as rugas se formarem, as rugas jovens.

— O trem foi cansativo. É preciso ficar muito alerta nas cidades, nos trens, nas ruas.

— Compreendo plenamente.

— Você me desculpe, caso eu pegue no sono.

— Acordarei você quando sairmos do vale.

Ela sorriu de novo, mas seus olhos não abriram.

Segui dirigindo, desejando que o câmbio ficasse no chão, e não que fosse uma daquelas ridículas invenções inglesas que despontam da *fascia* como uma alça de bengala. Teria sido agradável, apenas de vez em quando, roçar os dedos na saia dela.

Deixe-me descrevê-la para você. Já estamos bastante avançados na autoestrada da minha história para que isso provoque algum dano. Além disso, de qualquer modo, como você pode acreditar que estou lhe dizendo a verdade? Obviamente, a essa altura, nós nos conhecemos, até certo ponto. Acho que você consegue distinguir um pouco a verdade da inverdade.

Ela tem em torno de 25 anos, eu diria. Seu cabelo é curto, de acordo com a moda, como o de um coroinha: faz cachos abaixo do pescoço. Não usa um daqueles cortes masculinos preferidos atualmente pelas jovens que gostariam de ser homens, vestir brim e macacões de trabalhadores disfarçadas como a última palavra em termos de moda. Ela é loura agora, não de cabelo castanho como antes. Sua pele não é clara, no entanto. Tem um leve bronzeado, mas não é uma daquelas criaturas que se deitam imóveis nas praias do Adriático e ficam torrando. Seus ossos da face são um pouco mais altos do que o normal, os lábios não são finos nem grossos, são atraentes. Seus olhos, quando abertos, são uma mistura de cinza com castanho: o castanho-escuro de antes deveria ser de lentes de contato coloridas. Ela tem cílios longos, não postiços, e usa apenas uma maquiagem muito leve. Seus pulsos são delicados mas magros; os braços — veste uma blusa de mangas curtas —, fortes mas não musculosos. Seus seios não forçam a camisa, mas se acomodam sob ela. Ela levantou a saia larga de verão até os joelhos. Faz calor na lata de sardinhas que é o Citroën. O sistema de ventilação no painel é inútil. As pernas dela são bem torneadas e, acredito, recém-depiladas. Seus sapatos sem salto são caros. Ela não usa joias, com a exceção de um relógio de pulso Seiko com pulseira de metal e uma fina corrente de ouro no pescoço.

Se você a visse no Corso Federico II, pensaria que ela era uma secretária fazendo compras, uma turista apreciando as atrações, a filha de classe média de pais de classe média trilhando o caminho da universidade. Ela poderia ser Clara, mas não é tão bonita.

Apesar de toda a experiência sexual, Clara ainda conserva certa inocência. Quando sobe em mim para me cavalgar, fecha os olhos e começa a gemer, ela ainda transmite uma pureza ingênua. Não importa o quanto seus movimentos fiquem frenéticos, o volume de seus gemidos, ela ainda é uma garota que se transforma em mulher, divertindo-se com sexo e também sendo remunerada por ele.

De modo inverso, minha visitante tem aquele ar de experiência de mundo, de tempos conturbados que a marcaram de modo indelével. Parece jovem, meio adormecida no Citroën quando começo a fazer a primeira curva da montanha, até mesmo mais jovem que Clara. Contudo, há uma profundidade marcante nela, da qual Clara carece, um certo toque de dureza, uma severidade que não consigo descrever e tampouco apontar diretamente: mas sei que está lá, e sei disso. Não tem nada a ver com o segredo desta jovem. Nada a ver com o fato de estarmos na mesma profissão. É mais instintivo. Assim como o gafanhoto teme o pica-pau que, em sua breve vida, jamais viu.

Estou ciente de que devo ser cauteloso com minha visitante. Ela pode ser uma loura bonita cochilando no carro, mas é impiedosa como um gato com um pardal. Se não o fosse, não estaria viva, não seria mais uma viajante da morte.

Quando a Socimi estiver nas mãos dela, serei supérfluo e, portanto, dispensável. Eu sei o segredo dela, sei quem ela é. Eu me transformo em uma ameaça para ela, apesar de não saber seu nome, sua nacionalidade, seu endereço, seus contatos e suas ideologias.

Enquanto virava o volante para um lado e para o outro, ultrapassando as curvas estreitas, lutando com as mudanças de marchas, pensei em nosso primeiro encontro. Prefiro o vestido de verão e a blusa ao terno austero e bem-cortado.

— Estamos chegando?

Ela abriu os olhos e falou como uma criança enfastiada com a viagem de carro tediosa.

— Não. Mais uns vinte minutos.

Olhei para ela e sua cabeça se inclinou para um lado quando sorriu.

— Bom — ela disse. — Estou gostando do passeio. No campo posso relaxar, e o sol está quente.

Ela se esticou para trás a fim de pegar os óculos de sol. Conferi pelo retrovisor, apesar de saber que ainda não havia necessidade. Ela não pegaria uma arma. Não tão cedo. A mão dela encontrou os óculos de sol e ela se virou novamente para a frente, mas não os colocou. Em vez disso, brincou com eles nas mãos, os dedos magros se enrolando repetidamente em torno da armação de plástico. Então ela abaixou o quebra-sol.

Eu gostaria de parar no pequeno bar em Terranera. Um espresso não teria sido má ideia. Contudo, seria perigoso demais: dois estrangeiros em um Citroën 2CV cinza e marrom, com placa local, parando no meio do nada para tomar café. As pessoas poderiam se lembrar, ligar os rostos aos veículos, recordar trechos de conversas. Já próximos à aldeia, tivemos a sorte de acabar atrás de um caminhão lento carregado de fardos de papel descartado. Ninguém repara em um veículo seguindo outro.

Na curva para a trilha, parei.

— Apenas por precaução — disse a ela enquanto saía do carro e fingia urinar em um arbusto. Um carro passou na estrada abaixo de nós, um Alfa Romeo sedã vermelho. O motorista não olhou para cima. Não havia trabalhadores nos campos, nenhum som de atividade humana a não ser pelo Alfa Romeo mudando de marcha a cerca de 400 metros de distância em uma curva fechada.

Seguimos pela trilha. A chuva abaixara a poeira e o Citroën deixou marcas na superfície imaculada, o que me preocupou um pouco. Ainda assim, o sol estava alto e a terra secava rapidamente. As marcas dos pneus logo pareceriam velhas, o padrão marcado nos pneus borrados pela brisa da tarde.

Afinal chegamos à pradaria alpina. Ela estava ainda mais gloriosa do que na visita anterior. A chuva trouxera mais um milhão de flores. Parei o carro sob o castanheiro, voltado para o alto da montanha, como antes, e desliguei o motor.

— É aqui — eu disse.

Ela abriu a porta e parou de pé sob a sombra da árvore. A intensa luminosidade do sol era uma preocupação. Eu não queria que o veículo fosse visto. Mas ela precisara vir hoje. Não pude ajustar o clima apropriadamente.

Esticando os braços, ela perguntou:

— Aquelas casas estão vazias?

— Abandonadas. Conferi-as na última vez.

— Acho que a gente devia fazer isso de novo, não acha?

— Sim — concordei —, mas seria melhor que eu fizesse sozinho. Há muitas cobras e víboras nestas montanhas. Seus sapatos...

— Vou tomar cuidado — ela respondeu. Não falou com rispidez, mas agora eu sabia que não confiava totalmente em mim.

Partimos. Caminhei à frente para espantar as cobras e fazê-las fugir em busca de abrigo. Ao chegar ao conjunto de ruínas tomadas pela vegetação, ela parou e olhou para baixo, para o vale, depois para cima, para os penhascos rochosos atrás de nós, e seu olhar seguiu até o pequeno lago que, com a chuva, enchera e agora ocupava uma área cinquenta por cento maior.

— É muito bonito aqui — ela observou, e sentou-se em um muro de pedras soltas no limite do que um dia fora um campo aplainado. O vestido mergulhou entre suas pernas. Ela se inclinou para a frente, descansando os antebraços nos joelhos.

Não fiz nenhum comentário. Tirando meu minúsculo par de binóculos do bolso da calça, inspecionei o vale. O tufo no lago que fora meu alvo estava agora a 6 metros da margem e parcialmente submerso.

— Você já testou a arma aqui?

— Sim.

Ela parou e observou um lagarto com a cabeça verde e amarela espiar por debaixo de uma pedra no muro, olhando para ela e disparando de volta para a sombra.

— Há tanta paz aqui. Ah, se o mundo inteiro fosse assim!

Foi quando senti que a jovem sem nome real era uma alma gêmea. Ela também considera o mundo um lugar pútrido e tenta melhorá-lo de alguma maneira. Ela acredita que a eliminação de um político ou de alguém da mesma estirpe contribuirá para tal melhoria. Não posso deixar de concordar com ela.

— Diga-me, Sr. Borboleta, costuma vir muito aqui?

— Só vim uma vez, para testar a arma.

— Nunca trouxe uma mulher aqui?

Fiquei momentaneamente surpreso.

— Não.

— Será que não há uma mulher em sua vida? Não é fácil para nós manter relacionamentos. Não em nosso mundo.

— Tenho uma conhecida — respondi. — E de fato não é fácil.

— Amizades são passageiras.

— É verdade — confirmo. — É a...

Houve um movimento do outro lado do vale. Captei-o pelo canto do olho e levantei o binóculo até o rosto. Senti que ela ficara repentinamente tão alerta quanto eu, observando a cobertura arbórea.

— É um javali selvagem.

Entreguei-lhe os binóculos e ela ajustou o foco.

— Eles são bem grandes. E muito peludos. Não imaginei que fossem assim. Na fazenda...

Ela me devolveu os binóculos. Eu sabia que ela baixara a guarda e me perguntei se teria sido intencionalmente, um movimento cuidadoso de gerenciamento de palco na pequena peça que estamos interpretando juntos, como se fosse estruturada no formato de um drama grego. Caso eu achasse que ela baixara a guarda, então poderia relaxar e ela agarraria a oportunidade. Traições não são desconhecidas no meu mundo: muitos armeiros terminaram seus trabalhos e acabaram estrangulados com um garrote ou contorcidos na ponta de uma lâmina ligeira. Confiança não é uma questão de saber em que pé as coisas estão, mas de prever como podem ser alteradas.

Espanando a terra da saia, ela levantou e caminhamos de volta ao carro.

— O que prefere fazer primeiro? — indaguei. — Comer ou testar a arma?

— Testar a arma.

Levantei a mochila do bagageiro do carro e coloquei-a no assento do carona.

— Está desmontada. Achei que gostaria de conferi-la do zero.

Ela desafivelou a mochila e começou a remover as partes enroladas no tecido, desembrulhando cada uma com cuidado, como se o conteúdo fosse de porcelana em vez de aço e ligas, pondo-as no assento sobre os panos que as envolviam, com cuidado para não manchar o tecido do assento com óleo.

— O óleo de armas novas tem um cheiro tão inebriante — ela comentou, para si própria e para mim.

Sei o que ela quer dizer: aquele aroma deliciosamente enjoativo, terrível e viciante do poder que acompanha cada arma de fogo paira sobre elas como incenso em um templo ou suor na pele de um homem.

Com muita destreza ela montou rapidamente a arma e apoiou-a no ombro. Parecia estar familiarizada com a arma. Era estranho ver um objeto tão masculino e poderoso pressionado contra um ombro tão delicado. Contudo, assim que a coronha tocou sua blusa, pude sentir uma mudança nela, como sempre sinto quando observo um cliente tocar a compra pela primeira vez. Ela não era mais uma jovem loura com pernas atraentes e seios pequenos e bonitos, mas uma extensão da arma e tudo que aquilo significava, o potencial para moldar o futuro dela, o futuro.

— Você tem a munição? — ela perguntou, abaixando a arma e apoiando-a com a coronha para baixo contra a roda do carro.

— Fiz dois tipos — eu disse, abrindo o bolso frontal da mochila. — Trinta de chumbo e trinta revestidas.

— Eu gostaria de cem de cada. — Era uma ordem, a voz dela sem nenhuma emoção. — E cinquenta explosivas.

— Isso não será um problema. — Entreguei-lhe a munição de prática em duas pequenas caixas de cartuchos, as balas acomodadas como pequenas bandejas de plástico. — Podem ser de mercúrio?

Ela sorriu, um meio sorriso que não ativou as rugas em seus olhos.

— Mercúrio seria muito bom.

Ela segurou as caixas de munição na mão e abaixou o olhar sem abri-las.

— Eu trouxe meus próprios alvos — ela disse.

Da mochila esportiva ela tirou vários pedaços de papelão dobrado reforçado com pedaços de bambu partido. Sem dizer nada, ela se pôs a caminho entre as flores alpinas. Em seu rastro, confetes de borboletas e grilos tremularam e pude ouvir o zumbido frenético das abelhas quando ela perturbava as flores.

— Cuidado com as cobras — avisei-lhe, mantendo a voz baixa para que não se propagasse no ar da montanha: o mais provável é que não acontecesse, pois o ar estava quente e atordoante, mas não fazia sentido correr riscos.

Ela acenou de volta para mim com a mão que segurava as caixas de munição. Não era nenhuma tola. Eu tampouco. Eu tinha a arma. Eu ainda precisava receber a segunda parcela do meu pagamento.

Cerca de 100 metros depois, ela parou ao lado de uma pilha de pedras cobertas por trepadeiras rasteiras que ostentavam pequenas flores roxas em forma de trombeta como as do convólvulo: elas atribuíam uma aura de ametista ao monte. Talvez tenha sido um abrigo de campestre, talvez um marco para indicar o limite de alguma área. Ela desdobrou o papelão, mas tudo que consegui vislumbrar àquela distância foi uma vaga forma prateada apoiada contra as pedras. De volta ao Citroën, ela pegou a arma.

— Velocidade na boca? — ela perguntou.

— Não menos de 360. O silenciador reduz no máximo 20 metros por segundo.

Ela olhou para as marcas no metal onde eu removera os números de série com ácido.

— Socimi — ela observou com autoridade.

— 821.

— Nunca tive uma.

— Você vai achar fácil. Eu a rebalanceei por causa do cano mais longo. Agora o ponto de equilíbrio fica um pouquinho à frente do cabo. Isso não deve ter importância, pois você atirará, eu imagino, de uma posição fixa. — Não houve resposta para minha suposição. — Você não terá grandes problemas com o coice — continuei —, e conseguirá manter a mira no menor dos alvos.

Ela colocou apenas duas balas revestidas no cartucho e posicionou-se com os pés afastados. A brisa sob o castanheiro assoprou a saia de verão larga contra suas canelas bronzeadas. Ela não apoiou a arma no carro, como eu havia feito. Era mais nova do que eu, com as mãos firmes com juventude e otimismo. Ouvi um "put-put" muito curto. Ela continuou mirando no alvo por mais um instante e depois abaixou a arma, segurando-a sob o braço. O rifle poderia muito bem ser uma arma calibre 12, e ela uma dama em uma propriedade nos condados ingleses, caçando faisões em uma tarde de outono.

— Você fez um bom trabalho, Sr. Borboleta. Muito obrigada. Muito obrigada mesmo.

Com uma unha, ela fez um ajuste mínimo na mira telescópica. Não poderia ter girado o parafuso vertical mais do que uma volta. Carregou a arma totalmente e disparou outra vez.

Levando os binóculos aos meus olhos, examinei o alvo. Era a silhueta inconfundível de um Boeing 747-400, prateada e com cerca de 1,5 metro de comprimento. A cabine superior era alongada. Pintado sobre o recorte havia o *winglet* na extremidade da asa. A porta dianteira do avião estava sombreada, a porta da primeira classe. De pé na porta havia a silhueta de um homem. No centro dela, havia dois buracos. Na pedra acima do avião havia sulcos onde os tiros ricochetearam.

Então ela iria matar um passageiro em um voo internacional, embarcando em uma missão estrangeira para mudar o mundo, ou retornando de uma mudança bem-sucedida sobre o mesmo.

Com o cartucho contendo as 28 balas revestidas remanescentes, ela mirou outra vez. Observei o alvo com os binóculos. Put-put-put-put! Agora, onde ficava a cabeça da silhueta do homem, havia outra cicatriz nas pedras. Alguns pedaços de papelão flutuaram no ar quente.

— Você tem uma mira muito boa — elogiei-a.

— Sim — ela respondeu, de modo quase ausente. — Preciso ter.

Ela encheu o cartucho com as balas de chumbo, encaixou-o na empunhadura e me entregou a arma.

— Vá até as pedras — ela instruiu — e atire na minha direção. Digamos... — ela olhou ao redor em busca de um alvo — ... naquele arbusto atrás das folhagens de flores amarelas. Duas rajadas, com um intervalo de uns cinco segundos.

Desci até as pedras, virei-me e olhei para ela. O Citroën estava bem escondido na vasta sombra do castanheiro. Tudo que eu conseguia ver era o vestido e a blusa dela. Não se tratava somente de um teste da arma, mas também de um teste de confiança. Ela me encarou quando levantei a arma até o ombro.

Mirei a Socimi nas flores amarelas, prendi a respiração e apertei o gatilho. A primeira saraivada terminou. As hastes amarelas das flores pareciam intocadas. Eu tinha certeza de que havia mirado direto nelas. Contei lentamente até cinco e voltei a disparar. Através da mira, vi duas hastes de flores douradas caírem para o lado.

— Isso é muito bom — ela me elogiou enquanto eu voltava até o carro. — O silenciador é excelente. Não consegui detectar a direção dos disparos.

Da mochila esportiva ela tirou outro envelope, exatamente igual ao primeiro, de papel manilha marrom liso e sem marcas.

— Precisarei da munição e da arma no final da próxima semana. Enquanto isso, por favor aperte os parafusos de ajuste da mira. Estão frouxos demais. E aumente a empunhadura em 3 centímetros. Quero também um cartucho de sessenta balas. Sei que ficará um pouco desajeitado, talvez perturbe o ponto de equilíbrio, mas...

Concordei com a cabeça e disse:

— Eu tinha pensado em um cartucho de sessenta balas. Como você deduziu, ele alterará o ponto de apoio da arma. Contudo, caso esteja disposta a aceitar isso, posso fazê-lo. É bastante fácil.

— Você tem um estojo?

— Uma maleta — respondi. — Samsonite. Do tipo comum. Trancas de combinações numéricas. Há algum número que gostaria de usar?

Ela pensou por um instante.

— 821 — ela disse.

Com muita eficiência, ela desmontou a arma, embrulhou-a nos panos quadrados e colocou-a de volta na mochila. Guardei o envelope com o dinheiro junto com a arma. Ela recolheu as cápsulas usadas.

— O que quer fazer com isso? — ela perguntou.

— Joguei as últimas no lago...

Enquanto eu preparava o piquenique, ela desceu o vale e observei-a jogar as cápsulas de cobre na água, me perguntando se os peixes viriam à tona de novo atrás delas.

Sentando-se sobre a toalha na beirada da sombra do castanheiro, ela pegou a garrafa de vinho e leu o rótulo.

— Asprinio. Não conheço vinhos italianos. É espumante.

— *Frizzante* — eu disse a ela. — *Vino frizzante.*

— Você vem aqui pintar suas borboletas?

— Não. Vim aqui para testar a Socimi. E para pintar as flores.

— Ser artista é um bom disfarce. A gente pode ser excêntrico, caminhar por locais calmos e isolados, ter um horário incomum, encontrar estranhos. Ninguém considera isso extraordinário. Quem sabe algum dia eu não vire artista?

— Saber desenhar — aconselhei — ajuda bastante.

— Eu sei desenhar. Posso desenhar um buraco em uma cabeça humana a 300 metros de distância.

Não respondi: não parecia haver resposta que eu pudesse dar. Não havia dúvidas a respeito. Eu estava na companhia de uma verdadeira profissional, uma das melhores. Perguntei-me quais eventos ela idealizara sobre os quais eu lera nos jornais ou ouvira a respeito no Serviço Mundial da BBC.

Ela cortou uma fatia de *mozzarella*.

— E isso?

— Feito de leite de búfala. Provavelmente de algum lugar nas redondezas da pequena aldeia que há perto do começo da trilha.

— Terranera? Vi búfalos nos campos.

— Você é muito observadora.

— Nós dois não somos? É assim que sobrevivemos. — Ela olhou para o Seiko. — Meu trem deixa a estação da cidade às 17h45. Não é melhor irmos embora?

Guardamos o piquenique que não foi comido e partimos pela trilha, o Citroën sacudindo e dando solavancos sobre os calombos.

— Este é um vale muito bonito — ela disse, olhando por cima do ombro à medida que o carro atravessava o primeiro cume da serra. — É uma pena que você tenha me trazido aqui. Eu gostaria de tê-lo descoberto para mim e depois, algum dia, me recolher lá. Mas agora você sabe...

— Sou muito mais velho do que você. Quando você se aposentar, já estarei morto.

Quando parei o carro ao lado da calçada diante da estação, ela disse:

— Sei que você não costuma entregar os produtos. Mas não posso encontrá-lo como antes. Você poderia me encontrar no posto na autoestrada 30 quilômetros ao norte na rodovia que segue para o norte?

— Muito bem — assenti.

— Em uma semana.

Concordei com a cabeça.

— Em torno do meio-dia?

Concordei novamente.

Ela abriu a porta traseira e retirou a mochila esportiva.

— Obrigada por um dia adorável, Sr. Borboleta.

Ela se inclinou para dentro do carro e beijou-me levemente na bochecha com os lábios secos e rápidos sobre minha barba por fazer.

— E você deve levar sua namorada lá para o alto.

Ela fechou a porta do carro, desaparecendo na entrada da estação. Bastante confuso, dirigi de volta para a cidade.

Na Piazza del Duomo, a feira está movimentada. Tal aglomeração existe aqui desde a fundação da cidade: ela provavelmente obteve uma licença porque havia uma feira aqui antes que houvesse prédios, uma reunião de comerciantes, de pastores que desciam das montanhas, de monges e curandeiros itinerantes, de charlatões e impostores, aventureiros e mercenários, de bandidos e ladrões de cavalos, de jogadores de dados e leitores de ossos, de agiotas e vendedores de sonhos. Todo o cosmos da humanidade se reunia aqui na colina sobre a ponte na qual a estrada que desce o vale cruza o rio e as ferrovias das montanhas se encontravam. Por que na colina, você pergunta? Para pegar a brisa.

Pouco mudou. Os cavalos agora são vans da Fiat, os quiosques são montados em cavaletes em vez de em carrinhos de mão, os toldos são de um plástico horroroso, e não de lona coberta de piche, mas os comerciantes são os mesmos. Grasnando como corvos velhos, mulheres idosas vestidas de preto ficam agachadas atrás dos tons vibrantes de seus legumes, pimentas-malaguetas escarlate, pimentões verde-escuros, tomates-cereja, aipos amarelos. Homens jovens com jeans apertados, charlatões, vendedores de indulgências e oficiais de justiça modernos, não vendem promessas e perdão de pecados, e sim sapatos baratos, camisetas, relógios digitais de energia solar e canetas esferográficas que vazam. Homens mais velhos de coletes e calças vendem utensílios de cozinha, travessas de cobre, louças de baixa qualidade, facas de aço feitas em Taiwan e copos de Duraflex. Há quiosques que oferecem queijos e presuntos, salames e peixes frescos, comprados na costa na mesma manhã, no pé das montanhas, através dos túneis da autoestrada.

Através desse caos mercantil passam os viajantes da vida, as donas de casa e os curiosos, os intermediários e fechadores de negócios, os famintos e os bem-alimentados, os ricos e os pobres, os velhos e os jovens, os ciclistas e pessoas que dirigem Mecedes-Benz, os destituídos e os abastados.

É um circo louco, um microcosmo do mundo dos seres humanos, das formigas, das abelhas, de todas as espécies gregárias que precisam existir em rebanhos, cruzando e entrecruzando seus caminhos como aqueles passos complexos de dança humana desenvolvidos pelas organizações esportivas das repúblicas socialistas, sem nunca se colidirem e nunca se tocando, nunca em contato. Todos sabem seus lugares, sabem o que fazer, sabem como permanecer em segurança no ringue e evitar os tigres e leões na jaula. Alguns se aventuram atrás das barras de ferro, estalam seus chicotes e saem ilesos. Alguns entram e são espancados, presos nas mandíbulas, jogados para o lado como carne podre para que os carniceiros briguem por ela. O resto prefere permanecer em segurança, fazer palhaçadas, equilibrar-se em monociclos, fazer malabarismos com xícaras, comer fogo, treinar focas para que toquem violão ou chimpanzés para que bebam chá. Alguns testam a si próprios na corda bamba, balançam precariamente no trapézio, mas sempre há a rede, o freio da catástrofe. Aqueles temerosos demais para fazer palhaçadas ou cavalgarem em um pônei com rédeas douradas montados ao contrário sentam-se em banquinhos e aplaudem a estupidez do espetáculo.

Nada mudou em nenhum aspecto, não desde o primeiro mercado, as primeiras feiras e circos. Há até um vendedor de indulgências misturado à multidão da Piazza del Duomo. Ele não está a caminho da Terra Sagrada, não faz parte de nenhuma ordem de monges militares. Ele compra apenas os poucos itens de que pode precisar para sua viagem rumo ao amanhã, pois o amanhã é seu objetivo. Ou o dia seguinte. Para ele, o futuro é imediato, pode ser contado no relógio de uma estação ou em um dos relógios baratos. Ele não sabe para onde segue sua estrada, tampouco por onde ela passa no caminho para o destino final: este ele sabe qual é — a morte. Os amortecedores hidráulicos no final de todos os trilhos. Ele simplesmente segue o caminho, atento à presença de bandidos nas sombras à sua frente, cauteloso com os charlatões, prudente com os devoradores de pecados e absolvidores de homens, desconfiado da maneira como os dados rolam.

Observe-o. Ele compra um salame fino, aceitando provar uma fatia antes de escolher. Sorri educadamente para a velha de lenço cor de laranja sobre a cabeça com sua faca afiada e mãos engorduradas, balançando sob os salames pendurados no telhado do quiosque como frutas obscenas. Ele não pechincha. Um homem sem um futuro determinado não tem necessidade de barganhar. Ele economiza suas habilidades nessa área para a última grande barganha de todas. Morrer rápida ou lentamente, com ou sem dor, humilhação, sofrimento ou resignação. Ele compra uma medida de cano de aço de baixo calibre para água de um dos comerciantes de materiais. Verifica o amadurecimento dos damascos e dos pêssegos, dos pimentões e dos pepinos. Cheira as folhas limpas de uma alface como se fossem as pétalas de uma flor exótica da selva. As compras são pagas sempre em dinheiro, em notas de pouco valor, e ele abre mão do troco. Moedas ou fichas telefônicas de cobre não têm utilidade para ele. São uma sobrecarga, um peso que o faz perder velocidade.

Ele atravessa o Corso Federico II e desaparece na sarjeta sombria de uma rua transversal.

Quem é essa pessoa enigmática, essa invisibilidade, o sorridente intrigantemente calmo, esse homem reservado?

Sou eu. Mas poderia muito bem ser você.

O sol está alto. Padre Benedetto colocou um guarda-sol sobre a mesa no jardim. É azul e branco e tem o logotipo de um banco nacional impresso em faces alternadas. Um broto comprido da videira no muro norte do jardim se esticou até o guarda-sol e tenta enrolar gavinhas ao redor da aba.

Ele foi para Roma, para o Vaticano. Participou da missa na Catedral de São Pedro com o santo papa, retornou com a alma purificada e duas garrafas de La Vie, Grand Armagnac.

Agora, com os pêssegos devorados e a árvore vazia — exceto pelas poucas frutas tardias que não amadurecerão agora —, temos diante de nós meio quilo de *prosciutto* cortado tão fino quanto lenços de papel. O *prosciutto* vem de um estoque de duas dúzias de presuntos curados pelo próprio padre, suspensos no porão como cadáveres de morcegos mortos e repulsivos. Ele também os defuma: há um fogão defumador lá embaixo. É contra a lei curar os próprios presuntos com fumaça nos limites da cidade. Ele trabalha à noite, molhando as brasas e pedacinhos de madeira incandescentes ao amanhecer, ou quando o vento é forte. A lei não tem nada a ver com o controle da poluição: existe há séculos para proteger o monopólio dos burgueses e das associações de defumadores de *prosciutto*.

— Os americanos são incivilizados — ele diz, do nada.

Não falamos nada durante 15 minutos. Mas não importa. Não somos tão pouco familiarizados assim para que precisemos tagarelar o tempo todo como papagaios.

— Por que diz isso?

— Em uma cantina na Piazza Navona, vi dois americanos bebendo conhaque... e *ginger ale*! Que blasfêmia contra Baco.

— Logo você, um padre católico!

— Sim... bem — ele se defende —, é preciso manter o nível. Não importa a fé.

Ele levanta momentaneamente os olhos para o céu em busca de perdão, mas o guarda-sol do banco fica no caminho. Não que isso tenha importância: estou certo de que, caso eu tivesse mencionado, ele teria me lembrado de que Nosso Senhor pode ver através de um guarda-sol.

— Quando estava em Roma, jantei no Venerabile Collegio Inglese. Você conhece?

Abano a cabeça. Sempre evitei a estreita Via di Monserrato, que sai da Piazza Farnese. Os irmãos de minha escola pública sempre a elogiavam, contando a nós, garotos, sobre sua beleza, sua tranquilidade no coração caótico de Roma. Todas as histórias que contavam pareciam começar com "quando eu estava na Faculdade Inglesa...". Alguns dos garotos trilharam o caminho até lá, tornaram-se seminaristas e padres para perpetuar as histórias. Desde novo resolvi que jamais colocaria os pés perto dela. Para mim, era um anátema tão grande quanto os portões do inferno. Na minha cabeça era habitada por irmãos de sotainas, demônios disfarçados que, como o professor de música, davam palmadas nas nádegas dos garotos enquanto eles saíam em fila dos assentos do coral.

— Ouvi a respeito — respondi evasivamente.

— É um lugar curioso: você sabe, amigo, penso que os ingleses jamais deveriam ter aderido à nossa Igreja romana. Aonde quer que vão... mesmo aqui, em Roma, onde a faculdade tem a patronagem direta do santo papa; eles mantêm o próprio estilo particular de...

Ele faz uma pausa, a mão parcialmente aberta circulando no ar como que para agarrar da brisa a palavra que precisa.

— ... serem católicos romanos.

— O que quer dizer?

A mão de padre Benedetto circula por mais alguns momentos e depois para sobre a mesa.

— Na capela da faculdade, ao lado do altar-mor, há um quadro. Todas as igrejas católicas os têm, exceto as monstruosidades modernas.

Ele para de falar. A aversão dele à arquitetura do século XX é tão forte que o deixa sem palavras. Se ele pudesse ter as coisas à sua maneira, o medieval seria a norma.

— O quadro? — estimulo-o a continuar.

— Sim. O quadro. Na maioria das igrejas, seria o Calvário, a Crucificação de Nosso Senhor.

Ele fala as iniciais maiúsculas: como todos os padres, certas palavras agem como encanto sobre eles e, quando as enunciam, sabemos que estão lendo textos prontos em suas mentes, vendo o próprio discurso como se fosse uma decoração em um manuscrito do século XII.

— Este quadro é da Trindade. Deus está de pé com o corpo de Cristo nas mãos. O Sangue Sagrado de Nosso Salvador não pinga sobre o chão, mas sobre um mapa da Inglaterra. E ali, no mapa, São Tomás e São Edmundo estão ajoelhados. Foi pintado por Durante Alberti. Quando a Fé foi proscrita na Inglaterra, os seminaristas cantavam um *Te Deum* diante do quadro sempre que um novo mártir era elevado para o lado de Nosso Senhor.

Não faço nenhum comentário.

— Na base do quadro estão as palavras *Veni mittere ignem in terram*.

— *Vim espalhar fogo sobre a terra* — traduzo.

Poderia ser meu próprio epitáfio.

Sirvo-me de outra fatia de presunto. Os garfos de prata do padre Benedetto são finos, com dentes compridos, como tridentes alongados. Fazem-me lembrar os afrescos na pequena igreja ao lado da casa decrépita na fazenda.

— Você conhece uma igreja lá embaixo no vale, cheia de afrescos? — pergunto.

— Existem algumas.

— Estou falando de um lugar minúsculo e sórdido, pouco maior do que uma capela. Ao lado de uma fazenda. É quase parte do celeiro.

Ele concorda com a cabeça e diz tranquilamente:

— Santa Lúcia e a cripta. Já fui lá.

— Você está pensando em outra. Não há nenhuma cripta.

— Há sim, *signor* Farfalla. Uma grande cripta. Maior do que a própria igreja. É como um velho carvalho sagrado. Há mais abaixo da superfície do que acima.

— Não vi nenhuma entrada.

— Agora, está bloqueada.

— Mas você — deduzo — já entrou lá?

— Há muitos anos. Antes da guerra. Quando eu era garoto.

— O que há ali?

— Você ouvirá muitas histórias. Talvez já tenha ouvido.

Abano a cabeça e digo que deparei com o lugar enquanto caçava novas borboletas.

— A cripta é enorme. Talvez do tamanho de duas quadras de tênis. É abobadada com pilares grossos. O piso é de pedras lisas. Há um altar...

Ele para de falar, com o olhar distante, o que é incomum. Ele não é nostálgico. O olhar desaparece.

— Tal como na igreja acima — ele continua —, a cripta é toda pintada. As cores são mais bonitas do que na nave. Não há luz lá embaixo. Não há sol para desbotar as cores e a temperatura é a mesma o ano todo. Não importa se faz sol ou se está nevando.

— Como você entrou?

— Meu pai pagou ao padre para nos levar. Fomos os últimos a entrar. Ela foi lacrada alguns meses depois. A guerra... Agora ninguém lembra. Acham que a igreja é do jeito que lembram, de modo que não procuram a caverna sob ela.

— Como são os afrescos?

De início, ele não responde, apenas bebe o conhaque.

— Foi essa visita que me fez decidir abraçar o sacerdócio. Foi lá que vi Deus.

Imediatamente, fico intrigado. Padre Benedetto não é um homem pouco prático, um vendedor de sonhos. Nos limites de sua fé, é uma pessoa realista, e é por isso que acho a companhia dele agradável. Ele pode se deleitar com o feitiço da missa e as baboseiras dos rituais de Roma, mas mantém os pés no chão. A cabeça dele não está inteiramente nas nuvens do dogma e da teologia.

— Você viu Deus? Quer dizer que viu uma pintura maravilhosa lá embaixo? Um retrato? Os afrescos na parte superior são da fase pré-Giotto, tenho certeza. Este é ainda mais antigo?

— Mais ou menos da mesma época. Mas... — Ele fica sério, repentinamente muito sério. — Só posso lhe contar se você jurar manter segredo.

Dou uma gargalhada. Tão italiano, penso: só na Itália se pode jurar segredo quanto ao conteúdo de uma igreja. É uma trama bizantina em preparação. Já tenho o suficiente desse tipo de coisa na minha vida — e de verdade. Faltam apenas um ou dois dias para a entrega da Socimi modificada.

— Como pode confiar em mim? Não sou católico.

— Por esse motivo, posso confiar em você. Um católico teria vontade de abrir o lugar, colocar uma roleta na porta. Cobrar dos turistas. Estimular peregrinos. Eles fariam cerimônias. As cores desbotariam. Essa coisa toda... — Ele ainda segura o copo, mas não o leva aos lábios. — Então posso confiar em você? Que não contará a nenhuma alma viva?

— Muito bem.

— Quando se entra lá... Entrei com uma vela, como um monge da Antiguidade... Não há Cristo. Não há bênção. Não há altar. Não é um lugar sagrado como os consideramos hoje... O que se vê é o Amor de Cristo.

Fico um pouco confuso. O amor é abstrato, a menos que traduzido em ações: os seios de Clara, as contorções urgentes de Dindina. Esses são um tipo de amor.

— Mais precisamente, você vê o que o Amor de Cristo pode fazer com você.

Minha compreensão não aumenta, pois Cristo jamais me mostrou nenhum amor. Disso posso ter certeza. E não o culpo.

— Diga-me, *signor* Farfalla — padre Benedetto pergunta —, você costuma pensar sobre o inferno?

— Sim, o tempo todo.

Isso é apenas uma meia inverdade.

— E o que vê?

Dou de ombros.

— Não vejo nada, apenas sinto um mal-estar. Como o que a gente sente quando começa a ficar gripado.

— Mas na alma!

Não tenho alma. Não há dúvida quanto a isso. Almas são para santos e tolos devotos. Não quero entrar nessa discussão: nós já tropeçamos juntos por este caminho teológico rochoso.

— Talvez?

— O que é o inferno? Danação eterna? O abismo e as chamas? Como as pinturas que viu na igreja acima?

— Acho que sim. Nunca tentei visualizar.

Levantando-se, ele gira a rosca do guarda-sol, inclinando-o para impedir que o sol incida sobre o *prosciutto*. Penso que talvez também o faça para ter uma visão desobstruída do céu sobre sua cabeça. Só por garantia.

— O inferno — digo — é como o porão da nossa casa: úmido, mofado, escuro, com um fogo em um canto e carne morta pendurada no teto.

Ele sorri ironicamente ao se sentar.

— O inferno é estar sem amor. Estar sem esperança. Inferno é estar sozinho em um lugar no qual o tempo nunca chega ao fim, o relógio nunca para de tiquetaquear mas os ponteiros jamais se movem. Conhece os textos de Antonio Machado? — Ele molha os lábios com o armanhaque. — "O inferno é o lugar onde se azeda o sangue do tempo, em cujo círculo mais profundo o próprio diabo aguarda, dando corda em um relógio prometeico que tem na mão."

— Tendo em mente que sua casa fica na Via dell'Orologio — lembro a ele —, tem um porão infernal... e algum dia ali morou um relojoeiro; devo sugerir que você procure outra residência. Aqui não pode ser um lugar saudável para um padre.

Tal suposição o entretém. Sirvo-me da garrafa.

— Gosto de ficar sozinho — prossigo. — Não há nada de que eu goste mais. Estar sozinho nas montanhas com minhas tintas...

— Isso não é estar sozinho! — padre Benedetto me interrompe. — Você está apenas sem companhia humana. Mas as borboletas que pinta estão com você, as árvores e insetos, os pássaros. Deus. Quer você O reconheça ou não. Não! Estar sozinho é estar no vazio. Sem nem mesmo memória. Memórias são uma grande arma contra a solidão. Até a memória do amor pode ser uma salvação.

— Mas o que os afrescos representam — pergunto — que possam fazê-lo lembrar o inferno?

Ele não responde. Em vez disso, enfia uma garfada de presunto na boca e mastiga lentamente, saboreando. É um dos melhores presuntos em uma década de atiçamento ilícito de seu inferno privado.

— Os afrescos... sim! Eles retratam o inferno como visto pelos homens. Chamas e demônios, Satã em toda a sua depravação. Os três portões estão abertos: luxúria, raiva e ganância. Os mortos são punidos por isso. Mas... — Ele suspira. — Os rostos deles. São inexpressivos. Não demonstram nenhuma emoção. Eles não fazem caretas diante do fogo, não lutam contra o calor. Não têm nenhuma memória de amor, não possuem nenhum amor para evitar os horrores, para fortalecê-los em suas provações. Para salvá-los.

— Eles tiveram o retrato pintado por um artista incompetente — respondo.

— Pode ser. Mas permanecem sem um passado. Um passado de amor. Deus não os tocou com amor. O amor Dele nos salva do inferno. A memória do amor pode salvar todos nós do inferno.

Termino o conhaque. Está na hora de partir. Não quero me envolver novamente na discussão histórica de sempre. A história simplesmente existe. É melhor esquecê-la, viver para o futuro.

— Você sabe — comento —, o bom a respeito de Maomé é que, quando inventou o islã, ele criou uma religião sem inferno.

— Talvez seja por isso — padre Benedetto responde com uma esperteza incomum — que os muçulmanos não comem carne de porco. Eles não a podem defumar sem chamas em seu inferno. Quando você come *prosciutto*, está comendo os frutos do inferno. Devorá-los é destruí-los.

Ele enfia uma grande fatia de presunto curado na boca e sorri. O padre está comendo o demônio e todas as obras dele, ele pensa, rasgando o malvado com os próprios dentes, destroçando-o. Posteriormente, o diabo passará pelo caminho de toda a imundície e tal conceito é um prazer imenso para ele.

— Há duzentos anos, amigo — eu o informo —, você seria acusado de bruxaria, de ingerir o infernal do mesmo modo que ingere a carne de Cristo no sacramento. Mesmo que a Inquisição tivesse terminado.

— Então você me veria queimar na Piazza Campo de' Fiori. Como Giordano Bruno.

— Eu não compareceria. Não desejo vê-lo adentrar as chamas do inferno.

— Para mim, não há inferno. Tenho a memória do Amor de Cristo.

— Vou embora — digo. — Não se levante.

Apertamos as mãos.

— Volte novamente, *signor* Farfalla. Na semana que vem. No começo. — Ele levanta o indicador em autorrepreensão. — Não! Na segunda, vou a Florença. Volto na quarta. Depois disso...

Ao deixar o jardim, olho para trás. É um pequeno Éden no qual ele está sentado, servindo-se de mais conhaque sob a sombra agradável de uma escarpa. Paro por um instante. Ele é um homem bom e gosto dele apesar de suas tentativas ardilosas de me arrastar de volta para os recôncavos sufocantes de sua crença. Sempre me lembrarei dele desta forma: o prato de *prosciutto*, um bom armanhaque e o guarda-sol azul e branco sobre sua cabeça.

Estaciono o Citroën no final da fileira de árvores em Mopolino, saindo cuidadosamente do carro para evitar as raízes protuberantes e um monte fresco de fezes de cachorro cobertas de varejeiras azuis. Meus pés trituram o cascalho. As moscas zumbem obscenamente no ar, circulam e retornam ao banquete. A porta do correio da aldeia foi coberta por uma horrenda cortina de listras vermelhas e amarelas para manter os insetos do lado de fora e o frescor dentro.

Não há clientes em nenhum dos dois bares. Sento-me à mesa de sempre, peço um espresso e um copo de água gelada e desdobro a edição do dia de *La Repubblica*.

Durante cerca de trinta minutos, bebo meu café, folheio o jornal e observo a *piazza*. Observo as sombras com um cuidado especial. O sol está alto e as portas escuras, as vielas mergulhadas nas sombras — há duas que saem da *piazza*, uma na direção da pequena igreja e outra que segue para fora da aldeia rumo a um canal escavado na encosta da montanha atrás dele para desviar avalanches ou água de degelo do assentamento.

O fazendeiro com a carroça e o pônei rotundo chega, as rodas rangendo. Ele para diante do outro bar e descarrega uma saca de legumes comuns, fofocando por alguns instantes com o cliente que saiu para matar tempo com ele. Ele vai embora e pouco depois chega um caminhão que recolhe a saca. Uma das duas garotas bonitas passa caminhando por mim e entra na venda no final da rua que sai da estrada principal. Ela me lança um sorriso doce ao passar.

Quando termino meu café, um dos cães adormecidos perto das árvores senta-se e late. Outro responde ao chamado com um refrão de latidos em staccato. Não latem um para o outro, brigando como cães em aldeias de todo o mundo. Isso não é comum. Levanto os olhos e vejo o habitante das sombras de pé a cerca de 10 metros do meu carro. Está vestindo as mesmas roupas de quando o vi pela última vez, só que agora também usa um chapéu de palha de formato um pouco parecido com o de um chapéu de feltro. Há uma fita marrom ao redor da copa.

Ele me vê e fica um pouco desconcertado, como um animal selvagem pego pelo caçador em um espaço aberto. Não esperava me encontrar também ao ar livre, com aparência tranquila e tomando café.

Rapidamente, dá meia-volta e caminha apressado pelo caminho de onde veio. Deixo minha mesa e o sigo, caminhando tão depressa quanto ele. Preciso ver esse homem mais de perto, quem sabe trocar algumas palavras com ele.

Mopolino não é minha área habitual. Aqui, estou fora do meu território, não exatamente inseguro, mas não inteiramente em segurança. Em momentos como este, e quando sinto a leve fumaça da ameaça no ar, não saio desprotegido. Ponho a mão no bolso do meu casaco: a Walther está lá, o metal gelado apesar do calor do sol sobre o material.

No fim da rua, um Peugeot 309 azul com placa de Roma se afasta do meio-fio, o motor acelerando intensamente. Na janela traseira há um pequeno adesivo indicando que se trata de um carro alugado da Hertz. Como um lampejo de déjà-vu, reconheço o veículo: ele estava diante da loja de vinhos quando vi pela primeira vez o habitante das sombras. Era o carro cujo motorista eu vi conversando com o velho no dia em que fui visitar a casa de fazenda decrépita e encontrei os afrescos.

Retorno à mesa e bebo meu copo d'água. De repente, fico com sede, a garganta seca e irritada. Não me sento.

Ele não sabe por que venho aqui, não percebe que uso os correios. Isso é óbvio. Se soubesse, não teria cometido a estupidez de entrar na *piazza*. Como ele está agora fora da aldeia, estou seguro; sendo assim, pago prontamente o café e atravesso a *piazza*.

O velho chefe dos correios está atrás do balcão, sobre o qual alisa uma propaganda em memória de Mussolini. *Il Duce* ainda é lembrado aqui com afeto, e o aniversário de sua morte é celebrado com quadrados de papel com bordas pretas colados nas esquinas.

— *Buon giorno* — cumprimento-o, da maneira usual.

Ele, como de costume, grunhe e empina o queixo.

— *Il fermo posta?* — indago.

— *Sì!*

Ele retira um envelope dos escaninhos. É volumoso, foi postado na Suíça mas não registrado, enviado à parte do fardo de correspondência comum. Reconheço a mão que escreveu o endereço. Sinto o peso do material: documentos para eu assinar. Como de costume, o velho não me pede nenhuma identificação. Coloco o valor da taxa sobre o balcão e ele emite outro grunhido.

Não faz sentido evitar o Citroën. O habitante das sombras sabe que o carro está lá, no fim da fileira de árvores, ao lado da raiz protuberante e das fezes de cachorro. Vou diretamente até o carro, entro e ligo o motor. Estou com pressa para deixar a *piazza* que poderia me prender tão prontamente quanto o ringue de terra faz com o touro.

Quando dou partida no carro, a velha bordadeira que estava sentada no degrau da porta passa arrastando os pés. Levanta a mão em um quase aceno, ao me reconhecer. Aceno de volta, quase automaticamente.

Na estrada principal, paro e olho para os dois lados. Não há sinal de tráfego, a não ser um homem numa moto, ondas de fumaça resfolegando pelo exaustor. Dou passagem a ele. Ele usa boina e tem uma expressão azeda. Não vejo o Peugeot azul em nenhum lugar. Vou na direção da cidade, mantendo um olhar vigilante para o motor do habitante das sombras. Ele não está na estrada. Não aparece nos retrovisores. Na aldeia seguinte, a qual contorna o perímetro da montanha, paro no meio-fio diante de uma pequena loja. Espero. O Peugeot não aparece. Dou partida novamente.

No campo, perto da aldeia de San Gregorio, onde os campos são dourados com uma neblina ondulante de calor e trigo tremulante intercalados por trechos de lentilhas e, ocasionalmente, de açafrão, vejo o carro. Ele está parado em uma alameda. O habitante das sombras o deixou para caminhar por uma trilha na direção das ruínas de um pequeno anfiteatro romano cercado por álamos.

O habitante das sombras não desistiu da perseguição. Está apenas me informando que não representa uma ameaça contra mim neste momento e que sabe a respeito de Mopolino.

Paro atrás de um prédio abandonado na beira da estrada. Agora pode ser a hora de enfrentar o habitante das sombras. Preciso apenas caminhar através de um pomar de damascos, atravessar o córrego em uma passarela moderna de concreto ao lado de um duto de irrigação e andar 100 metros até o anfiteatro. Ele me veria chegar e teria tempo para se preparar, mas não poderia planejar uma emboscada. O elemento surpresa está a meu favor. Precisarei me aproximar dele. A Walther é uma pistola útil a curta distância, mas não é precisa a mais de 30 metros, nem mesmo nas mãos de um herói ficcional. E eu não atiro tão bem assim, muito longe disso.

O anfiteatro, com as paredes redondas de tijolos vermelhos finos e degraus que se inclinam como as arquibancadas de um estádio de futebol, com sua arena de grama curta crestada pelo sol, é onde São Gregório foi martirizado, o local de suas últimas horas, sua humilhação, castigo e dor.

Talvez esteja na hora de a roda da fortuna parar de girar, de as pedras antigas servirem como uma nova plateia para outra execução conveniente.

Certamente, se estou prestes a matá-lo, aqui é o lugar para fazer isso. Não há ninguém trabalhando nos campos, e meu tiro — nossa troca de tiros — não seria ouvido. Qualquer um que o ouvisse presumiria que era só um homem atirando em pássaros. Seria fácil me livrar do corpo. Eu poderia levar o cadáver no carro até as montanhas e jogá-lo em um regato, amontoando pedras sobre ele para manter os corvos denunciantes a distância.

Contudo, não quero matá-lo a menos que não haja alternativa. Seria um desleixo e alguém sentiria falta dele, viria procurá-lo, virá me procurar. Saberão que estava perto de alguma coisa nos arredores desta área, seguirão os rastros dele e investigarão, recomeçarão todo o processo.

Seria melhor espantá-lo. Sei disso, mas ao mesmo tempo sei que tal solução para o problema é improvável. Habitantes das sombras não desaparecem sem mais nem menos.

Quero saber o que ele procura, qual a sua missão, o que o motiva tão incansavelmente a me seguir mas não a me enfrentar, se aproximar e puxar sua arma ou abrir a lâmina de seu canivete.

De pé ao lado do carro, com as pernas mergulhadas em flores silvestres espalhadas pelo caos majestoso da natureza, percebo meu amor pelas montanhas. Agora de fato sei que desejo permanecer aqui depois de terminar a última encomenda, depois do último adeus à garota e sua arma. Aqui seria meu santuário, meu refúgio final depois de anos vagando e trabalhando, me desviando das sombras e de seus habitantes.

Assim como a garota é minha última cliente, o maldito homem no Peugeot azul alugado deverá ser meu último habitante das sombras. Não deve haver mais nenhum dos dois. Quero ser deixado na paz que encontrei, não importa o que padre Benedetto diga sobre o assunto. Mas o homem nos campos abaixo evitará isso, arruinará tudo.

Estou diante do dilema que ele representa. Parece não haver solução. Mato-o e corro o risco de enfrentar seus aliados: se tentar assustá-lo, ele apenas retornará, talvez com outros, com a certeza de que sou digno da caçada.

Nesse instante, contudo, preciso agir de alguma maneira. Indecisão é fraqueza. Devo adentrar o futuro imediato e ver o que se desenrola. O destino decidirá o resultado e preciso confiar nele, goste ou não.

O sol está quente sobre minha cabeça. O habitante das sombras está de pé bem no centro do anfiteatro, um único personagem num drama criado totalmente por ele próprio. Enquanto o observo, ele tira o chapéu, esfrega a testa, recoloca-o na cabeça e, apesar de estar a centenas de metros de distância, percebo que me vê. Começo a caminhar entre os damasqueiros, mas quando chego à passarela de concreto sobre a qual há fezes de ovelhas espalhadas, ouço um motor de carro sendo ligado. Corro até o fim da passarela e observo o capô azul do Peugeot deslizar para além das paredes de pedra do anfiteatro.

Ele não quer confronto. Ou tem medo de mim ou está brincando comigo, ganhando tempo e desfrutando do meu contratempo: pois não é mais do que isso. Não estou com medo, apenas muito incomodado e com raiva, o que eu preciso controlar. A emoção em momentos como esse é uma inimiga tão grande quanto o habitante das sombras. Ele não me encarará nesse vale desabitado, pois isso não se encaixa no seu plano. Precisarei atraí-lo para mim em outro lugar, não posso correr o risco de que escolha o momento na cidade, o que poria tudo a perder.

Dirijo rapidamente de volta à cidade e estaciono o carro em uma *piazza* que ainda não usei. A partir de agora, devo deixar o carro em lugares diferentes todos os dias.

De volta ao apartamento, abro o envelope. O título bancário — em três vias, como é típico: os suíços são muito detalhistas — está ali, aguardando minha assinatura e apresentação. Uma carta acompanha o extrato e me informa do prazer que o banco tem em tratar de meus negócios, e anexo há um extrato da minha conta. Confiro o valor primorosamente impresso no título. Não há dúvida de que está certo.

Meu coração está disparado, com raiva e irritação. Pego uma cerveja na geladeira e subo até a *loggia*. Aqui, estou seguro em relação ao habitante das sombras, o pequeno tordo vermelho que é o demônio acocorado no meu ombro. Bebo a cerveja, que está gelada, e meu coração desacelera, dissolvendo a raiva. Tento deduzir de onde ele vem, para quem trabalha, quais são suas ordens ou motivos, o que planeja fazer. Contudo, não há pistas, e por enquanto devo ignorá-lo. A data da entrega se aproxima e há trabalho a ser feito.

Ontem, houve um certo contratempo entre as garotas. Começou depois de fazermos amor. Eu estava deitado de costas na enorme cama de casal. Nossas roupas estavam espalhadas sobre as cadeiras Windsor e, na cabeceira, estava a bolsa de Dindina. Os sapatos de Clara estavam ao lado.

Dindina estava sentada à minha esquerda, passando os dedos pelo cabelo enquanto Clara estava à minha direita,

deitada de lado, olhando para mim. Os seios dela pressiona-
vam meu braço, e sua respiração, ainda curta por causa do
desgaste de nossa travessura, era quente sobre meu ombro.
A fraca luz de rua na Via Lampedusa atravessava as ripas
das venezianas e desenhava listras no teto. Tínhamos acen-
dido o abajur sobre a penteadeira, a lâmpada lançando um
brilho rosado através da cúpula de seda vermelha, enchen-
do o quarto de calor. No espelho alto, eu via Dindina, seus
seios fartos pendendo com leveza e balançando enquanto
ela penteava o cabelo metodicamente com os dedos.

Clara moveu a cabeça para aproximar a boca da minha orelha. Seus seios grudaram no meu bíceps, com suor,
quando ela se mexeu.

— Querido... — ela sussurrou, parando a frase na metade.

Virei a cabeça a sorri para ela, depois beijei sua testa.
Ela também estava úmida com a transpiração que resfriava.
Senti o sabor do sal.

— Seus sapatos — Dindina comentou do nada, em inglês — estão em cima da mesa.

Clara não respondeu àquele fato óbvio. Eram sapatos novos, feitos em Roma, comprados naquele dia: ela ainda iria
usá-los e estava orgulhosa com a compra. Não sei exatamente
por que não os deixara na cadeira com os sapatos que estava
calçando, mas imagino que foram colocados sobre o tampo
de vidro da penteadeira para atrair a atenção de Dindina.

— Em cima da mesa — Dindina repetiu.

— Sim.

— É ruim colocar sapatos em cima da mesa, já que foram usados para andar na rua.

Clara não respondeu. Olhou para mim e piscou um
olho. Foi uma piscada perversamente ardilosa, e senti ter-
nura por ela e seu gambito conspiratório.

— Tire-os de lá.

— Não estão sujos. Não há mal nenhum e a gente já vai sair.

Ela olhou para mim em busca de confirmação.

— Sim — eu disse, e me sentei. — Está na hora. E tenho uma mesa reservada para nós na *pizzeria*. A cidade está repleta de turistas.

Dindina deslizou para fora da cama. Observei suas nádegas lisas e arredondadas se movendo uma contra a outra quando ela atravessou o quarto e, movendo a mão com ímpeto, atirou os sapatos no chão, onde caíram ruidosamente sobre as tábuas de madeira do piso ao lado do tapete.

— *Sporcacciona!* — cuspiu Dindina.

Clara saltou do meu lado e recolheu os sapatos. Um deles ficara arranhado na parte que batera no chão. Ela mostrou o estrago para mim em um silêncio mudo, seus olhos apelando pelo meu apoio e faiscando com uma raiva latina contida.

— Só camponeses do norte colocam sapatos em cima da mesa — Dindina comentou com acidez enquanto levava as mãos às costas e encaixava o fecho do sutiã.

— Só camponeses do sul não valorizam riquezas — Clara retrucou, recolocando de propósito os sapatos sobre a mesa e vestindo a calcinha.

Eu queria rir. Ali estava eu, completamente nu em uma enorme cama de casal no andar superior de um bordel na Itália central, com duas garotas seminuas discutindo em inglês por minha causa. Era a essência das farsas de Whitehall.

— Não discutam — falei tranquilamente. — Isso estragará uma boa noite de amor. Tenho certeza — levantei-me e peguei o sapato arranhado da mão de Clara — de que esta marca sumirá com um polimento.

Dindina e Clara não disseram nada, mas trocaram olhares fatais. Quem quer que tenha sido o primeiro a perceber que uma mulher injustiçada é um animal perigoso, e suspeito que tenha sido um meio-macaco neolítico, estava certíssimo.

Saímos do bordel, caminhando de braços dados ao longo da Via Lampedusa e através das ruas até a Via Roviano. Era uma noite aprazível, o ar estava quente e ouvíamos os morcegos no céu. As estrelas brilhavam tanto que era possível ver as mais fortes através do fulgor das luzes. Clara carregava uma sacola de compras com os sapatos velhos. Ela calçara os novos para provocar Dindina, que carregava apenas sua pequena bolsa de mão preta.

Nossa mesa ficava ao lado da janela. Tentei trocá-la por outra, mas a *pizzeria* estava cheia: o proprietário deu de ombros se desculpando. Insisti, e, no final, ele cedeu e nos acomodou em uma mesa apenas parcialmente visível da rua. Sentei-me na cadeira que não podia ser vista. Na minha situação, ficar exposto em uma vitrine como um manequim ou uma puta de Amsterdã equivalia a um total disparate.

Na verdade, o sexo não fora tão bom. Sempre que as cortinas do prazer começavam a cair sobre mim, a enevoar minha mente e a afastar o mundo real, uma visão dançava diante delas, o habitante das sombras na *piazza* em Mopolino, o habitante das sombras no anfiteatro, o habitante das sombras encostado em um carro estacionado, como eu o vira pela primeira vez, o habitante das sombras e o velho apontando, acenando, apontando para mim. Precisei lutar para exorcizar aquele fantasma de Banquo de meu banquete sexual.

Fizemos o pedido habitual: uma pizza napolitana para Dindina, pizza margherita para Clara. Pedi uma pizza ao funghi. Eu não estava animado para comer. Talvez a discussão das garotas tivesse azedado a noite. Quem sabe, em algum lugar próximo, o habitante das sombras aguardasse por sua chance. Eu sabia que precisaria ser extremamente cauteloso ao voltar para casa. A noite esconde muitas coisas.

As garotas não estavam dispostas a conversar. Precisei puxar conversa, o que foi difícil. Elas falavam comigo, uma de cada vez, mas não entre si, por mais que eu tentasse. No final, desisti, bebi meu vinho e ataquei minha pizza, atento para as pessoas que entravam pela porta.

Quando o garçom trouxe a conta, Clara inclinou-se sobre a mesa na minha direção.

— Sinto muito. Não quero deixá-lo infeliz, mas ela... — Clara olhou séria para Dindina. — Ela me ofende.

Entreouvindo o comentário e irritada por não ter tomado primeiro a iniciativa de se desculpar, Dindina bufou e virou-se para o outro lado. Ao fazer isso, derrubou minha taça de vinho. A taça estava apenas um terço cheia e era do final da garrafa. Eu não tinha a menor intenção de beber o vinho.

— No sul — Clara disse com uma doçura forçada —, os camponeses têm o costume de derramar vinho na mesa. É um costume... Não sei a palavra em inglês para isso. Dizemos em italiano *pagano*: pessoas ignorantes e sem Deus.

Dindina não podia fazer nada em resposta. O garçom estava entre elas, oferecendo a conta, aceitando meu pagamento.

— Vamos! — eu disse. — Está na hora de ir. Vou precisar caminhar muito nas montanhas amanhã para pintar, até o único lugar onde existem as borboletas que preciso ver. O único lugar em todo o universo.

Normalmente, se eu fizesse tal comentário, Clara me pediria para descrever a borboleta e gostaria de saber onde ficava o lugar; Dindina perguntaria quanto a pintura valeria. Dessa vez, no entanto, nenhuma das duas falou nada.

Deixamos a *pizzeria* para nos depararmos com uma fila de turistas esperando por uma mesa. Olhei para os dois lados da rua e não o vi.

Dindina me deu o beijo de tio e paguei-lhe o faturamento da noite. Depois, virei-me para Clara com a mesma quantia em notas dobradas na mão.

— Não, *grazie*. Não preciso de tudo isso hoje. Eu adoro fazer com você. Não sou uma *puttana*.

Dindina saltou sobre ela, brandindo os punhos. Clara largou a sacola de plástico e ergueu os braços diante do rosto para se proteger. Peguei a sacola e me afastei.

Depois de alguns socos rápidos mas mal plantados, Dindina parou para respirar. Clara aproveitou a oportunidade e deu um soco na cara dela. O golpe foi tão forte que a cabeça de Dindina se inclinou para o lado. Ela tropeçou, ameaçou cair mas recobrou o equilíbrio. Depois, avançou contra Clara, arranhando e unhando, e as duas se aproximaram, rasgando as roupas, puxando os cabelos e tentando chutar as canelas uma da outra.

A fúria delas era ao mesmo tempo cômica e aterradora. Quando homens brigam, há uma certa urgência. As emoções parecem suprimidas: todo o ato da luta os domina com sua frieza. Com mulheres, as emoções são tão agudas e óbvias quanto os golpes, a briga não passa de uma extensão dos sentimentos.

A fila de turistas se desfez. Aquele era um aspecto da vida italiana não prometido no folheto de viagem. Eles não esperavam testemunhar tal costume local e fizeram um círculo ao redor das duas com toda a avidez da plateia de uma tourada. Eles gritavam e tagarelavam. Moradores do local se juntaram aos turistas, desfrutando do espetáculo como uma forma de entretenimento grátis.

O tumulto durou pouco mais de três minutos. No final, Dindina recuou. O ombro dela estava exposto onde a blusa fora rasgada e havia dois arranhões em sua pele, que começavam a sangrar. Clara estava apenas desgrenhada, com as roupas desarrumadas mas sem danos. As duas arfavam e resfolegavam por causa do esforço.

— *Megera!* — Dindina rosnou entre os dentes.

— *Donnaccia!* — Clara gracejou, acrescentando: — Em inglês, dizemos *biitch!*

Sufoquei um sorriso. Vários homens aplaudiram e houve muitas gargalhadas masculinas. Dindina, incapaz de aceitar tal desmoralização, partiu a passos largos, inclinando-se dolorosamente para pegar sua bolsa de mão, a qual caíra na sarjeta.

— Não ponha a bolsa em cima da mesa — Clara gritou para ela. — Essa bolsa que passou o dia inteiro rodando na rua. — Clara diminuiu o tom de voz. — Igual à dona — concluiu.

O grupo de curiosos se dispersou com uma jovialidade cruel e os turistas formaram outra fila. Entreguei a Clara a sacola de plástico e descemos a Via Roviano caminhando lentamente.

— Isso não foi gentil, Clara — censurei-a delicadamente.

— Ela brigou primeiro. Ela jogou meus sapatos no chão.

— Não isso, apenas seus últimos comentários.

Ela sorria em triunfo, mas agora sua boca voltou-se para baixo.

— Sinto muito — ela disse. — Irritei você.

— Não. Não fez isso. Você irritou Dindina. Duvido que a vejamos novamente.

— Não... Você vai ficar triste com isso?

— Talvez... — respondi, mas era uma dissimulação perversa. Eu estava felicíssimo. Aquilo reduzia o número de pessoas a quem o habitante das sombras poderia abordar, as quais poderiam guiá-lo até mim.

Caminhamos mais um pouco e, quando passamos por uma viela estreita, Clara pegou minha mão e guiou-me para a escuridão. Por um brevíssimo instante, meu coração disparou com um pânico instintivo. Aquelas sombras, aqueles cantos escuros nas paredes da cidade, poderiam abrigar meu pesadelo, o habitante das sombras. E se ela fosse aliada dele, pensei, se nossa relação fosse apenas uma trama que levava àquele único momento de suposta emoção seguida pelo rápido golpe da faca Bowie ou pela picada da seringa hipodérmica?

Mas a mão dela não apertava, apenas segurava delicadamente a minha. Não havia nenhuma urgência em seus movimentos, a não ser a da amante desejosa de amor, e meu pânico passou tão rápido quanto fora despertado.

Ela parou depois de alguns passos, largou a sacola de plástico e pressionou o corpo contra o meu, soluçando. Coloquei os braços em volta dela e abracei-a com força. Não era necessário falar.

Quando terminou de chorar, dei-lhe meu lenço e ela secou os olhos, tocando levemente as bochechas.

— Eu amo você — ela declarou de repente. — Tanto. *Molto...*

— Não sou jovem — lembrei a ela.

— Isso não é problema.

— Não vou morar aqui para sempre. Não sou italiano.

Enquanto as palavras saíam da minha boca, pensei no quanto gostaria de permanecer na cidade, no vale, na companhia daquela jovem.

— Eu não quero morar sempre aqui — ela respondeu.

Entreguei-lhe outra vez a sacola plástica.

— Está na hora de ir para casa.

— Deixe-me ir para sua casa.

— Não posso. Um dia...

Ela ficou irritada com a resposta mas decidiu não me pressionar. Saímos da viela e nos separamos no Corso Federico II.

— Fique para sempre aqui — ela disse quando me beijou. Era tanto uma ordem quanto um desejo.

Despedimo-nos e segui para casa traçando um caminho muito tortuoso. Eu observava e estava com os ouvidos atentos para qualquer movimento, chegando a me esconder nas sombras uma vez ao ouvir um gato caçando um camundongo. Quanto mais me aproximava do *vialetto*, mais meticuloso eu ficava. Contudo, apesar de toda a ávida atenção que eu prestava aos arredores, não pude evitar uma ideia recorrente: Clara lutara por mim, não pelos sapatos ou pela dignidade ferida. Ela me amava e me desejava, e eu precisava admitir que a amava a meu modo.

Mas eu precisava me concentrar nas sombras, nas portas nas profundezas da noite, nas vielas e nos espaços atrás dos carros estacionados. Não poderia permitir que pensamentos a respeito de Clara interferissem, do contrário ela causaria a minha morte.

A bala com ponta de mercúrio é muito simples e, ainda assim, completamente devastadora. É mais poderosa do que a dum-dum dos gângsteres de Chicago, mais mortal do que o *soft-nose* de uma unidade de ataque militar.

Sentado na oficina, a música tocando baixo ao fundo — Edward Elgar, digamos: as Variações Enigma —, preparo a munição. Uma parte da munição é padrão: o chumbo e o revestimento. A outra, as explosivas, preciso fazer.

É uma tarefa trabalhosa e desagradável. Os cartuchos precisam ser desmontados e um buraco minúsculo é brocado na ponta, a qual precisa ficar presa com firmeza em um torno para impedi-la de girar com a broca mas não tão apertado a ponto de retorcer o projétil. Depois de brocar o buraco até precisamente 3 milímetros de profundidade, por se tratar de balas Parabellum, este deve ser enchido até a metade com mercúrio. Feito isso, o buraco é tapado com uma gota de chumbo líquido. A bala não pode ficar quente demais em nenhum momento, do contrário expandirá e ficará deformada.

Optei por modificar munição revestida. É mais difícil brocar o revestimento do que uma bala de chumbo, e recolocar a bala no cartucho exige ainda mais cuidado e habilidade, mas o resultado será muito mais devastador.

Quem quer que tenha inventado essa adaptação letal foi um gênio, um daqueles homens que veem um fato simples e conseguem extrapolá-lo para realidades maiores. O método de trabalho é incrivelmente simples. Quando a bala é disparada, o mercúrio é comprimido para o fundo do buraco devido à aceleração. Permanece ali até que a bala atinja o alvo, quando o mercúrio, por ser líquido, é impelido para a boca do buraco e explode a tampa de chumbo. A tampa se solta e espalha-se para fora como estilhaços de uma bomba minúscula. O mercúrio sai em seguida. Pedaços do revestimento se soltam. A bala faz um buraco do tamanho de uma moeda de 10 centavos de dólar ao entrar e uma caverna do tamanho de um prato de sopa ao sair. Ou o faz dentro do alvo. Ninguém sobrevive a um tiro desse tipo.

Minha bela jovem usará essa tecnologia rústica contra alguém.

Quando recoloco cada cartucho pronto na caixa, com a ponta para cima, penso outra vez em contra quem poderiam ser utilizados. São muitas as possibilidades. Há tantas pessoas vivas nas capitais do mundo para quem tal destino seria adequado. Para muitas, é bom demais, nobre demais, rápido demais. A luz da vida está acesa — e em seguida é apagada. O coração pulsa e para. O cérebro dispara microamperes de eletricidade e é desligado, desativado, como dizem sobre gigantescas centrais geradoras de energia. Os músculos relaxam no sono final. O cabelo, como um tolo que não parte quando a festa termina, continua a crescer. Todo o resto começa a definhar.

Contudo, não posso concordar com outros métodos. O declínio lento e debilitante na dor e na confusão trazido pelo veneno, ou a angústia rascante quando a faca denteada penetra na carne e gira, ou o trovão ofuscante quando a bomba explode, os pregos e pedaços de fios voando em um emaranhado de agonias.

Não são maneiras de se fazer isso.

Eu cantarolo acompanhando a música de Elgar. O cheiro penetrante do chumbo fundido paira no ar, e abro as persianas para dissipá-lo. Não desejo envenenar a mim mesmo.

Pergunto-me o que ela sentirá, a garota bonita no vestido de verão, com pernas bronzeadas e mão firme. O que passará pela cabeça dela quando seu dedo envolver o gatilho e as partes metálicas dançarem sua coreografia elaborada? O que verá através da mira telescópica? Será um homem ou uma mulher, ou o demônio do ódio trajando um terno elegante, saindo do 747?

Espero que não veja nada. Ela não sentirá nada. No momento do disparo, a mente da caçadora está vazia. Ela não pensará em causa ou consequência, no caos prestes a ser criado por suas ações. A mente dela estará totalmente livre de pensamentos ou emoções, de medos e amores.

Dizem que matar um homem de caso pensado, com meses de premeditação e planejamento, é como a própria morte. Tudo é silencioso. O assassino não ouve disparos, gritos ou berros. Tudo acontece em câmera lenta, como nos filmes. Tudo que se pode ver na sala de projeção da mente é um único fotograma de sua vida passada.

Pergunto-me se a jovem verá a campina da *pagliara* quando disparar.

Carrego as novas câmaras que fiz, conferindo as três. Cada uma contém sessenta tiros, como solicitado. Há muitas de sobra. Ela presume que não conseguirá escapar, espera ser encontrada e acuada e está determinada a levar consigo tantos quanto conseguir. Ela sabe que morrerá, o que exige um tipo particular de coragem.

Mas ela desfrutará do momento, o orgasmo sexual de matar. Não estará escondida em um terminal de aeroporto ou agachada em algum telhado. Estará acocorada sobre o amante, as mãos em seus bíceps, as coxas pressionando as dele para baixo, e tudo estará sob controle.

Não foi Pindar, em suas Odes, escritas dez séculos antes de um sábio chinês misturar a pólvora, que escreveu: "Para o prazer fora da lei, aguarda um final amargo?"

* * *

Quando entrei, a farmácia não estava movimentada. Nunca está. Não vou a um dos estabelecimentos maiores no Corso Federico II, preferindo uma loja pequena e discreta na Via Eraclea. A farmácia deve ser tão antiga quanto a rua, e foi outrora o laboratório de um alquimista ou de um geomântico.

As prateleiras são velhas tábuas de carvalho apoiadas em modilhões de pedra. Pinos de pedra os mantêm no lugar. A madeira é manchada por séculos de produtos químicos derramados, poções, pós e invenções além da imaginação médica moderna. Penso, de pé diante do balcão à espera que a atendente apareça, que se alguém seccionasse microscopicamente uma prateleira haveria, prontas para serem descobertas, todas as camadas do conhecimento químico.

Na prateleira mais alta ficam garrafas que contêm objetos de aparência curiosa, que não consigo identificar à meia-luz: podem ser, até onde posso dizer, bebês natimortos conservados em álcool ou os chifres de um cabrito montês ou raízes retorcidas de cicuta. Abaixo delas há medicamentos diversos, cosméticos, garrafas de remédios patenteados, perfumes e batons em mostradores. Sobre o balcão se encontra um recorte em papelão de uma garota muito bonita, com metade do tamanho natural, vestindo um biquíni e segurando um frasco de bronzeador fator 15. A própria garota desbotou um pouco por ter ficado anteriormente exposta à luz do sol na vitrine da loja e agora o frasco de bronzeador tem uma cor mais saudável do que ela.

A atendente saiu de uma porta nos fundos da loja. É uma jovem com a idade de Clara aproximadamente, magra quase ao ponto da anorexia. O rosto dela é pálido e as mãos, ossudas. Ela poderia ter sido montada pelo geomântico a partir de partes surrupiadas dos cemitérios da cidade. Quem sabe o fantasma de uma das milhares de garotas que devem ter vindo a este lugar em busca de um aborto, querendo conquistar um amante viril ou livrar-se da sífilis.

— *Un barattolo di...* — eu não conseguia pensar na expressão que queria — *... antisepsi. Crema antisepsi. Per favore.*

Ela deu um sorrisinho e esticou a mão para alcançar uma das prateleiras antigas. Seu braço era fino como um graveto, como se ela tivesse acabado de ser libertada de alguma prisão horrível. Ela era, pensei, tão parecida com a garota de papelão do bronzeador que senti uma onda de pena passar por mim. Com poucas semanas de boas refeições, ela poderia ser tão bonita e atraente quanto Clara.

— *Questo?*

Diante do meu rosto ela segurava uma pequena lata de Germolene. Peguei-a e girei a tampa. O cheiro de óxido de zinco e o rosa cirúrgico do creme me lembraram instantaneamente a minha escola pública, a matrona que esfolava com o creme, esfregando-o com força como se ao fazer isso nos obrigasse a nos redimir por termos perturbado seu chá da tarde. Eu podia ver, como se através da névoa do fedor metálico, o irmão Dominic de pé na linha lateral gritando ordens incompreensíveis para a disputa pela bola.

— *Quant'è?* — perguntei.

— *Cinque euros.*

Comprei a lata e, enquanto a garota pegava o troco, esfreguei uma pitada do unguento com delicadeza em um corte nas costas da minha mão. Eu cortara a pele no torno, um acidente pequeno e bobo. Suguei o corte assim que aconteceu e interpretei-o como outro sinal de que estou envelhecendo, próximo ao fim da minha vida de trabalhador. Há apenas um ano eu não teria sido tão desastrado.

Ao colocar a lata no bolso do meu paletó, ela bateu na Walther. Não estou acostumado a ter que carregar uma pistola e, por um instante, esqueci que ela estava ali. A lata me fez lembrar a arma, e eu a coloquei no outro bolso.

Olhei para os dois lados da rua antes de sair da farmácia. Ninguém caminhava pelas pedras arredondadas do pavimento, só dois homens caminhando de braços dados e conversando animadamente. Segui até o bar Conca d'Oro.

Ao redor de uma das mesas ao ar livre abaixo das árvores no centro da *piazza*, estavam reunidos Visconti, Milo e Gherardo. Perto dali, o táxi de Gherardo se encontrava sob a sombra de um prédio, estacionado em fila dupla diante de uma fileira de veículos.

Desde o aparecimento do habitante das sombras, não é inteligente de minha parte sentar-me ao ar livre. Pode-se chegar às mesas sob as árvores de todas as direções e não havia como me sentar em uma de costas para uma parede. Caso o habitante das sombras chegasse, seria possível que não o visse, e não posso correr esse risco.

— *Ciao! Come stai? Signor Farfalla* — Milo chamou.

— *Ciao!* — respondi da maneira usual. — *Bene!*

Então Visconti gritou:

— Fique aqui fora! O sol está quente. É bom.

Ele acenou com a mão acima da cabeça como se espantasse moscas, mas só queria mover o ar quente para que eu pudesse ver o bálsamo e me juntasse a eles.

— Quente demais — respondi. Entrei no bar, sentei-me e pedi um cappuccino.

Fiquei observando a *piazza*. Alguns poucos veículos passaram, circulando em vão em busca de vagas. Alguns estudantes caminharam até a fonte, pegaram suas bicicletas e partiram pedalando. Dois homens estavam sentados em uma das mesas sob as árvores e o dono do bar saiu para anotar seus pedidos. Não queriam nada: apenas um lugar para descansar. O que se seguiu foi uma breve altercação que terminou com os homens indo embora e o dono do bar retornando para dentro, murmurando com raiva. Ele sorriu para mim ao passar. Estava satisfeito com a vitória.

Pedi outro café e peguei emprestado o tabloide do dono do bar. As manchetes, deduzi pelas fotos e letras enormes, eram sobre um escândalo no governo no qual um ministro sem pasta fora pego sem calças na companhia de uma senhora mais conhecida por exibir os peitos na televisão no horário nobre. Havia uma fotografia dela enrolada em uma pele de tigre. A legenda, pelo que consegui traduzir, insinuava que ela teria mais de um tigre na vida.

Um carro começou a se mover na *piazza*. Era o táxi Fiat de Gherardo. Uma coluna de fumaça de óleo diesel flutuou sobre as bicicletas. Enquanto eu observava, Milo sentou no assento do carona. Eles partiram, Visconti se levantou e atravessou a praça na direção do bar.

— Então! Quente demais para você, *signor* Farfalla?

— Sim. Hoje está. Eu estava trabalhando...

— Você dedica tempo demais ao trabalho. Devia tirar férias.

Ele sentou-se à minha mesa e acenou com a cabeça para o dono do bar, que lhe serviu um copo de laranjada.

— Esteve nas montanhas, pintando suas amiguinhas?

— Não, não nesta semana. Estou terminando um pouco do trabalho em casa.

— Ah! — ele exclamou, e deu uma bicada no suco.

Dobrei o jornal e lancei um olhar rápido para fora do bar. Havia um homem sentado em uma das mesas. Estava sozinho, de frente para o bar. Franzi os olhos. Não era o habitante das sombras. O homem era velho e curvado.

— Amigo — disse Visconti, interrompendo minha vigília. — Preciso lhe contar uma coisa.

— Sim?

A expressão no rosto dele era de seriedade, e ele se inclinou para a frente, empurrando o copo para o lado. Parecia um homem prestes a dar pêsames.

— Um homem esteve aqui para fazer perguntas a seu respeito.

Tentei não demonstrar preocupação, mas Visconti tem a sabedoria das ruas. Não é tolo. Um homem fazendo perguntas sobre outro sempre significa más notícias em seu dicionário.

— Quem?

— Quem sabe? — Ele abriu as mãos e entrelaçou os dedos. — Não é italiano, mas fala italiano... mais ou menos. Milo diz que é americano por causa da maneira como pronuncia algumas palavras. Não tenho tanta certeza. Nem Giuseppe. Gherardo o levou no táxi.

— Para onde? Um hotel?

— Para a estação. Depois, ele esperou com os outros táxis pelo trem. O homem não embarcou no trem. Ele foi até um carro.

— Que carro?

— Azul. Um Peugeot. Gherardo me contou isso para que eu contasse a você.

— O que ele perguntou?

— Perguntou sobre sua casa. Disse que tem notícias importantes para você. Ele não disse do que se tratava. Não dissemos nada a ele.

Não respondi de imediato. Então o habitante das sombras encontrara o bar e a *piazza*, assim como encontrara Mopolino, mas parecia estar em um beco sem saída em sua investigação. Ele não encontrara minha casa.

— Obrigado, Visconti, você é um bom amigo. E os outros. Diga a eles por mim.

— Direi a eles. Mas o que isto significa?

— Quem pode saber?

— Se você quiser ajuda... — Visconti começou, mas toquei em seu braço para calá-lo.

— Ficarei bem, caro amigo.

— Todos os homens têm inimigos — Visconti respondeu filosoficamente.

— Sim — concordei. — Todos.

Paguei a bebida e saí do bar, retornando ao meu apartamento por um caminho muito tortuoso, me aproximando de casa com o máximo de discrição possível. É só uma questão de tempo até que aquele homem maldito o descubra.

Minha única chance é terminar a arma antes que isso aconteça: é o que preciso fazer, pois, apesar da minha reputação ter perdido a importância já que não aceitarei mais encomendas, meu profissionalismo está em jogo, minha integridade. A integridade não pode ser comprometida.

Se ele for mais rápido que eu, serei obrigado a agir.

Somente o telhado da Igreja de São Silvestre fica acima da *loggia*. Mais nada. Não há campanário, nenhuma torre quadrada, nenhum andar superior para o qual se possa obter acesso, mas presumo que deva haver algum caminho até o telhado: talvez uma minúscula escada em espiral com degraus desgastados, retorcendo-se em uma cavidade em algum lugar na parede ou uma série íngreme de degraus de madeira escondidos em alguma parte distante do prédio, fora do alcance dos olhos dos fiéis e dos turistas, raramente visitada até mesmo pelos clérigos.

É essencial que eu descubra a localização de tal acesso ou que me assegure de que não existe. Se o habitante das sombras procura minha casa, a igreja lhe proporcionará a melhor vista. Uma tarde no telhado com um par poderoso de binóculos pode lhe render belos dividendos.

A igreja não é, como seria se estivesse em qualquer outro lugar no mundo, cercada por suas próprias terras. Não há cemitério, nenhum pequeno "jardim de descanso" ou "pérgula da paz", nem mesmo um lugar para se estacionar o carro de um clérigo. Os lados norte e sul da igreja são delimitados por ruas estreitas, as paredes protegidas apenas por balizas de granito para desencorajar veículos de marcar as bases de pedra com os para-choques. Entre as balizas, arranhões profundos atestam a incapacidade de evitá-los. O lado oeste da igreja abriga a entrada principal, diante da qual o marionetista e o flautista podem ser encontrados. O lado leste, que é arredondado, fornece uma parede íngreme que dá para o lado de uma ampla *piazza*. Ao longo da parede, invariavelmente, estão estacionados diversos carros caros, pois esta *piazza* é famosa na cidade por abrigar os escritórios dos três advogados mais proeminentes da região.

Com efeito, a igreja é uma ilha de santidade no centro de um quarteirão secular. É inatingível sem que se atravesse uma via pública: ninguém pode escalá-la a partir de um prédio adjacente.

Para me assegurar, caminho ao redor da igreja. Talvez estejam realizando alguma restauração. A cidade foi gravemente abalada por um tremor de terra há um ano, e pode haver andaimes erguidos contra as paredes: não há nem mesmo uma escada de limpador de janelas.

Diante da entrada principal, o marionetista trabalha, a voz aguda que usa durante o dia competindo com o barulho do trânsito. O flautista está sentado, cochilando à sombra de seu guarda-sol, que está pendurado, inclinado, no aviso de proibido estacionar. Roberto se encontra de pé ao lado de seu quiosque de melões, uma névoa azulada de tabaco flutuando no ar ao redor de sua cabeça como abelhas em torno do véu de um apicultor.

Um par de novos artistas se juntou a eles. Parecem um casal. O homem tem 20 e poucos anos e é belo de um modo aquilino, com olhos escuros e brilhantes. Veste uma camisa larga como a de um dândi do século XVIII ou um rock star dos anos 1960, e tem um grande brinco de ouro pendurado no lóbulo esquerdo. Faz malabarismos. De acordo com seu papel, ele joga bolas, garrafas vazias e ovos, mantendo até sete no ar ao mesmo tempo. Enquanto faz os malabarismos, tagarela rapidamente, o que desperta gargalhadas em parte da plateia de italianos.

A parceira dele é uma garota no final da adolescência que se agacha ou se ajoelha na calçada e faz desenhos nas pedras com giz colorido. Tem cabelo preto, desgrenhado, pendurado na frente do rosto. De vez em quando, por reflexo, ela tira o cabelo e o suja com pó de giz, tingindo-o levemente com a cor que estiver usando. A cintura é bem torneada mas ela quase não tem busto, e seus pés descalços estão sujos. Em torno de seu pescoço, pendurada em uma corrente, há uma *ankh*. Ela também poderia ser uma hippie dos anos 1960 que não envelheceu.

Observo-os durante cinco minutos, olhando ao mesmo tempo além do grupo de espectadores para as apresentações do casal e do marionetista. Não vejo o habitante das sombras.

Os degraus da igreja estão cheios. Um grupo de turistas de meia-idade aguarda a chegada de um ônibus, sentados nos degraus, de pé na sombra estreita da porta, abanando-se. São de diversas nacionalidades, cada uma tão reconhecível quanto flores em um campo. Os americanos carregam câmeras penduradas em alças ao redor do pescoço; os homens usam os dois ou três botões superiores das camisas abertos, as mulheres se inclinam nas pedras da igreja. Os ingleses suam profusamente e abanam-se com os folhetos da excursão; as mulheres conversam sobre o calor, os homens ficam de pé, desconsolados e em silêncio. Os franceses sentam-se nos degraus. Os alemães ficam de pé com determinação, debaixo do sol mesmo. O guia é um jovem de terno azul de algodão que corre de um grupo para o outro ansiosamente, assegurando-os de que o transporte chegará logo.

Trilho um caminho em meio às pessoas e abro a pesada porta da igreja. Quando esta se fecha atrás de mim com uma dobradiça hidráulica suspirante, o barulho do mundo secular é silenciado e os delicados sons abafados do mundo sagrado ganham volume.

A igreja é fresca e ampla. O chão de mármore em xadrez preto e branco faz barulho sob meus pés, cada passo ecoando para o alto. Não há bancos na direção do altar, apenas algumas fileiras em um lado. As congregações são pequenas.

Levanto os olhos para o monstruoso teto de ouro e suas pinturas: as luminárias foram apagadas, pois um feixe de luz do sol corta o ar, refletindo no chão e brilhando sobre as gravuras. Um americano, sem perder o ânimo com a chegada iminente de seu transporte, está deitado de costas no chão de mármore, a posição horizontal moderna equivalente à de um suplicante medieval, fotografando o teto.

Aproximo-me do altar. Acima dele, há um Cristo lúgubre em tamanho natural preso à cruz, que é feita de madeira de verdade. Das feridas e pelas faces cobertas pela barba, pinga sangue escarlate feito de gesso. Os pregos parecem estacas de metal autênticas marteladas através da escultura. Nos dois lados do crucifixo há anjos brancos de mármore ascendendo ao céu. Em segundo plano, há uma pintura a óleo do Calvário, com um céu azul brilhante, no qual paira uma grande nuvem negra. Abaixo da nuvem há uma fileira de cruzes distantes com figuras insignificantes, irrelevantes.

Olho para esse exemplo rococó de infinito mau gosto e depois me viro para olhar a igreja, como um padre pastor inspeciona o rebanho de ovelhas agora que os balidos da oração chegaram ao fim.

O americano se levantou e esfrega as calças. Da porta, em silêncio, um amigo acena freneticamente para ele, mas o turista não percebe. Uma mulher de xale segue para a porta. Ela caminha com passos hesitantes. Um jovem casal está em uma lateral da igreja, acendendo velas elétricas em um mostrador no qual inserem moedas por uma abertura. Poderiam estar em um parque de diversões, jogando. As moedas caem ruidosamente no receptáculo sob a mesa.

Não há portas nas paredes da igreja. Passo por trás do altar, onde há uma sacristia. É uma sala bolorenta repleta de vestes de igreja penduradas em cabideiros, várias arcas antigas e grandes com cadeados modernos de alta segurança, prateleiras de livros e uma escrivaninha repleta de papéis, em cuja beirada repousa uma xícara fedorenta de café frio. Olho atrás das fileiras de vestimentas. Não há nenhuma porta escondida. O único lugar restante que poderia encobrir um acesso para o telhado é atrás da sepultura do santo.

Estou prestes a deixar a sacristia e seguir para a exuberante sepultura quando o vejo. O habitante das sombras.

Ele está de pé bem no centro da nave, como se tivesse acabado de se levantar do chão. Está praticamente olhando na minha direção. Recuo agachado e o observo a partir da relativa segurança da porta da sacristia. Não parece que ele tenha me visto. Ele se vira, atravessa a igreja lentamente e para diante da sepultura. Os pilares acanalados e a torre de mármore negro salpicada de dourado despontam sobre ele, e penso, em um voo da imaginação, que se ocorresse agora um terremoto, ele seria esmagado pela grandiosidade grotesca daquela construção horrenda.

Por trás da sepultura aparece padre Benedetto, que carrega uma pá de lixo e uma escova. O habitante das sombras o chama e eles se aproximam.

Observo avidamente, forçando os ouvidos para captar ainda que um trecho da conversa, mas eles mantêm as vozes baixas e o som é perdido na imensidão da igreja.

Padre Benedetto não larga a pá de lixo e a escova. O habitante das sombras não aponta para a sepultura, para o altar, para o teto. Imagino que não estejam discutindo os méritos artísticos ou arquitetônicos da construção.

Depois de alguns minutos, o habitante das sombras aperta a mão do padre e sai da igreja em passos rápidos.

Padre Benedetto segue para o estande de velas automáticas e, largando a pá de lixo e a escova, tateia sob a sotaina em busca das chaves.

— Olá, meu amigo — digo quando ele se curva diante da máquina.

O padre leva um susto. Duas pessoas falando com ele em rápida sucessão não é comum na igreja. Ele se levanta rapidamente. Seu rosto está pálido.

— Você! — ele exclama. — Você está aqui. Venha comigo.

Ignorando a pá de lixo e a escova, trancando novamente a caixa de dinheiro, o padre me conduz na direção do altar, para a sacristia.

— Um homem esteve aqui fazendo perguntas sobre você.

— É mesmo? — finjo surpresa. — Quando?

— Bem... — ele olha para a porta como se meio que esperasse que o homem reaparecesse —... há apenas dois minutos. Não mais.

— O que ele perguntou?

— Onde você mora. Disse-me que era um amigo seu de Londres.

— E você lhe disse?

O padre olha para mim com um vago desdém:

— É claro que não. Como posso saber quem é? Talvez seja da polícia. Com certeza, não é um amigo.

— Por que diz isso?

— Um amigo saberia onde fica sua casa. Além disso, amigos não carregam pistolas quando fazem visitas.

Ele olha para mim astutamente. Sinto seus olhos vasculhando meu interior.

— Como você pode saber?

— Se você mora na Itália e é um homem do clero, acaba conhecendo muita gente. Todos os tipos de homens, de mulheres. E certa vez eu estava em Nápoles...

Ele faz uma careta, como se fizesse sentido que qualquer pessoa que tenha morado em Nápoles, ainda que por pouco tempo, possa notar a diferença entre uma carteira gorda e um coldre de ombro.

Então, o habitante das sombras anda armado. Isso lança uma luz diferente sobre a questão. Ele não é um simples rastreador, pois o homem que carrega uma pistola sabe como usá-la.

— O que você contou a ele?

— Eu disse que o encontrara diversas vezes, mas que não o conhecia, que jamais tinha ido à sua casa. Ele perguntou a respeito de sua casa, e não seu endereço. Perguntou se você frequentava a igreja. Eu disse que às vezes você vinha. Não muitas.

— Ótimo.

Percebo que há um tom de alívio na minha voz.

— É tudo verdade, meu companheiro caçador de borboletas — padre Benedetto responde. — Eu não fui à sua casa. Não sei onde fica, pois não estive lá para ver com os próprios olhos. Tenho apenas a palavra da *signora* Prasca. Você vem às vezes à igreja, ainda que apenas para olhar. E eu não o conheço.

Ele sorri com tristeza e eu o toco no braço.

— Obrigado — digo. — Você é um amigo de verdade.

— Sou um padre — ele afirma, como se isso não apenas explicasse tudo mas também fosse uma contradição.

— Diga-me — pergunto ao chegar à porta da sacristia —, existe algum acesso para o telhado da igreja?

— Não. Apenas o caminho de Deus — ele responde enigmaticamente. — Você está seguro.

Deixo a igreja com extrema cautela. O grupo de turistas partiu e os artistas estão fazendo um intervalo. Só o flautista trabalha, sua música fluida à deriva no ar quente. Ninguém presta a menor atenção a ele. Atravesso a *piazza* diante da igreja, jogando uma moeda em sua lata quando passo. Para dar sorte. Desço rapidamente os degraus e, no final, olho para trás. Não estou sendo seguido.

De volta ao apartamento, sento-me tranquilamente e penso. O habitante das sombras não está mais perto de me descobrir. Ninguém parece ter me traído. Visconti levou o homem a lugar algum e os outros, a essa altura, saberão que também devem manter a boca fechada. Padre Benedetto evitou transmitir a informação sem cometer perjúrio diante de seu deus. A *signora* Prasca não pode ter sido abordada, do contrário o habitante das sombras saberia meu endereço. Assim, restam apenas Galeazzo e as duas garotas.

Conversarei com o primeiro, contarei alguma história sobre algum credor ou algo parecido. Qualquer coisa servirá e ele será confiável. Tenho certeza disso. E Clara também. Já Dindina não é uma aposta tão segura, já que foi tão publicamente humilhada.

Quando o sol cai e a noite se forma do lado de fora da janela, cobrindo o vale com suas saias de sombras, penso que pode estar na hora de escolher um esconderijo e decidir qual atitude tomar caso alguém me entregue.

O caminho que sobe para o castelo — a fortificação que fica como uma crista de galo exuberante, cinzenta e serrilhada acima do vale — é muito acidentado. A chuva escavou canais profundos na trilha, e rochas do tamanho de toranjas se espalham pelo chão. Os arbustos em ambos os lados crescem além das margens da trilha e exigem que se dirija com os vidros fechados. Um obstáculo adicional é o ângulo íngreme da trilha, que foi feita para carruagens lentas e cavalos, e não para um motor de combustão interna. Os fazendeiros nunca sobem por aqui porque a encosta em torno do castelo é repleta de rochedos e a cobertura de grama é escassa. Além disso, o penhasco de 200 metros sobre o qual o castelo fica empoleirado torna a colina arriscada para animais de criação. Só historiadores e arqueólogos, além de, muito ocasionalmente, alpinistas, se aventuram tão longe.

No topo da trilha há um retorno rústico. Conduzo o Citroën até lá, depois de vinte minutos triturando pedras em primeira marcha, com várias curvas fechadas e sinuosas. O capô, quando saio para apoiar-me nele, está quente demais para encostar nele. Há um grande arranhão ao longo da porta direita.

Estaciono o carro sob uma árvore densa e, pegando a mochila do assento traseiro, tranco as portas.

A partir do retorno segue uma trilha através de arbustos raquíticos curvados pelo vento até uma ponte de pedra sobre o fosso seco no qual borboletas se aglomeram em torno de um grupo de flores amarelas. Ignoro-as. Não vim aqui pintar borboletas. A entrada do castelo, não mais larga que uma charrete, ainda está lacrada com a rede de ferro. As correntes de titânio e os cadeados extrarresistentes permanecem no mesmo lugar da visita anterior, mas tentaram arrombar um dos cadeados, sem sucesso. O buraco da chave está todo amassado. Algumas limas mais frescas, ou seja, ainda não enferrujadas, se espalham pelo chão, mas as correntes nem parecem afetadas por elas. As barras foram um pouco mais afastadas com a ajuda de um macaco.

Os invasores de hoje não pensam, não acreditam que os construtores do século XIII fossem capazes de ter malícia. O portão da frente não é a única entrada.

Chacoalho as correntes como se, ao fazer isso, tocasse a campainha. Estou chegando, digo aos fantasmas que estão lá dentro.

Ao redor do castelo, pouco antes do precipício, o fosso morre em um banco de rochas, através do qual foi construído um túnel baixo e curto. Nunca houve a intenção de que o fosso ficasse cheio de água e de que toda a água acumulada escorresse pela face íngreme do penhasco. Mas o túnel leva a um segundo túnel, em ângulos retos, escondido atrás de uma rocha aparentemente impossível de ser movida. Era um meio secreto de fuga em caso de cerco. Tem cerca de 2 metros de altura e 1 de largura, com teto arqueado e chão pavimentado, com degraus. Sobe através de uma série de curvas de ângulos agudos, e pode-se ver claramente em cada uma os gigantescos pinos de pedra sobre os quais, um dia, havia portas de proteção. Sem limas ou macacos hidráulicos, pode-se obter acesso à área do castelo com nada mais que uma lanterna confiável.

Tenho certeza de que nenhum ser vivo conhece esta entrada. Sempre que venho até aqui, coloco um graveto atravessado na passagem, alguns metros depois da entrada. Ele nunca foi perturbado.

Com cuidado para não ser observado, apesar de ainda não ter encontrado ninguém neste lugar precário, entro pelo açude e, acendendo a lanterna de bolso, avanço pela passagem. Piso no meu alarme de graveto. Meus passos são abafados. Não há eco aqui. Chego sob um emaranhado de arbustos. Afasto-o com facilidade e entro.

O castelo é construído ao longo de uma serra. A área do calabouço, com cerca de 2 hectares, imagino, está longe de ser plana. No centro, onde a terra é mais alta, pode-se olhar sobre as muralhas, que ainda são substanciais, apesar de estarem desmoronando em torno das poucas janelas recortadas nelas. Dentro das rochas e aclives da colina no interior da fortaleza ficam o que um dia foram estábulos, oficinas, armazéns. Acima, havia alojamentos para trabalhadores, soldados e servos. Agora, as construções estão reduzidas a ruínas, sem nenhuma parede com mais de 3 metros de altura, os pontos ocos para fardos de madeira e estaios estão entupidos com detritos de ninhos de pássaros. Até os ninhos parecem decrépitos e abandonados. Vielas estreitas passam entre as construções, cobertas de grama. Árvores crescem entre as construções de pedra, espalhando copas frondosas onde antes havia telhados de madeira e telhas. Trepadeiras tomaram algumas paredes — hera e uma espécie de clematite. Várias figueiras crescem na rocha natural, espalhando-se sobre os restos de pedra dos homens.

Avançando para o alto do castelo estão as construções mais grandiosas. Aqui ficavam os aposentos do senhor, agora totalmente destruídos, ali uma pequena capela da qual só resta o altar, rachado e deteriorado pelo clima. No inverno, este lugar fica sob a neve. No verão, como agora, o sol arde tão impiedosamente quanto a febre causada pela peste.

No ponto mais alto, há uma fortificação, que também se encontra praticamente em ruínas. Mas aqui a muralha é baixa, não por causa das agruras do tempo, mas por opção. Aqui, não há a menor necessidade de uma muralha. Bastam penhascos.

Inclino-me cuidadosamente sobre a muralha, certificando-me de que estou segurando firme no tronco flexível mas forte de um arbusto denso. Bem embaixo do meu queixo está uma aldeia, recolhida contra a base da colina. Se eu atirasse uma pedra para a frente, esta sem dúvida percorreria um arco e atingiria algum telhado. Posso ver os telhados de telhas curvas se espalhando abaixo de mim como uma louca colcha de retalhos, como os campos desertos e gelados da Ânglia Oriental, só que pintados de vermelho e vistos de um avião. O campanário da igreja não é uma torre, mas uma protuberância. A *piazza* da aldeia é um retângulo empoeirado no qual crianças não maiores do que migalhas pedalam bicicletas. Nas ruas, nas sombras, um cubo se move. Vejo o veículo, mas nenhum som chega ao alto.

Fico de pé, afasto-me um ou dois passos da beirada. Daqui, pode-se ver todo o vale. Vejo a cidade a distância, à minha esquerda, acocorada em seu montinho como uma Jerusalém italiana. Posso apenas discernir a cúpula de São Silvestre e estipular a localização do meu apartamento: em algum lugar na névoa estão meu lar temporário e a Socimi.

Os construtores deste lugar eram como eu. Eles controlavam a morte. No vale abaixo, nas montanhas atrás, nada se movia sem o conhecimento e o consentimento deles, nada vivia sem a concordância deles. Os inimigos deles eram tratados com cavalheirismo. O aprisionamento era desonroso. Era melhor morrer. Eles matavam e eram mortos, rapidamente, com o poder de seus deuses reunido em seus punhos e forjado em seu aço. Não havia uma única espada, uma única ponta de lança, nenhuma aljava de flechas ou besta em todo este lugar que não fosse abençoada no altar.

Sento-me em uma rocha de topo achatado e balanço minha mochila, colocando-a no chão. Um camaleão agita a grama grossa e as folhas mortas. Vejo sua cauda balançar sob uma pedra.

Para todas as intenções e propósitos, cheguei em casa. Não importa o que eu diga ao padre Benedetto sobre o papel da história — e o que ele diz a mim —, devo admitir pelo menos isto: faço parte do processo. Só que não permito que me afete. Aceito que devo fidelidade, devo um precedente aos homens que um dia viveram aqui, aos fantasmas que habitam estas paredes e emaranhados de galhos. Eles também faziam parte do processo.

Eles não achavam que estavam produzindo a história nem deixavam que ela os produzisse. Só pensavam no dia de hoje e na consequência sobre o de amanhã. O que foi feito, estava feito. Existiam para verem as coisas serem melhoradas.

É justamente isso o que estou fazendo. Vendo as coisas melhorarem. Através da mudança. Através da jovem de saia com minha obra pressionada contra o ombro e o olho na mira telescópica. O futuro está, como dizem os jovens atualmente, onde está. Eu faço o "onde está" acontecer.

Há uma grande dívida em relação a mim e à jovem. Sem nós, as coisas jamais mudariam. Não de verdade. Não drasticamente. E mudanças drásticas são o que produzem o futuro, e não a metamorfose gradual e ordenada de governos e leis. Apenas as enchentes levam à construção de arcas; somente erupções vulcânicas levam à formação das ilhas; somente epidemias levam à descoberta de remédios maravilhosos.

Somente assassinatos alteram o mundo.

Portanto, reconheço agora, neste lugar no alto das montanhas do Velho Mundo, onde os sonhos começaram, onde as abelhas fazem mel enegrecido nas ruínas e os lagartos correm, onde os pássaros circulam nas correntes de ar ascendentes da montanha e nas térmicas da planície, a dívida que eu, por minha vez, tenho com os homens que trilharam o caminho da lança, o caminho da espada e da pistola.

Abro a mochila e preparo na pedra ao meu lado um piquenique modesto. Não é um banquete como o que levei para a pradaria alpina. Apenas um pedaço de pão, um pouco de *pecorino*, uma maçã e meia garrafa de vinho tinto.

Parto o pão como se fosse a hóstia de algum deus esquecido há muito tempo, alguma divindade pagã. Este não é o pão branco fino de Roma ou de Londres, e sim um filão local, marrom como a terra ressecada e igualmente granuloso, com sementes de trigo e a casca ocasional que escapou do crivo. Mordo o pão e, com a boca ainda cheia, tiro um pedaço do queijo. É duro de mastigar, mas satisfaz. Antes de engolir, tomo um gole de vinho. É local demais: não é da safra maravilhosa de Duilio, mas um líquido rústico e rascante, melhor apenas do que vinagre. Mastigo os sabores na boca e faço força para engolir.

Era isso o que eles comiam, os homens do castelo. Comida dura para homens duros, vinho rústico para os guerreiros. Não faço mais que manter o costume.

Com certeza, isso é tudo que eu e a garota fazemos. Mantemos uma prática aceita, removemos os que estão no poder para que o poder possa ser compartilhado, reavaliado, reassimilado. E, no devido tempo, quando o poder for corrompido, voltar a distribuí-lo.

Sem tipos como a garota e a minha tecnologia, a sociedade estagnaria. Não haveria mudança, a não ser através das gradações da política e das urnas — o que é extremamente insatisfatório. A urna, o político, o sistema, todos podem ser corrompidos. A bala, não. Ela é fiel à sua crença, ao seu alvo, e não pode ser mal interpretada. A bala fala com uma autoridade firme, a urna apenas sussurra banalidades ou conciliações.

Ela e eu somos os veículos da mudança, somos os leões das estepes do tempo.

Não consumo todo o piquenique. Depois de algumas bocadas, paro e espalho a comida no chão — o pão com o queijo ao lado. Na terra ressecada ao lado da comida, derramo o vinho. Jogo a garrafa vazia nas rochas. Ela estilhaça sob a luz do sol como água momentânea. O som do vidro quebrando é quase inaudível no calor.

Esta, portanto, é minha bênção, minha oferenda ao templo da morte.

Corto a maçã em quatro com meu canivete. Está muito ácida. Depois do vinho rascante, os ácidos da fruta parecem descascar meus dentes. Jogo os pedaços do miolo da maçã nos arbustos. Quem sabe daqui a muitos anos, uma safra de maçãs não cairá sobre o castelo?

Uma pequena fileira de formigas já descobriu a comida. As minúsculas mandíbulas mordem o pão. Elas são o exército-fantasma. Em cada inseto habita o espírito de um homem deste castelo. Elas carregam as migalhas para estocá-las, assim como os soldados daqui armazenavam os produtos das pilhagens nas cavernas nas rochas.

Vou para um ponto de onde posso ver todo o vale, através do qual os cumes das montanhas se elevam para encontrar as nuvens da tarde que estão se formando. As aldeias estão ficando cobertas por uma névoa empoeirada agora que o sol diminui o ângulo através do ar. Uma linha se move pelo vale. É um trem. Está atrasado alguns minutos.

Enquanto parte de uma parada na beira da estrada, ouço o som do apito avisando sua chegada.

As florestas abaixo dos limites da neve estão escurecendo. As árvores estão mudando do verde preguiçoso da tarde para um tom mais escuro e sombrio, como se a noite as trouxesse para fora para discutir problemas sérios: são como velhos que se reúnem em bares de aldeias ao anoitecer para recordar e se arrepender.

As estradas estão movimentadas. O sol está baixo demais para ser refletido pelos para-brisas, mas as vias principais são uma linha em movimento, como o comboio de formigas que agora ataca minha oferta de pão e queijo. Há carros na estrada que segue para a aldeia encolhida sob os penhascos. Eles estão sendo retidos por um arado motorizado de fazenda que se move ruidosamente em um ritmo sedado, rural. Uma carroça puxada a cavalo passa por ele. Vejo as colunas de fumaça imunda despejada pelo exaustor na noite parada. O sol bate nas encostas rochosas das montanhas altas. Estas parecem velhas e cinzentas, mas são montanhas jovens, ainda em crescimento, ainda flexionando os músculos como adolescentes disputando uma queda de braço, lembrando aos homens nestas montanhas sua frágil condição de falibilidade.

Ouço um barulho nos arbustos atrás de mim. É um som suave, como uma gargalhada silenciosa. Na mesma hora, fico alerta. Nesses instantes, quando o trabalho está quase concluído e o cliente, pronto para o último encontro, o final, é que surgem os riscos de traição de jogo duplo. Meus clientes não carregam referências, credenciais, documentos ou identificações. Há sempre o risco de que não sejam o que aparentam ser. Muito no meu mundo depende da confiança instintiva.

E há também o habitante das sombras.

Escorrego habilmente até a mochila, e do bolso externo, afivelado, retiro minha Walther P5. Minha arma é um modelo feito para a polícia da Holanda. Puxo o cão e, agachado, sigo na direção das ruínas de um prédio no qual cresce um belo castanheiro. As esferas espinhentas carregam os galhos. Será uma boa colheita de amêndoas.

Estou no fim da minha intrusão na terra. Caso haja uma centena deles — e uma brigada inteira de *carabinieri* é mais provável do que dois ou três: é assim que os italianos agem —, então levarei alguns deles comigo para atravessar o Estige. Mas se houver apenas alguns, e se não forem italianos, e sim ingleses, ou americanos, holandeses ou russos, então terei alguma chance; eles são treinados nas escolas e nas linhas de tiro dos serviços para os quais trabalham. Eu fui treinado nas ruas. Contudo, se for o habitante das sombras, as coisas ainda podem ser diferentes.

Não acredito que tenha me encontrado aqui. Não fui seguido quando deixei a cidade, atravessei o vale e subi as estradas na montanha. Elas dão voltas e se retorcem como serpentes, e a cada curva olhei para trás, para o caminho de onde viera. Não havia nada — não um Peugeot azul, nem mesmo um arado motorizado de algum fazendeiro.

Não há nenhum som humano. Agora, estou profundamente atento a qualquer barulho. Os grilos murmurantes e chiadores são ruidosos: os lagartos disparam como se reproduzidos em fones de ouvido. Consigo detectar cada fonte de som. Minha pulsação é a mais alta de todas.

Avanço muito lentamente. Há uma parede com o topo irregular diante de mim. Estudo-a em busca de pedras soltas, de galhos que possam estalar sob meus pés, de algum pássaro que possa revelar minha posição.

Então, eu a ouço novamente, uma voz abafada. Em italiano. Não compreendo as palavras, mas reconheço o timbre sonoro. Não há resposta. Estão dando ordens.

Se eu conseguir alcançar o túnel, estarei em segurança até que tragam os cães. Olho para o sol. A menos que já os tenham aqui por precaução, estará escuro até que os tragam e estarei livre.

Há um buraco na parede. Através dele, vejo um emaranhado de galhos de castanheiro. Decido arriscar uma espiadela e avanço de joelhos, lentamente, como um penitente hesitante. Não vejo nada. Nenhum movimento. Nenhum casaco de flanela verde-oliva, nenhum uniforme escuro ou a ponta brilhante de um chapéu. Quando aproximo o rosto do buraco, mais do interior da construção e do tronco do castanheiro ficam visíveis.

O solo ao redor da árvore está coberto de grama baixa, que pode ter sido podada por ovelhas e mantida irrigada, de tão cerrada e verde. É um oásis no centro de uma desolação de pedras caídas.

Ouço a voz outra vez, que parece vir diretamente de baixo do buraco na parede. Enfiar a cabeça nas pedras seria extremamente tolo. Em vez disso, me levanto um pouco e, conferindo à direita e à esquerda para me assegurar de que não estão se aproximando pelas minhas costas, olho para baixo.

Na grama, há um casal de namorados. Ela está deitada no tapete verde de grama e folhas, a saia na altura da cintura, as pernas abertas. Está tão perto de mim que posso ver a leve curvatura de sua barriga e seu V de pelos negros. Ele está de pé a 1 metro de distância, tirando as calças, as quais larga no chão ao lado das sandálias e da calcinha dela. Ele tira a cueca e, quando esta cai sobre seus pés, joga-a para o alto e a pega nas mãos. A garota, observando, dá uma risadinha. Ele se deita sobre ela e os braços da garota envolvem sua cintura, puxando a camisa dele e forçando-o para baixo. As nádegas brancas do rapaz contrastam com o bronzeado de suas pernas e da base de suas costas. Ele começa a movê-las de um lado para o outro.

Os dois estão alheios a tudo, a árvore com os frutos espinhentos como pecados minúsculos, o pássaro cantando diante da presença deles, o farfalhar dos lagartos e o canto das cigarras e dos gafanhotos. Se todas as tropas do castelo retornassem das Cruzadas neste exato momento, o casal não se daria conta.

Afasto-me do muro. Não sou um voyeur. Não é assim que me divirto, que excito os sentidos.

Não foi Leonardo da Vinci que disse, muito astutamente, que a raça humana se extinguiria se todos os seus membros pudessem ver a si próprios fazendo sexo? Há algo de ridículo na visão de casais trepando. Não há beleza nas nádegas que empurram e nas coxas que se esfregam. Há um deleite animal urgente, mas isso não é bonito, e sim apenas absurdo. Tudo que há de belo no sexo é que, enquanto dura, parece que você está formando o mundo. Eles acreditam, esses dois, que estão se aproximando do próprio Armagedom, do próprio pôr do sol final e glorioso, seu nirvana particular.

Essa é a falácia do sexo. Na hora, as pessoas parecem indestrutíveis, completamente onipotentes, totalmente no controle do mundo todo. Contudo, não se pode controlar o mundo. Pode-se apenas mudá-lo. A maioria das pessoas não se dá conta disso. Estão profundamente mergulhadas na grande ilusão, ludibriadas por políticos e mercadores do poder, por guardiões da lei e pelas fileiras do Judiciário, por apresentadores de programas de jogos na televisão e astros de novelas, por vencedores da loteria e ministros da fé: qualquer fé, qualquer deus, o dólar, a libra ou o iene, a cocaína ou o cartão de crédito. A maioria dos que percebem a própria aptidão não faz esforço algum para pô-lo em prática.

Não sou um deles, um dos que sonham com o poder, dos que esperam pela sorte. Minha cliente tampouco. Não podemos controlar o mundo. Podemos mudá-lo. Não fazemos parte da conspiração da grande ilusão. E mudança é — devo reconhecer — uma forma indireta de controle.

Agora ouço outras vozes, vindas de outro lugar nas ruínas. Os amantes, já saciados, beijam-se e vestem-se sem pressa. Surge outro casal, de mãos dadas. Eles se conhecem e conversam despreocupadamente, mas em voz baixa.

Puxo de novo o cão da arma, coloco a pistola no bolso, vou rapidamente até a mochila, pego-a e sigo para o túnel. Uma olhada na direção do castelo revela que as barras foram afastadas ainda mais: ao lado da grade, escondido sob um arbusto, há um macaco hidráulico.

Saio do castelo e retorno ao Citroën antes que os quatro românticos apareçam na direção do portão principal, cuidadosamente, atentos para algum veículo que possam reconhecer.

— Boa-tarde — digo educadamente em inglês.

Os homens acenam com a cabeça e as garotas sorriem com doçura.

— *Buon giorno* — um diz.

— *Buona sera* — diz o outro.

O carro deles está estacionado perto do meu. É um Alfa Romeo verde-escuro com placa local. Inspecionei-o antes que chegassem: é um carro particular comum.

Ligo meu carro e empurro o câmbio. Naquele instante, um horror terrível sobe pela minha espinha. Sei que o habitante das sombras chegou. Olho no retrovisor. Nada. Olho de um lado para o outro. Nada. Só os amantes, que agora estão de pé, admirando a vista.

Será possível que um dos dois homens seja ele? Certamente, não. Eu saberia, eu teria sido capaz de perceber.

Começo a descer a trilha com o Citroën, a lataria sacudindo desconfortavelmente. Depois da primeira curva, escondido sob um denso arbusto, está o Peugeot azul com placa de Roma.

Maldito! Ele me encontrou aqui, tão longe do habitual. Estou subestimando o filho da puta. E isso é perigoso, muito perigoso mesmo.

Paro o Citroën ao longo da trilha, pego a Walther e puxo o cão. Agora, verei quem é o desgraçado. Abro a porta e saio do carro, a pistola em prontidão. Ao longe, ouço os casais de namorados gargalhando.

O Peugeot está vazio. Sem motorista, nada nos assentos, nenhuma pista. Olho rapidamente para dentro do arbusto. Ele não está agachado ali. Olho ao redor do arbusto. Ele está no alto da encosta, falando com os namorados.

Sinto um calafrio. Ele escolheu este momento e eu estava completamente alheio ao fato. Salvo pela presença dos namorados, eu estaria à sua mercê: se não fosse por eles, teríamos nosso confronto e tudo estaria resolvido. De um jeito ou de outro.

Pego meu canivete e, habilmente, corto as válvulas de dois pneus do carro dele, o que o manterá preso aqui por uma ou duas horas. Ele deve ter me seguido até as montanhas, sem dúvida me acompanhando desde o vale abaixo com um par de binóculos, mas não me seguirá de volta à cidade.

Pode ser um pouco surpreendente, mas é um fato: um homem na minha linha de negócios tem um orgulho distinto, não insignificante, pelo próprio trabalho. Você pode presumir, já que o produto do meu trabalho manual em geral é temporário, usado apenas uma única vez e abandonado no local da ação, que eu não tenho muita consideração por ele.

Eu tenho.

E tenho uma marca registrada.

Há muitos anos — não direi quando, mas foi logo após o início da minha carreira atual —, coube a mim a tarefa de fornecer uma arma para o assassinato de um grande traficante de heroína. Naquele tempo, com uma reputação ainda por ser conquistada, eu passava muito mais tempo trabalhando do que atualmente. Existe, devo admitir, um grau de superfluidade previsível nos meus produtos de hoje em dia, assim como em todo carro moderno, aparelho de som e máquina de lavar. É do interesse do fabricante ter uma obsolescência específica e programada. Contudo, não realizo um trabalho desleixado, como fazem os fabricantes de carros, aparelhos de som e máquinas de lavar.

Na época me mostraram um tablete de ópio. Recém-chegado do Triângulo Dourado, estava embrulhado em papel antiengordurante, tão meticulosamente dobrado e lacrado como se tivesse sido embalado para presente por uma balconista da Harrods. As quinas eram vincadas, como que passadas a ferro. Sobre aquele tijolo de morte visionária havia a marca "999 — Cuidado com as imitações", que me deu uma ideia à qual aderi desde então. Em toda arma que faço, ou refaço, no lugar do número de série ou da marca do fabricante, gravo meu próprio — como devo dizer? — crédito. Há um aspecto prático nessa aparente vaidade: o entalhe corta as manchas de ácido que eliminam o número de registro. Hoje em dia, com raios X, cientistas forenses podem ler um número apagado com a mesma facilidade com que leem o jornal, e a gravação atrapalha consideravelmente o processo. Mas admito de bom grado que, aqui, a vaidade desempenha um papel maior que a proteção.

Quando Alexander Selkirk, pretenso modelo de Defoe para Robinson Crusoé, morreu de febre no mar em 12 de dezembro de 1720, deixou muito pouco como legado: um paletó com bordados dourados, um baú que o acompanhara na solidão da ilha, uma xícara de coco que ele fizera, posteriormente afixada em uma base de prata, e um mosquete.

Vi a arma uma vez, há muito tempo. Era desinteressante, com certeza não aprovada. Contudo, ele entalhara nela o próprio nome, o desenho de uma foca em uma rocha e um verso.

Colocar meu nome nos meus produtos seria condenar a mim mesmo à forca, à cadeira elétrica ou ao pelotão de fuzilamento, dependendo de qual organização ou governo me encontrasse. Até mesmo um pseudônimo, pensei, seria arriscado: jamais fui do tipo que procura conscientemente uma alcunha como Chacal, Raposa ou Tigre. É melhor não ser conhecido como coisa alguma.

Desde então, em vez de um nome, coloquei o mesmo verso em todas as armas que fiz.

Hoje, estou gravando a Socimi com o pequeno poema, queimando-a com ácido, cortando as palavras primeiro em cera. É um processo simples que leva apenas alguns minutos, a cera pingando sobre o metal e o poema sendo gravado nela com um pequeno entalhador de prata que burilei há muitos anos.

É um poeminha simples. Mantive a grafia de Selkirk:

Com 3 dracmas de pólvora
Saraivada de 3 onças
Pile-me bem & carregue-me
Em matar não fracassarei.

Cometi erros e erros parciais. Reconheço tal fato. Apesar de ter feito o melhor para evitar, ocorreram falhas. Sou apenas humano. De vez em quando me sento e recordo tais fracassos, lembrando individualmente de cada um. Desse modo faço o melhor para evitar a repetição.

Houve a arma que engasgou, que feriu o mulherengo e avariou a amante. Em outra ocasião houve uma bala explosiva que não explodiu. Não teve importância, dado o ocorrido: foi um tiro na cabeça e o alvo morreu de qualquer forma. Um cabo de madeira se partiu em uma G3 que eu estava adaptando. Não foi realmente culpa minha. A G3 não é fabricada com madeira, mas o cliente exigiu. Descobri o porquê no devido tempo, na imprensa internacional. O cliente usou a arma em um lugar muito quente e temia que o cabo de plástico derretesse. Um temor tolo e desnecessário, mas foi assim. Eu faço as armas, não dito as ordens.

Meus piores erros, contudo, não foram relacionados ao meu ofício, e sim à minha própria vida, ou como a conduzi.

Duas vezes fiquei tempo demais em um lugar. Londres foi um deles, o que me levou a ter que providenciar o falecimento do paneleiro idiota. O outro lugar foi Estocolmo, e a culpa foi minha. Passei a gostar de lá.

Minto. Passei a gostar de Ingrid. Deixe-me chamá-la assim, apesar de não ter sido seu nome, mas existem dezenas de milhares de Ingrids na Escandinávia.

Os suecos são uma raça sem humor, sem vida. Consideram a vida uma intensidade a ser experimentada, e não um descanso da longa labuta da eternidade. Para eles, não existem horas preguiçosas no bar, não existem caminhadas pela rua com um passo tranquilo e uma indiferença mediterrânea. São como buldogues, sempre prontos e alerta, latindo e fazendo disso um bom trabalho.

Para os suecos, o sexo é uma função corporal. Seios são primariamente para alimentar bebês, pernas, para caminhar ou correr, quadris, para carregar a próxima geração. Assim como seu clima e florestas coníferas intermináveis são frios, reservados, irremediavelmente chatos e insuportavelmente pretensiosos. Os homens são belos nórdicos com cabelos louros e uma arrogância fruto de terem sido um dia uma raça governante. As mulheres são lindos autômatos louros, flexíveis e submissos, tão altivas quanto cavalos de corrida bem-criados e tão meticulosas quanto contadores.

Ingrid era metade sueca. Tinha a aparência e o corpo de uma deusa nórdica. A mãe vinha de Skellefteå, na província de Västerbotten, que fica a três quartos do caminho até o golfo de Bótnia, 200 quilômetros ao sul do círculo polar ártico: um lugar mais esquecido por Deus seria difícil de encontrar. O pai, no entanto, vinha de Lissicasey, no condado de Clare, e Ingrid herdou dele uma delicadeza não sueca, uma voz preguiçosa e uma natureza amorosa.

Fiquei tempo demais com ela. Foi meu erro. Eu não gostava da Suécia e detestava Estocolmo, mas ela compensava boa parte da indiferença da atmosfera. Havia algo de delicioso em ir ao campo com ela — Ingrid era dona do equivalente sueco a uma dacha, a duas horas de carro da cidade —, e passar o final de semana aconchegado em peles de animais em um sofá de madeira, diante de uma lareira fulgurante de lenha de pinheiro, fornicando a cada hora e bebendo uísque irlandês direto da garrafa. Obviamente, eu era mais jovem na época.

O idílio durou o tempo que passei trabalhando em uma encomenda. Quando o trabalho estivesse terminado, eu planejara partir de balsa para Gotland, trocar de roupas e embarcações e seguir para Ystad, viajar pela estrada para Trelleborg e pegar a travessia noturna para Travemünde. De lá, alugaria um carro para Hamburgo e depois um avião para Londres e mais além.

Ingrid me fez ficar. Ela sabia que eu estava partindo. Eu disse a ela. Ela queria um último fim de semana comigo no campo coberto pela neve. Baixei as defesas e concordei. Viajamos em seu Saab sedã e chegamos tarde na noite de sexta-feira. Na manhã de segunda-feira, ela ainda não estava pronta para renunciar a mim pelo futuro. Concordei em ficar até quarta-feira.

Na noite de terça-feira, enquanto caminhávamos por alguns quilômetros através da floresta, descendo até um lago congelado duro como pedra, senti a presença de alguém nas árvores. Coníferas são medonhas. Elas mantêm uma noite particular abaixo de suas folhagens como nenhuma outra vegetação, profunda e impenetrável: desde aquela noite, compreendi por que a cultura escandinava tem tal panteão de gigantes, anões, duendes, e malfeitores sobrenaturais.

Olhei ao redor. Nada. A neve espessa cobria o mundo e abafava qualquer som. Não havia a menor brisa.

— Por que está olhando ao redor? — Ingrid perguntou naquele sotaque musical da terra paterna.

— Nada — respondi, mas meu mal-estar era evidente.

Ela sorriu e disse:

— Não há lobos em florestas tão próximas das cidades.

Duas horas de carro não eram uma distância muito próxima, na minha concepção; ainda assim, deixei passar.

Chegamos à margem do lago. Havia pegadas indefinidas de animais atravessando o gelo. Ingrid anunciou que eram de uma lebre da neve. As pegadas ao lado eram de um homem. Um caçador, ela concluiu. Mas a lebre estava indo para o meio do gelo, enquanto as pegadas estavam voltando.

Girei o corpo. Não havia ninguém, mas um galho baixo se inclinou e um tapete de neve escorregou dele. Empurrei Ingrid para baixo, de encontro à neve. Ela grunhiu e se contorceu. Deitei-me ao lado dela e ouvi o estampido de um tiro. Poderia ter sido um graveto partindo sob o peso do inverno, mas eu sabia que não era.

Tirei o Colt da minha parca e o engatilhei. Com certeza, era um caçador, mas ele não estava atrás de presas pequenas. Levantei-me e abaixei uma vez. Um estampido veio das árvores. Localizei o ponto do disparo pela nuvem de fumaça azulada, quase invisível no ar invernal. Esfreguei neve no meu chapéu de lã, levantei-me até que pudesse ver logo acima do solo e disparei três tiros contra a escuridão sob a árvore. Ouvi um gemido abafado e o som de algo deslizando, como se eu tivesse atirado em um trenó. Mais neve caiu da árvore.

Esperamos, Ingrid recobrando o fôlego mas perdendo a cabeça.

— Você tem um revólver — ela murmurou. — Como você tem um revólver? Por que carrega uma arma dessas? Você é policial? Ou...

Não respondi. Ela estava ocupada pensando. Eu também.

Levantei-me lentamente e caminhei na direção do homem. Ele estava inclinado para a frente em um deslize de neve, o corpo afundado na maciez branca. Chutei a sola de sua bota. Estava morto. Agarrei sua gola e virei-o. Não o reconheci.

— Quem é ele? — Ingrid deixou escapar.

Mexi nos botões do casaco do homem e revistei suas roupas. No bolso da frente, encontrei um passe militar com identidade.

— É um habitante das sombras — respondi, pensando em gigantes, anões e duendes. Foi a primeira vez que usei a expressão: desde então, ela sempre pareceu muito apropriada.

— Ele não está vestido como um caçador. Por que está sozinho? Caçadores sempre saem aos pares, por segurança.

Caçadores sempre saem aos pares, por segurança. Quanto a isso, provavelmente ela estava certa. Ele poderia não estar sozinho. Retirei a culatra móvel do rifle do homem e atirei-o longe no meio das árvores.

— Vá buscar ajuda — eu a instruí. — Chame a polícia.

Não havia telefone na dacha. Ela precisaria dirigir até a aldeia que ficava a 6 quilômetros de distância. Eu precisava do Saab. Ingrid partiu, tropeçando pela trilha que havíamos deixado na neve. Atirei nela uma única vez, na nuca. Ela se contorceu na neve, seu sangue manchando a pele branca da gola do casaco. A distância, parecia uma lebre da neve alvejada.

Na dacha, havia outro homem, que estava de pé ao lado de um Mercedes-Benz sedã preto. Ele segurava uma pistola automática, mas não estava alerta. O frio desolador e as árvores cobertas de neve o impediram de ouvir os tiros. Derrubei-o facilmente com uma bala na orelha, removi o pente do Colt e recarreguei-o. Depois, peguei minha mala de viagem e alguns pertences na casa, destruí o rádio bidirecional do sedã e removi a tampa do distribuidor do motor, enterrando-a profundamente na neve apenas para o caso de haver outros por perto. Depois, dirigi para longe dali.

Admito que chorei enquanto dirigia até Estocolmo, não apenas por pesar, mas também porque compreendi a minha própria estupidez. Foi uma lição bem aprendida, mas paguei um preço.

E agora, admito, eu gostaria de permanecer aqui, nas montanhas italianas, em uma pequena cidade na qual os amigos são leais, o vinho é bom e outra jovem me ama e quer que eu fique.

Mas minha segurança está em perigo. O habitante das sombras chegou até aqui. Eu não gostaria que Clara seguisse Ingrid no catálogo curto porém drástico de meus expedientes.

Em Pantano, na *piazza* da aldeia, há uma *pizzeria*, a La Castellina. Eles servem, na minha opinião, a melhor pizza de todo o vale, talvez de toda a Itália. As refeições são feitas em um terraço que dá para um jardim de arbustos de rosas e árvores frutíferas. Sobre as mesas há simples lampiões a óleo e um pote de vela e um prato de cerâmica que contém óleo perfumado. Isso mantém os mosquitos e as mariposas afastados.

Geralmente vou sozinho e troco cumprimentos em um inglês ruim com o proprietário, Paolo: ele me leva para a mesma mesa no canto do terraço. Costumo pedir um *calzone alla napoletana* e uma garrafa de Bardolino. É um vinho para homens.

Nesta noite, contudo, eu trouxe Clara. Dindina foi embora, abandonou as aulas e a cidade. Não sabemos exatamente para onde foi. Para o norte. Ela se envolveu com um jovem de Perugia que dirige uma Ferrari 360 Modena e ostenta um relógio Audemars Piguet de ouro puro. Ele deu a Dindina um velho mas útil MGB. Assim, ela deixou a universidade, abandonou a irmandade do prostíbulo na Via Lampedusa e saiu de nossas vidas. Clara declara que está feliz, mas suspeito que a alegria camufle uma inveja agridoce. Eu estou profundamente aliviado, pois isso afasta Dindina da gama de possíveis contatos do habitante das sombras.

Estaciono o Citroën ao lado da fonte da aldeia. Na parede acima há um slogan fascista anterior à guerra, as letras agora quase invisíveis. A frase diz algo sobre a vantagem para a alma de se trabalhar no campo.

Clara veste uma saia branca apertada e uma blusa larga de seda marrom. Os sapatos são de saltos baixos. Seu cabelo está preso por um simples laço de fita branca. Sua pele irradia juventude e saúde: me sinto velho ao lado dela.

Paolo nos recebe à porta. Posso ver pela expressão de seu rosto que está surpreso por me ver acompanhado de uma garota muitos anos mais nova. Paolo pensa que ela é puta. É claro que em parte ele está certo, mas jamais penso em Clara como tal: é irrelevante que trabalhe em meio período no bordel da Via Lampedusa. Considero-a uma jovem que gosta de estar comigo, que gosta de um homem mais velho, neste estágio da vida.

Somos levados à minha mesa usual e fazemos os pedidos. O lampião é aceso e nos trazem um prato de *funghi alla toscana* e uma garrafa de Peligno Bianco. O pratinho com óleo aromático é colocado sobre o pequeno queimador de vela. Olhando para cima, vejo morcegos dando voltas na noite próxima, capturando insetos atraídos pela luz do universo escuro do ar. Pego o primeiro cogumelo do prato, cheiro e depois provo o orégano fresco com o qual a comida é salpicada.

É um dia de semana. Só mais uma mesa está ocupada. Paolo, um anfitrião sensível, acomodou o outro grupo, de três homens e duas mulheres, na outra extremidade do pátio. Ele acha melhor que o senhor idoso inglês e sua encantadora italiana fiquem a sós para falar de amor e esfregarem os joelhos sob a toalha vermelha da mesa.

Depois de comermos os *antipasti*, a filha de Paolo traz o prato principal de pizza: ambos pedimos *pizza quattro stagioni*. A pizza é dividida em quadrantes: *mozarella* e tomates em um, botões de cogumelos fritos em outro, presunto de parma e azeitonas pretas no terceiro e corações de alcachofras fatiados no último. Sobre os tomates, salpicam mais orégano e, sobre os cogumelos, manjericão recém-cortado. Peço uma segunda garrafa de vinho.

— As quatro estações — Clara diz.

— Qual é qual?

Clara olha para mim em silêncio por um momento: não é um quebra-cabeça que lhe tenha ocorrido antes. Ela pensa antes de responder.

— Os tomates são o verão. São como o sol vermelho poente. Os cogumelos são o outono. São como folhas mortas, e você os encontra nas florestas no outono. O presunto é o inverno, quando curamos esse tipo de carne. A... — ela não sabe a palavra— ... *carciofo* é a primavera. É como uma planta bebê desabrochando.

— *Brava!* — parabenizo-a. — Sua imaginação é tão boa quanto seu inglês. A palavra que não sabia é alcachofra.

Volto a encher nossas taças e começamos a comer. A pizza está quente, o azeite esquenta a língua. Não falamos durante alguns minutos.

— Diga-me, Clara: se ficasse rica de repente, o que gostaria de comprar?

Ela pensa a respeito.

— Você quer dizer como Dindina? — ela pergunta.

Detecto uma nódoa de inveja em suas palavras.

— Não necessariamente. Apenas ganhar algum dinheiro.

— Não sei. Isso não vai acontecer, então não penso nada a respeito.

— Você não sonha em ser rica? Depois de se formar na universidade?

Ela levanta o olhar para mim por cima do prato. A luz do lampião a óleo reflete em seu cabelo em clarões brilhantes e repentinos como uma eletricidade minúscula.

— Eu sonho — ela admite.

— Com quê?

— Muitas coisas. Em ser rica, sim. Em viver em um bom apartamento em Roma. Com você.

Eu me pergunto se ela me acrescenta como ingrediente por uma questão de decoro ou por ser a verdade.

— O que sonha a meu respeito?

Antes de responder, Clara bebe o vinho. Quando o copo é baixado, vejo que os lábios dela estão úmidos e sei que estão frescos.

283

— Sonho que vivemos juntos em uma cidade estrangeira. Não sei onde fica. Talvez nos Estados Unidos...

Elas sempre sonham com os Estados Unidos. As inglesas sonham com a Austrália como refúgio, ou com a Nova Zelândia; as chinesas pensam no Canadá e na Califórnia; as holandesas, com a África do Sul. Mas as italianas e as irlandesas sonham com os Estados Unidos. Está imbuído em seu sangue, na psique nacional. Little Italy, o West Side, Chicago... Desde quando essas montanhas foram drenadas de populações inteiras nos anos ruins do começo do século XX, os Estados Unidos têm sido a terra da oportunidade, onde o sol brilha mais delicadamente que na Itália, o dinheiro mantém o valor e as ruas são pavimentadas, se não com ouro, pelo menos não com blocos de pedras que chacoalham bicicletas e afrouxam rapidamente todos os parafusos em uma Fiat.

— O que fazemos nele? No sonho sobre os Estados Unidos?

— Vivemos. Você pinta. Eu nado, e talvez dê aula para crianças. Às vezes. Noutros, escrevo um livro.

— Você seria escritora?

— Eu gostaria.

— E estamos casados no sonho?

— Talvez. Não sei. Não importa.

Corto minha pizza. A faca é serrilhada e atravessa com facilidade a crosta dura da beirada.

Vem-me à mente que esta garota está apaixonada por mim. Não sou apenas um cliente a ser cavalgado na Via Lampedusa, uma fonte de renda, um meio de pagar o aluguel e os custos de sua educação.

— Você é o único para mim — ela declara com delicadeza.

Bebo o vinho e a estudo através da chama contida do lampião. Nos arbustos de rosas, cigarras chiam sua oração da tarde.

— Vou à casa de Maria, mas não para outros homens. Você é o único. Maria compreende. Ela não me obriga a fazer outros trabalhos. E agora Dindina partiu para o homem dela em Perugia...

Fico tocado pela honestidade ingênua de Clara, pela declaração inocente, pelo fato de ela se guardar para mim.

— Desde quando tem sido assim?

— Logo depois que o conheci.

— Mas eu não pago muito a você — observo. — Afinal, parte fica para Dindina. Como tem conseguido se virar?

Clara não compreende minha maneira de falar, e preciso dizer em termos simples, evitando expressões idiomáticas. Então ela entende.

— Faço alguns outros trabalhos. Cuido de um bebê à tarde. Não todos os dias. Digito para um médico. Cartas em inglês. E para um arquiteto. À noite. Porque sei um pouco de inglês... por sua causa. Você me ensina tanto.

Ela estica a mão sobre a mesa e toca a minha com as pontas dos dedos. Há lágrimas em seus olhos, cintilando sob a luz amarelada do lampião. De repente, somos namorados em uma mesa tranquila em uma pequena *pizzeria* nas montanhas. Atrás dela, uma árvore balança delicadamente com o zéfiro noturno. Os picos das montanhas estão mais escuros contra a noite.

— Clara, não chore. A gente devia estar feliz, aqui ao ar livre.

— Você nunca me trouxe aqui antes. Esta é uma noite especial. Antes, sempre fomos à Pizzeria Vesuvio. Na cidade. Via Roviano. Não é um lugar como este. E eu te amo, Sr...

Ela solta a minha mão, soluça brevemente e pressiona um lenço contra as bochechas.

— Não sei o seu nome. — Há tanta tristeza na voz dela. — Não sei onde fica sua casa.

— Meu nome... Sim — reflito —, é verdade, você não sabe.

Preciso tomar cuidado. Um deslize poderia arruinar tudo. Apesar de, admito, as chances serem muito pequenas, é possível que Clara não seja apenas uma estudante bonita que trepa, digita e cuida de bebês: talvez tenha sido subornada para descobrir quem sou, para incitar-me a sair da minha concha.

Ouvi dizer que a *polizia* fez uma batida no bordel há algum tempo: o boato era de que, segundo Milo, um oficial superior da polícia pegou uma doença venérea lá e a batida fora por vingança. Interrogaram todas as garotas presentes e os clientes. Quem sabe Clara não foi uma delas e esteja aberta a sugestões ou chantagem, um pouco de informação em troca da ficha policial rasgada?

Olhando agora para ela sob a luz suave do lampião, seus olhos ainda cintilando com lágrimas contidas, não acredito que possa ser uma delatora e me orgulho do meu julgamento de caráter.

Ainda assim, não consigo me convencer a lhe contar a verdade, apesar de estar certo, neste momento, de que posso confiar nela. O amor de Clara é uma garantia tão boa quanto qualquer outra, e eu gostaria de poder contar a ela, dividir com ela o passado. (O luxo de ter uma alma companheira jamais me foi concedido, como acontece com outros homens.) Contudo, preciso pensar que tenho idade para ser pai dela e, caso ela fuja algum dia com um garotão bonito em um BMW, meu segredo ficaria em risco e meu futuro seria estilhaçado.

Além de tais desculpas, as quais posso estar inventando para me defender, erguendo uma proteção de covarde, uma barricada de solteirão, há outra que se sobrepõe a todo o resto. Caso eu conte a ela até mesmo uma filigrana da verdade, e o habitante das sombras a encontre, descubra que ela sabe de algo que possa ser importante... Não suporto pensar a respeito.

— Quem sabe você não me diz seu nome nem onde mora porque tem uma esposa — ela quase sussurra, com um bolo na garganta.

Isso é tanto uma acusação quanto a manifestação de um temor.

— Não tenho esposa, Clara. Posso jurar a você. Nunca fui casado. Quanto ao meu nome...

Quero lhe dizer algo, dar um nome que possa usar. Apesar de meus esforços contra, estou apaixonado por Clara. Até que ponto, não ouso avaliar. Já é preocupante o bastante que haja amor, antes de mais nada.

— Quanto ao meu nome — repito —, pode me chamar de Edmund. Mas isso é um segredo entre você e mim. Não quero que outras pessoas saibam. Ninguém. Sou um velho agora — justifico-me —, e velhos gostam de privacidade.

— Edmund.

Ela diz o nome com muita suavidade, testando-o na língua.

— Talvez — digo — dentro de mais ou menos uma semana você possa visitar meu apartamento.

Clara está radiante agora. As lágrimas evaporaram e ela sorri com um ardor que não sinto há muitos, muitos anos. Ela segura a taça pedindo mais vinho e ergo a garrafa.

— Tem pintado borboletas novas, Edmund? — ela pergunta com um sorriso, testando de novo o nome enquanto os pratos de pizza vazios são retirados por Paolo. Ele pisca sorrateiramente para mim quando se inclina para espanar migalhas de pão da toalha de mesa.

— Sim, tenho. Ontem mesmo. *Vanessa antiopa*. É muito bonita. Tem asas marrons da cor de chocolate com bordas amarelas, cor de creme, e ao longo da borda há uma fileira de pontos azuis. Vou pintar uma cópia para meus clientes em Nova York e você ficará com o original. Na próxima vez em que nos encontrarmos.

Paolo retorna e anuncia pomposamente que tem uma surpresa para o alegre casal. Clara bate palmas com deleite quando duas taças de hastes longas são dispostas diante de nós. Paolo também coloca taças de Marsala na mesa.

— *Budino al cioccolato!*

Clara prova uma colherada da sobremesa. Eu a acompanho. É suave e saborosa, ao mesmo tempo doce e azeda. O café amargo e a mistura açucarada de gemas de ovos, chocolate e creme se complementam.

— Isso é uma locura — ela diz, levantando a colher. — O diabo faz isso. Para os amantes.

Sorrio para ela. Sei que quer fazer amor. Foi uma noite feliz para ela e estou satisfeito por ter sido o provedor de sua alegria.

— Por que nunca se casou? — Clara pergunta de repente, um toque de chocolate ralado nos lábios. Ela espera me pegar desprevenido, mas sou esperto demais para tal artimanha.

— Jamais estive apaixonado a esse ponto — digo a ela, e é bom demais contar uma verdade.

* * *

A munição é embalada em sílica-gel dentro das pequenas latinhas redondas nas quais se vendem pastilhas de frutas. São produzidas pela Fassi, fabricante de confeitos de Turim, e poderiam perfeitamente ter sido encomendadas por contrabandistas. É muito simples lacrá-las de novo, pois são fechadas apenas com fita adesiva. Em cada recipiente cabem vinte projéteis: a sílica-gel não é para evitar a umidade, o que não é problema, mas sim o chacoalhar. Coloco os projéteis explosivos em latinhas com cerejas vermelhas impressas: gosto do simbolismo. O resto fica em latinhas de pastilhas sabor limão. Não chupei as pastilhas. Não gosto de preparados tão açucarados. Joguei-as na privada e dei descarga.

A maleta para a arma não é mais difícil. Dirijo até Roma para passar o dia. Tenho diversos assuntos a tratar lá, um deles sendo a compra de uma maleta Samsonite: recordo de minha cliente ter mencionado uma nécessaire, mas decido que não vale a pena. Se eu tiver de carregá-la até nosso encontro, parecerei deslocado. Observadores casuais lembrarão, sob um interrogatório habilidoso, do homem com a bagagem feminina. Uma maleta Samsonite pode ser carregada com discrição por ambos os sexos, e é tão popular em todo o mundo que não chama a menor atenção. Outrora o símbolo de status exclusivo dos executivos das altas rodas, agora são usadas por escriturários, vendedores de lingerie e de revestimentos para vidros, até mesmo por estudantes, e são ideais para minha necessidade. O exterior de policarbonato é duro, a alça é forte e as trancas de combinação são resistentes e à prova de violação. A dobradiça corre por toda a extensão da maleta, os bolsos internos são dobráveis, a tampa se encaixa em um vinco na base, tornando quase impossível abri-la à força, e o interior é razoavelmente impermeável. Uma pequena quantidade de mostarda espalhada no vinco também confunde as máquinas ou os spaniels detectores de explosivos e cocaína.

Não preciso temer máquinas de raios X: minha bela cliente me informou a respeito. Contudo, gosto de fazer o trabalho tradicional nesta maleta. É uma questão de orgulho. Em uma loja de suprimentos fotográficos perto da Piazza della Repubblica, compro meia dúzia de embalagens protetoras para filmes: em um tipo de armarinho próximo, compro vários pacotes de ganchos e fivelas dos tipos usados nas alças de sutiãs.

A maleta exige um fundo falso. Não é difícil. Sua única função é ludibriar uma inspeção imprevista casual. Ninguém revira uma maleta. Revisto o fundo e as laterais com as embalagens para filmes, recortadas para se encaixar. Elas são revestidas com chumbo. Depois, colo na base pedaços pré-moldados de espuma de plástico duro cinza para formar os compartimentos nos quais as partes da arma serão encaixadas. Sobre a base, prendo com os ganchos e as fivelas uma cobertura falsa de cartão duro sobre a qual colo papéis — várias faturas, alguns papéis timbrados, um caderno de anotações, alguns envelopes. Para qualquer observador casual que olhe sob o divisor central da maleta, ela estará repleta de documentos. Uma ida a uma loja de suprimentos para escritórios fornece os toques finais: no divisor central há uma régua de aço, um pequeno grampeador, um par de tesouras, um gravador de voz em miniatura, um rádio de pilha muito pequeno, duas canetas de metal e uma fina caixa plástica de clipes de papel. Com o chumbo suprimindo qualquer raio X, tais itens aparecerão vagamente e estarão dispostos de modo a confundir os contornos da arma. Não é perfeitamente seguro, mas serve. Não custa nada estar preparado.

Levo uma hora para encontrar as posições ideais. Depois disso, contudo, desenho um esboço do plano, marcando item a item para que a garota não precise experimentar por conta própria. Forneço serviços além de conhecimento.

Finalmente, monto a arma pela última vez.

Estou mais que satisfeito. A arma está muito bem balanceada, a sensação nas mãos é boa. A inscrição é clara mas discreta. Apoio o rifle no ombro. É um pouco curto para mim. Eu não o poderia usar. Miro levemente a bacia e me pergunto em que, em quem, será mirada nos próximos poucos meses, quem morrerá pelo produto do meu trabalho e da aplicação experiente que a garota fará dele.

É tão gostoso segurar uma arma. É como agarrar o destino. Na verdade, é isso mesmo. A arma é a derradeira máquina do destino. Uma bomba pode ser mal colocada ou lançada fora do alvo, uma bazuca pode errar a mira, venenos podem ter antídotos. Mas a arma e a bala. Tão simples, tão engenhoso, tão completamente confiável. Quando a mira telescópica é alinhada e o gatilho é pressionado, não há nada que impeça a jornada do projétil. Nenhum vento que mude seu curso, nenhuma mão que o detenha, nenhuma bala antibalas que o derrube em pleno voo.

Segurar uma arma é ter o lindo poder correndo pelas veias, limpando as artérias das células gordas e preguiçosas, preparando o cérebro para a ação, aumentando o nível de adrenalina.

Eu preferiria que minha última arma fosse feita à mão, e não a adaptação do produto de outros. Eu preferiria que meu conhecimento tivesse sido levado ao limite, talvez que me pedissem para fazer uma pistola de pressão silenciosa de dardos. Assim, eu teria que fazer o cano, revesti-lo e raiá-lo, fundir e polir os mecanismos, projetar os dardos. Seriam necessários seis meses de trabalho e testes intermináveis. Também teria custado muito mais.

Mas esses dias terminaram. Em vez disso, devo ficar grato que meu último serviço seja usado na maneira tradicional do assassino, um alvo a uma distância não muito grande, com cápsulas explosivas clássicas, testadas pelo tempo.

Desmonto a Socimi, colocando-a na espuma aconchegante. O metal é apenas um pouco mais escuro que o acolchoamento.

Definindo a combinação para 821, fecho a maleta e giro as pequenas rodas de cobre.

O trabalho está feito. Preciso apenas entregá-lo, receber o pagamento e me aposentar.

A autoestrada está movimentada. Há caminhões de longa distância subindo lentamente as colinas, ônibus repletos de passageiros se arrastando ao ultrapassá-los, retendo o tráfego de sedãs. Motoristas piscam as luzes como putas piscando descaradamente para marinheiros em um bar. No Citroën, sou obrigado a permanecer atrás dos caminhões, sufocado com frequência por fumaça preta de diesel e só ultrapassando quando há meio quilômetro livre ou a autoestrada tenha um declive.

Apesar desse inconveniente desagradável, estou de bom humor. O contrato está cumprido, dentro do prazo e de acordo com as especificações combinadas. A arma funciona bem. Esta não engasgará.

Enquanto dirijo, olho para as montanhas através das quais segue a autoestrada, retorcendo-se ao longo dos contornos dos pés das colinas, estendendo-se sobre gargantas em viadutos de tirar o fôlego, mergulhando nas encostas em longos túneis nos quais ficam pendurados grandes e lentos ventiladores para movimentar a fumaça do tráfego.

Este é um bom lugar para morar. O sol brilha com claridade, as chuvas de verão são quentes, a neve no inverno é prístina e as montanhas são jovens, cortantes e lindas. No outono, as encostas cobertas pelas árvores adquirem delicados tons de marrom e carvalhos cor de mogno, e na primavera os campos de lentilha nos vales altos são uma colcha verde de retalhos. Gosto daqui, com meu pequeno círculo social de companheiros.

Deixo fluir os pensamentos. Se eu casasse com Clara, ficaria ainda mais próximo deles. Padre Benedetto gostaria de me ver unido de tal forma, Galeazzo compartilharia a minha felicidade e provavelmente se casaria outra vez sob a influência da minha evidente alegria, Visconti e os outros ficariam deleitados quando me juntasse ao seu estado matriarcal de escravidão.

Mas o habitante das sombras põe tudo isso em risco. Amaldiçoo-o enquanto mudo de faixa para ultrapassar um caminhão. Ele é a única mosca no meu unguento, ele não irá embora por vontade própria, não até atingir seu objetivo, seja lá qual for.

Durante toda a viagem, observo a autoestrada. Nas longas retas, olho para trás e para a frente: é possível ser seguido pela frente, se o rastreador for experiente. Não vejo nenhum Peugeot azul, nem mesmo na outra mão da estrada.

Levo pouco mais de 45 minutos para chegar ao posto e a meu ponto de encontro. Minha cliente está certa. Há uma entrada pela parte dos fundos do posto, mas optei por não entrar por esse caminho, e sim sair através dele. Suspeito que ela fará o mesmo.

O lugar consiste em um grande posto de gasolina com várias fileiras de bombas Agip e Q8, uma loja de conveniência, uma oficina e uma lanchonete que vende refrigerantes, cafés e pãezinhos. O estacionamento não é grande. Paro o Citroën em uma vaga, de frente para a saída irregular. Há uma única barra atravessando-a, mas percebo que está levantada e pergunto-me se a garota fez isso ou se estaria acompanhada por algum cúmplice que pudesse ajudar em tais questões, o qual já teria chegado.

A possibilidade de haver uma segunda pessoa me deixa vigilante. Coloco a Walther no bolso do casaco, conferindo primeiro se a câmara está cheia. Saltando do Citroën, olho ao redor do estacionamento. Nenhum Peugeot 309 azul. Pego a maleta no assento traseiro e afasto-me. Não tranco o carro, apesar de fingir fazê-lo. Quero poder fugir rapidamente caso seja necessário.

Dentro da lanchonete, sento-me em uma mesa próxima à janela e coloco a maleta na cadeira ao meu lado: ponho um saco de papel na mesa ao lado do açucareiro. Daqui, posso ver o Citroën e boa parte do estacionamento. Estou alguns minutos adiantado e peço um espresso. Mesmo assim, antes que o café seja servido, a garota está na mesa. Hoje está vestida com uma saia preta justa, uma blusa azul simples e um casaco azul-escuro. Seus sapatos sem salto estão engraxados, sua maquiagem é imaculada e mais pesada do que a que vi usar antes. Parece o tipo de mulher que carregaria uma maleta Samsonite.

— Olá. Vejo que a trouxe do carro com você.

Ela fala com tranquilidade, com a voz baixa e atraente.

— Está tudo aqui, como combinado.

— E o saco de papel?

A garçonete chega com o café e a garota pede outro.

— Doces. Para sua viagem.

Ela abre o saco, pega uma das latas e na mesma hora sente que está mais pesada do que deveria.

— Isso é muita consideração de sua parte. Alguém gostará delas.

— Você não quer provar? — pergunto.

— Não. São para outra pessoa, alguém que, me disseram, tem uma queda por doces.

Ela sorri para mim e eu bebo o café. A garçonete retorna com o segundo café e pago pelos dois.

Ela mexe o café para resfriá-lo. Está com pressa. Este lugar é um bom ponto de encontro. Todos estão com pressa aqui.

— Não sei qual é o alvo — ela admite tranquilamente. — Não serei o — ela se interrompe em busca da expressão apropriada — ... usuário final.

Isso me desperta uma pequena questão; a arma foi feita para ela, para se ajustar ao braço dela, ao seu ombro, à sua força. Durante todo o tempo eu imaginei que seria ela quem a usaria.

— Realizei o trabalho de acordo com suas medidas pessoais.

Pareço um alfaiate que faz roupas sob medida se dirigindo a um cliente que acaba de receber um terno novo.

— Estas foram as minhas instruções — ela explica.

— Suponho que lerei sobre o evento no *Times* ou no *International Herald Tribune* — digo. — Ou no *Il Messaggero*.

Por um momento ela fica pensativa. Depois responde:

— Sim, espero que sim.

Ela toma o café, segura a xícara no ar e olha pela janela. Sigo displicentemente o olhar dela para me assegurar de que não está sinalizando para algum cúmplice. Ela coloca a xícara de volta no pires. Estou certo de que não se comunicou com outra pessoa.

— Dizem que este é seu último trabalho.

Concordo com a cabeça.

— Quem diz? — indago.

Ela sorri outra vez e responde:

— Você sabe. O mundo. Aqueles que sabem a seu respeito... Você está triste?

Não respondo. Não me ocorreu ficar triste. A vida apenas será diferente a partir de agora.

— Na verdade, não — respondo sinceramente, mas talvez esteja: triste por renunciar à posição reconhecida de melhor do mundo na minha profissão. Triste por ver o desejo de permanecer nestas montanhas ser frustrado.

— Diga-me — pergunto a ela. — Você pôs alguém para me seguir? Um guarda-costas?

Ela me fita com um olhar breve e duro.

— Não achei que seria necessário. Sua reputação...

— É verdade. Mas alguém fez isso. Sinto que devo contar a você.

— Entendo. — Ela fica pensativa por um momento. — Descrição?

— Jovem, homem, branco: magro, aproximadamente da sua altura, eu diria. Cabelo castanho. Não cheguei mais perto do que isso. Dirige um Peugeot 309 azul com placa de Roma.

— Isso deve ser problema seu, não nosso — ela responde assertivamente. — Mas obrigada pelo aviso.

Ela termina de tomar o café.

— Vou ao banheiro — ela diz, levantando-se. — Espere aqui.

Ela pega a maleta. Não há nada que eu possa fazer a respeito. Ela tomou a iniciativa, tirou proveito de mim e fui pego dormindo, no contrapé. Talvez, convenço-me prontamente, tenha chegado mesmo a hora de me aposentar. Espero. Não posso fazer nada além disso. Agora, tudo se resume a confiança e desconfiança. Estou com a mão na Walther dentro do bolso e inspeciono cuidadosamente o estacionamento, a porta para o banheiro no fundo do café e os outros clientes.

Depois de alguns minutos, ela retorna.

— Vamos?

Não é uma sugestão, mas uma ordem. Sou obrigado a levantar, e partimos.

— Você não precisa de sua pistola — ela comenta enquanto caminhamos entre os carros estacionados. O uso que faz da palavra é quase cômico. Poderia ser a cena de um seriado de detetives da televisão.

— Nunca se sabe.

— É verdade, mas não vejo um Peugeot azul aqui.

Ela para ao lado de um grande Ford. Sentado ao volante, há um homem. Ele tem cabelo louro curto e usa óculos escuros Ray-Ban do tipo usado por patrulheiros rodoviários nos Estados Unidos. A janela elétrica se abre com um chiado.

— Oi! — ele me cumprimenta. Possivelmente é americano.

— Olá.

Ainda estou com a mão no bolso, sobre a Walther. As mãos do homem estão no volante. Ele está familiarizado com as convenções de nosso mundo de negócios e as respeita.

— Tudo certo? — ele pergunta à garota.

— Está tudo muito bem — ela diz. É quando me pergunto se também seria americana.

A mão direita dele escorrega para fora de vista. Giro o pulso para cima e coloco o dedo sobre o cão da pistola. A uma distância tão curta, o projétil penetrará facilmente na porta, na janela recolhida, no acabamento interno e na caixa torácica dele.

— Pagamento final.

Ele me entrega o envelope. O peso parece correto.

— Acrescentamos 6 mil — ela diz. — Você pode comprar um relógio de aposentadoria.

Para meu espanto, ela se inclina para a frente e me beija rápida e levemente na bochecha, com os lábios secos. Pode ter sido um truque, e eu estava totalmente despreparado para isso.

— Você já levou sua namorada à pradaria?

— Não. Ainda não.

— Faça isso.

Não disse *faça mesmo*. *Disse isso*. Então ela é americana, afinal de contas.

O motor do Ford é ligado. Ela ocupa o assento do carona e joga a maleta no traseiro.

— Adeus — ela grita. — Cuide-se, ouviu?

O motorista ergue uma mão em despedida.

O carro recua e desaparece na via secundária que sai na autoestrada. Relaxo, desengatilho a Walther, me encaminho para o Citroën, entro e vou embora sob a barra erguida rumo a uma estrada no campo.

A estrada se contorce em meio aos vinhedos. Mantenho a concentração, apesar do desejo de relaxar. A arma foi entregue. Estou aposentado. Contudo, não estou. Como o homem que precisa retornar no dia seguinte à festa da companhia para limpar sua mesa, preciso tratar dos meus assuntos finais, o habitante das sombras. Só quando ele tiver partido, ou eu escapar dele, estará terminado.

Duas horas mais tarde, no apartamento, depois de um percurso tortuoso de volta, abro com muito cuidado o envelope. Não há fios presos com fita adesiva, nada de truques e 6 mil dólares americanos extras. Os americanos são um povo muito desconcertante.

A caminho do meu apartamento, voltando do Banco di Roma na Corso Federico II, sou abordado por Galeazzo. Ele insiste que eu vá imediatamente à sua loja. Ele comprou uma nova remessa de livros de sua fonte secreta no sul. Eles chegaram de caminhão em quatro caixas pequenas em cujos lados está estampado "O melhor chá do Ceilão".

— Essas caixas eram propriedade da velha senhora. Ela está se livrando de muitos livros agora. Está morrendo e não quer partir sobrecarregada.

— Uma dama colonial — comento, observando as caixas de chá revestidas com folhas de estanho.

— Quero lhe mostrar estes — Galeazzo diz, e levanta da mesa ao lado da janela um volume de um conjunto de seis. — Você vai ficar interessado.

O livro é encadernado em tecido verde com uma lombada de couro delineada em ouro. Levanto-o contra a luz do sol. É um volume da *Vida de Johnson*, de Boswell, publicado pela Hill. Abro o livro na folha de rosto e vejo que é a edição de 1887 da Universidade de Oxford.

— Você tem toda a série?

— Todos eles.

Ele dá uma batidinha com a mão na pilha sobre a mesa.

— Vale a pena ter.

— Se vale! Veja no interior da capa.

Abro o volume outra vez: no papel verde-escuro do acabamento há um ex-libris impresso a partir de um entalhe de prata. Em ambos os lados, há asfódelos impressos. No espaço entre eles, estão montanhas e uma cidade enfumaçada com um rio se contorcendo em primeiro plano onde, atrás de um pergaminho, estão a Casa do Parlamento e o Big Ben. No pergaminho, está impresso: "Um dos livros de David Lloyd George".

A arrogância daquele velho mulherengo, o andador na corda bamba política, o benfeitor liberal e sedutor me choca. O camponês escocês, o Dick Whittington dos mineiros, gravou toda sua biblioteca com esse motivo de sua arrogância. Como homenzinhos pequenos erguidos aos tronos da política gostam de se inflar como pavões! Como são parecidos com pavões, apenas cores e penas, e nada mais!

— O que você acha? — Galeazzo pergunta.

— Acho — respondo — que essa é uma expressão magistral do absurdo do poder.

Galeazzo está claramente decepcionado. Ele esperava receber elogios por seu achado na compra de livros, por seu sucesso como bibliófilo. Tento confortá-lo.

— Como compra, é obviamente um triunfo. Encontrar uma série completa como esta, no sul da Itália, em condições tão boas, é a prova de um verdadeiro caçador de livros em ação. Ainda assim, é o livro mais pornográfico e obsceno em sua loja.

Sabendo que Galeazzo tem em seu quarto uma coleção particular de literatura erótica italiana, boa parte ilustrada de modo bastante gráfico, da qual não tive acesso a um volume sequer, tal afirmação surte o efeito desejado. Ele me encara como se eu fosse um bufão.

— Isto é literatura — ele exclama. — O melhor da literatura.

— Obscenidade e pornografia não estão restritas a histórias de duas garotas e um homem chupando as partes íntimas uns dos outros — retruco. — Há mais indecência em um canto do mundo da política que em todas as áreas de meretrício de Nápoles, Amsterdã e Hamburgo somadas.

Ele resolve não entrar na discussão. Em vez disso, serve outra taça de vinho. A bebida é um *frizzante* de um vermelho pálido. Dou um gole. O vinho é seco e deixa na boca um sabor que lembra o de alcatrão.

— Parasini. Da Calabria. É bom, você não acha?

— É bom.

A luz do sol entra em feixes através da janela suja e passo por uma experiência única para mim, um desejo positivo de repetir esta tarde muitas vezes no futuro.

*   *   *

Tenho o forte pressentimento de que as questões da minha vida estão prestes a chegar a uma conclusão. Posso sentir isso pelo simples fato de ter entregado a arma, de o dinheiro estar no banco, minha carreira não propriamente pouco lucrativa encerrada. Pode estar nos astros, apesar de eu não ser um indivíduo com inclinações astrológicas e não aguardar ansiosamente a avaliação semanal do meu horóscopo nos tabloides. Desconsidero a astrologia como uma baboseira irracional.

A verdade, é óbvio, reside no fato de que o habitante das sombras está por perto. Sinto-o a cada hora que estou acordado e o encontro ocasionalmente no sono. Não o vejo há vários dias, mas está em algum lugar na cidade, sua presença coçando minha espinha como um câncer que se alastra lentamente. Com certeza está chegando mais perto, rua a rua, viela a viela, de bar em bar, aguardando a chegada do momento apropriado. Tudo que posso fazer é esperar.

Padre Benedetto ficará fora mais tempo do que esperava. Ele deixou um recado para mim com a empregada. Foi de Florença para Verona por não sabe quanto tempo. Sua tia octogenária acamada, ele escreve, está morrendo e lhe pediu para absolvê-la de seus pecados. Ela pode morrer amanhã ou pode resistir até o final do mês. Para mim, parece que a visita não precisa durar. Com mais de 80 anos, e confinada ao leito de morte, ela dificilmente pode cometer mais pecados antes de morrer.

Estou triste: quero beber um bom vinho e comer o presunto curado com padre Benedetto, compartilhar os meus receios, meu dilema, talvez lhe pedir conselhos. Certamente a videira em seu pequeno jardim está carregada com frutas de tom violeta-escuro a essa altura, e ele com certeza me ofereceria muitas para provar.

Tenho uma sensação horrível e insidiosa de que não o verei de novo. O que significa, não sei dizer. Ele talvez consiga prever isso. Não sinto que vou morrer: não está na hora de me virar, em pânico, de volta para a igreja e gaguejar uma extensa confissão, realizar com esforço um ato de contrição. Pode estar certo de que jamais farei tal coisa.

Quero dar um presente a padre Benedetto, e pintei uma aquarela de seu jardim para ele. Não é uma pintura da qual eu tenha um orgulho especial, pois não sou paisagista. É um borrão impressionista de apenas 20 por 15 centímetros, e não sou habilidoso com imprecisões. Prefiro detalhes meticulosos, como os da asa de uma borboleta ou das raias de um cano de rifle. Mas, por outro lado, esse pequeno pedaço de tranquilidade dificilmente constitui uma paisagem.

Raras vezes admito ter emoções, pois não tenho espaço para elas na vida. Quando a emoção penetra na alma, a razão parte em retirada. E a razão é minha salvadora. Mas eu seria um mentiroso se dissesse que não houve lágrimas misturadas com as cores da pintura.

Nunca fui hábil com madeira, a não ser para entalhá-la na firmeza lisa de um cabo de rifle. Preciso de três tentativas para acertar as quinas mitradas. O metal é muito mais obediente, muito mais condescendente. Cada raspada com a lima diz "vá com calma, vá com calma". No fim das contas, contudo, a moldura fica pronta e enquadro a pintura. Fica bem a alguns metros de distância. Ele ficará satisfeito.

Para acompanhar o pequeno presente, escrevo uma carta. Dizer que isso é incomum para mim é uma espécie de eufemismo: a não ser pelos contatos de natureza profissional, não sou um correspondente. Ainda assim, sinto necessidade de me comunicar com o padre Benedetto.

Uso o bloco de anotações italiano, do tipo que não tem marca-d'água e pode ser comprado barato no mercado. É feito nos becos de Nápoles a partir de jornal reciclado e pedaços de papel e não é branco, mas sim amarelado, pois não foi alvejado com cloro.

Para escrever a carta, subo para a *loggia* e me sento à mesa com o sol cortando um arco atravessado no chão, o panorama no alto mergulhado em sombras profundas. O vale e as montanhas estão nadando no ar líquido do meio-dia, os pináculos da fileira de álamos no Parco della Resistenza dell' 8 Settembre tremulando como se puxados por um vento violento, mas não há o menor sinal de brisa nesta hora tórrida.

Sento-me de frente para o vale. O castelo no rochedo é quase imperceptível. Olho em sua direção geral e penso no homem montado na garota nas ruínas abaixo do castanheiro, seu quadril timidamente escondido pelas dobras da saia caída dela. Começo a escrever. Não será uma carta extensa. Começo com "Querido padre" e paro.

Não será uma confissão. Não tenho nada a confessar.

Se alguém não acredita que pecou, não pode sentir remorso. Não pequei. Não roubei nada desde a última vez em que me confessei: foi quando me estabeleci na minha profissão e parei de receptar artigos roubados. Não cometi adultério: todas as minhas ligações foram com damas solteiras e dispostas e, se o sexo ocorreu fora dos laços do matrimônio, não me considero pecador nesse aspecto. Vivemos no final do século XX, evitei cuidadosamente usar o nome do Deus cristão em vão. Tenho respeito pelas religiões dos outros: afinal de contas, trabalhei para a causa de várias — islamismo, cristianismo, comunismo. Não tenho a intenção de insultar ou depreciar as crenças alheias. Nada pode ser ganho através disso, salvo controvérsias e a satisfação dúbia do insulto.

Admito que menti. Mais precisamente, contei inverdades. Fui econômico com a verdade na melhor tradição daqueles que nos governam. Minhas mentiras jamais fizeram mal algum, sempre me protegeram sem prejudicar ninguém, e portanto não são pecados. Caso sejam, e haja um Deus, estarei preparado para responder pessoalmente ao meu caso quando nos encontrarmos. Levarei um bom livro para ler — *Guerra e paz, E o vento levou* ou *Doutor Jivago*, por exemplo —, pois a fila para essa categoria de pecador será muito longa e, conhecendo a arrogância da Igreja cristã, será conduzida por cardeais, bispos, núncios papais e não poucos papas em pessoa.

Mas e os assassinatos?, você deve estar pensando. Não houve assassinato algum. Houve atentados, de cuja maioria fui um participante antes do fato. Mas e Ingrid e os escandinavos? E o mecânico e sua namorada? E eles? Não foram assassinatos, e sim atos de expediência: não os matei mais do que o terrier mata a ratazana.

Em nenhum momento estive ligado ao bombardeio de um jato comercial lotado de inocentes. Não molestei nenhuma criança, não seduzi garotos, não estuprei mulheres, não estrangulei nem queimei nenhum vagabundo. Não vendi um grama sequer de cocaína, heroína, crack, estimulantes ou tranquilizantes. Não manipulei o lançamento de nenhuma ação, nunca utilizei informações privilegiadas na bolsa ou no mercado de ações: os índices FT e Nikkei jamais foram afetados por mim — não para minha vantagem pessoal, de todo modo: admito que dois atentados causaram flutuações nos índices, mas isso ocorreu porque as mortes dos alvos foram mal interpretadas pelos comerciantes menos dispostos a perder dinheiro do que a ir a um enterro de Estado. Ninguém perdeu o emprego por minha causa, a não ser alguns guarda-costas, os quais logo encontraram empregos alternativos.

Execução não é homicídio. O açougueiro não assassina as ovelhas: ele as mata por causa da carne. É parte do processo de viver e morrer. Portanto, também sou parte do mesmo processo. Sou como o veterinário que sai da cirurgia armado com agulha e seringa ou arma de dardos na mão. Ele atira no cavalo que quebrou a perna, dá a injeção no cão velho que está morrendo indignamente e com dor.

Um juiz da alta corte, em toda a sua ornamentação e seu chapéu preto, não é diferente de mim. Não há julgamento, reconheço, relacionado a execuções. Contudo, é um desperdício de tempo e dinheiro, exceto para o sistema e a profissão jurídica, para os construtores de prisões e tribunais, julgar um homem que se sabe inequivocamente ser culpado dos crimes. E nenhum assassino tem um alvo que já não tenha se mostrado culpado além de qualquer dúvida razoável. O presidente com as contas não numeradas em Zurique, o produtor de drogas com sua *hacienda* luxuosa na floresta, o bispo com o palácio perto das favelas, o primeiro-ministro com a miséria e a pobreza de milhares sob a responsabilidade dele. Ou dela. Um julgamento seria supérfluo. Os crimes estão evidentes para todos. O assassino apenas realiza o trabalho da justiça.

Portanto, nada tenho a confessar e minha carta não é uma confissão.

O sol mudou de posição no canto do papel. Movo a mesa para a sombra e começo a escrever.

Querido padre B.,
Escrevo algumas linhas para acompanhar este presente. Espero que o faça lembrar-se de como desfrutávamos as horas de sol agradavelmente.
    Infelizmente deixarei a cidade em breve. Não sei ao certo por quanto tempo ficarei ausente. Isso significa, por enquanto, que não poderemos mais discutir como os velhos que somos, com uma garrafa de armanhaque entre nós e os pêssegos caindo delicadamente da árvore.

Eu me interrompo e leio minhas palavras. Nas entrelinhas, vejo o desejo de permanecer, de retornar.

No tempo em que vivi na sua cidade, senti uma alegria, talvez uma felicidade interior, jamais sentida em outro lugar. Tentarei levar a essência dela comigo para onde for. Há uma serenidade notável aqui nas montanhas, a qual passei a amar e a estimar. Contudo, apesar das nossas conversas e de eu viver no centro desta pequena e agitada cidade na montanha, sou por natureza um homem solitário, hermético e ascético. Isso pode surpreendê-lo, e eu compreendo.
    Quando eu partir, imploro a você, não me procure. Não reze por mim. Estaria desperdiçando um tempo precioso. Estarei bem e, espero, além da necessidade de uma intervenção divina.

Você me conhece só pelo meu apelido. Mas agora... jamais fui de fato interessado em entomologia, e agora dou-lhe um nome com o qual possa se lembrar de mim.

Seu amigo,
Edmund.

Fecho a carta em um envelope barato que combina com o papel e o prendo com fita adesiva na parte posterior, de madeira, da moldura do quadro, o qual embrulharei com cartolina e papelão, amarrando-o com barbante. A *signora* Prasca poderá entregá-lo ao padre quando ele voltar.

Era o começo da tarde, o sol estava alto e não batia dentro do quarto. Clara se deitou sobre os lençóis e espreguiçou-se. Nossas roupas formavam um monte emaranhado em uma das cadeiras. As taças de vinho na mesa de cabeceira estavam molhadas de vapor e a janela estava totalmente aberta. Isso não incomodava Clara: ela era bastante atrevida em relação a sexo. Mas a mim incomodava. O habitante das sombras poderia ter descoberto este quarto e conseguido entrar no prédio em frente: mas a cama estava fora da vista da janela.

Inclinei-me para pegar a taça e bebi o vinho. Parecia mais seco depois de fazermos amor.

— Você ficará a tarde toda, Edmund?

Levei um segundo para responder: por um momento fiquei desconcertado com o nome, mas logo me lembrei.

— Sim. Não tenho outro trabalho a fazer.

— E à noite?

— À noite preciso trabalhar.

— Artistas deviam pintar de dia. Precisam da luz do sol. Não é bom pintar com luz elétrica.

— De modo geral, é verdade. Mas miniaturas são diferentes. Uso uma lente de aumento para boa parte do trabalho.

— Uma lente de au-men-to — ela repetiu, testando a palavra. — O que é isso?

— Como uma...

Não consegui explicar. Trata-se de um objeto tão comum que desafia qualquer descrição. E não consegui evitar de pensar o quanto era maravilhoso estar falando tal bobagem em uma cama com Clara no meio de um dia quente na Itália.

— Ela aumenta as coisas para que as vejamos. Através de uma lente.

— Ah! — Ela riu. — *Lente... d'ingrandimento.*

Ficamos em silêncio e ela fechou os olhos. Olhei para ela, deitada no reflexo da luz do sol, que suavizava todas as curvas de seu corpo. O cabelo de Clara estava emaranhado sobre o travesseiro e a testa dela, úmida com a transpiração que resfriava.

— Você vai ficar? — ela perguntou de repente, os olhos muito abertos.

— Eu já disse que sim.

— Para sempre.

— Eu gostaria — respondi, e era a verdade.

— Mas vai ficar...

— Não posso dizer. De vez em quando preciso viajar. Vender meu trabalho. Receber outras encomendas.

— Mas você vai voltar? Sempre?

— Sim. Sempre voltarei.

Não havia mais nada que eu pudesse dizer.

— Isso é bom — ela disse, e fechou os olhos outra vez. — Não quero perder você. Jamais.

Ela esticou a mão e a pousou na minha cintura. Não foi um toque sexual, e sim uma das intimidades do amor. Clara era amorosa demais, com ardis muito ingênuos para me pressionar. No entanto, ela sabia, assim como eu, que era seu jeito de tentar me fazer ficar nas montanhas, na cidade, na sua vida. Contudo, a bela artimanha não surte efeito. Ela está errada, pois já estou perdido. Suponho que sempre estive perdido e nada mudará.

Na noite de hoje, sou o caçador. A ovelha fugiu da matança e encolheu-se para dentro da pele de lobo. Para atrair minha presa, tomei alguns passos para confundi-la, talvez para capturá-la.

Para começar, levei meu carro à oficina de Alfonso para uma revisão. Ele fará o trabalho assim que chegar, pela manhã, mas telefonei para ele dizendo que ia viajar, de modo que ele concordou em guardar o carro durante a noite. Isso deve atrair o habitante das sombras para fora, à procura do carro.

Em segundo lugar, fiquei sentado durante algum tempo nos bares no Corso Federico II, chamando atenção, lendo um jornal. Duas vezes senti sua presença, mas ele foi embora.

Em terceiro lugar, caminhei pela cidade olhando vitrines. De vez em quando era seguido pelo habitante das sombras, que me observava atentamente. Olhando para trás de uma maneira um pouco óbvia demais, mas nunca na direção dele, fiz com que pensasse que tinha me deixado alerta.

Também descobri o Peugeot azul. Estava estacionado astutamente atrás de uma fileira de caçambas de lixo em uma rua residencial nos arredores da cidade. Dois pneus novos foram colocados no carro. Estou certo de que o habitante das sombras não sabe que descobri o paradeiro de seu veículo.

Seria brincadeira de criança colocar uma bomba no carro, talvez ligada à luz de ré. Mas desejo ver esse homem, aproximar-me dele, conhecê-lo pelo que é. Portanto, caço-o agora.

No momento, ele está jantando em um restaurante na descida de uma rua estreita que sai da Via Roviano. Está lá há quase uma hora e espero que reapareça logo. Uma pessoa que janta sozinha sempre come mais rápido do que acompanhada, mas sei que o serviço no restaurante é um pouco lento.

Agora sou eu quem habita as sombras, de pé na entrada de uma viela que não chega a ser larga o bastante para acomodar uma bicicleta. A noite não está fria, mas uso um terno marrom-escuro. Eu poderia passar por um executivo em busca de uma puta se não fosse pelo fato de que estou usando tênis de corrida com cano alto, e não sapatos de couro. São novos: comprei-os à tarde enquanto passeava olhando as vitrines. São azul-escuros com tiras brancas, as quais escureci com graxa.

Ninguém reparou em mim. Não é incomum ver pessoas de pé nas sombras como estou agora. Há viciados em heroína na cidade, e os traficantes habitam os becos.

Ele saiu do restaurante e está olhando para os dois lados da rua. Satisfeito, parte na direção da Via Roviano. Estou em seu encalço.

Espreitar a caça é um esporte de homens. Exige paciência, habilidade, tato, tensão física e mental e um grau de risco. Gosto disso. Talvez eu devesse ser um comprador de armas, e não o artista que as faz.

Ele segue para a rua na qual o Citroën foi estacionado. Está tão confiante que não olha para trás, não apruma os sentidos para descobrir minha existência. Pensa que estou onde ele quer, cuidadoso como um coelho muito longe da coelheira.

O habitante das sombras contorna a esquina e para abruptamente. Ele viu um Fiat Uno na vaga ocupada antes pelo meu carro. Olha ao redor, não para ver se estou por perto, mas para conferir se o carro não mudou de lugar.

Por um momento, ele pensa. Depois, vai embora em passos rápidos, comigo em seu encalço.

Estamos fazendo o roteiro de todas as ruas nas quais já estacionei o Citroën. Mas nada encontramos. Ele entra em um bar e pede um café, o qual o observo tomar de pé no balcão. Paga e sai, vira à esquerda e desce a rua com determinação. Sigo-o.

Maldito seja! Está indo para a oficina de Alfonso. Ele deve ter deduzido. Certamente está diante da oficina, olhando para os dois lados da rua. Não vê o Citroën. Agora se agacha para olhar entre as dobradiças da antiga persiana de aço que fecha a oficina. Uma luz foi deixada acesa, para detectar ladrões. Ela desenha brevemente uma listra sobre a face dele. Ele levanta. Sinto o sorriso de agradável satisfação em seu rosto.

A rua está vazia. São quase 23 horas e os habitantes da cidade estão indo para suas camas. De uma janela acima, ouço a trilha sonora de um filme da sessão noturna na televisão. É um filme romântico, os violinos abafados e agudos com tristeza. De algum lugar rua abaixo, ouço o som baixo de jazz.

O habitante das sombras está de pé sob um lampião de rua que fica pendurado em um suporte antigo na parede de um prédio. Está ponderando o próximo movimento ou tentando avaliar qual será o meu.

Ele logo descobrirá. Chegou a hora.

Tiro a Walther do bolso e, segurando-a atrás das costas, engatilho a arma, que emite um estalido. Ele não escuta. Na posição dele, eu teria escutado. Ele não é um especialista plenamente qualificado.

Deixo as sombras e começo a caminhar rapidamente na direção do homem. Meu braço direito está pendurado ao lado do corpo como se a pistola pesasse muito na mão, mas não pesa. Mal a sinto. É uma extensão do meu corpo, como um sexto dedo fatal. Meu braço esquerdo balança.

Ele não me ouve. Os tênis de corrida são silenciosos. Faltam cerca de cinquenta metros para mim. Ele está olhando para a porta da garagem como se pudesse abri-la só com a força de seu desejo.

Levanto a mão direita. A arma está apontada para ele. Trinta metros. Sinto meu dedo envolver a curvatura do gatilho. Vinte metros.

Um carro com faróis altos vira na rua atrás de mim. Abaixo o braço esquerdo, enfiando a Walther no bolso. O habitante das sombras olha na minha direção, quase casualmente. Vê minha silhueta contra as lâmpadas halógenas. Por um brevíssimo instante, vejo os olhos dele, arregalados e chocados. Então, ele some. Não sei para onde. Não há nenhuma viela em frente à oficina de Alfonso, nenhuma porta recolhida, nenhum veículo estacionado por perto. Os faróis do carro iluminam a rua toda como se fosse um set de filmagem. Ele desapareceu.

Um homem invisível é pior do que um habitante das sombras. Recuo e corro silenciosamente por várias ruas. Enquanto corro, amaldiçoo a ele e ao motorista do carro, e também a mim mesmo. Cada maldição é murmurada no ritmo da minha respiração.

Hoje, os clientes regulares estão no bar Conca d'Oro, sentados nas mesas internas. As externas estão na calçada: os motoristas dos Fiats e motociclistas venceram o proprietário do bar na disputa pelo espaço sob as árvores. Fico de pé e observo.

Uma das mesas está ocupada por um grupo de turistas ingleses. O pai é o feliz proprietário de uma filmadora nova em folha: a maleta de alumínio para transportá-la com uma correia azul-marinho está no chão aos pés dele. O sapato do turista está sobre a alça para que ele saiba instantaneamente da tentativa de roubo caso algum moleque de rua a agarre: ele está no exterior, onde as ruas estão infestadas de pequenos criminosos, e se esquece dos roubos na própria cidade.

Pondero à toa sobre a possibilidade de ocultar uma arma automática dentro de uma filmadora. Deve ser viável. O tamanho é conveniente. O pequeno microfone poderia disfarçar facilmente um cano e a própria câmera seria utilizada como mira. Na verdade, seria a ferramenta mais perfeita do assassino se pudesse ser totalmente silenciada: o operador não somente executaria o trabalho, mas também filmaria toda a ação para que fosse revista no futuro, da mesma forma que atletas assistem a vídeos de suas corridas para julgar, criticar e melhorar o desempenho. Transcorrem alguns momentos antes que eu me dê conta de que tais problemas não me dizem mais respeito.

Arrependo-me de nunca ter acolhido um aprendiz. As coisas que eu poderia ter ensinado a ele, ou a ela... Com minha aposentadoria, uma faceta do artesanato da tecnologia morre.

A esposa do turista está com calor e agitada. A blusa dela gruda nas costas, os cabelos beiram o sujo. Ela vem seguindo o marido durante toda a manhã, filmando esta igreja e aquele mercado, esta rua e aquela vista. Atrás dela seguem os filhos, um garoto com cerca de 12 anos e uma garota alguns anos mais nova. Os dois estão enfastiados. Cada um segura um sorvete, os quais devoram com voracidade, mas ainda estão cansados do dia que tiveram. Faz calor. Eles não foram à praia, apenas ao museu, para ver o esqueleto do ictiossauro, e ao Parco della Resistenza dell' 8 Settembre, para ver a vista do vale. Estão discutindo sobre como um dinossauro marinho pode ter sido encontrado no meio de uma montanha.

Durante um ou dois minutos, estudo o pequeno grupo com certo grau de cautela. Se o habitante das sombras pediu reforços, eles poderiam muito bem ser os cúmplices. Recordo a lição aprendida com o casal com a pseudofilha em Washington, D.C. Contudo, minhas observações logo confirmam que se trata do artigo autêntico: estão queimados demais de sol, incomodados demais, agitados demais para que estejam fingindo ser turistas.

Deixo-os e entro no refúgio refrescante do bar. Até o silvo da máquina de café é fresco em comparação com o dia lá fora. O rádio não toca rock contemporâneo a todo volume, mas sim uma ópera italiana. É igualmente cacófona e sem arte. As bebidas obscuras nas garrafas sarapintadas de cocô de moscas ficam em fileiras abafadas nas prateleiras, como se anestesiadas até a paralisia pelo barulho das vozes guinchantes. O reservatório de pequenas contas de madeira na máquina de jogo que dá relógios está um pouco vazio, mas parece haver o mesmo número de relógios na caixa giratória de acrílico acima delas.

— *Ciao! Come stai?* — Os clientes regulares me cumprimentam: todos exceto Milo, que está sentado olhando fixamente para a luz do sol que arde através da cortina de plástico na porta.

— *Bene! Va bene!* — respondo.

Caso eu estivesse doente, à beira da morte, a resposta seria igual. A vida é boa. A doença passará, portanto tudo está bem.

Visconti acena com a cabeça na direção da janela. Os turistas são quase ofuscados pelo sol ardente, como se fossem alienígenas cinematográficos prestes a serem teletransportados para sua espaçonave.

— *Inglesi!* — ele diz, com um toque de desdém, batendo na têmpora com o dedo indicador. Ele não me considera inglês. — *Signor Farfalla?* — Ele me chama com o mesmo dedo: isso não significa "aproxime-se", apenas "preste atenção". — Uma hora, você verá, a câmera... put!

Ele estala os lábios: é como a Socimi disparando um tiro.

— Quente demais?

Visconti faz uma careta e concorda ferozmente.

— *Giapponese*. Não tão boas. As câmeras... sim! Boas. Mas os vídeos...

Ele faz outra careta e levanta a mão a alguns centímetros da mesa. Nas montanhas, uma careta é pior do que uma crítica falada.

Milo está quieto. Pergunto-lhe qual o problema, mas ele não responde. Quem o faz é Giuseppe. Há algumas noites, uns viciados arrombaram sua barraca na Piazza del Diomo em busca de relógios que pudessem roubar e vender a turistas para sustentar o vício. Não encontraram nada: Milo leva o estoque para casa toda noite em uma maleta. Irritados com o fracasso, destruíram totalmente a barraca. Há outra sendo feita para ele por um dos mecânicos de Alfonso, com folhas de aço e cantoneiras de ferro, mas ainda levarão duas semanas até aprontá-la. Enquanto isso, ele precisa expor os produtos sob um guarda-sol, o que o faz parecer um vendedor de relógios de meio expediente, em vez de um consertador de relógios experiente. As vendas diminuíram.

Ofereço minha solidariedade e Milo se anima com a expressão de amizade. Tudo de que precisa é um pouco de respeito, diz. A *polizia* não faz nada. Ele dá de ombros e diz tranquilamente o que acha da polícia municipal.

A cortina de plástico se abre e a esposa do turista entra no bar. Ela segura a filha pela mão.

— *Scusi* — ela diz.

Todos olhamos para ela. Armando se vira na cadeira. Nossa atenção repentina e aparentemente total a desconcerta.

— *Il... il gabinetto, per favore? Per una signora piccolo.*

Ela levanta a mão da filha como se leiloasse a criança.

— Use a porta no final do balcão — digo à mulher, que me encara quando falo. Ela não imaginou que eu fosse inglês.

— Obrigada — ela diz, confusa. — Muito obrigada.

Gherardo move a cadeira para que ela e a filha passem. A menina sorri gentilmente e Giuseppe fica enternecido.

Com a natureza observadora de um fotógrafo, Visconti comenta comigo:

— Ela pensa que você é italiano.

— *Si!* Sou italiano!

Todos riem com minha admissão. *Signor* Farfalla, italiano? Ridículo! Contudo, ao observá-los, percebo que nos vestimos de modo parecido, que me sento como eles, curvado sobre meu espresso ou reclinado languidamente na desconfortável cadeira de metal. Quando falo, minhas mãos se movem como as deles.

Esse é meu estilo há anos, meu jeito camaleônico de me fundir com o cenário. Mesmo que não possa falar bem a língua, posso me encaixar no que diz respeito ao observador casual.

A mulher retorna do toalete e sorri para mim.

— Obrigada. Foi muito gentil de sua parte. Como pode imaginar, não falamos italiano. Estamos de férias — ela acrescenta, desconfiada e desnecessariamente.

— Você é muito bem-vinda — respondo, e percebo um leve sotaque na minha voz que me diferencia dela.

— Você mora aqui?

Ela precisa falar com alguém da mesma raça, da mesma espécie. Sente-se perdida neste bar de homens italianos. É a estrangeira arquetípica no exterior, agarrando-se a qualquer contato amigável como um afogado se agarra a um pedaço de madeira flutuante.

— Sim. Na cidade.

A filha dela olha para a máquina dos relógios. Giuseppe se levanta da cadeira e atravessa o bar para ficar ao lado da criança.

— Você? — ele pergunta, apontando da máquina para a criança e depois de volta para a máquina.

— *Sì* — a menina diz, e, virando-se, pergunta educadamente: — Pode me dar algum dinheiro, por favor, mamãe?

Giuseppe balança a mão e coloca uma moeda de um euro na fenda. Ele gesticula para que a menina gire o botão. Ela obedece, usando ambas as mãos, pois o botão é duro. Há um estalo metálico como o de uma culatra móvel deslizando para dentro de uma brecha e uma conta de madeira cai devidamente no copo diante da máquina.

— Ganhei uma conta de madeira! — exclama a garota, claramente maravilhada e pensando que aquele é o prêmio.

— Agora, você precisa empurrar o papel para fora do buraco na conta — digo. — Há um pino ao lado do copo.

A menina obedece. Giuseppe pega o papel e o desdobra, conferindo a marcação na lista afixada à caixa de acrílico. A menina ganhou um relógio digital de pulso, o qual é entregue pelo dono do bar.

— Vejam! Vejam! Ganhei um relógio!

Ela se vira muito solenemente e olha para Giuseppe, que retomou o assento com um grande sorriso, como se ele próprio tivesse ganhado aquela inutilidade.

— *Multo grazie, signore* — a criança diz a ele.

— *Brava!* — Giuseppe exclama, os braços abertos de pura alegria.

A mãe, que não falou nada durante todo o tempo, diz:

— Foi muito gentil da parte dele. Você pode lhe dizer isso, por favor?

— Acho que ele sabe.

— Posso ressarcir o dinheiro? Pela máquina?

— Não. Além do mais, ele provavelmente encontrou a moeda. É o varredor de ruas do mercado.

Observo o rosto dela. Mais uma vez está confusa. Em sua vida segura e organizada, não se conhecem varredores de rua.

— Você pode me dizer onde fica a Igreja de São Silvestre? — ela indaga, recobrando a vivacidade.

Digo a ela, que vai embora sorrindo de novo para Giuseppe, que por sua vez acha todo o episódio ao mesmo tempo muito tocante e incrivelmente engraçado. Ele ainda está rindo quando saio.

— *Arrivederci! Arrivederci a presto!*

É uma boa forma de dizer adeus, uma boa memória do bar Conca D'Oro e daqueles homens simples e felizes com suas xícaras de café forte e taças de *grappa*, suas pequenas conversas e o amor que sentem um pelo outro.

A noite está nublada. Em vez de penduradas no alto, as estrelas estão suspensas sobre os lados do vale, as luzes das aldeias e fazendas, os minúsculos assentamentos mais antigos do que a memória. As colinas parecem as cortinas do palco de um teatro provinciano inglês decrépito, devoradas por mariposas e remendadas sem eficiência por velhinhas com dedos artríticos.

Recosto-me na *loggia* e escuto os estalidos dos morcegos voando na noite, discernindo apenas levemente os guinchos de seus radares.

Com que frequência passei pelo processo de fugir na surdina de uma vida e entrar em outra. É sempre um período perturbador. Durante a mudança, sou como um caranguejo eremita, grande demais para sua concha e em busca de outra: quando me arrasto pelo chão do mundo, rumo à minha próxima residência, minha delicada cauda e a parte inferior rosada do meu corpo estão nuas, e posso ser a caça de qualquer predador de passagem.

Algumas conchas eu abandono com prazer. Hong Kong foi assim: o esconderijo poluído em Kwun Tong com o ar químico e comida de plástico, o sistema de trens urbanos rolando e guinchando interminavelmente sobre os pilares, caminhões a diesel e sobras de carne na sarjeta. Nenhum tufão, por mais forte que fosse, era capaz de remover a sujeira. Os ventos só faziam espalhá-las, da mesma forma que os ventiladores de teto em Livingstone misturam incessantemente o ar quente.

Gostei de Livingston, de certa maneira. Ficava perto das Victoria Falls e a cidade era uma caricatura africana do Oeste selvagem: uma longa rua principal com uma avenida ampla e flamboyants, o esplendor das árvores silvestres, espalhando suas pétalas sobre as calçadas como bolhas de sangue derramado por foras da lei em duelo com xerifes rápidos no gatilho. Eu tinha apenas um pequeno trabalho a fazer lá. Não era necessário mais do que um jogo de chaves de fenda, um alicate, uma caixa de chaves de boca em miniatura e um maçarico de oxiacetileno. Até onde sei, a arma nunca foi usada. A guerra do Zimbábue estava em curso na época, a área ao redor das cataratas, uma zona militar, estava interditada, mas eu conhecia um dos militares locais e obtive um passe para o mês durante o qual morei na cidade. Havia algo duplamente excitante em ver a impressionante grandiosidade das Nuvens que Trovejam, como as cataratas são conhecidas na língua local, e em saber que a qualquer minuto um tiro poderia me atingir do lado rodesiano da ravina.

Como cidade, adorei Marselha, apesar de minha abominável acomodação. A criminalidade do local era um bom disfarce. Enquanto aqui meus amigos são um padre e um vendedor de livros, um varredor de ruas e um consertador de relógios, lá meu círculo de amigos temporários incluía um falsificador de cautelas de ações, um traficante de maconha, um distribuidor de filmes pornográficos (que também era o produtor, diretor, câmera, engenheiro de som e agente de elenco), um falsificador de passaportes, um fraudador de cartões de crédito capaz de apagar o código magnético nas tarjas atrás dos cartões e — o mais improvável — um importador ilegal de papagaios. Eram um bando singular, amigável, rude, excêntrico e confiável. Pensavam que meu trabalho era derreter moedas de dólares americanos. Deixei que pensassem.

Madri foi desagradável. Havia muita corrupção nos escalões inferiores da polícia local, como acontecia em Atenas, e tento evitar locais nos quais haja extorsão, o toque seja feito, o pequeno suborno seja uma prática aceita. Não que eu inveje o suborno recebido por aqueles homens insignificantes. Todos precisam ganhar a vida. Mas o homem que paga o suborno tem, *per se*, algo a esconder e portanto está sujeito a atenção e fofocas no vestiário ou na missa do quartel-general local. Permaneci nas duas capitais poucas semanas apenas, e parti o mais rápido que pude.

Em Madri, não perdi nada. Detesto a Espanha por suas mulheres oleosas com cabelo ensebado amarrado para trás em coques apertados e seus homens com cinturas de meninas. Abomino a sede de sangue imbuída na vida espanhola.

Os espanhóis vendem pequenos touros de belbutina com lanças de picadores espetadas em feridas pintadas de vermelho. Os espanhóis não são civilizados: há muito do mouro medieval fanático dentro deles.

Por outro lado, Atenas foi uma tristeza. Foi na época dos coronéis: juntas militares sempre foram uma boa fonte de renda para os da minha profissão, da mesma forma que uma boa tempestade é boa para o construtor profissional. Durante minha estada, não visitei o Partenon, não peguei o ônibus turístico para o cabo Súnio, não dirigi até as Termópilas, Delhi ou Epidauro. Não vi nada além do interior de uma oficina sombria no subúrbio e a palma da mão eternamente aberta de um oficial de polícia chamado Vassillios Tsochatzopoulos. Reclamei com meu empregador sobre a ganância do homem. Ele desapareceu. Disseram-me que foi devorado por lobos no monte Parnaso: meu empregador considerou que seria um fim adequado e nobre para um policial que escrevera um livro de poemas medíocres.

É tarde. O tráfego na cidade morreu. Depois da meia-noite, neste vale, o tempo retrocede até o amanhecer. Não estou sentado aqui apenas na noite de hoje. Estou aqui todas as noites que já caíram desde que o prédio foi construído. Quinhentos anos de noite são comprimidos nesse único período breve.

As nuvens se abrem. As estrelas surgem. As luzes nas montanhas são apagadas. Os padrões das estrelas mal se alteraram desde que a *loggia* foi coberta, desde que a pintura no interior foi executada por um homem que desejava não somente ver a vista, mas também possuí-la.

Quero tanto ficar aqui. Padre Benedetto estava certo. Encontrei a paz: o amor é importante.

O habitante das sombras torna tudo tão detestavelmente incerto. Tanto quanto ficar, desejo que ele faça seu movimento, lance os dados.

Decidi mudar de tática. Não estou mais caçando o caçador. Há três dias tento atrair o habitante das sombras. Pus-me intencionalmente à mercê dele.

Dirigi até o campo e, estacionando o carro, caminhei até as montanhas, seguindo por trilhas que serpenteavam através de ravinas, por florestas de carvalhos e castanheiros. Em todas as caminhadas, simulei vigilância, fingi pintar borboletas ou fazer esboços. O habitante das sombras não me seguiu nenhuma vez. Ele recebeu repetidas vezes a oportunidade de me enfrentar, de me matar. Não houve casais desgarrados para perturbar seu plano.

À noite, caminhei pela cidade, indo a vielas e ruas vazias. Ele me seguiu, mas sempre mantendo uma distância discreta. Uma vez, fingindo que o reconhecera, voltei pelo caminho que traçara. Ele desapareceu.

Não consigo compreendê-lo. Ele flutua como um abutre, esperando o cadáver ficar imóvel: é um incômodo persistente, a mosca varejeira que não é possível alcançar com o caderno de esportes do jornal de domingo dobrado. Ele é a vespa na toalha do piquenique. Está aguardando o momento propício. Mas por quê?

Ontem, pensando que ele pudesse responder a uma isca lançada com mais habilidade, agi de modo furtivo. Aproximei-me sorrateiramente do Citroën e dirigi até a casa de fazenda decrépita ao lado da igreja com os afrescos do padre Benedetto. O sinal de "à venda" foi removido, porém nada mais foi mudado. Estacionei o carro da mesma maneira que na visita anterior e bisbilhotei ao redor da casa. Cheguei até a entrar nela, o que foi um ato arriscado, pois proporcionou ao habitante das sombras a chance de se aproximar bastante sem ser visto.

Ele me seguiu no Peugeot azul, mas parou a meio quilômetro de distância. Eu esperava que fosse avançar de lá a pé e o estudei com a ajuda do binóculo, escondido nas profundezas das sombras de um dos quartos do piso superior. Ele nem sequer tentou sair do carro: em vez disso, recuou o veículo na entrada de um campo de vinhais, de frente para a estrada, e abaixou uma janela. Observei-o enquanto se abanava com um jornal para espantar as moscas que o incomodavam.

Com o fracasso do ardil, deixei a casa da fazenda e dirigi pela estrada na direção dele. Decidi parar a cinquenta metros de distância, sair do carro e ver o que ele faria. Era quase meio-dia, fazia calor e não havia tráfego na estrada. Quando me aproximei, ele tirou repentinamente o Peugeot da entrada do campo de videiras e acelerou para longe. Pisei fundo no acelerador do Citroën, mas o carro não era páreo para o sedã maior. Depois de dois quilômetros, ele desapareceu.

Parei em uma aldeia a caminho da cidade e entrei no bar. Alguns velhos estavam sentados a uma mesa no fundo, jogando *scopa*. Mal me deram atenção enquanto me dirigia ao balcão.

— *Sì?* — a mulher atrás do balcão se dirigiu a mim, olhando-me de cima a baixo de maneira superficial. Sobre uma mesa atrás dela havia uma máquina de suco de frutas fresco.

— *Una spremuta, per favore* — pedi. — *Di pompelmo.*

Ela serviu o suco de toranja em um copo espesso e o entregou a mim. A mulher sorriu de modo agradável e eu lhe dei o dinheiro antes de levar o copo para fora para beber de pé sob o sol quente. O suco estava gelado e azedo, deixando uma crosta nos meus dentes.

O que ele queria, o habitante das sombras? Bebi o suco e ponderei sobre ele. Sua recusa em me atacar, em me enfrentar, era intrigante. Ele deveria saber que em algum momento teria de agir ou me levar a fazer algo. Contudo, é justamente o que tenho feito. Ofereci-lhe a vantagem: ele não a aproveitou. Eu o seguira à noite pelas ruas e ele fugira. Perguntei-me, enquanto bebia o suco da borra de polpa de fruta no fundo do copo, se ele estaria vindo me atacar no castelo ou se simplesmente me seguia, me observava. Talvez os namorados não tenham me protegido, mas tenham frustrado as observações dele.

A maneira pela qual o habitante das sombras tem se comportado poderia indicar que ele não seria uma ameaça, caso padre Benedetto não tivesse percebido que estava armado. Contudo, na ocasião em que consegui observá-lo, ele parecia desarmado. Não vi nenhum volume revelador sob a axila, nenhum bolso deformado no casaco. Se tinha uma arma, devia ser de calibre muito baixo, inútil a não ser em distâncias muito pequenas. E ele evita todo contato próximo.

De onde ele vinha? Eliminei da mente todas as fontes óbvias do homem, as diversas variações da possibilidade mais provável: não era da CIA, do MI5, ou da antiga GRU ou KGB — nada desse tipo. Eles não ficariam de joguinhos, investigariam o alvo, o estudariam brevemente durante um ou dois dias no máximo, e então seguiriam em frente e realizariam o trabalho. São homens do governo, funcionários públicos armados, e precisam trabalhar dentro dos parâmetros de tempo estabelecidos pelos superiores atrás de suas mesas. Trabalham no horário de expediente dos funcionários públicos.

E se ele fosse um operador autônomo a serviço de alguma agência do governo? Não. Descartei rapidamente a opção. Uma agência não empregaria um homem que brinca de gato e rato. Quem quer que entrasse em sua lista de pagamentos deveria respeitar suas regras. Ele precisaria executar o trabalho do modo mais rápido e eficiente possível: dinheiro dos contribuintes e tudo o mais.

Ele não era do meu mundo. Esforcei-me para pensar em alguém que pudesse cultivar tamanho rancor de mim a ponto de querer me matar. Não havia ninguém. Não corneei nenhum marido, não roubei nenhuma viúva, não sequestrei nenhuma criança. É verdade, eu acho, que a família do mecânico gostaria de me ver sofrer, mas todos pensaram que foi suicídio. Os tabloides e o legista disseram a eles. Além do mais, não teriam a tenacidade e tampouco os recursos para me localizar tantos anos depois.

Faz mais de uma década desde que recebi uma encomenda para os cartéis americanos, e mesmo então nenhuma das minhas armas foi usada em atentados da máfia, nem mesmo em rivalidades entre famílias. Nenhum grupo político para o qual eu tenha trabalhado me mataria, não depois de tanto tempo. Caso quisessem me silenciar, teriam feito isso na mesma hora e lugar, não esperariam anos até que eu escrevesse minhas memórias. Não foi a garota: caso me quisesse morto, seu motorista teria me eliminado no estacionamento do posto de serviços.

Que outra motivação teria? Não se tratava de um chantagista: não fizera exigências. Era um amador, de modo que não estava me seguindo só pelo prazer, ou para me desgastar, ou para encontrar uma fenda na minha armadura. Só poderia estar em busca de vingança — mas pelo quê?

De repente, soube com certeza absoluta que ele estava com medo de mim, com mais medo do que já senti dele ou de seus antecessores. Tive a mesma certeza do motivo pelo qual ainda não entrara em ação: estava tomando coragem.

Durante 45 minutos, dirijo pela cidade. O habitante das sombras começa a me seguir no Peugeot e tenho dificuldade em despistá-lo. No fim das contas, eu o engano em um atalho e isso é a sua desgraça.

Perto do fim do Corso Federico II há uma rua de mão única. Tem apenas 11 metros de extensão e os motoristas locais costumam ignorar a restrição: descendo a rua, economizam a volta em uma *piazza* que costuma ficar repleta de ônibus de viagem. A *polizia* sabe e, ocasionalmente, em função do humor ou caso as prisões no trânsito estejam caindo, monta um bloqueio astuto na saída ilegal da rua. Foi o que fizeram hoje. Reparei no bloqueio mais cedo, a caminho do Citroën, o qual estava sendo vigiado de novo pelo habitante das sombras.

Manobrando com cuidado, passo pela rua. À minha frente, há uma retenção na *piazza*, e tomo meu lugar na fila de veículos. Ao ver isso, e estando relutante em se envolver no mesmo trânsito caótico, pois isso me proporcionaria a oportunidade de abordá-lo, o habitante das sombras entra na rua de mão única. Espero um momento e dou ré rapidamente antes que outro veículo me prenda. Ele é parado e um policial fica de pé diante do carro com um sinalizador erguido na mão. Outros dois, um deles carregando uma prancheta, caminham rapidamente até a porta do motorista. Sorrindo, faço uma volta e me afasto o mais rápido que ouso.

Clara está esperando na Via Strinella perto da entrada do Parco della Resistenza dell' 8 Settembre, abrigada à sombra das árvores dispostas ao longo da rua. Ela segura uma maleta de viagem: aos seus pés há mais uma, feita de plástico azul fino, arredondada por uma melancia. Paro o Citroën ao lado do meio-fio.

— *Ciao*, Edmund!

Ela abre a porta e se senta no lugar do carona, as bolsas nos pés.

— Estou bem — respondo, e acrescento: — Coloque-as no banco traseiro. Temos um longo caminho pela frente.

Ela olha para trás ao empurrar as bolsas entre nós, espremendo a melancia entre os assentos. É pesada demais para que a levante. Clara se acomoda, afivelando o cinto de segurança.

— Aonde iremos? Até Farnale? — ela pergunta.

Clara presume que passaremos o dia na costa adriática, pois meu recado a instruiu a trazer biquíni, óleo bronzeador e uma toalha. Uma vez, com Dindina, a levei de carro até a costa e os três passamos um dia muito agradável, relaxando na praia com um guarda-sol e cadeiras alugadas, mergulhando na água e comendo *calamari* em um pequeno restaurante próximo, espremido entre a praia e a ferrovia costeira principal. Como crianças, acenamos para os trens que passavam: um passatempo inglês, expliquei, o qual não atraía mãos acenando em resposta, mas olhares vazios de incompreensão perplexa. Clara insinuou, enquanto voltávamos para as montanhas ao anoitecer, que gostaria que apenas nós dois tivéssemos ido, o que fez Dindina suspirar irritada.

— Uma hora. E não vamos para o mar, mas sim para as montanhas.

Clara fica um pouco decepcionada com a resposta. Ela obviamente contava que eu desse ouvidos às suas insinuações.

— E isso...

Ela inclina a cabeça na direção da cesta de palha.

— Um piquenique.

Clara na mesma hora fica alerta, as decepções esquecidas.

— Estamos indo para um piquenique — ela repete desnecessariamente, continuando. — Só nós? Apenas nós dois?

— Sim. Mais ninguém.

Ela coloca a mão sobre a minha enquanto luto com a ridícula alavanca de câmbio, reduzindo de terceira para segunda, a fim de descer a montanha íngreme e deixar a cidade, seguir até o rio e a estação ferroviária.

— Eu te amo, Edmund. E amo piqueniques.

— Está um dia lindo. Estou feliz por termos a oportunidade.

— Estou matando duas aulas — ela admite, e pisca para mim. — Não importa. O *professore* é... — ela não acha as palavras em inglês — ... *una mente intorpidita*.

— Um estúpido.

Recuo o teto de lona e um vento quente invade o carro.

— Sim! Um es-tú-pi-do.

Durante a noite, na hora que antecede o amanhecer, quando o tempo está se reajustando ao presente, o céu ficou encoberto brevemente e caiu uma tempestade curta mas torrencial. O barulho da chuva batendo contra as persianas e jorrando da calha quebrada me acordou. O ar estava frio e eu me cobri. Quando o sol nasceu, o céu estava claro, intocado por nem uma nuvem sequer. Permaneceu assim desde então. O sol está, portanto, ferozmente quente e o ar puro. As montanhas estão tão nitidamente definidas, as sombras, as árvores e a grama, a rocha desolada, que posso ver cada ranhura e garganta, cada ravina e pedreira.

Em Terranera, paramos no bar. Não deixo o carro na estrada como antes, dessa vez entro de ré em uma rua estreita ao lado do bar. Se por alguma possibilidade remota, o habitante das sombras tiver conseguido se livrar da intimação de trânsito abanando um passaporte estrangeiro e alegando ignorância em seu carro alugado, e estiver nos seguindo, ele passará de carro e eu o verei. Rezo para que isso não aconteça, pois eu precisaria cancelar o piquenique e não teria nenhuma desculpa pronta para neutralizar a inevitável decepção de Clara.

A garota mal-encarada está lá e olha para Clara com antipatia.

— *Due aranciate, per favore. Molto freddo.*

Sorrio, mas a garota não corresponde. Sou um velho com uma puta jovem e nada mais. E um estrangeiro, como se não bastasse.

Ela revira a geladeira, coloca duas garrafas sobre o balcão, abre as tampas girando o pulso e serve a laranjada em dois copos. Pago e saio com Clara para sentar a uma das mesas na calçada, sob o sol.

— Ainda estamos longe?

— Dez, 12 quilômetros. E só. Mais vinte minutos.

Ela para a fim de fazer as contas.

— Doze quilômetros! Vinte minutos?

— Vamos para um fim de mundo.

Ela desconhece a expressão e olha para mim com embaraço.

— Acho que você diria *lontano*. *Fuori mano*.

Ela gargalha, e o som me excita.

— Você um dia vai falar italiano. Vou ensinar a você.

Nenhum veículo passa por nós e não vejo o menor sinal do Peugeot. Depois de dez minutos, no transcurso dos quais tenho certeza de que o habitante das sombras teria nos passado se estivesse nos seguindo, deixamos os copos na mesa de metal e partimos no carro. No início da estrada, saio da pista em uma curva fechada, sem sinalizar, o Citroën balançando sobre os calombos no pavimento e Clara se segurando na porta. Não paro para conferir a estrada. Estamos seguros: sinto isso.

— Aonde vamos?

Ela fica surpresa pelo fato de eu pegar uma estrada tão insignificante e fica nitidamente ansiosa. Não é o que ela esperava.

— Você vai ver.

Isso aumenta a apreensão de Clara.

— Acho que é bom ficar perto da estrada.

— Não precisa se preocupar. Já vim aqui várias vezes. Em busca de borboletas.

Viro o volante para evitar uma pedra especialmente grande e o Citroën se inclina como que atingido por uma onda invisível. A repentinidade da sacudida é recebida por Clara como uma surpresa inesperada, como aconteceria com um avião atingindo uma zona de turbulência. Ela murmura um pequeno grito.

— Você não está com medo de entrar na floresta comigo, está?

— Não. — Ela ri, tensa. — É claro que não. Não com você. Mas este... — ela estala os dedos — ... *sentiero!* — Ela abana a mão no ar. — Você deveria ter um jipe. Um Toyota. Isso não é bom para uma... *una berlina.*

É como se o perigo da trilha diminuísse seu domínio do inglês.

— Um carro sedã. É verdade. Mas este não é nenhum sedã, nenhum Alfa Romeo chique ou uma limusine alemã. É um Citroën. — Bato no volante com a palma da mão. — Foi construído pelos franceses para levar batatas ao mercado. Além disso, já vim aqui neste carro.

— Tem certeza?

— É claro. Desejo tanto quanto você voltar a pé para a cidade.

— Acho que você é louco — ela comenta. — Isso não vai dar em lugar algum.

— Garanto a você que sim.

Clara responde com um beicinho. Suas dúvidas são um pouco aplacadas, mas ela ainda se segura na porta com a mão direita, a esquerda pressionada com força contra o assento para estabilizá-la. Não voltamos a falar até pouco antes do vale, quando a trilha desaparece totalmente nas sombras gramadas.

— Agora não há estrada! — Clara exclama, com uma voz exasperada, em um tom de "eu não disse?".

Ao lado do casebre de caçador destruído, paro o carro e desligo o motor. Ela larga a janela. No silêncio, ouvimos um passarinho cantar nas árvores e o som de gafanhotos.

— É aqui que ficamos?

— Não. Não exatamente. Seguimos mais 100 metros, contornando aquelas pedras. Mas a partir desse ponto, apenas deixamos o carro seguir em frente. Sem motor, sem som. E você vai ver uma maravilha.

Ela volta a segurar a janela.

— Não precisa se segurar. Iremos muito devagar. Apenas relaxe e observe.

Tiro o pé do freio e o carro começa a avançar, as molas rangendo levemente. Nas pedras, giro o volante, pisando nos freios para reduzir. Descemos gradualmente para a margem da campina e para baixo da nogueira.

O vale permanece como estava há algumas semanas, uma exuberância de flores. Apesar da luz direta do sol, elas não estão descoloridas, ainda preservam as cores vibrantes. Na margem do lago há uma garça, imóvel como um poste cinzento de uma cerca, com o pescoço reto e inclinado para a frente.

— Como você conheceu este lugar? — Clara pergunta.

Dou de ombros: isso basta como resposta.

Ela abre a porta do carro e sai. A garça dobra o pescoço e agacha entre os juncos, mas não alça voo. Observo Clara. Ela vai lentamente para a frente do carro e para diante dele, examinando o vale, a floresta, a austeridade nobre dos penhascos no alto e as construções arruinadas de pedras amareladas da *pagliana*.

— Ninguém vem aqui?

— Não. Ninguém. Estive em todo o vale. Subi até as construções. Nenhum sinal de gente.

— Só você.

— Sim — minto, e me recordo do conselho da minha derradeira cliente: *Você deve trazer sua namorada aqui*. Sinto de novo seu beijo seco e rápido na minha bochecha.

Clara desabotoou a blusa e largou-a na grama. Não está de sutiã. Suas costas são salpicadas pelas sombras e os raios de sol que se esticam através dos galhos do castanheiro. Com um movimento dos pés, Clara tira os sapatos, os quais traçam uma curva pelo ar e desaparecem na grama, e abre o zíper da saia, que cai na grama. Ela se curva e delicadamente tira a calcinha. Suas nádegas são firmes e arredondadas, mais brancas que a pele do restante do corpo, a cintura fina. Ela se vira para me encarar, as pernas longas e bronzeadas levemente afastadas. Seus seios pequenos não pendem, e sim despontam de seu peito, orgulhosos e imaculados. Os mamilos são firmes e marrons, a pele ao redor deles um pouco mais clara, como uma aura ao redor de minúsculas luas escuras. Olho para a barriga dela, para os músculos tesos e a chanfradura de pelos logo abaixo e saio do carro.

— E então? — indago.

Faceira, Clara inclina a cabeça. Seu cabelo castanho-avermelhado balança de um lado para o outro, roçando em seu rosto.

— E então? — repito.

— Vou nadar. No lago. Você vem?

Ela não espera minha resposta e começa a correr pela grama.

— Há víboras aqui! — grito com ansiedade. — *Vipera! Marasso!* — acrescento, para o caso de ela não me entender. Sinto o horror subir pela minha espinha, como a idade.

Ela olha fugazmente sobre o ombro e responde:

— Talvez. Mas tenho sorte.

A garça alça voo. Eleva-se entre os juncos com um bater de asas desajeitado, suas pernas compridas balançando para a frente e para trás. A ave curva o pescoço, levanta as pernas e desce o vale batendo as asas lenta e preguiçosamente. É uma garça italiana e perturbamos sua sesta.

Eu me dispo. Faz muito anos desde a última vez que tirei as roupas em um espaço aberto, exceto na praia, o que não conta: ali ao menos eu tinha uma toalha recatada atrás da qual podia me esconder.

Meu corpo está velho. Minha pele é lisa e minha carne está em processo de metamorfose para o detrito flácido dos meus iguais, mas minha barriga não é mais rija e os músculos do meu peito estão um pouco flácidos. Meus braços são vigorosos demais e meu pescoço está só começando a emagrecer. Não sinto vergonha ou constrangimento. Apenas não me sinto jovem. E, com a cautela da idade, não tiro os sapatos até chegar à margem do lago.

Clara nada no meio do lago. Não molhou o cabelo.

— Entre — ela diz, sua voz se deslocando suavemente sobre a superfície do lago, a mão erguida fora d'água e apontando para um monte de pedras lapidadas que um dia pode ter sido uma carreira para carroças ou animais com sede. — Não tem lama ali. E não tem lama aqui. Só pedrinhas.

Nado até ela. A água é transparente, quase quente como sangue, e sobe deliciosamente pelo meu corpo à medida que vou mais para o fundo. Clara está de pé no lago, a água até as axilas. Fico de pé ao seu lado e levanto os olhos para o céu impiedoso e sem nuvens.

— Fique ao meu lado.

Obedeço à ordem e ela pega minha mão sob a água, levantando-a na nossa frente.

— Observe. Fique parado.

Quando as ondulações da minha chegada somem nos juncos, pequenos peixes não maiores do que vairões aparecem em um cardume para se aglomerar ao redor de nossas mãos. Eles flutuam como lascas de vidro logo abaixo da superfície e se movem para mordiscar a pele de nossos dedos, seus dentes liliputianos limando infinitesimalmente nossa carne. Penso nos camundongos descobertos no Vale dos Reis por egiptólogos do século XIX que haviam mordiscado os cadáveres dos faraós.

— Se ficarmos aqui por um ano, seremos devorados por eles.

— Dizem que se estes peixes morderem duas mãos dadas, é porque o amor é bom para as duas pessoas.

Ela me beija, pressionando-se contra mim, sua pele e seu corpo tão quentes e puros quanto a água.

— Você costuma fazer amor na água?

— Nunca fiz.

Ela coloca os braços ao redor do meu pescoço e ergue os pés das pedras, envolvendo minha cintura com as pernas e empurrando o corpo de encontro ao meu. Ponho as mãos sob ela, mas a água sustenta seu peso. O cardume dispara ao nosso redor por alguns instantes e depois foge para os juncos, acompanhando as ondulações que se formam a caminho da margem.

Saímos da água e caminhamos lentamente, de mãos dadas, de volta até o Citroën, o sol nos queimando, secando nossos corpos antes de chegarmos ao carro. Abro um cobertor no chão, bem no limite da sombra, mas Clara o puxa para o sol.

— Não queremos nos esconder do sol — ela me reprende. — Ele é bom. Podemos ficar deitados e, quando o sangue estiver quente de novo, a gente faz amor outra vez.

Clara tira um frasco de bronzeador de sua maleta de viagem e o balança para mim. O ar é tomado pelo perfume de óleo de coco quando ela começa a espalhar o óleo na pele. Observo enquanto as mãos dela esfregam em torno dos seios, empurrando-os para o lado, pressionando-os para cima. Ela passa o óleo acariciando a barriga e descendo pelas coxas, curvando-se na cintura ao espalhá-lo nas canelas.

— Pode passar nas minhas costas?

Pego o tubo de plástico e espremo uma cobrinha de bronzeador sobre a palma da mão. Espalho o óleo sobre as escápulas de Clara. Vou descendo, esfregando-o em sua carne.

— Vá até embaixo — ela pede. — Hoje ficarei bronzeada em todo o corpo.

Assim, ponho mais óleo nas mãos e acaricio as nádegas dela, sentindo a firmeza de seu corpo jovem e pensando em como o meu é mais velho e flácido.

Quando termino, ela espalha o óleo em mim. Depois, com o sol forte sobre nós, deitamos lado a lado sobre o lençol, ela de barriga para cima e eu de bruços. Fecho os olhos. Nossas mãos se tocam levemente.

— Diga-me, *signor* Farfalla — ela pergunta, a voz embalada pelo calor sonolento, as palavras com um toque de ironia —, por que tem medo?

Ela é mais sábia do que sua idade levaria a acreditar. O trabalho na Via Lampedusa ensinou-lhe mais, suspeito, do que a universidade jamais conseguiria. Ela sabe como seduzir primeiro o corpo de um homem e depois a mente dele, antes de procurar o âmago de seu ser. Está usando com minha alma a mesma técnica que uma puta de verdade poderia usar com a carteira de um marinheiro sedento por sexo em Nápoles.

Contudo, não sou enganado tão facilmente. Sou mais experiente em autoproteção, em privacidade.

— Não tenho medo.

— Você é corajoso, sim. Mas sente medo. Sentir medo não é ruim. Você pode ainda ser como um herói e, ao mesmo tempo, sentir medo.

Não abro os olhos. Fazer isso seria dar crédito à acusação, à sua observação astuta.

— Garanto a você que não tenho nada a temer.

Clara se levanta do lençol e apoia-se no cotovelo, descansando a cabeça em uma das mãos. Com a outra, segue as gotas de transpiração nas minhas costas.

— Você tem medo. Sei disso. Você é como a borboleta do seu apelido. Sempre com medo. Indo de uma flor para outra.

— Tenho apenas uma flor no meu jardim — declaro, e me arrependo de imediato.

— Talvez seja verdade, mas você tem medo.

Ela fala com determinação, como se soubesse a verdade.

— Do que tenho medo?

Ela não sabe: não responde. Em vez disso, deita-se no cobertor e fecha os olhos, o sol fazendo minúsculas sombras com seus seios.

— Do amor — ela diz.

— O que quer dizer?

— Você tem medo do amor.

Penso na acusação.

— O amor é complicado, Clara. Não sou um machão jovem e romântico no Corso Federico II, de olho nas garotas, com um casamento e uma amante no horizonte. Sou um velho envelhecendo ainda mais, aproximando-me lentamente da morte, como uma lagarta se aproxima do fim da folha.

— Você ainda vai viver muito. E a lagarta se transforma em borboleta. O amor pode fazer isso.

— Vivi muitos anos sem amor — digo a ela. — Toda a vida. Tive relacionamentos com mulheres, mas não amorosos. O amor é perigoso. Sem amor, a vida é tranquila e segura.

— E tediosa!

— Talvez.

Agora, ela senta, dobrando os joelhos até o queixo e abraçando as pernas. Viro-me, abro os olhos e observo enquanto o suor em seus ombros forma gotículas. Eu gostaria de secá-las com beijos.

— Mas não tem sido tedioso com você, Clara.

Os ombros dela encolhem. O suor começa a jornada pela sua coluna abaixo.

— Se o amor é perigoso para você, então você tem medo. O perigo gera o medo.

Sento-me ao lado de Clara e ponho a mão em seu ombro. A pele dela está quente.

— Clara, isso não tem nada a ver com você. Juro. Você é doce, muito bonita e inocente...

— Inocente! — Ela gargalha ironicamente. — Sou uma dama da Via Lampedusa.

— Você não é mais do que uma viajante de passagem por lá. Você não é Elena, Marine ou Rachele. Você não é Dindina, apenas esperando a chegada de tempos melhores. Você está lá porque...

— Eu sei por quê. Preciso de dinheiro para os estudos.

— Exatamente!

— Além disso, preciso de amor.

Por um instante, penso que está falando sobre sexo, mas sei que não é o caso. Clara é uma jovem que deseja um ho-

340

mem para amar, que a ame. A crueldade do destino a entregou a mim, um velho com a cabeça a prêmio e um habitante das sombras nos calcanhares.

— Você tem amor.

— É mesmo?

— Eu amo você, Clara.

Nunca admiti tal coisa: não para Ingrid, nem mesmo para obter o que posso ter desejado. Ela está certa. Temo o amor não somente por significar baixar a guarda, um risco à minha segurança, mas também porque este me impõe certa obrigação moral, e jamais aceitei nenhuma responsabilidade, a não ser por mim mesmo e pela eficiência do meu trabalho. Sentado nesse paraíso, preciso concordar que há um sentido na diatribe de padre Benedetto sobre o amor. Ele também está certo. Preciso de amor, depois de anos dizendo a mim mesmo que ele era irrelevante. A ironia de encontrá-lo agora, quando a vida é tão incerta, me atinge como uma adaga.

— E eu amo você, Edmund.

Estou ciente de que fui conduzido a questões pesadas e me levanto, espreguiçando. O sol parece ter me encolhido. Enquanto me flexiono, sinto a pele esticar como um casaco que ficou justo demais.

Do banco traseiro do Citroën, pego a cesta de palha.

— Podemos comer.

Ela puxa o cobertor para a sombra e eu abro a cesta. Não há muita comida: um pouco de *prosciutto*, pão, azeitonas. No recipiente térmico de isopor para vinhos, há uma garrafa de Moët e Chandon e duas dúzias de morangos em um pote de alumínio. Sob eles há um pequeno pacote embrulhado em uma sacola plástica.

— Você trouxe champanhe!

Penso no que padre Benedetto diria caso me visse sentado completamente nu ao lado de uma bela jovem nua na floresta, com um vinho espumante francês.

Clara pega a garrafa e retira o alumínio, jogando-o na cesta. Habilmente, desenrola o arame e saca a rolha, que estoura e voa para longe na grama. A champanhe escorre da garrafa e Clara a segura para que os respingos caiam sobre seus seios. Ela inspira com força quando o líquido gelado escorre sobre seu corpo.

Entrego-lhe o pacote, que está frio por ter ficado ao lado da champanhe e do gelo.

— Isto é para você.

— O que é? — ela pergunta, intrigada, enquanto desembrulha o plástico.

— Sua libertação. Chega de Via Lampedusa.

Ela pega o dinheiro e olha fixamente para as notas em sua mão. São os proventos do cheque administrativo, um maço de notas americanas enroladas e presas por elásticos.

— Vinte e cinco mil dólares americanos. Em notas de 100.

Lágrimas começam a se formar nos cílios dela. Clara coloca o dinheiro no cobertor com muito cuidado, como se fosse frágil, e vira-se para mim.

— Como pode ter tanto? — ela pergunta. — Você é um homem pobre, um pintor...

Ela precisa de uma explicação, mas não sinto que precise lhe dar uma.

— Não pergunte.

— Você...?

A pergunta não é formulada, mas sei o que ela pensa.

— Não. O dinheiro não é roubado. Não roubei um banco. Ganhei o dinheiro trabalhando.

— Mas tanto...

— Não conte a ninguém — aconselho-a. — Se depositar em um banco, terá de pagar impostos. As pessoas saberão. Melhor ficar em silêncio e usá-lo.

Clara concorda com a cabeça. Ela é italiana. Tal conselho é um lembrete, não uma instrução. Para ela, tal quantia é um iate com mais de 60 pés de comprimento.

As lágrimas escorrem pelas bochechas de Clara e a respiração dela vem em arfadas curtas, como se ela acabasse de chegar correndo do lago. Percebo que não usa maquiagem, é linda naturalmente, e fico constrangido por sua beleza e seu choro.

— Não precisa chorar.

Seco as lágrimas com o dedo, espalhando-as. Muito lentamente, Clara leva a mão ao meu rosto e acomoda minha mandíbula nos dedos. Seus olhos estão molhados com mais lágrimas, mas a respiração está mais firme. Ela se inclina para a frente e beija-me tão delicadamente que mal sinto. Não há nada para me dizer e, além do mais, ela está sem palavras.

Servindo a champanhe em duas taças plásticas, entrego uma a Clara, acrescentando um morango. Ela dá um pequeno gole e as lágrimas cessam.

— Não vamos mais falar de amor — peço tranquilamente. — Apenas beba e aproveite o vale.

Balanço minha taça no ar e cubro todo o vale com o movimento. Ela baixa os olhos para a campina de flores e até o lago. A garça voltou para pescar os peixes minúsculos e as sombras sob as árvores aumentam com o passar da tarde. Acompanho o olhar de Clara, mas minha atenção é atraída pela pilha de pedras cobertas de trepadeiras rasteiras. Nela posso visualizar a silhueta do alvo. As borboletas dançando no ar são os pedaços do papelão.

Abro a porta que dá para o pátio. A *signora* Prasca deixou uma lâmpada fraca acesa no pé da escada. A água na fonte pinga ruidosamente na noite.

Seguro a mão de Clara e pressiono um dedo contra os lábios. Descalços, subimos a escada, os degraus de pedra quase dolorosamente frios sob nossas solas dos pés onde a água vazou da calha quebrada: deve ter chovido no vale enquanto estávamos nas montanhas. Destranco a porta do meu apartamento e a conduzo para dentro, fechando silenciosamente a porta atrás de mim e acendendo um abajur.

— Pronto! Você está aqui. Este é meu lar. Quer uma bebida? Tenho vinho e cerveja.

Ela não responde ao convite e olha ao redor. Penso na cliente que estudou a sala em nome da segurança. Clara observa com curiosidade. Ela olha para as pinturas na parede.

— Você que pintou estas? — ela pergunta com incredulidade.

— Não. Essas eu comprei.

— Que bom. Você é muito melhor do que isso.

Ela atravessa a sala rumo às prateleiras de livros e inclina levemente a cabeça para o lado a fim de ler os títulos.

— Você pode levar... pegar emprestados... os que quiser. Não costumo ler muito.

Clara segue para a mesa, olhando para as pinturas sobre ela, a maioria de caudas de andorinha. Curva-se para olhá-las mais de perto.

— Isso é melhor. Você não deveria ter quadros feios na parede. Só os mais bonitos.

Caminho até ficar ao lado dela, pego as pinturas e as arrumo em uma pilha. Deve haver cerca de duas dúzias.

— Quero que fique com estas. Não estão à venda e tampouco serão enviadas para outro lugar. São para você. Para colocar em sua casa. Para fazê-la lembrar do vale.

Guardo cuidadosamente as pinturas em um grande envelope e Clara as pega e olha para elas de um modo muito parecido com o que olhou para o maço de notas de dólares.

— *Grazie* — ela murmura —, *molto grazie, tesoro mio*. — E coloca delicadamente o envelope sobre a mesa. Vai até a janela, onde fica de costas para mim, olhando para fora através do vale, agora banhado na luz fraca e avarenta de uma lua nova.

Depois de observá-la por alguns instantes, vou para a cozinha e volto com duas taças de Frascati. Entrego uma a Clara e mais uma vez seguro sua mão.

— *Salute!* Clara.

— *Evviva!* — ela responde quase solenemente e, largando minha mão, volta para a mesa.

— Quero morar aqui. Com você — ela declara de modo abrupto. — Quero morar aqui e cuidar de você.

Não respondo. É doloroso demais, de repente. O desejo dela é meu desejo e quero profundamente que esse seja o futuro e que Clara seja parte dele.

Contudo, o habitante das sombras, que não age, impede isso. Se ele ao menos dissesse a que veio, fizesse um movimento, as coisas poderiam ser resolvidas. Se quiser me chantagear, que o faça: pagarei. Depois, vou segui-lo e matá-lo. Parecerá um acidente, um suicídio.

Não posso, neste momento, levar Clara através da fronteira entre presente e futuro, por mais que eu queira. Escolhi o jogo e estabeleci as regras segundo as quais tenho vivido e não posso mudá-las, não posso me desviar delas, nada possuo com que possa subornar o destino. Estou preso como Fausto em uma armadilha criada por mim mesmo.

— Venha comigo — digo finalmente.

Ela move a mão para colocar a taça sobre a mesa.

— Traga a taça.

Talvez a *signora* Prasca estivesse certa. Eu deveria compartilhar a *loggia* com alguém. Guio Clara pelo corredor, passando pelo primeiro quarto. Ela olha para dentro e me faz parar, puxando-me para trás.

— Não. Não agora. Mais tarde...

É mentira. Estou preso pelas circunstâncias e — percebo ao olhar para o rosto dela sob o luar — não há alternativa para o futuro. Ele é tão imutável quanto o passado, tão fixo e previsível quanto o nascer do sol.

— Você vive muito... *Vita spartana.*

Olho para a cama malfeita, para a cadeira com assento de vime e a cômoda de madeira de pinheiro. O quarto é um pouco sinistro sob o luar esparso filtrado pelas frestas das persianas.

— Sim. Não tenho frescuras.

— Mas a cama é grande para nós. Apenas dois agora.

— Venha comigo — repito, e subimos juntos o pequeno lance de degraus para a *loggia*.

Ela fica de pé ao lado da mesa de metal forjado e olha ao redor. A cidade ainda está um pouco barulhenta. Ainda não são 11 horas e os carros se movem nos abismos das ruas estreitas, as luzes continuam acesas em algumas casas distantes. Mas não há nenhum som de música ou de vozes humanas.

— Daqui você pode ver todo o vale. Quando chove de manhã e o sol se põe, não há nada que não possa ser visto: o castelo, os contrafortes e as montanhas, as aldeias. Até quase... — paro, mas não há como evitar agora: a frase está pronta na minha cabeça e ela sabe como será — nosso vale.

Ela levanta os olhos para o céu pintado dentro da abóbada, levemente iluminado, com as estrelas douradas cintilando.

— Você desenhou o céu?

— Não. Ele tem centenas de anos.

— Aqui — ela responde —, temos centenas de anos.

Então, cruzando a noite, chegam as melodias do instrumento do flautista do alto da colina ao lado da montanha, no topo da escadaria de mármore. A melancolia da música se desloca não como se viesse da *piazza* diante da Igreja de São Silvestre, mas das cavernas desoladas de um passado há muito esquecido. Ele não é um músico de rua, mas um menestrel tocando nas cortes do tempo, um mago cuja melodia é capaz de elaborar encantamentos de curiosidade e parar o relógio.

Clara me beija e sussurra que deseja fazer amor, mas a convenço do contrário. É tarde, minhas costas estão queimadas de sol, digo. Fizemos amor duas vezes hoje, prossigo, uma na água e novamente depois da champanhe, os seios dela estão pegajosos do vinho. Aviso a Clara que ela tem aulas para assistir amanhã. Outra hora. Assim, ela bebe o vinho e deixa a taça sobre a mesa de ferro. Descemos os degraus, atravessamos a passarela, passamos pela sala de estar e saímos pela porta. Ela quase se esquece das pinturas e preciso lembrá-la. Ela reluta. Sempre poderá vê-las aqui, diz, mas insisto. Acompanho-a até a Piazza dei Duomo, a maleta de viagem balançando em sua mão, contendo meus quadros e o futuro dela.

— Quando vou ver você de novo?

— Sábado.

— Como você vai entrar em contato?

— Sabe chegar sozinha ao meu apartamento?

O sorriso dela é radiante. Ela acredita ter derrubado minha porta, penetrado nas minhas defesas, atravessado o fosso da minha privacidade.

— Sim — ela responde com ênfase.

— Ótimo. Dez horas.

Ela me beija muito levemente nos lábios.

— *Buona notte, il signor Edmund Farfalla.*

— Boa-noite, Clara, minha querida — digo, e observo-a afastar-se com passos leves, jovem e despreocupada. Na esquina da Via Roviano, ela dobra à esquerda, acenando uma vez ao desaparecer.

A luz do sol brilhava na janela quando fui despertado pela *signora* Prasca batendo educadamente à porta e chamando meu nome baixinho. Esforcei-me para me sentar ereto, pois minhas costas doíam e os olhos ardiam de cansaço. Eu adormecera em um dos bancos de madeira da sala de estar e dormira mal, virando de um lado para o outro e torcendo a coluna. Minha cabeça estava limpa, no entanto: tomo cuidado para nunca beber demais. Olhei para meu relógio de pulso. Eram pouco mais de 9 horas. Eu não dormia até tão tarde fazia anos, e me perguntei se aquele seria o padrão dos aposentados.

— *Un momenta, signora!* — gritei, e ajeitei minhas roupas, passando os dedos pelo cabelo e usando o vidro que cobre uma das pinturas como espelho para ficar menos desgrenhado, mais respeitável. A *signora* Prasca sabia que eu era um artista, mas até os boêmios devem manter o nível: ela disse isso a mim certa vez. Destranquei a porta.

Ela estava de pé de costas para a porta, como se esperasse que eu aparecesse de pijama ou, pior, quase nu. Sem dúvida, ela tivera uma experiência parecida com o morador anterior, o libertino.

— *Buon giorno, signora* — cumprimentei-a.

Virando-se parcialmente com uma timidez mais adequada a uma menina inocente, ela percebeu que eu estava totalmente vestido e voltou-se para mim, esticando a mão, na qual segurava um envelope.

— *La posta?* — indaguei. — Tão cedo?

Ela abanou a cabeça.

— *No! La posta...*

Sua mão vazia vibrou levemente no ar, desconsiderando a pergunta. O correio não costumava chegar até depois das 10 horas da manhã. Além disso, ela nunca trazia a correspondência até minha porta.

— *Un appunto.*

— *Grazie, signora* — agradeci, achando curioso que ela tivesse subido até ali. Ela balançou a cabeça como uma empregada faria e saiu a passos rápidos na direção da escada.

O envelope não estava selado e não tinha endereço, apenas uma linha escrita à mão em letras cursivas e esmeradas — "*Signor E. Farfalla*". Não reconheci a caligrafia: a inicial

E me deixou confuso. Poderia ser de Clara. Poderia ser do habitante das sombras.

Ao pensar nele, minha mente foi tomada mais uma vez pelo mal-estar do sono desleixado daquela noite. Abri o envelope rasgando-o, sem me importar com o conteúdo. A carta estava escrita em um papel vergê creme, pesado, com gramatura quase de livro. Havia uma marca-d'água elaborada na única folha de papel, a qual fora frisada em duas partes.

Caro amigo, li, *estou de volta à cidade, agora que minha parente está quase curada da doença, e recebi a linda pintura e sua carta muito tocante. Venha me ver. Devemos conversar, de homem para homem. Ou talvez de homem para padre. Mas não deixe que isto o "desanime". Estou na igreja até o meio-dia.* Estava assinada *Fr. Ben*.

Redobrando a carta, larguei-a no banco de madeira sobre o qual passara a noite. Espreguicei-me e olhei pela janela, através do vale. O sol estava alto, andorinhões ou martinetes planando no ar, as sombras começando a encolher. Além do perímetro da cidade, vi uma ave de rapina de uma espécie indefinível flutuando em uma corrente térmica elevada pela muralha medieval que continuava de pé naquele quadrante. Quando o pássaro se virou, pude perceber a curva para cima nas pontas das asas e imaginei as penas individuais esticadas como dedos, agarrando as correntes ascendentes.

De volta ao quarto, tirei as roupas amarrotadas e tomei um banho demorado e relaxante, a água quente escorrendo sobre mim, e removendo não apenas o suor das horas agitadas, mas também a dor incômoda nas costas. Ensaboei-me completamente com gel de banho e lavei o cabelo com xampu, secando-o com uma toalha. Depois, vesti roupas limpas e pus um paletó confortável de linho. Antes de sair do apartamento, conferi a Walther. Ela estava limpa e lustrosa, parecendo mais uma pistola de brinquedo que uma arma mortal. Cheirei-a, o doce perfume do lubrificante perdurando em minhas narinas enquanto eu fechava a porta e testava a maçaneta.

As ruas estavam movimentadas quando subi a longa escadaria que levava até a igreja. Enquanto caminhava, mantendo um olho atento para o habitante das sombras, ponderei sobre a arma que ele deveria usar, que tipo os filmes, a televisão ou os catálogos de armas lhe haviam recomendado. Não me importava: a curiosidade era meramente profissional. Tive anos de prática com a Walther, conhecia-a tão bem quanto um jornalista de idade conhecia sua Olympia velha e surrada, cada peculiaridade da máquina, seus pontos fracos metálicos, sua impetuosidade e suas limitações.

No pé da escadaria de mármore, parei e olhei para cima. Do ponto de vista da colina, a fachada da igreja parecia recostar no céu, reclinando-se como um velho cansado descansando em um banco no Parco della Resistenza dell'8 Settembre.

Os degraus estavam cobertos com os detritos habituais da Itália central: embalagens de filmes Kodak e Fuji, a casca de uma fatia de melão, guimbas de cigarro e alguns copos de papel para refrigerantes. Não vi nenhuma agulha hipodérmica, mas havia uma seringa plástica rachada e imunda presa entre duas placas de mármore do pavimento.

No topo, parei e olhei ao longo da fileira de carros estacionados no meio-fio. Até onde pude ver, não havia nenhum Peugeot 309.

A atividade matinal diante da igreja estava a todo vapor. O marionetista fazia sua apresentação para um grupo de aproximadamente uma dúzia de crianças, atrás das quais havia adultos de pé. Todos eram turistas. Quando parei, a marionete no centro do palco era um salteador com um chapéu de três pontas sobre a cabeça e um cutelo costurado na mão. Tagarelava em italiano com a voz aguda. Outra marionete surgiu por baixo. Era o herói, vindo para matar o salteador, e ele também tinha um cutelo. As duas marionetes duelaram, o marionetista intercalando astutamente o diálogo fazendo estalidos metálicos e barulhos com a língua. As crianças estavam fascinadas pela ação.

O flautista não se encontrava em lugar algum, mas o malabarista estava começando seu ato com três ovos, um dos quais de vez em quando fingia deixar cair. A companheira dele estava na metade de um desenho de giz em uma das pedras do pavimento. Parei sobre o desenho e olhei para baixo: ela traçara os contornos do que era praticamente a vista da *loggia* e agora coloria o céu.

Nos degraus da igreja havia um grupo de turistas com um guia que destacava os méritos arquitetônicos da construção. Enquanto os observava, eles começaram a entrar pela porta em fila. Atravessei a rua e estava prestes a segui-los quando uma voz estridente chamou atrás de mim.

Havia chegado a hora. Eu sabia que chegaria e, no fundo da mente, fiquei incomodado por ter acontecido em um lugar tão público. Aquilo não trouxe nenhuma emoção para a superfície do meu ser. Emoções arruínam tudo e deixam a astúcia lenta.

— Ei! Sr. Borboleta!

A voz era quase tão aguda quanto a do marionetista, um pouco afeminada, e por um breve instante pensei que pudesse ser Dindina: a voz tinha a mesma estridência que a dela durante a briga com Clara. O sotaque era americano, inconfundivelmente de alta classe. Cortava o ar em meio ao som dos turistas, do tráfego e da cidade.

Virei-me rapidamente e olhei para os dois lados da rua. Ainda não havia nenhum Peugeot azul à vista e nada parecia fora de ordem, a não ser, parado ao lado do meio-fio entre o marionetista e a placa de proibido estacionar à qual o flautista amarrava o guarda-sol, um Fiat Stilo cinza-escuro. O carro estava estacionado irregularmente e o motorista se encontrava sentado no interior, mas aquilo não levantou minhas suspeitas porque tal visão é comum na Itália.

Foi quando percebi que o motor estava em ponto morto. Olhei mais atentamente. O carro tinha placa de Pescara, mas isso não é incomum na região: moradores de Pescara possuem casas nas montanhas das redondezas. Contudo, no centro do para-brisa, perto dos documentos de registro, havia um pequeno disco amarelo.

Minha mão estava dentro do bolso, os dedos apertados em torno da Walther.

— Ei! Sr. Borboleta! — a voz gritou novamente, agora em tom mais baixo, mais controlado.

Era o motorista do Fiat. Eu não conseguia vê-lo claramente, pois ele estava dentro do carro e eu, no sol.

Não respondi. Eu queria proteger os olhos do sol.

A porta do carro se abriu e ele ficou de pé. Agora, eu podia vê-lo a cerca de 20 metros de distância, seu torso esguio e cabelo castanho aparado curto. Ele vestia a calça jeans desbotada de marca que usava na primeira vez em que o vi e um paletó largo marrom sobre uma camisa creme. Ela poderia, pensei, ser de seda.

— Você. Sr. Borboleta — ele chamou.

Era como se ele não tivesse certeza absoluta e, por um instante, senti vontade de blefar e partir, dando-lhe as costas como se eu não tivesse compreendido, como se tivesse me enganado com o primeiro chamado. Mas aquilo não o mandaria embora, apenas prolongaria o assunto.

Continuei sem responder. Apenas abaixei a cabeça.

— Seu filho da puta! — ele gritou mais alto. — Seu maldito e inútil filho da puta!

— O que você quer? — gritei de volta.

Ele pareceu pensar por um momento antes de responder:

— Quero sua maldita cabeça, seu bastardo incompetente. — A voz estava novamente esganiçada. —Bastardo — ela repetiu; a voz.

Ele era sem dúvida americano. Agora eu sabia, pude identificar pela maneira como pronunciou *bastardo*, o primeiro *a* longo parecido com o balido curto de uma ovelha. A voz dele também era estranha e vagamente familiar. Tentei situá-la, dar-lhe um nome, mas não consegui.

Os gritos chamaram a atenção dos turistas, que ignoraram o marionetista e o malabarista e viraram as cabeças para olhar a agitação. Um entretenimento alternativo estava começando.

— Você tem me seguido. Por quê?

Ele não respondeu, e um táxi passou momentaneamente entre nós, bloqueando minha visão dele. Minha mão tirou a Walther do bolso.

Nos dois segundos que o táxi levou para passar, ele se afastou da porta do Fiat alugado e, quando voltou a aparecer, vi que segurava uma submetralhadora na altura da cintura. O sol estava forte e a arma apontava para mim: pensei que fosse uma Sterling, só que havia uma mira telescópica afixada a ela.

Como se minha atenção se focalizasse através de uma lente, vi o dedo dele contrair e saltei para o lado. Houve uma rápida rajada de tiros e o som rascante de madeira estilhaçando. Nada mais. Os ruídos do dia não foram afetados.

A Walther disparou como se fosse independente de qualquer ação que eu pudesse tomar. O habitante das sombras se agachou como se pudesse ver a bala se aproximando, virou a submetralhadora e disparou outra rajada curta. Ouvi o zumbido dos cartuchos usados e o estampido da boca da arma, mas não a reverberação dos disparos.

Rolando pelos degraus, abri as pernas, encarei-o e disparei outra vez. Dois tiros. Um destruiu o para-brisa do Fiat e vi o outro perfurar a porta traseira bem ao lado da perna do habitante das sombras. Ele se encolheu e desequilibrou-se por um instante. Rolei de volta para os degraus.

Agora havia gritos, pessoas berrando e chamando estridentemente, passos correndo para um lado e para o outro. O quiosque do marionetista fora derrubado e ele se arrastava para baixo da estrutura.

Sobre a cacofonia de pânico, detectei um som atrás de mim. Eu não podia me virar. Teria sido muito tolo naquelas circunstâncias. Não vinha de perto, mas tampouco estava muito longe de mim. Era um som suave, como o de folhas se esfregando na brisa.

Não poderia ser um cúmplice, pois vi o rosto do habitante das sombras adotar uma expressão que era um misto de medo e confusão.

Ele deu dois passos rápidos para a esquerda para mudar o ângulo dos disparos e abriu fogo outra vez. Projéteis ricochetearam nos degraus ao meu lado, estilhaços de mármore picando minhas panturrilhas.

Disparei outra vez. Ele largou a arma e caiu de joelhos, curvando-se de leve para a frente. Mirei com pressa, mas cuidadosamente. Agora, ele não era para mim mais do que a moita no alto da *pagliara*. Por um breve instante, não estava cercado pela rua, pela igreja e pelos carros estacionados, mas pelas florestas de carvalhos e castanheiros das montanhas, no ar claro da altitude.

Não mirei na cabeça. Eu queria ver quem ele era, e uma bala no crânio destruiria metade de seu rosto. Mirei no pescoço e a Walther fez o resto. Ele cambaleou para trás com o impacto do projétil, sua mão voou até a garganta e caiu. Ele se chocou contra o Fiat e deslizou até o chão.

Agora, havia silêncio. O tráfego parecia ter parado, a cidade prendia a respiração.

Parcialmente agachado, corri até ele, olhando ao redor. Todos estavam deitados no chão, a não ser o marionetista, que saía se arrastando debaixo do quiosque. Ajoelhei-me ao lado do habitante das sombras.

A mão dele se contorcia em espasmos. Havia uma mancha escarlate desagradável no lado esquerdo do peito dele. A camisa estava rasgada em um corte irregular ao redor da mancha. A bala com mercúrio fizera seu trabalho. Escorria sangue do pescoço dele, descendo pela gola até as costas do paletó. A cabeça pendia para a frente. Na lateral do Fiat havia respingos de sangue, o qual escorria como tinta brilhante mal aplicada.

Rapidamente, vasculhei os bolsos do paletó: nada, nenhuma carteira, nenhum passaporte.

Segurei o queixo dele e levantei sua cabeça, que pesava pouco na morte. As melancias de Roberto eram mais pesadas.

Eu não o conhecia, mas havia algo a respeito dele que eu não conseguia situar. Talvez, pensei, fosse apenas um estereótipo de todos os habitantes das sombras que já vira ou cuja presença sentira e, por tal razão, fosse familiar. Deixei a cabeça dele pender para a frente. Rolou para um lado. A bochecha direita tinha um tique. Havia sangue dele nos meus dedos, e os limpei rapidamente no ombro de seu paletó.

Foi quando me ocorreu: ele era americano, e os americanos guardam as carteiras no bolso de trás da calça. Empurrei-o levemente para o lado, tateei sob ele, encontrei o botão e rasguei o bolso. A carteira dele estava lá e, dobrado dentro dela, o passaporte com a insígnia dos Estados Unidos na capa. Abri as páginas.

Agora eu o conhecia, o habitante das sombras. E sabia onde ouvira sua voz.

Ao lado do corpo, na rua, havia uma Socimi 821, o cano alongado com um silenciador. Ao largá-la, ele entortara a mira telescópica. Havia bolhas espessas de sangue gelificado no metal, mas ainda era possível ver o último verso da inscrição — *Em matar, não vou fracassarei.*

Fui pegar a arma. Talvez fosse o que o habitante das sombras desejasse com sua morte, que eu marcasse a arma com minhas impressões digitais. Mas não a toquei. Em vez disso, olhei para ela do âmago de uma escuridão silenciosa dentro de mim. Minha mente foi tomada por um único pensamento, a de que minha última arma, no teste final, não conseguira realizar o trabalho.

Os turistas ainda não estavam se levantando. Todos permaneciam deitados de bruços. Então, uma criança gritou com voz estridente e um pânico confuso. Não entendi suas palavras, mas o grito me deixou alerta.

Corri de volta para a entrada da igreja. A porta principal, estilhaçada pela Socimi e com a madeira antiga mais clara onde fora estilhaçada, estava aberta, e no chão diante dela havia um monte preto.

Padre Benedetto estava deitado de lado, encolhido como um feto, as mãos sobre a barriga. Entre os dedos havia um espesso coágulo de sangue e carne. Ele respirava em arfadas rápidas e curtas, como se experimentasse apressadamente sua última taça de armanhaque. Pelos seus olhos vidrados, eu soube que estava apenas semiconsciente.

Quando coloquei a mão em seu ombro, ele se encolheu com o toque, mas interpretei aquilo como um sinal de aceitação, não de rejeição. Não se faz a pior interpretação em um momento como aquele.

— Benedetto — sussurrei. Pode ter sido *"Benedicte"*. Nunca tive certeza absoluta.

Havia o uivo agudo e cortante de uma sirene se aproximando e pude ouvir passos vindo da rua, da direção do Corso Federico II. Os turistas estavam se agitando. Disparei de novo, para o alto. Houve gritos distantes e os passos cessaram abruptamente. Os turistas voltaram a deitar-se no chão. A criança gritou brevemente, assim como um rato faz quando a ratoeira se fecha.

Atravessei a rua correndo, saltando sobre os corpos de bruços das pessoas deitadas nas calçadas, e desci impetuosamente os degraus de mármore na direção do quarteirão onde ficava meu apartamento.

* * *

As escoriações causadas nas minhas canelas e panturrilhas pelos estilhaços de pedra foram leves: não exigiram mais do que band-aids e um pouco de Germolene. Peguei minha mala de viagem surrada no armário do quarto e dei uma última conferida geral. As cinzas no fogo estavam totalmente esmagadas. Nenhum cientista forense jamais conseguiria colá-las de volta. Inspecionei a mim mesmo no espelho. O topete estava bom, meu paletó estava arrumado, meus óculos, polidos, e o chapéu de feltro, equilibrado elegantemente sobre a cabeça.

Ao sair, olhei para os degraus que subiam para a *loggia*. Pude discernir vagamente o dourado fosco das estrelas no céu na abóbada.

Eu previra que deixar a cidade seria difícil: as autoridades italianas são muito experientes na arte de bloquear estradas. A fiscalização de veículos começaria vinte minutos depois do tiroteio. Caminhei para a Piazza Conca d'Oro, aperfeiçoando uma debilidade enquanto prosseguia e pegava uma bicicleta na fonte. Não era uma daquelas bicicletas leves de corrida ou uma mountain bike cara, mas apenas uma máquina tradicional, preta e robusta. Pendurei minha maleta no guidom e, balançando lentamente a perna sobre o selim, como um velho faria, dei uma última olhada para o bar. As mesas estavam diante da porta — os motoristas tinham vencido o proprietário na briga pela sombra sob as árvores — e, sentados em uma delas, estavam Visconti e Milo. Eles olharam superficialmente na minha direção, mas não me reconheceram.

Seguindo uma rota de fuga que eu explorara muito antes, através de passagens e vielas até os arredores da cidade, alcancei o campo e, em um ritmo tranquilo, pedalei por vias, caminhos e trilhas de fazendas até uma aldeia a cerca de 15 quilômetros, onde sabia que serviços de ônibus de longa distância que atravessavam as montanhas paravam a caminho da autoestrada.

O ônibus para Roma estava com menos da metade da lotação. Subi os degraus, comprei a passagem e escolhi um assento nos fundos. Mesmo ali, a alguma distância da cidade, os *carabinieri* estavam em alerta, dois oficiais de pé ao lado da entrada do ônibus, examinando quem embarcava e fazendo perguntas a vários passageiros. Fui ignorado por eles. As portas fecharam com um silvo e o motorista engatou a primeira. Às 16 horas, o ônibus já passara pelo primeiro dos túneis da autoestrada que atravessava as montanhas. Às 18 horas, eu estava em Roma.

Da Piazza della Republica, caminhei uma curta distância para a Metropolitana na Piazza del Cinquecento, viajei para a estação na Piazza del Partigiana e peguei o trem suburbano para Fiumicino. No aeroporto Leonardo da Vinci, tranquei-me em um cubículo no lavatório dos cavalheiros no saguão de embarque, assumindo minha nova forma. Como uma lagarta, transformo-me em uma crisálida e depois me liberto como a criatura finalizada, o imago: sou, de fato, uma borboleta. Era a hora de encontrar uma corrente térmica, ascender sobre a colina e descer em um novo vale inexplorado com flores e néctar. Recolhi do bagageiro minha mala de couro, que cheirava a mofo depois de ficar tanto tempo ali.

Você quer saber a identidade do habitante das sombras. Ele era o filho de um milionário, a prole do liquidador de ativos, o fedelho do mulherengo sifilítico. E eu estava certo: o motivo de sua caçada era vingança. A mãe dele cometera suicídio e o pai se casara novamente.

Eu soube tudo isso pela última carta de Larry, que não me condenou. Era um homem do mundo e compreendeu: mas também me alertou. O garoto tinha contatos, ou o pai tinha: a carta era ambígua e não consegui discernir qual dos dois era amigo de um dos amigos mais notórios de Larry em Chicago, Miami ou Little Italy. O fracasso do atentado, ele escreveu, não seria ignorado. E a natureza pública do ocorrido era, obviamente, parte do processo. Além disso, ele tinha a opinião — e deveria saber — de que eles achariam que a lição não fora aprendida. Como ele afirmou, outro professor seria empregado no devido tempo. O pós-escrito de Larry foi: *Pelo menos você livrou o pobre babaca de sua agonia.* Tive de concordar.

Eu não conseguia acreditar na ironia de tudo aquilo. Aquele diletante vingativo tivera sucesso onde as organizações dos governos mundiais fracassaram. Certamente, ele levara anos para me localizar. Perguntei-me se teria sido uma busca em tempo integral ou um passatempo quando não estivesse envolvido com outros assuntos: o tipo de atividade que os americanos realizam em suas férias na Europa, tentando localizar os ancestrais.

Contudo, o fato é que no final ele conseguiu. Não há nada tão perseverante — ou tão perverso — quanto uma vingança que aguarda reparação.

O fato de ele ter usado minha própria arma foi outro daqueles truques ardilosos que o destino gargalhante prega em nós. É algo que agora saboreio, ainda que sarcasticamente. Quando ele descobriu meu paradeiro, deve ter procurado seu "contato" e pedido que contratasse o melhor em seu nome. Seu desejo foi obedecido: fui empregado. Ele não deveria saber que o melhor de todos era eu.

E sugiro que deva haver uma moral aqui: cabe a você decidir qual é.

Foi ele quem arruinou tudo. Todo o meu futuro devastado pelo ódio determinado e insignificante de um filhinho de mamãe perturbado.

Na minha aposentadoria, penso com frequência no que poderia ter acontecido. Digo a mim mesmo que é um exercício sem sentido, mas não consigo evitar. Se não fosse por ele e sua vingança sem fim, eu ainda estaria naquelas montanhas tranquilas, despedindo-me dos meus últimos anos em segurança entre pessoas de confiança. E com Clara.

Clara: ela esteve muito em minha mente nas semanas imediatamente após o tiroteio, nos dias e noites que passei correndo e me escondendo, me agachando e me esquivando, desviando e retrocedendo mundo afora.

Eu ficava me lembrando da visita dela à minha casa. De algum modo, Clara se adaptara ao lugar, não ficara deslocada entre meus livros e pinturas, sentada nas minhas cadeiras. Acreditei que não ficaria deslocada na minha cama, e quanto mais penso nela mais percebo o que perdi: ela trabalhando ao meu lado, talvez traduzindo do italiano para o inglês com — quando me pedisse — minha ajuda, enquanto eu leria, pintaria e permitiria a mim mesmo pela primeira vez entrar em uma rotina composta do bar e da livraria de Galeazzo e de um jantar semanal com padre Benedetto.

Eu teria sido feliz. Meu amigo, o padre, poderia ter participado disto: poderia ter nos casado em sua igreja ornamentada com o teto grotesco. O serviço não significaria nada para mim, mas suspeito que Clara teria vontade. Espectadores — o marionetista, o flautista e Roberto — teriam se perguntado como um velho idiota como eu poderia ser atraente para uma garota jovem e magra como ela. Eu teria desfrutado daquele momento de publicidade antes que os anos de tranquilidade me envolvessem outra vez.

Poderíamos ter viajado, Clara e eu. Ainda há lugares para os quais eu poderia ir, onde não trabalhei. Há algumas cidades para as quais poderia ter retornado com ela como um disfarce adequado, passando um ou dois meses fora todo ano, sempre retornando à cidade, à bela reclusão das montanhas.

Obviamente, não precisaríamos morar na cidade. Eu talvez pudesse ter comprado uma casa no campo nas redondezas — a casa de fazenda decrépita, talvez com um hectare de pomares e vinhais, fazer meu próprio vinho, como Duilio fazia, e batizá-lo de *Vino di Casa Clara*. Pensei que o nome soava bem. O vinho seria vermelho-sangue, encorpado, como beijos. Os beijos dela.

Agora, isso é impossível. O habitante das sombras e seus apoiadores arruinaram tudo com seu tiroteio público, sua mentalidade pueril digna de *Matar ou morrer*. Muitas vezes, sentado sozinho à noite, penso que ele escolheu aquele momento de propósito, que ao me fazer agir diante da igreja, sabia que não só a mim que estavam matando, mas também a todas as minhas esperanças. Assim como eu, suponho, matara as dele.

Pior, penso com frequência, é o que Clara deve pensar sobre mim. Eu a abandonei. Dispensei-a com uma quantia principesca como se ela não passasse de uma prostituta de alto nível, decepcionei-a, reneguei minha declaração solene de amor, da qual ela tanto precisava. Admito para mim mesmo que espero que ela tenha usado o dinheiro, e não o jogado fora em um momento de ressentimento italiano. Muitas vezes pensei em escrever para ela, mas jamais fui além de pegar a caneta. Talvez, a esta altura, ela tenha descoberto seu jovem rapaz de Perugia.

E quanto aos pensamentos dos outros — Galeazzo, Visconti, Milo, Gherardo... Fui a causa da morte de seu padre. Sou o inglês que trouxe a morte para perto deles. Eles jantam fora discutindo a história. Estou certo de que ainda sou um tópico de conversas no bar e continuarei como tal por muitas décadas. Contudo, o sangue que a lenda fará escorrer das pedras do pavimento diante da Igreja de São Silvestre será o de padre Benedetto. Este tanto eu dei a ele: um lugar na história.

O lugar para onde fugi é segredo. Devo permanecer um homem reservado, renascido na minha nova existência e confortavelmente instalado nela. Tenho minhas memórias, é claro. Não me esqueci de como se pintam insetos, de que a frequência cíclica de uma pistola Sterling Para Mark 7A é de 550 tiros por minuto e de que a velocidade na boca é de 365 metros por segundo; tampouco me esqueci de que foi desenvolvida a partir da arma do último habitante das sombras. Lembro-me vivamente do porão em Marselha, do pequeno jardim de padre Benedetto, do buraco fétido em Hong Kong, do sangue vermelho como sangue, igual aos beijos de garotas, a oficina nos arcos no sul de Londres, de Visconti, Milo e dos outros, de Galeazzo e da *signora* Prasca e da beleza única da *pagiiara*. Jamais me esquecerei da vista da *loggia*.

Você, naturalmente, não espera que eu revele em quem me metamorfoseei. Basta dizer que o Sr. Borboleta — *il signor Farfalla* — ainda sorve o mel selvagem da vida e está comparativamente satisfeito. Do mesmo modo, está bastante seguro.

Mas não consigo tirar Clara da minha cabeça, por mais que tente.

Este livro foi composto na tipologia Minion Pro,
em corpo 11,5/15,2, impresso em papel off-white 80g/m^2,
no Sistema Cameron da Divisão Gráfica
da Distribuidora Record.